剃刀邊緣

THE RAZOR'S EDGE

W. SOMMERSET MAUGHAM
譯／林步昇

目錄

導讀

上刀山做自己

鄧鴻樹（台東大學英美系助理教授）

《剃刀邊緣》出版於一九四四年，是毛姆晚期最知名的小說。他自一九一五年發表成名作《人性枷鎖》，當時已活躍於英美文壇三十餘年，以許多具有異國風采的短篇故事與膾炙人口的劇作聞名於英語世界。

毛姆寫《剃刀邊緣》年近七十歲，算功成名就，可依照自己的意思盡情創作。小說初稿完成後，他於信中寫道：「寫這本書帶給我極大的樂趣。我才不管其他人覺得這本書是好是壞。我終於可以一吐為快，對我而言，這才是最重要的。」

作家寫得盡興，讀者反應也超乎預期的熱烈。《剃刀邊緣》描寫「英國人眼中的美國人」，美國讀者特別捧場，出版首月在美國就狂銷五十萬冊，令毛姆很有成就感。他在信中對姪女說：「這把年紀還能寫出一部如此成功的小說，我感到十分滿足。」福斯公司很快就以高價買下電影版權，兩年後推出改編電影，入圍奧斯卡最佳影片等多項提名，並勇奪最佳女配角獎，更加打響原著小說的知名度。

「活著到底是為了什麼，人生究竟有沒有意義，還是只能可悲地任憑命運擺布？」主角勞瑞在未婚妻面前說出內心的疑惑。這位青年為何忽然解除婚約，放下一切，到海外過著不務正業的放逐生活：這就是《剃刀邊緣》的故事。

本書具備毛姆作品的代表元素：強烈的自傳性、劇中劇的多重敘事手法、遊走的地理背景、露骨的情慾、禁忌的題材，以及對社會邊緣人的紀實描寫等，文筆淺顯，展現典型的毛姆風格。

與毛姆其他作品相較，《剃刀邊緣》的地位尤其特殊，因為，這是他唯一一本以自己真名作為敘事者的小說，說故事的作家就叫「毛姆」：「本書集結了我對一位男性友人的回憶」。書中人物雖都「另取其名」，情節為避免枯燥有所增添，可是，內容卻「毫無虛構」，都是源自毛姆與友人的親身經歷。本書既像傳記，也像回憶錄，情節更如小說般精采。因此，毛姆開宗明義指出：「我之所以稱其為小說，純粹因不曉得還能怎麼歸類。」

生命的大哉問

本書題詞揭示，「剃刀邊緣」一詞出自印度教聖典《迦塔奧義書》：悟道之途艱辛困難，如同跨越鋒利的剃刀。若救贖之路必經刀山，找到答案的代價為何？這就是故事主角勞瑞心中的疑惑。若真有人在刀山上找到答案，那該如何看待山下的俗世呢？這就是毛姆撰寫本書的因由。

一次大戰時，勞瑞曾服役於空軍，有次出任務遭遇空戰，軍中最要好的同袍犧牲生命救他，改變他的人生觀。他的未婚妻是芝加哥豪門千金，對婚姻與事業早有安排。無奈，勞瑞退伍後，完全變了一個人，不上大學、不結婚，也不願就業，執意獨自到巴黎遊覽。

勞瑞出身卑微，雙親早逝，從小被一位醫生收養，得以躋身上流社會。不過，他不願追求崇尚名利的美國夢，戰時經驗讓他省思生命的意義：「我想確定究竟有沒有上帝，想弄清楚為什麼有邪惡存在，也想知道我的靈魂是不是不死。」

此大哉問與他的飛行經驗有關：他在浩瀚無限中高飛，想要「遠遠超越世俗的權力和榮譽」。可是，戰友之死讓他驚覺生命之無奈與不可超越：「上帝為什麼要創造邪惡呢？」他於是拋下親友，到歐洲遊歷，一路自我充實，最後卻對西方宗教哲理徹底感到失望。後來，他遠赴印度，在一位象神大師的靜修院受到啟發，頓悟了生命的真義。

亂世的眾生相

毛姆並未寫出一本說教氣息濃厚的傳道書，而是秉持小說家的敏銳觀點，冷眼旁觀生命的沉重，並以遊記的輕鬆口吻與言情小說的情節，層層包覆令人不勝唏噓的人生真貌，這是《剃刀邊緣》最成功的地方。

故事主軸建立在勞瑞與未婚妻伊莎貝的觀念衝突。伊莎貝認為追求知識「聽起來不太實用」，投入職場才是男人應盡的責任。她對滯留巴黎的勞瑞說：「你是美國人，並不屬於這裡……歐洲玩完了，我們是全世界最偉大、最強大的民族。」勞瑞為「解答明知解決不了的問題」，拒絕成家立業，實在不成體統——「男人就該工作，這才是人生的目的，也才是造福社會的方法。」

若伊莎貝代表實用主義，她家財萬貫的舅舅艾略特則象徵物質主義。這位美國大亨長年在歐洲揮霍，捐錢助人只為掩飾對生命的無知；在歐洲置產過著浮華生活，也僅為麻痺對死亡的恐懼。毛姆眼中的歐洲充斥許多沉淪與腐化的人物，故事後來在法國蔚藍海岸發生一場駭人的命案，更加深化美麗世界的醜陋。

《剃刀邊緣》背景設於一九一九年至一九四〇年代兩次世界大戰期間，這是現代史最動盪的年代。書中所刻畫的眾生相，顯然都是亂世的產物。這段期間，歐洲許多國家都有戰事發生，史達林、希特勒等強權崛起，大英帝國衰退，西方社會問題嚴重。書中人物遊走於巴黎、倫敦與其他歐洲大城，雖不見戰火餘燼，實已悄然捲入另一波歷史巨變。

相較於歐洲不安的局勢，兩次大戰期間，美國逐漸壯大，成為興起國家。不過，一九二九年華爾街股市崩盤，造成長達十年的經濟大蕭條，引發嚴重的政經與社會問題。當歐洲動亂之際，追求功利的美國夢也逐漸顯露醜惡的一面。一九四九年亞瑟．米勒發表《推銷員之死》，推銷員的長子堅持做自己、不做美國夢，實與同時期的《剃刀邊緣》有異曲同工之妙。

沉默的結局

現實生活裡，毛姆與勞瑞一樣，心底都有沉重的祕密。毛姆雖結婚生子，卻多年隱藏同性戀的身分。同性戀在當時英國是可受公訴的罪刑。一八九五年毛姆二十一歲時，劇作家王爾德因同性戀受審，遭受極大屈辱。此事件對毛姆有深遠的影響，日後他善於處理不倫、醜聞、肉慾等違背道德的禁忌題材，其創作動機應出自內心深層的吶喊。

毛姆為逃避英國社會與文化的壓抑，長年旅居國外，甚至定居於法國蔚藍海岸的小鎮。他對東方文化很感興趣，可能是因為東方對身體與慾望的看法，有別於講求原罪的西方。

一九三八年，毛姆為親身了解印度教的內涵，特地遠赴印度蒐集資料，並前往馬達拉斯附近一處靜修院，拜見聖哲拉馬納．馬哈希。等待期間，毛姆突感身體不適，當場昏倒。馬哈希得知這個消息，前去探望，不發一語與毛姆對望半小時。聖哲最後說：「沉默也是一種對話。」毛姆深獲啟發。

勞瑞「漫長的旅程，起始於對邪惡的叩問」。他在亂世中尋求生命的意義，在遙遠的東方接受靜思的洗禮：「象神大師常說沉默也是種對話。」他懵懂求知期間，經歷男女荒唐事；悟道後，計畫返回美國，「回去過活」，可是，竟「從此無消無息」。勞瑞是否與作家一樣，內心深處都有掙脫不了的束縛、俗世眼中不可告人的「邪惡」？

有些疑問「可能原本就沒有答案」。這應是毛姆最後無法論斷勞瑞功過的緣故：「勞瑞的故事到此為止，固然不盡完美，我也莫可奈何。」對讀者而言，也是如此。《剃刀邊緣》結局沉默的餘音中，人性的枷鎖再現，無從解脫。

剃刀邊緣無比鋒利，欲通過者無不艱辛；是故智者常言，救贖之道難行。

——《迦塔奧義書》

第一部

1

我以前動筆寫小說時，從未像這回如此焦慮。我之所以稱其為小說，純粹因不曉得還能怎麼歸類，既沒什麼故事可說，又非以死亡或婚姻作結。死亡終結一切，因此常用來結束故事。但以婚姻作結也十分妥切，凡是通情達理之人，都懂得避免揶揄公認的圓滿結局。一般人仰賴天生直覺，認為既然結了婚，故事便可劃下句點；男女主角經過命運百般捉弄，最後終成眷屬，達成傳宗接代的任務，焦點遂轉移至下一代。但我無法給讀者這種交代。本書集結了我對一位男性友人的回憶，我倆數度密切來往，只是每回都相隔許久，故不清楚他在之間的遭遇。我或許可憑空杜撰情節，藉此填補那些空白，好讓故事更加連貫；但我無意如此，只想就印象所及加以記錄。

多年前，我寫了本小說《月亮與六便士》，素材取自法國知名畫家高更的生平，我憑著對他粗淺的了解，動用小說家的特權，虛構不少橋段來描寫筆下人物；在本書中，我並沒有這麼做。書中沒有任何虛構。為了避免給仍健在的當事人帶來困擾，凡是故事中出現的人物，我都另取姓名，也盡力修改任何可供辨認的細節。我筆下的主人翁並非名人，可能永遠沒沒無名；他的生命走到盡頭時，或許不會留下什麼痕跡，猶如擲入河中的石子，僅暫時濺起水面漣漪；故本書若承蒙讀者青睞，只會讀到故事本身的趣味。不過，有鑑於他服膺的生活方式，以及剛強與親和兼具的奇特性格，對同袍的影響或將與日俱增，後世的人也將發覺，這時代曾有一位奇葩。屆時這位主人翁的身分想必不言自明，若欲稍微了解他早年的生活，在書中或許會找到答案。本書固然有其局限，但日後可能有人想替他作傳，興許不失為實用的參考來源。

我在此也要坦承，書中所有對話並非逐字逐句的紀錄。我從未在任何場合做過談話的筆記，但切身相關的事倒記得清楚。對話固然是我個人的轉述，但我認為已忠實貼近原意。前文提到書中毫無虛構，我現在要略加修正。我擅自作主替書中人物所編寫的話語，皆屬我無法親耳聽聞的場合，希羅多德[1]時代以降的歷史學家也採此作法，理由並無二致，都是為了重現生動與逼真的場景，避免枯燥的平鋪直敘。為了讓本書能吸引讀者，私以為如此調整並不為過。聰明的讀者應不難發現何處是虛構，能否接受完全取決於個人。

我之所以備感焦慮還有另一項原因，亦即筆下人物泰半是美國人。認識他人本屬難事，我甚至認為，除非是自己的國人，否則不可能真正熟識；無論男女，不僅僅是代表自己，更反映出生的地域、是在城市抑或農村學會走路、兒時常玩的遊戲、從老一輩聽來的傳說、習慣的飲食、就讀的學校、熱中的運動、閱讀的詩篇與信仰的神祇等。凡此種種，均造就了一個人的樣貌，光憑道聽塗說不可能通盤了解，必得親身經歷，進而融入自我生命。而既然無法真正了解外國人，充其量只能從旁觀察，這類書中人物便不易獲得讀者共鳴。即使像亨利．詹姆斯這般觀察細膩的作家，定居英國四十年之久，也未能創造出百分之百的英國人物。就我而言，我向來只描寫自己的同胞，部分短篇故事則屬例外，因為這些故事可容我較籠統地塑造角色，提供讀者粗略的線索去想像細節。或許有人會納悶，若我可以把高更變成英國人，為何不以同樣手法處理本書人物？答案很簡單：我辦不到，若是如此，這些人就失真了。我無意假裝成美國人來描寫他們，他們皆是英國人眼中的美國人。我也未複製他們的說話特色，因為這就好比美國作家硬要模仿英國人的口語，結果只會慘不忍

1 西元前五世紀的古希臘作家。

睹。俚俗語更是一大陷阱。亨利・詹姆斯時常在英國故事中使用英式俚語，但就是少了英國人的味道，因此不但無法達到他追求的口語效果，更容易讓英國讀者感到十分突兀。

2

一九一九年，我前往遠東的途上，恰巧來到芝加哥，準備待上兩、三週（原因無關乎本書，故毋需在此贅述）。我當時甫出版一本頗為暢銷的小說，才抵達芝加哥就立即接受專訪。隔天清晨，電話響起，我接了起來。

「喂。」

「我是艾略特．譚伯頓。」

「艾略特？你不是在巴黎嗎？」

「沒啊，我和我妹來芝加哥，想請你今天跟我們一起吃午餐。」

「當然好。」

他隨即告訴了我時間地點。

那時，我認識艾略特．譚伯頓已有十五年。他將近耳順之年，身材高眺、舉止優雅且五官俊朗，一頭波浪般的粗黑髮綴著斑白，外貌因而更顯出眾。他的穿著向來華麗，衣服多購自巴黎的夏爾凡[2]，但西裝、皮鞋與帽子則是倫敦品牌。他在巴黎左岸有間公寓，位於繁華的聖吉雍街上。看他不順眼的人管他叫買辦，但他極度痛恨此一稱呼。他的品味高尚、博學多聞，也坦言自己在巴黎定居的頭幾年，許多財力雄厚的名畫收藏家經常受惠於他的建議。而他老曉得美國的美術館在尋覓哪些大師的畫作，因此凡是透過人脈聽聞有潦倒的法國或英國貴族欲出售珍貴作品，他都積極地居

[2] 夏爾凡（Charvet），歷史悠久的知名男裝品牌，一八三八年創立於法國巴黎。

中牽線。法英兩國有不少歷史悠久的望族因家道中落，可能被迫私下變賣有布勒[3]簽名的家具，或齊本德爾[4]親手打造的寫字桌；他們皆樂於結識艾略特，他修養深厚又彬彬有禮，能夠審慎安排此事。而旁人難免覺得艾略特必有從中獲利，但都礙於自身教養而未提起。有些不客氣的人，斷言他公寓中的東西全是待價而沽，並宣稱他每回邀請美國富人來自家享用午宴、啜飲美酒後，就會有一、兩幅珍貴畫作消失，抑或某個櫥櫃原本有精美鑲嵌，轉眼卻變成烤漆表面。若有人問起珍品為何消失，他便嫌該物件俗氣，換來的品質較佳，還說同樣的東西看久生膩。

「*Nous autres American*，我們美國人哪，就喜歡改變，這既是優點，也是缺點。」

巴黎有些美國女士自認了解艾略特，說他其實出身清寒，之所以過得如此優渥，得歸因於他腦筋動得快。我並不曉得他坐擁多少財產，但房東是位公爵，租金勢必十分可觀，而且屋內盡是高貴的裝潢：牆上掛有十七、十八世紀的法國藝術大師畫作，比諸華鐸、福拉哥納爾、克勞德．洛蘭等人；拼木地板上鋪有薩翁納希和奧布松生產的華麗毯子；客廳還有幅路易十五套房的織錦畫，典雅細膩，或許真如艾略特所言，曾是路易十五愛妾龐巴度夫人的收藏。無論如何，他擁有足夠的財產，毋需努力掙錢，就可維持士紳應有的生活水準，至於他過去是怎麼辦到的，除非你想與他斷絕往來，否則最好不要過問。既然物質需求無所罣礙，他便全心投入畢生熱愛的社交活動。當年他年紀輕輕，就攜著推薦函初抵歐洲，會見許多有頭有臉的人士，取得社交界一席之地，如今與英法的沒落貴族在生意上又有往來，毋寧更鞏固了自身地位。艾略特出身古老的維多利亞家族，母親的先

3 布勒（André Charles Boulle），十七世紀著名木工師，發明「鑲嵌木工」的方法。

4 齊本德爾（Chippendale），十八世紀家具師傅，以花卉圖樣的設計聞名。

祖是獨立宣言的簽署人，因此他得以憑著推薦，拜訪許多美國名媛，不久便擄獲她們的好感。他的天資聰穎、舞技出色，更精通槍法與網球，各方面皆屬不可多得的人才。他會大手筆購買鮮花和昂貴的盒裝巧克力，雖然不常設席宴客，但每回均別出心裁，驚豔賓客。那些名媛均樂於受邀至蘇活區的波西米亞餐廳，或拉丁區的小酒館。他隨時準備好服務她們，再麻煩的要求都欣然接受，也由於不辭辛苦地取悅年長女性，很快就成了許多氣派別墅的常客；他的殷勤堪稱極端，即使臨時接獲邀請，得代替爽約的賓客出席聚會，他也毫不介意，無論旁邊坐著多無趣的年長貴婦，他都有辦法談笑風生。

艾略特在巴黎定居之後，於夏末秋初前往倫敦，拜訪各大鄉間別墅的主人；不出數年，這位美國青年就結識了兩地所有重要人物。當初引薦他進入上流社會的名媛，得知他的人脈愈發寬廣，皆大感訝異，內心五味雜陳，固然樂見自己帶進門的小伙子闖出一番名堂，卻又不免苦惱那些與她們關係徒具形式的人士，會與他過從甚密。雖然艾略特的殷勤依舊，但她們卻感到惶恐，覺得自己是他攀向高位的踏腳石，深怕他是個勢利鬼。這點自不待言，他勢利的作風讓人咋舌，他卻渾然不引以為恥。他甘願吞下他人侮辱，無視嚴詞批評，忍受無禮待遇，只為了受邀至他想參與的宴會，或結識某王公貴族的年邁遺孀。他不屈不撓，一旦鎖定獵物，便非捕獲不可，好比植物學家不畏洪患、地震、熱病或凶狠土著，只為覓得一株珍稀蘭花。一九一四年爆發大戰，毋寧是天賜良機。他加入了救護隊，先後在法蘭德斯和阿爾貢服務；一年後歸來，鈕扣孔上多了紅緞帶獎章，順利進入巴黎的紅十字會工作。當時，他的生活已過得十分優渥，也大力協助政商名流購入上等藝術作品。他憑藉著敏銳的眼光與天生的組織能力，任何廣受宣傳的慈善聚會，都可以見到他貢獻所長。他加入巴黎兩大私人高級會所，法國的貴婦名媛都叫他「親愛的艾略特」。他終於功成名就了。

3

我初識艾略特時，僅是位普通的年輕作家，吸引不了他的目光。他認人的工夫一流，無論在什麼場合遇到他，他皆親切地向我握手問候，卻無意多做攀談。比如說，我若在歌劇院瞥見他與某某顯要看戲，他便不大會注意到我。但後來因緣際會之下，我成了一炮而紅的劇作家，隨即發覺艾略特待我多了分熱絡。某日，我收到他的邀約，請我參加克拉利奇飯店的午宴；這家飯店高級奢華，是他在倫敦的落腳處。宴會規模不大，也乏達官貴人，我揣想這擺明是試探我。不過在那之後，我因小有名聲，結交不少新朋友，見到他的機會也更加頻繁。過沒多久，那年秋天我在巴黎待上數週，某回在一位共同朋友家中，再度遇見艾略特。他向我要了住址，才沒兩天，我又接獲邀請參與午宴，這回地點是他的私人公寓。我抵達後才赫然發現，這場午宴可不同凡響。我不禁竊笑，心裡已經有個底，他深諳人情世故，想必曉得若在英國社會，身為作家的我絕對人微言輕，但如今是在法國，作家的身分備受尊崇，我的地位可就水漲船高。之後數年內，我倆來往得頗為密切，卻未發展出友誼。我不禁猜想，艾略特這人或許當不成朋友。他只在乎旁人的社會地位，其他事一概毫無興趣。我只要恰巧人在巴黎，抑或他剛好來到倫敦，他便邀我出席聚會，有時是為了充充場面，有時則是不得不款待旅外的美國人。就我看來，部分賓客應是老客戶，部分則從未謀面，攜著引薦函逕自前來，這些人便成了他的負擔。他覺得自己有義務招待他們，卻不願將其介紹給那些有頭有臉的朋友。因此，打發這些不速之客的最佳手段，莫過於把他們餵飽喝足，再帶他們去看場戲；但安排起來實屬難事，因為艾略特每晚皆有應酬，行程通常都排到三週之後，況且他也隱約覺得，這群人應該不大會就此滿足。我既是個無害的作家，他也不介意常向我訴苦此事。「美國人實在不會替人著想，推薦信給得這麼草率。我不是不歡迎這些來訪的客人，但真不知道為什麼非得讓他們去煩我朋友。」

他為了聊表歉意，便會寄給朋友一籃籃玫瑰、一盒盒巧克力，但有時這些舉措依然不夠。通常在這節骨眼，他就會請我出席他籌辦的聚會；但聽了他的牢騷後，這樣的要求其實略顯天真。

「他們都迫不及待想見你。某某夫人很有學養，你寫的東西她全都讀過。」他的信中盡是奉承。然而這位某某夫人見到我就會說，她有多欣賞我筆下的《佩林與崔爾》一書，還恭喜我寫出《寄生草》劇本，孰不知前者的作者是休．沃波爾[5]，後者則是休伯．亨利．戴維斯[6]的作品。

5 休．沃波爾（Hugh Walpole），二十世紀初英國小說家。
6 休伯．亨利．戴維斯（Hubert Henry Davies），二十世紀初英國劇作家。

4

行文至此，各位讀者若覺得艾略特．譚伯頓頗為卑鄙，那我真得還他個公道。

艾略特這人可用法國人口中的 *serviable* 來形容；就我所知，英文中並無對應的詞，而依據字典的解釋，英文的 *serviceable* 在古代意指樂於助人、殷勤與親切，完全就是艾略特的寫照。他為人慷慨，初出茅廬就懂得餽贈鮮花、糖果及禮物給認識不久的友人，彼時當然別有用心，但即使後來已無此需要，他依然大方如故，享受好施的快樂。他很懂得待客之道，家中大廚的烹飪功力不輸巴黎任何主廚，凡是受邀至他家用餐，餐桌上勢必擺滿當季佳肴，佐餐酒款也反映他絕佳的品味。誠然，他選擇賓客的標準皆是依據其社會地位，而非好不好相處，但他也會特地邀請至少一、兩位擅長炒熱氣氛的客人，所以宴會幾乎都是賓主盡歡。眾人背地裡嘲笑他是勢利的小人，卻仍舊欣然接受他的邀約。他能說一口字正腔圓的流利法語，也花不少力氣模仿英國人的口音，耳朵極度敏銳的人才抓得到偶爾漏餡的美國腔調。他說起話來滔滔不絕，前提是話題不觸及公爵或公爵夫人；但如今他在社交圈的地位牢不可破，也懂得增添言談之間的幽默，私底下更是如此。聽他毒舌別人實在暢快，上流人士發生任何醜聞，最後皆會傳到他耳裡。從他的口中，我得知了甲公主幼子的親生父親另有其人，以及乙侯爵有位地下情婦。我想即使是寫出《追憶似水年華》的普魯斯特，對於貴族私生活的掌握，也不及艾略特。

我在巴黎期間，我們經常共進午餐，時而在他的公寓，時而在外頭餐廳。我喜歡在各家骨董店之間閒晃，偶爾買個東西，多半隨意看看，而艾略特都會興致勃勃地陪著我。他的學問淵博，熱愛美麗之物。我總覺得他知道巴黎所有骨董店，店家老闆無不熟識。他也熱中討價還價，出門時他會叮囑我：

「如果看見想要的東西，可別自己先買，朝我使個眼色，交給我就對了。」

若能以半價買到我中意的商品，對他而言就是一大樂事。從旁觀察看他殺價甚是好玩，舉凡據理力爭、連哄帶騙、大發脾氣、動之以情、奚落店家、找出物品瑕疵、揚言不再光顧、哀聲嘆氣、無奈聳肩、好心相勸、怒目橫眉走向門口等等，無所不用其極，等到終於說服對方了，他就搖搖頭，面露哀傷，彷彿無奈地接受差強人意的結果，然後就在我耳邊用英語低喃：

「東西拿著吧。這個售價翻兩倍都還算便宜咧。」

艾略特是虔誠的天主教徒。他在巴黎安頓下來沒多久，就認識了一位備受敬重的神父。這位神父常成功引領無神論者或異教人士重回天主懷抱，因而名聞遐邇。神父也是外出用餐的好同伴，為人十分詼諧，服務對象僅限達官貴人，雖然出身貧寒，卻經常出入名流宅邸。因此，艾略特自然想接近他，於是向一位美國貴婦私下透露，他的家族雖屬聖公會，自己向來卻對天主教會相當好奇。這位貴婦也受神父開導而改信天主教不久。某日傍晚，她邀請艾略特與神父，三人共進晚餐，神父果然風趣幽默。貴婦把話題帶到天主教，神父便口沫橫飛地說了起來，但並非是賣弄所學，而是以凡人自居（雖然身分是神父），向另一名凡人傳教。艾略特這才發現，神父對他瞭若指掌，不禁受寵若驚。

「旺多姆公爵夫人前幾天才提到你，說你聰明過人。」

艾略特雙頰泛紅，高興極了，雖然晉見過公爵夫人，但從未想過自己會被當一回事。神父講述自身信仰時，散發著睿智和慈祥，不但心胸開闊，觀念與時俱進，更寬容為懷。他口中的天主教會，在艾略特看來就像菁英俱樂部，凡是有文化教養的紳士皆理應加入。半年後，艾略特便皈依天主教，並且大力贊助教會慈善活動，因而打通更多人脈。

或許他背棄聖公會的動機並不單純，但虔誠之心無庸置疑。每逢禮拜日，他必定上教堂參加彌撒，出席人士非富即貴；他也經常前往告解，並定期造訪羅馬。經年累月下來，他榮膺「教宗侍從」的頭銜，以表彰其對教會的虔敬；而他孜孜不倦地履行職務，因而獲封為聖墓騎士團的成員。由此可見，無論身為天主教徒或凡夫俗子，他皆成就斐然。

我時常納悶，艾略特如此聰穎、有禮又具內涵，是基於何種緣由，才會執著於趨炎附勢。他並非一夕致富的暴發戶，父親曾是南方一所大學校長，祖父則是頗具聲望的牧師。聰明如艾略特，勢必曉得許多接受他邀請的客人，只是想免費飽餐一頓，他想必也清楚有些人根本胸無點墨，或毫無長處可言。然而，他甘願被響亮的頭銜蒙蔽，罔顧他們的缺點。我只能揣想，這些士紳的家族源遠流長，若能與他們熟識，並成為他們夫人的門客，應能帶來歷久不衰的優越感；我認為，他汲汲營營背後的動力，反映出狂熱的浪漫精神，得以讓他在羸弱瘦小的法國公爵身上，看到往昔與聖路易九世東征聖地的十字軍身影，或在作風狂妄、性喜獵狐的英國伯爵身上，瞥見跟隨亨利八世前往金縷地的祖先。艾略特與這些人來往，就彷彿親炙過去那段英勇的榮光。我想，他若翻開記載歐洲王族家譜的《哥達年鑑》，心裡一定有股暖流湧上，映入眼簾的每個名字，皆逐一喚起了古時戰役、圍城事件、著名決鬥、外交謀略與諸王情史。艾略特．譚伯頓就是這樣的人。

5

我原先正在房間盥洗，準備赴約前往艾略特所舉辦的午宴，卻接到樓下櫃台的電話，說他已在大廳等候。我有點詫異，但待一切就緒後，我立即下樓與他碰面。

「我想說直接來接你會比較安全。」他邊說邊向我握手。「畢竟我不曉得你熟不熟芝加哥。」我發覺，有些長年旅居國外的美國人跟他一樣，都覺得美國是複雜又危險的地方，歐洲人無法憑一己之力摸熟周遭環境。

「時間還早，我們可以先走一段。」他提議道。

空氣帶有一絲冷冽，但天空晴朗無雲，稍微舒展筋骨倒也愜意。

「我還是先告訴你有關我姊的事好了。」艾略特邊走邊對我說。「她去過巴黎一、兩次，都住在我那裡，但我想你當時應該不在。今天的人不多，只有我姊姊、她女兒伊莎貝和葛瑞格．布拉巴松。」

「是那位裝潢師傅嗎？」

「沒錯。我姊那棟房子的室內裝潢有夠糟糕，我和伊莎貝都希望她重新裝潢，又剛好聽說葛瑞格在芝加哥，就叫她邀請他一起吃午餐。當然啦，葛瑞格不是出身貴族，但有獨到的品味。他替瑪莉．奧利芬設計過蘭尼堡，還負責聖厄斯家族聖克萊門塔伯堡的內裝。公爵夫人滿意極了。你到時看了露易莎的房子，可以來評評理，我實在無法理解，她怎麼有辦法住這麼多年。說到這個，我也無法理解，她怎麼有辦法一直待在芝加哥。」

艾略特的姊姊名叫露易莎（或稱布萊利太太），丈夫已逝，膝下有兩男一女；兩個大兒子皆已成婚，一個在菲律賓政府單位出任公職，一個則追隨父親的腳步，獲派至阿根廷首都布宜諾斯艾利斯當外交官。布萊利先生曾派駐世界各地，而在羅馬擔任了幾年的一等祕書後，又外派至南美洲西岸某共和國，最後在那裡過世。

「姊夫過世後，我叫露易莎把芝加哥的房子賣了。」艾略特繼續說道。「但她捨不得，因為是布萊利家族傳了好幾代的房子。布萊利家族是伊利諾州的元老家族。一八三九年，他們從維吉尼亞州遷徙過來，然後就占了一塊地，距現在的芝加哥約六十哩，至今那塊地還是他們家的。」艾略特遲疑半晌，觀察我的反應。「布萊利家是最早落腳在此地的人，姑且可以稱作拓荒者吧。我不確定你了解多少，反正十九世紀中葉左右，中西部逐漸開放移居，大批維吉尼亞州的居民，包括望族的年輕子弟，都深受到未知疆域的吸引，甘願離開原本舒適奢華的生長環境。我姊夫的父親契斯特．布萊利，看好芝加哥未來的發展，就進了一家律師事務所。總之，他後來賺的錢夠多了，兒子當然也過得舒舒服服。」

從艾略特說話的樣子看來，契斯特．布萊利當時拋下繼承來的豪宅和土地不管，逕自跑到事務所工作，似乎不太受到認同，但他後來累積可觀的財富，倒也多少彌補了這個缺憾。後來，布萊利太太拿給我看他們鄉間小屋的照片，艾略特在一旁頗不以為然，管它叫「小窩」；那是棟樸素的屋子，屋前有漂亮的小花園，但穀倉、牛舍和豬圈也在數呎之遙，四周是荒蕪的平原。我不禁要想，契斯特．布萊利先生想必曉得，才會拋下這棟屋子，前往城市闖蕩。

我們很快攔了輛計程車，在一棟赤褐沙石的房子前下車。這條街可一路通往湖濱大道，房子坐落於連棟住宅之中，既窄且高，前門有數級陡峭的階梯；即使是如此晴朗的秋日，外觀仍然死氣沉沉，讓人納悶怎會對它產生感情。大門開了，走出一位身材高壯的黑人管家，白髮蒼蒼，引領我們走到客廳。布萊利太太一見我們進來，便站起身，艾略特於是把我介紹了一番。布萊利太太年輕時想必是個美人，五官雖非精緻，但十分端正，眼眸明亮動人。但她那張蠟黃的臉已然下垂，幾無妝容可言，而且顯然也陷入中年發福的危機。我揣想，她應該倔強地不願認命，因為她坐得直挺，直立的椅背並無軟墊，但與一身緊繃的馬甲相較，已屬舒適；她身穿藍色禮服，織工繁複，堅硬的胸衣把領子撐得老高，一頭白髮燙成道道波浪，梳理得一絲不苟。由於另一位客人還在路上，我們就先閒聊起來。

「艾略特說，你是從南邊過來的。」布萊利太太說。「有沒有去羅馬呢？」

「那親愛的瑪格麗特王后還好嗎？」

我被問得一頭霧水，便說不知道。

「噢，你沒去看她嗎？她非常親切，我們在羅馬的時候，還熱心招待。布萊利先生當時是一等祕書。你怎麼沒去看她呢？你應該不像艾略特，膚色太黑進不了奎里納爾宮吧？」

「當然不是。」我微笑道。「其實我並不認識王后。」

「真的嗎？」布萊利太太說道，彷彿不敢置信。「為什麼呢？」

「老實說，作家平時不太和王公貴族打交道的。」

「但她真的很貼心啊。」布萊利太太的語氣頗不以為然，好像我自視甚高才不認識王后。「你一定也會喜歡她的。」

這時門剛好打開，管家走了進來，後頭是葛瑞格·布拉巴松。

葛瑞格·布拉巴松的名字聽來浪漫，但本人並非這麼回事。他身形矮胖，頭禿如蛋，僅在頸後與耳旁有撮黑鬈髮；而他的臉紅通通，似乎隨時會出大汗，一對灰眼睛咕溜打轉，嘴脣肥厚、下顎鬆垂。他也是位英國人，我倆有時會在倫敦的波西米亞聚會上遇到。他為人爽朗、笑口常開，但明眼人皆不難發現，他這般友善聒噪的外表僅是面具，好掩飾精明的生意人形象。多年來，他一直是倫敦裝潢界的翹楚，聲若洪鐘，一雙胖手比劃得生動活潑，佐以口沫橫飛的話術，再挑剔的客戶都會心動，好像自己受惠於他，想不簽約還說不過去。

管家又走進來，這回端了盤雞尾酒。

「我們就不等伊莎貝了。」布萊利太太邊說邊取了一杯酒。

「她去哪了？」艾略特問道。

「她和勞瑞去打高爾夫了，說可能會晚到。」

艾略特轉頭看著我說，「勞瑞的全名是勞倫斯．戴瑞，應該會跟伊莎貝訂婚。」

「艾略特，我以前不曉得你喝雞尾酒耶。」我說。

「我不喝呀。」他語帶不悅，啜飲著酒。「但這個蠻荒之地偏偏頒了個禁酒令，不然還能喝什麼呢？」他嘆了口氣。「連巴黎有些館子都開始供應了，實在是好的不學，硬學壞的。」

「艾略特，快別胡說了。」布萊利太太說。

她的語氣沒有惡意，但態度十分堅決，顯見她品德高尚。她對艾略特使了個眼色，笑容中帶著精明，料想她應深知艾略特的脾性，不曉得她對葛瑞格的看法為何。葛瑞格一進門，就以專業的眼光環顧四周，不自覺地揚起濃眉。這客廳實在氣派非凡。牆面貼有精美的壁紙，窗簾盡是華麗的印花，鋪有軟墊的家具上也有相同圖樣。裱著巨大金框的油畫逐一掛在牆上，應當是布萊利夫婦在羅馬所買，包括拉斐爾學派的聖母像、雷尼學派的聖母像、祖卡雷利學派的風景畫、帕尼尼學派的古羅馬廢墟圖等。另外，還有遠從北京帶回的戰利品，比諸雕刻繁複的黑檀木桌、景泰藍大花瓶，也不乏在智利或祕魯購入之物，例如刻有碩胖人形的硬石或陶製花瓶。客廳一角，則有齊本德爾的寫字桌與鑲嵌華美的玻璃櫃。絲質燈罩上，不知給哪位糊塗藝術家畫上了牧羊的男女，身穿華鐸風格的禮服，雖然難看卻又莫名宜人，有種居家的自在氛圍，讓人覺得如此紊亂的組合深具意義。眾多不搭軋的物件自然融為一體，因為都是布萊利太太生活的一部分。

我們喝完雞尾酒，門再度打開，走進一名少女，後頭跟著一名少年。

「我們遲到了嗎？」她問道。「我把勞瑞帶回來了，有東西給他吃嗎？」

「應該有的。」布萊利笑著說。「搖鈴叫尤金再準備一個位子。」

「剛才就是尤金開門的，我已經和他說囉。」

「這位是我女兒伊莎貝。」布萊利太太轉向我，開始介紹。「這位是勞倫斯．戴瑞。」

伊莎貝迅速和我握了手，二話不說就轉頭對葛瑞格說，「你就是布拉巴松先生吧？我超想見你的。我好喜歡你設計的克萊門汀屋頂窗。你不覺得這客廳很醜嗎？我勸媽媽重新裝潢勸了好多年，剛好你在芝加哥，快老實說說你的看法。」

我知道布拉巴松先生絕不可能說實話。他瞥了一眼布萊利太太，但瞧她面無表情，便認為眼下伊莎貝比較重要，隨即放聲大笑。

「這裡是很舒服啦。」他說。「但妳真要問我的話，嗯，還真的滿醜的。」

伊莎貝身材高䠷，有張鵝蛋臉、直挺的鼻梁、美麗的雙眼，以及像是家族遺傳的豐厚嘴唇。她的外表出色，但略微發胖，這或許與年紀有關，我猜她愈老會愈苗條。她的雙手結實，短裙露出雙腿，皆有些臃腫；皮膚則姣好紅潤，想必是運動與開敞篷車使然。她為人活潑大方，不但容光煥發、詼諧開朗，也懂得享受生活，歡快的性格足以感染旁人。她的舉手投足自然不造作，相形之下，艾略特的優雅自持顯得俗不可耐；而她清新的作風，則讓布萊利太太乾癟多紋的臉龐更顯疲憊蒼老。

我們走下樓，準備吃午餐。葛瑞格一看到飯廳，不禁眨了眨眼。牆面貼滿深紅壁紙，掛著許多滿面愁容的男女肖像畫，繪畫手法拙劣，皆是已故布萊利先生的直系祖先。布萊利先生的肖像也在其中，蓄有濃密的八字鬍，身著長禮服與漿過的白衣領，表情十分僵硬。布萊利太太的肖像則出自十九世紀末一位法國畫家之手，掛在壁爐架正上方，畫中的她身穿淡藍晚禮服，戴著珍珠項鏈，頭髮則簪了一枚星型鑽石。畫中，她用戴著珠寶的手，輕觸一條絲巾，絲巾畫得一絲不苟，縫線清楚可見；另一手則空地握著一把鴕鳥羽扇。飯廳內的家具皆是黑橡木製成，教人讚嘆不已。

「你覺得如何？」我們就座後，伊莎貝向葛瑞格問道。

「我想一定貴得不得了吧。」他回答。

「沒錯。」布萊利太太說。「這是我公公送我們的結婚禮物，跟著我們到世界各地，像是里斯本、北京、基多和羅馬這些城市。親愛的瑪格麗特王后也非常讚賞。」

「如果這間是你的，你會怎麼處理呢？」伊莎貝問葛瑞格，但不待他回答，艾略特就先插了話。

「燒掉囉。」他說道。

他們三人開始討論該怎麼重新裝潢。艾略特偏好路易十五的宮廷風，伊莎貝想要一個長餐桌和義大利椅，布拉巴松則認為齊本德爾的家具較符合布萊利太太的個性。

「我一直覺得，人的個性非常重要。」他說道，又轉頭對艾略特說，「你應該認識奧利芬公爵夫人吧？」

「你說瑪莉嗎？她是我的好朋友呀，我們非常親近。」

「她請我裝潢家中飯廳，我一見她，就決定採用喬治二世風格。」

「你真厲害。我上回在那裡用餐就注意到了，布置得很有品味。」

他們繼續交談，布萊利太太在一旁聆聽，但難以判斷她此刻的想法。我偶爾插幾句話，那位伊莎貝的朋友勞瑞（我連他的姓氏都忘了）則不發一語。他坐在桌子另一頭，夾在葛瑞格和艾略特之間，我三不五時就會瞄他一眼。他看起來相當年輕，身高與艾略特相去不遠，將近六呎，體型削瘦且手腳修長；他的相貌乾淨，稱不上俊朗卻也不難看，神色靦腆，並不引人注目。我覺得頗有意思的是，就記憶所及，他進屋後說不到幾句話，卻顯得老神在在；而且說也奇怪，他雖未開口，卻好似參與了討論。我注意到他的雙手，修長卻不算大，外形好看又結實，想必會是畫家樂見的素材。他的身材微壯，不致顯得秀氣，反倒該說他給人堅韌的感覺。他的神情沉靜嚴肅，臉部曬得麥黃，幾無其他色調，五官則端正無奇。他的顴骨偏高，太陽穴凹陷，一頭深棕髮微帶波浪。睫毛既粗且長，雙眼因深入眼眶，看起來比實際大；而且奇特的是，他不像伊莎貝或她媽媽與舅舅擁有淡褐眼瞳，而是黑不見底，模糊了與瞳孔的邊界，眼神因而格外銳利。勞瑞有種與生俱來的迷人氣質，無怪乎伊莎貝會對他傾心。她的視線不時落到他身上，我從她的眼神中似乎不只看到了愛意，更看到了依戀。他們四目交會之際，他的目光流露著溫柔，甚是美好。年少的愛情最為動人，中年男子如我，見了好生欣羨，但不知為何，卻又替他們感到難過；這念頭實在夠傻，畢竟就我所知，小倆口的幸福並無阻礙，生活過得富足，理應會順利共結連理，自此幸福快樂才是。

伊莎貝、艾略特和葛瑞格．布拉巴松三人繼續聊著重新裝潢房子的事宜，努力想說服布萊利太太至少同意部分更動，但她臉上僅掛著親切的微笑。

「你別催我，我需要時間好好考慮。」她轉頭對少年說，「你有沒有什麼想法呢，勞瑞？」

他環顧眾人，眼神帶有笑意。

「我覺得重點不在於要不要重新裝潢。」他說道。

「勞瑞，你很討厭耶。」伊莎貝大表不悅。「我明明叫你站在我們這邊的。」

「如果露易莎阿姨滿意現在的樣子，改了又有什麼意義呢？」

他提的問題一針見血又無比睿智，我不禁笑了出來，他看著我，面帶微笑。

「笑什麼笑，你剛才的話有夠蠢的。」伊莎貝說道。

但他的笑容更為燦爛，我這才注意到他的牙齒既小又白。他望著伊莎貝，眼神讓她羞紅了臉、呼吸急促。若我沒猜錯，她已瘋狂愛上他了，但不知為何，我竟覺得她的迷戀藏有母愛的成分，讓人有些意外，畢竟她還如此年輕。她的嘴唇微微揚起，又把視線移向葛瑞格．布拉巴松。

「不用理他。他又笨又沒受過教育，什麼都不懂，大概只有飛行略懂。」

「飛行？」我說道。

「他當過戰時的飛行員。」

「我以為他當時年紀太小，不可能參戰。」

「沒錯，他當時的年紀根本不到。他到處闖禍，後來乾脆逃學跑到加拿大，撒了個瞞天大謊，大家就相信他已經滿十八歲，讓他加入了空軍。停火協議生效時，他正在法國打仗。」

「伊莎貝，妳媽媽的客人才不想聽這些無聊事。」勞瑞說道。

「我認識他夠久了。他從前線回來時，一身制服帥氣極了，上頭掛著漂亮的勳帶。我就坐在他家門口的台階上，直到他受不了，才終於答應娶我，不然他早被別人搶走了。」

「可以了，伊莎貝。」她母親說道。

勞瑞湊過身子對我說，「你別聽信伊莎貝在那邊胡說。她的本性不壞，但是就愛扯謊。」

午宴結束過沒多久，我和艾略特便先行告辭。我先前已和艾略特表示，自己打算到美術館看畫，他便說要帶我去。其實我去美術館逛逛不大喜歡有人陪，但眼下又不好說自己想獨自前往，只好讓他同行。我們邊走邊聊著伊莎貝和勞瑞的事。

「看到兩個年輕人這麼相戀，還挺可愛的。」我說道。

「他們談結婚還太早了啦。」

「為什麼？小情侶早早步入禮堂，也是樂事一樁哪。」

「別說笑了。女的十九歲，男的也才二十歲，連份工作都還沒有，收入微薄，露易莎說一年才三千塊。露易莎也稱不上富有，只夠養活自己。」

「他可以找份工作啊。」

「這就是問題所在。他並沒有把這事放在心上，好像挺享受遊手好閒的日子。」

「戰爭期間他一定過得很苦，可能想休息一下吧。」

「他已經休息一年了，這樣夠久了吧。」

「我覺得這孩子看起來挺好的。」

「喔，我沒有看他不順眼。他的家世背景當然很好，父親來自巴爾的摩，好像曾經是耶魯大學專攻拉丁語系的助理教授，母親過去是費城的老貴格會成員。」

「你剛才說『曾經』，他們過世了嗎？」

「是啊，他母親是難產過世，父親在十二年前也走了。撫養他長大的是他父親大學時期的老友尼爾森，在瑪文做醫生。露易莎和伊莎貝才會認識他。」

「瑪文在哪裡？」

「就跟布萊利的鄉間住宅同一個地方。露易莎習慣去那裡避暑。她覺得勞瑞很可憐，尼爾森醫生又是單身漢，完全不曉得怎麼帶小孩。是露易莎堅持他應該去聖保羅的寄宿學校，每逢聖誕節就接他出來一起過。」艾略特學著高盧人聳肩的樣子。「我早該想到，這樣的結果在她意料之內。」

我們眼下已抵達美術館，注意力轉移至畫作上頭。艾略特的學識與品味再度令我欽佩不已；他領我在各個廳室間穿梭，當我是初來乍到的遊客，然而即使是美術系教授恐怕也不如他講解得清楚。我暗自決定要再來一次，盡情恣意閒逛，這回就姑且順著艾略特；過了一會兒，他看看手表。

「我們走吧。」他說。「我從來沒在美術館待超過一個鐘頭，鑑賞的耐性頂多如此，我們改天再逛完吧。」

我表達由衷的感謝後，兩人才各自離去；這趟下來，姑且不論見識有無增長，脾氣肯定變得煩躁。

我先前向布萊利太太道別時，她說隔天伊莎貝要請幾位朋友至家中晚餐，之後她們得出門參加舞會。如果我願意前往拜訪，就可以在她們不在家的期間，陪艾略特聊聊天。

「你這是在幫他的忙。」她說。「他在國外待太久了，覺得在這裡格格不入，老找不到談得來的同伴。」

我答應了她。艾略特和我在美術館門口分手前，表示很高興我願意陪他。

「我在這大城市裡，好像迷失了方向。」他說。「我答應露易莎會待在芝加哥六個禮拜，畢竟我們從一九一二年就沒見了，但我每天都在數饅頭，盼望回巴黎的日子。世上只有巴黎適合文明人居住。兄弟，你曉得這裡的人怎麼看我的嗎？他們把我當成怪胎、當成野人耶。」

我僅是笑笑，便離開了。

6

隔日傍晚，艾略特本要來接我，但我婉拒他的好意，自行安然抵達布萊利太太的宅邸。由於先前有客人來訪，因此我有些晚到。而一上樓，就聽到客廳傳來鬧哄哄的聲音，心想勢必賓客眾多，豈料加我也僅十二人。布萊利太太身穿綠色綢緞，華麗亮眼，頸上有圈小珍珠項鍊。艾略特則是合身小晚禮服，優雅自持，向我握手致意時，濃郁的阿拉伯香水撲鼻而來。他將我介紹給一位身材高胖的紅臉男子。這男子雖穿禮服，但似乎略顯彆扭；他是一位叫尼爾森的醫生，但當下這對我而言並無意義。其他客人皆是伊莎貝的朋友，至於名字我都是聽完就忘了；女的年輕貌美、男的俊朗挺拔，但皆未在我心中留下印象，唯獨記得某位高大壯碩的少年，目測身高逾六呎，有寬闊的肩膀。伊莎貝當晚也十分亮眼，身穿白絲禮服，下身是窄長裙，恰好遮住胖腿；由衣服剪裁判斷，她的前胸頗為豐滿，露出略嫌多肉的臂膀，但頸項倒是纖美。她的興奮之情溢於言表，雙眼閃亮動人。無庸置疑的是，她的外貌亮麗迷人，但若不勤加保養，日後恐怕會胖得難看。

晚宴上，我左右兩邊分別是布萊利太太和一名害羞的女孩，年紀似乎比其他人還小上許多。我們坐下後，布萊利太太首先破冰，表示女孩的祖父母住在瑪文，和伊莎貝曾經是同學，名叫蘇菲。席間眾人插科打諢、大聲嚷嚷，笑聲不絕於耳，似乎彼此極為熟識。我未與布萊利太太聊天時，就試圖與蘇菲攀談，但老是不得其門而入。她比其他人來得安靜，容貌不算漂亮，不過臉蛋頗為討喜，鼻子微歪，有張大嘴，眼眸藍中綴綠，沙褐色的頭髮梳得簡單。她的身子相當瘦小，胸部宛如男孩般平坦。她一面聽著眾人說笑，一面咯咯笑著，但顯得有點勉強，讓人覺得她其實不若外表那般開心。我揣想，她應是不想壞了大家興致才強顏歡笑。我不確定她是傻呼呼還是羞怯過頭，但開了幾個話題皆無疾而終，實在不知說什麼好，乾脆請她告訴我其他客人的名字。

「嗯，你認識尼爾森醫生吧。」她指著坐在布萊利太太和我對面的中年男士。「他是勞瑞的監護人，瑪文的醫生，腦袋很好，喜歡發明跟飛機有關的配件，沒事做的時候就會喝酒。」

蘇菲說這話的時候，黯淡的眼神熠熠發亮，我不禁覺得她或許比我預期的有趣。她繼續逐一告訴我在場年輕人的名字，以及他們父母的身分，介紹到男生之時，還順便提起他們過去就讀的大學、目前從事的工作，但多半相當籠統，諸如「她人很親切」或「他很會打高爾夫」。

「那位濃眉的大個子是誰呀？」

「你說他嗎？他叫格雷·馬圖林，父親在瑪文的河旁有棟大宅，是鎮上的百萬富翁，我們都非常以他為榮，感覺氣質也跟著變好了。馬圖林、哈布斯、雷納、史密斯這些人哪，都是芝加哥數一數二的有錢人，格雷是他的獨生子。」

她提及那些人名時，語氣酸溜溜，我好奇地瞥她一眼，她臉紅了起來。

「再多說些馬圖林先生的事吧。」

「沒什麼好說啦。他家財萬貫、備受敬重，幫瑪文的居民建了座教堂，還捐了一百萬美元給芝加哥大學。」

「他兒子挺帥的。」

「還不錯啦。你絕對猜不到，他的祖父是很窮的愛爾蘭人，祖母是瑞典人，以前在餐館端盤子。」

格雷·馬圖林的樣貌出眾，但稱不上英俊。他的外表粗獷，鼻子短鈍，嘴巴性感，擁有愛爾蘭人的紅潤膚色，一頭濃密光亮的黑髮，粗眉之下是清澈的湛藍眼眸。雖然他身形壯碩，但比例很好，衣物之下想必結實勻稱且孔武有力，如此雄健的體魄令人讚嘆，他身旁的勞瑞縱然只矮了三、四吋，相形之下卻顯得弱不禁風。

「他有很多仰慕者唷。」蘇菲靦腆地說道。「我知道有些女生為了得到他，幾乎可以不擇手段，但她們半點機會都沒有。」

「為什麼呢？」

「你真的什麼都不曉得啊？」

「要曉得什麼？」

「他完全鍾情於伊莎貝，眼裡只有她，但伊莎貝愛的人卻是勞瑞。」

「那他何不努力把伊莎貝搶過來呢？」

「勞瑞是他最好的朋友呀。」

「那事情就麻煩了。」

「畢竟格雷的道德標準可高了。」

我不確定她是認真說這番話，抑或帶有一絲揶揄。她的舉止不帶半分輕佻、魯莽或俏皮，但我直覺認為她骨子裡不乏幽默與機靈。我很好奇，她與我交談的時候，腦子裡都在想些什麼，但勢必永遠不會有答案。她明顯缺乏自信，我不禁揣想，她身為獨生女，生活不食人間煙火，親戚也都年長許多。她的性情謙虛、不爭風頭，頗討人喜歡，但若我的推測沒錯，她多數時候都得獨處，因此應該早習慣靜靜觀察長輩，並在心中對他們產生定見。成年人鮮少會想到，年輕人對我們的評價可能既無情卻又中肯。我又對上她那雙藍綠色的眼睛。

「妳今年幾歲？」

「十七歲。」

「妳經常讀書嗎？」我貿然問道。但她還來不及回答，善盡東道主職責的布萊利太太已過來找我攀談，而晚宴亦即將結束，我無暇再與蘇菲多聊。眾位年輕男女一道出門找樂子，我們四人便回到樓上的客廳。

我對於受邀一事備感詫異，因為除了起初漫無目的閒聊，後來的話題在我聽來較適合他們私下討論才是；我有些猶豫不決，不曉得該識相地起身離席，抑或以旁觀者的身分，提供些個人看法。眼下他們談到勞瑞，不理解他為何排斥找份工作，馬圖林先生甚至早表示，願意僱用勞瑞到他的公司幫忙。這毋寧是個大好機會；勞瑞若能發揮長才並勤勉認分，假以時日就能累積可觀收入。格雷也很希望勞瑞能接下這份工作。

我記不得所有的細節，但大意仍然記憶猶新。勞瑞從法國回來後，監護人尼爾森醫生就建議他去讀個大學，卻被他給拒絕了。他想好好放鬆其實也是情有可原，畢竟戰爭那段日子很苦，他還兩度受傷，只是傷勢不重。尼爾森醫生認為，勞瑞依舊飽受戰爭驚嚇，應該讓他好好休息，直到完全康復再說。但先是幾週過去，接著數個月過去，如今他已退伍逾年。他在空軍服役期間表現良好，回到芝加哥後，稱頭的外表引人注目，不少業界老闆有意僱用他，但他皆逐一感謝後婉拒，只說尚在思考自己的未來；後來，他便與伊莎貝訂婚。布萊利太太毫不意外，因為小倆口在一起已經多年，且伊莎貝確實深愛著勞瑞，她也挺喜歡這孩子，覺得他能帶給伊莎貝幸福。

「伊莎貝的性格比勞瑞來得堅毅，正好彌補他的不足。」

縱然兩人年紀尚輕，布萊利太太卻很願意讓他們盡快結婚，但前提是勞瑞得先開始上班。勞瑞身上有些積蓄，但即使財產有十倍之多，布萊利太太仍不會讓步。就目前情況看來，她和艾略特希望從尼爾森醫生口中，探聽出勞瑞想做什麼。他們希望尼爾森能運用自身的影響力，說服他接下馬圖林先生提供的工作。

「妳也知道，勞瑞從來就不太聽我的話。」他說。「他從小就很率性。」

「對呀。你讓他過得自由自在，他沒走歪路還真不可思議。」

尼爾森醫生酒喝得正起勁，沒好氣地瞪了她一眼，赤紅的臉更顯鼓脹。

「我很忙啊，有很多自己的雜事得處理。我之所以收留他，是因為他沒別的人可以投靠了，況且他父親是我的朋友。他這孩子本來就不太好帶。」

「你怎麼能說這種話。」布萊利太太語帶苛責。「他的個性很溫和。」

「如果妳有個兒子從來不回嘴，凡事卻只照自己意思來，妳生氣的時候他只知道道歉然後乖乖挨罵，妳能拿他怎麼辦？如果是我自己的兒子，早把他毒打一頓了，但勞瑞跟我沒有血緣關係，我不可能打得下去。他父親把孩子交給我，是相信我會善待這孩子啊。」

「現在講這些都無關緊要。」艾略特說道，略顯不耐。「重點是，他已經拖得夠久了，眼前剛好有不錯的工作，他有機會賺大錢；而且如果他想娶伊莎貝，就非接不可。」

「他一定要認清現在的世道啊。」布萊利太太接著說。「男人就得工作，更何況他現在身強體健。大家都曉得，美國內戰過後，有些男人回來後就不事生產，既成為家人的負擔，又對社會毫無貢獻。」

我在此時插了話。

「但他婉拒這些工作機會的理由是什麼呢？」

「不曉得，他只說沒興趣。」

「但他難道不想找點事做嗎？」

「看樣子是不太想。」

尼爾森醫生又自行倒了杯威士忌，長飲一大口後，盯著面前兩位朋友。

「要不要聽聽我的想法呢？我敢說，自己看人的工夫不怎麼樣，但好歹也行醫三十多年了，多少懂點人性。我想是戰事的關係，勞瑞回來後感覺變了個人，不只變得老成而已，可能發生過什麼事，讓他的性格也不一樣了。」

「什麼事呢？」

「我不曉得。對於戰爭期間的經歷，他都避而不談。」尼爾森醫生轉頭問布萊利太太。「露易莎，他和妳聊過嗎？」

她搖搖頭。

「沒有。他剛回來的時候，我們一直要他說說當兵的冒險故事，但他都露出一貫的笑容，只說沒什麼好說的，甚至也不跟伊莎貝分享。伊莎貝嘗試了好多次，都問不出所以然。」

這番對話持續了一陣子，依然得不到滿意的結論。不久後，尼爾森醫生瞧了眼手表，表示自己得先走了。我本想一同告辭，但艾略特硬要我留下。尼爾森離去後，布萊利太太連忙道歉，覺得擅自說起私事，深怕我方才感到煩悶。

「但是我真的很掛心這件事。」她說道。

「露易莎，毛姆先生很會拿捏分寸的，跟他說什麼都不必擔心。我是覺得鮑伯·尼爾森和勞瑞不大親近，但是關於一些事情，我和露易莎都認為最好不要告訴他。」

「艾略特你別多嘴。」

「妳都說這麼多了，乾脆就一次講完。剛才在晚宴上，不曉得你有沒有注意到格雷．馬圖林？」

「他的塊頭很大，想不注意都難。」

「格雷是伊莎貝的情人。勞瑞從軍的時候，他非常照顧伊莎貝。伊莎貝也喜歡他，如果戰爭再打得久一點，兩人很可能就結婚了。格雷其實也向她求過婚，但她不置可否。露易莎猜想，她應該是想等勞瑞回來再做決定。」

「格雷為什麼沒當兵呢？」我問道。

「他以前踢足球的時候，傷到了心臟，雖然不嚴重，但部隊不敢收他。反正呢，勞瑞退伍回家後，他就沒機會了。伊莎貝直接拒絕了他的求婚。」

我當下不知該做何反應，只能沉默以對。艾略特繼續說著，憑著他睿智的外表與牛津口音，儼然像是位資深的外交官。

「勞瑞當然是好孩子，會跑去加入空軍也挺有種的，但我閱人的工夫堪稱一流……」他露出意味深長的笑容，接著竟影射自己憑著買賣藝術品致富，也是我印象中唯一一次。「要不然，我手上就不會握有一堆政府債券了。我認為，勞瑞絕對成不了大器，既沒財產又沒地位。格雷．馬圖林可就不一樣了，不但有響亮的愛爾蘭名字，家族中還有主教、劇作家和好幾位傑出的軍人和學者呢。」

「你是怎麼知道這些事的？」我問道。

「一般人要知道也不難吧。」他隨意地說。「其實，我前幾天剛好在會所翻《英國傳記辭典》，恰巧看到他們家族的名字。」

我立即想起晚餐時蘇菲所說，格雷祖父是名愛爾蘭窮光蛋，祖母則是瑞典侍者，但總覺得該少管閒事，因此並未向他們提起。艾略特接著說下去。

「我們都認識亨利．馬圖林先生好多年了。他為人耿直，十分富有。格雷又即將進入芝加哥一流的公司，未來前程似錦。他想娶伊莎貝，而從女方的角度看來，這樣才剛好門當戶對。我完全贊成這樁婚事，露易莎一定也是吧。」

「艾略特，你離開美國太久囉。」布萊利太太說，臉上掛著苦笑。「你忘了啊，現在的女孩子如果想結婚，可不會看媽媽或舅舅的臉色唷。」

「這沒什麼好得意的，露易莎。」艾略特語帶尖刻。「就我三十年來的經驗，我可以告訴妳，婚姻這檔事啊，依照地位、財富和社交圈來安排，絕對遠遠好過只因為兩情相悅就結婚。要是在法國，這個全世界唯一的文明國家，伊莎貝勢必二話不說就嫁給格雷了。過了一、兩年，她還是可以找勞瑞當情夫，格雷也可以在奢華公寓養個上流社會的情婦，豈不皆大歡喜嘛。」

布萊利太太也是個聰明人，她忍俊不禁地瞧著眼前的兄長。

「美中不足之處呢，艾略特，就是紐約劇團來這裡演出的時間不長，少了生活娛樂，格雷的高級公寓怕是留不住人哪。這樣想必對各方都不太方便。」

艾略特笑了笑。

「格雷可以在紐約證交所買個席位，畢竟如果真的要住在美國，紐約大概是唯一的選擇。」

之後沒多久我就告辭了，但離開前不知為何，艾略特竟問我是否願意跟他與馬圖林父子吃頓午餐。

「亨利是美國最厲害的商人。」他說。「我覺得你應該認識他。他管理我們家的投資好多年了。」

我並沒有特別想認識他，但也無理由回絕，便欣然答應了他的邀請。

7

我在芝加哥期間，經常待在一家附設圖書館的會所；隔天一早，我便前去查找一、兩本大學雜誌，這些雜誌除非是訂戶，否則很難取得。由於時間尚早，館內僅有一人，坐在一張大皮革椅上，正聚精會神讀著書。出乎意料的是，那人竟是勞瑞，我完全沒料到會在圖書館遇到他。我從旁經過時，他抬起頭來，一眼認出了我，便作勢要起身。

「坐著就好。」我說完便接著問，「你在讀什麼？」

「讀書啊。」他微笑說道，笑容十分迷人，即使如此斷然回答，也不顯得無禮。他闔上書本，一雙迷濛的眼睛盯著我，握書的角度剛好遮掩了書名。

「昨天晚上玩得開心嗎？」我問道。

「非常開心。清晨五點才回家。」

「一大早就來這裡，應該很累吧。」

「我經常會來這裡啊，通常這時候都沒有其他人。」

「我不會打擾你的。」

「你沒有打擾我啊。」他說道，再次展露笑顏；我這才發覺，他的笑容陽光甜美，不過分燦爛耀眼，而是由內而外般照亮臉龐。他坐在凸出的書櫃之間，身旁有張空椅子，手放臂上。「何不坐坐？」

「好吧。」

他把手上的書遞給我。

「我剛才在讀這本書。」

我看了一眼，原來是威廉．詹姆斯[7]的《心理學原理》，這本無疑是心理學史上的重要作品，而且非常容易上手，但怎麼也沒想到一位當過飛行員、跳舞到清晨五點才回家的年輕人，竟會拿這本書來讀。

「怎麼會想讀這本書呢？」

「我懂得太少了。」

「你還很年輕呀。」我微笑說道。

他沉默了許久，氣氛開始有些尷尬，我想起身去找那幾本雜誌，但老感覺他有話想說。他出神地看著前方，表情凝重專注，似乎進入冥想。我靜靜等候著，好奇他所為何事。他終於開口時，彷彿只是接續先前的對話，而未察覺那冗長的沉默。

「我從法國回來的時候，親友都希望我去讀大學，但我真的辦不到。經歷過這麼多事情後，我覺得自己沒辦法回去念書了。況且，我當初在私校什麼也沒學到。我覺得自己無法融入大學生的生活，同學一定不會喜歡我。我不想勉強自己當個大學生，也不認為老師教授的知識是我想知道的。」

「這當然是你自己的事情。」我說道。「但是我不同意你的看法。我懂你的意思，也明白你經歷了兩年戰爭，回來卻要當個光鮮亮麗的大學生，實在是很煩人。但我不覺得他們會排擠你。我不熟悉美國大學的情況，但我相信美國的大學生和英國的大學生並無太大差異，或許只是比較愛喧譁

[7] 威廉．詹姆斯（William James），美國哲學家暨心理學家，帶動哲學的實用主義運動。

打鬧，但整體來說還是懂事的好孩子；而且如果你不願意與他們混在一塊，只要身段放得柔軟，是不會有人管你的。我沒有像兄長一樣去讀劍橋，自願放棄了機會，只想到外頭的世界闖一闖。現在回想起來，我真後悔當初的決定，害我犯下不少可避免的錯誤。大學教師的人生閱歷廣，你學得也會比較快；如果沒人在一旁提點，免不了要走許多冤枉路。」

「或許吧。我並不怕犯錯，搞不好會在其中一條冤枉路，找到人生的目標。」

「那你的人生目標是？」

他略為遲疑，然後說，「問題就在這裡，我也還不太清楚。」

我不發一語，因為似乎也無法回應什麼。我從小的人生目標清楚明確，所以對此感到不耐，但我按捺住性子，憑著一股直覺，認為這孩子內心雖迷惘卻肯上進，可能是未成熟的想法，抑或剛萌芽的情感，讓他的靈魂騷動不安，努力摸索著未來的方向。說也奇怪，他竟挑起我的同情心。我從未聽他說這麼多話，如今才發覺他的聲音真是悅耳，說服力十足，且頗為療癒，又有俊揚的笑容、深情的黑眸，難怪伊莎貝會對他傾心，他確實討人喜愛。勞瑞這會兒撇過頭，毫不忸怩地盯著我，眼神既在打量又帶笑意。

「昨晚我們一群人出門跳舞之後，你們應該有聊到我吧？」

「確實稍微提到。」

「難怪鮑伯叔叔非得要前往用餐，他明明討厭出門的。」

「聽說你有個很不錯的工作機會。」

「是很棒的工作機會。」

「你會去嗎？」

「應該不會。」
「為什麼呢？」
「不想去囉。」
雖然我是在多管閒事，但竊以為自己是非親非故的外國人，勞瑞會比較願意向我傾吐。
「喔，人家不是常說，如果一無是處，就去當作家吧。」我咯咯笑著。
「我沒有什麼文采。」
「那你想做什麼呢？」
他揚起容光煥發的笑靨。
「鬼混。」他說道。
我勉強笑了笑。
「芝加哥這個地方應該不太適合鬼混唷。」我說。「好啦，不吵你讀書了，我要去找《耶魯大學季刊》。」
我起身離去。我走出圖書館的時候，勞瑞還在專心讀著威廉·詹姆斯的書。我自行在會所吃過午餐後，因為圖書館夠安靜，就走回去抽根雪茄，順便讀讀書、寫寫信，又消磨了一、兩個鐘頭。萬萬沒想到，勞瑞依舊埋首書中，好似我離開後就文風不動。我下午四點離開時，他照樣坐在那裡，展現高度專注力，令我大感詫異。我這般來來去去，他卻渾然不覺。由於當天下午我有許多事得辦，因此一直忙到該換上晚宴禮服，才回到了黑石飯店；然而途中，我按捺不住內心好奇，再度來到會所裡的圖書館，當時裡頭已有不少人在閱讀書報，勞瑞竟仍坐在同一張椅子上，聚精會神讀著同一本書，實在怪哉！

8

隔天，我應艾略特的邀請前往帕爾瑪飯店，與馬圖林父子共進午餐，一桌就我們四人。亨利・馬圖林的個子高大，與他兒子相差不遠，肉臉紅潤、下顎寬大，同樣有尖挺的鼻子，淡藍雙眼較小，目光老謀深算。他頂多五十歲出頭，但看起來卻老十歲，日益稀疏的頭髮一片雪白。乍看之下，他顯得不太討喜，一副長年養尊處優的模樣，給人感覺手段殘忍、精明幹練，凡是有關生意的事，絕對不留情面。起初，亨利的話並不多，我揣想他仍在掂掂我的斤兩，還發現他根本不把艾略特當一回事；兒子格雷則是親切有禮，幾乎沒有開口。幸好艾略特在場，發揮他絕佳的社交手腕，讓話題源源不絕，不然這頓飯勢必相當難熬。我不禁竊想，他以前應該有豐富經驗，曉得如何與中西部的生意人打交道，連哄帶騙讓他們掏大錢購入古典名畫。馬圖林先生如今似乎放鬆許多，發表了幾句高論，顯示他的腦袋比外表來得靈光，還是位冷面笑匠。話題一會兒來到股票上頭，艾略特說得頭頭是道，若非我早曉得他胡言歸胡言，其實腦袋聰明得很，我絕對會極為訝異。馬圖林先生此時開口說道：

「我今早收到一封格雷的朋友勞瑞寄來的信。」

「爸，你怎麼沒跟我說。」格雷說道。

馬圖林先生面向我。

「你認識勞瑞吧？」我點點頭，他繼續說，「格雷要我請他來工作。他們兩人非常要好，格雷很喜歡他這個朋友。」

「那勞瑞怎麼說呢？」

「他很謝謝我，說這是年輕人夢寐以求的機會，但他仔細考慮過後，認為會讓我失望，就婉拒了。」

「他還真笨。」艾略特說道。

「真的。」馬圖林說道。

「真是抱歉，爸。」格雷說。「要是我和他能共事，一定會很棒。」

「這種事情是勉強不來的。」

馬圖林先生邊說邊看著他的兒子，原本精明的眼神變得溫和。我才察覺眼前這位鐵漢生意人柔情的一面，可見他多疼愛人高馬大的兒子。他再度轉向我。

「跟你說，上禮拜天，這孩子在我們的球場打出低於標準桿兩桿的成績，我輸得難看死了。當時真想用球桿敲他腦袋，但明明是我自己教出來的。」

他的自豪之情溢於言表。我對他竟不再反感了。

「我那天運氣特別好啦，爸。」

「是運氣才怪。你能把球打出沙坑，最後離洞才六吋，這叫運氣?球飛了三十五碼耶。我要他明年參加業餘賽。」

「我應該沒時間吧。」

「我是你老闆喔，忘了嗎？」

「最好會忘了！就連遲到一分鐘，你都是會殺人的。」

馬圖林先生呵呵笑著。

「這小子把我說得好像暴君似的。」他說。「你可別信以為真。我代表了公司的門面，非常以此為榮。而且我要求我兒子從基層幹起，跟其他年輕人一樣，慢慢往上爬。有朝一日時機成熟，他才夠格接我的位子，畢竟經營這麼一間公司，絕對要擔起很大的責任。我手上有些客戶已經三十年了，他們全權把投資的事交給我處理，就是信得過我。老實說，我寧願自己吃虧，也不願見到他們賠錢。」

格雷笑了笑。

「前幾天，有位婦人找上門，想砸一千美元到一樁高風險的投資計畫，還說是牧師推薦的。他拒絕接下這個單子，那婦人一再堅持，他就把人家痛罵一頓，婦人最後是哭著離開的。他後來還打電話給牧師，也把人家給臭罵一頓。」

「一般人老愛說投資仲介的壞話，但仲介本來就有好有壞。我不想看到有人賠錢，只希望他們能賺到錢，但看了很多人的做事方式後，常常會覺得他們非得把自己搞到破產才會甘心。」

「那你覺得他這個人如何？」艾略特這麼問我，我倆正在路上走著，馬圖林父子已先行回去工作。

「我本來就很喜歡認識新朋友，他們父子倆的感情真好，我看了挺感動的，這在英格蘭應該不太常見。」

「馬圖林很疼兒子，他的性格可奇特了。他剛才提到關於客戶的事所言不假，好幾百位老太太、退役軍人、牧師的畢生積蓄都由他經手。我本來想這一定吃力不討好，但他深受他們信任，並以此為榮。但如果給他碰到一樁大生意，又面對勢力龐大的利益團體，他比任何人都來得冷酷無情，不留半點惻隱之心。該是他的東西，他不惜一切都要得到。凡是和他作對的人，他會想辦法除掉，而且樂在其中。」

艾略特當天一到家，就向布萊利太太說勞瑞婉拒了馬圖林先生；而伊莎貝原本在和姊妹淘吃午餐，進來正好聽到這段談話，他們也就如實跟她說了。根據艾略特轉述的內容，他後來高談闊論了一番。儘管十年來從未有過正職，而且稱得上是輕鬆致富，但他仍然堅信，做人必須要勤勉才行。勞瑞僅是平凡的青年，無社會地位可言，沒道理不依循美國的優良傳統。而艾略特憑著自身的真灼見，深知美國正迎接前所未有的榮景。勞瑞眼下有機會從頭幹起，若能孜孜不倦，四十歲前成為億萬富豪並非難事。屆時他若有意退休，搬到巴黎之類的城市，過著上流士紳的生活，並在繁華的森林大街找間公寓、圖蘭省鄉間買棟別墅，艾略特也不會有半句反對。但布萊利太太說得更簡潔有力，教人難以反駁。

「如果他真的愛妳，就該為了妳找份工作。」

我不曉得伊莎貝的反應為何，但聰明如她，想必了解長輩所言不無道理。她認識的男生不是為了進入職場在苦讀，就是已成為忙碌的上班族。勞瑞總不會以為，僅憑服役期間的優異表現，就能夠度過後半輩子。戰爭已劃下句點，眾人身心俱疲，恨不得快點將之拋諸腦後。討論到最後，伊莎貝答應找勞瑞把事情一次攤開來談。布萊利太太建議，伊莎貝應該要勞瑞載她到瑪文一趟；她最近要訂製新窗簾，但忘記把抄來的尺寸放哪兒了，便希望伊莎貝再去量一次。

「鮑伯．尼爾森先生會設宴招待妳。」她說道。

「我有更好的建議。」艾略特說。「準備個午餐籃，讓他們坐在台階上野餐，吃完就可以談了。」

「聽起來很好玩。」伊莎貝說道。

「悠閒享受野餐最棒了。」艾略特自滿地說。「烏瑟斯公爵夫人曾經對我說，這種情況下，男人再怎麼任性，耳根子都會變軟，比較容易聽話。妳打算幫他們準備什麼午餐呢？」

「鑲蛋和雞肉三明治。」

「太不像樣了，野餐怎麼可以少了鵝肝醬。妳得先準備咖哩蝦，還有雞胸肉凍，搭配萵苣心沙拉，佐以我親自調製的醬料；吃過鵝肝後，可以來份蘋果派，算是迎合美國人的脾胃。」

「我看讓他們帶鑲蛋和雞肉三明治就好了。」布萊利太太語氣堅決。

「喔，那我敢說絕對會失敗，到時妳只能怪自己。」

「勞瑞的食量很小，艾略特舅舅。」伊莎貝說。「而且我認為他根本不在意自己吃了什麼。」

「妳可別覺得這是他的優點哪，可憐的孩子。」艾略特答道。

但午餐籃終究是照著布萊利太太的意思。艾略特後來提起那趟郊遊的結果，只聳了聳肩，姿態活像個法國人。

「我早跟他們說會失敗了，我拜託露易莎把我戰前寄去的蒙哈榭葡萄酒放進去，但她偏偏不聽。他們只帶了一壺熱咖啡而已，事情怎麼會成？」

原來，當晚布萊利太太和艾略特坐在客廳時，聽到外頭車子停妥的聲音，伊莎貝進了門。天色剛暗，窗簾已拉了起來，艾略特坐在爐邊的躺椅上讀小說，布萊利太太則在織著爐擋用的花毯。伊莎貝沒進客廳，便直接上樓進房了。艾略特的目光越過眼鏡，看著露易莎。

「她應該是要去脫帽子吧。等等就會下來了。」她說道。但伊莎貝並沒下樓，然後幾分鐘過去了。「她大概累了，可能直接睡了吧。」

「勞瑞沒跟著進來，妳不覺得奇怪嗎？」

「你少煩了，艾略特。」
「喔，反正是妳的事情，跟我無關。」
語畢，他便再度埋頭讀書，布萊利太太則繼續縫縫補補。但半小時後，她忽然站起身。
「我還是上去看看她好了。如果她已經睡著就算了。」
她離開客廳，但沒多久就下樓了。
「她一直在哭。勞瑞準備要去巴黎待兩年，她答應會等他回來。」
「勞瑞為什麼要去巴黎呢？」
「你問我也沒用，艾略特，我不曉得。她什麼細節都沒說，只說能夠體諒他的決定，所以不會阻止他。然後我就問，『他都要離開妳兩年了，不可能有多愛妳啊。』她說，『沒辦法，反正我很愛他就對了。』我忍不住又問，『今天發生這種事也一樣？』她竟然回答，『就是因為這樣，所以我更愛他了，他也真的愛著我，媽，這我非常確定。』」
艾略特沉思了一會兒。
「那兩年之後呢？」
「我也不知道，艾略特。」
「妳難道不覺得不太好嗎？」
「很不好。」
「目前可以肯定一件事，他們倆都還年輕，等個兩年也無妨，而且這段時間沒準會發生很多事。」
他們決定眼下最好讓伊莎貝獨自靜一靜，準備自行出門吃晚餐。
「我不希望又惹她難過。」布萊利太太說。「大家都會問她的眼睛怎麼會腫腫的。」

但隔天他們吃過午餐後，布萊利太太又提起這個話題，只是仍問不出個所以然。

「該說的我都跟妳說過了，媽。」她說道。

「他在巴黎要做什麼呢？」

伊莎貝笑了笑，心想母親勢必會覺得答案十足荒謬。

「閒晃。」

「閒晃？妳這是什麼意思？」

「他自己說的。」

「我真是受不了妳，如果妳腦袋可以清醒點，早就直接跟他解除婚約了。他只是在玩弄妳的感情罷了。」

伊莎貝看看左手的戒指。

「有什麼辦法？誰教我愛他呢。」

艾略特於是加入了談話，話鋒顯露一貫的圓滑，「我無意用舅舅的姿態說教，而是以過來人的身分勸這孩子，畢竟她還沒見過世面。」但艾略特也拿她沒轍。就我聽來的印象而言，她雖然答得客客氣氣，但擺明要舅舅少管閒事。之後某日，艾略特在黑石飯店的小客廳向我轉述此事。

「露易莎說得沒錯。」他說。「一切的發展實在糟糕。但是，讓年輕人單憑著你情我願就結婚，一定會遇上這種事情。我要露易莎先別操心，未來可能比她預期來得好。既然勞瑞不在伊莎貝身邊，格雷等於近水樓台，憑著我對人性的理解，結果已經相當清楚了。十七、八歲的人難免感情用事，但都只是一時的。」

「你還真懂人情世故啊，艾略特。」我笑著說。

「我可沒白讀拉羅什福柯[8]的書哪。他們待在芝加哥這個城市，勢必三天兩頭就會碰面。有個男的這麼獻殷勤，任何女孩都會受寵若驚。一旦她發現身旁的姊妹淘都巴不得嫁給他，我問你，誰能忍著不捷足先登呢？這就好像你去參加一場派對，雖然事前就知道會很無聊，點心又只有檸檬汁和餅乾，但終究還是會前往，只因為沒受邀的好友都非常眼紅。」

「勞瑞何時出發呢？」

「不知道，應該還沒決定吧。」艾略特從口袋中取出一只薄薄的白金長菸盒，抽出一根埃及香菸；舉凡法蒂瑪、契斯特菲爾德、駱駝牌或好彩菸等品牌，他沒一個看得上眼。他盯著我瞧，臉上的笑容意味深長。「我懶得跟露易莎說心裡話，但老實跟你說，我倒挺可憐那個年輕小伙子。就我所知，戰時他目睹過巴黎的風貌，如果就此迷上那座城市，實在不能怪他，畢竟巴黎是世上唯一適合文明人居住的地方。他那麼年輕，寧願好好放縱自己，也不想急著步入婚姻，這再自然不過了，沒什麼不對。我會盯著他，把他引薦給有頭有臉的人士。他本身文質彬彬，只要我再稍加提點，想必會相當稱頭。我絕對會讓他見識法國生活獨到的一面，有這種機會的美國人屈指可數唷。相信我，一般美國人想打入聖日爾曼大道，可是比上天堂還要難。勞瑞才二十歲，又長得挺俊朗，我應該可以幫他跟某個年長的貴婦搭上線，好好把他調教調教。我一直覺得，年輕人如果想有好的教育，就要找一定年紀的貴婦當情人，這位貴婦最好通曉人情世故，他在巴黎的地位馬上就不同凡響。」

「你有沒有向布萊利太太說呢？」我問道，面露微笑。

---

[8] 拉羅什福柯（La Rochefoucauld），十七世紀法國作家，著有《箴言集》。

艾略特忍俊不禁。

「跟你說，我最自豪的就是待人處世的技巧，當然沒跟她說啦。她是絕對不會懂的，可憐哪。這也是我百思不解的地方，露易莎明明在外交的圈子打滾了大半輩子，也待過全球半數以上的首都，美國人性格卻一點沒變，實在無藥可救。」

9

當天傍晚，我前往湖濱大道一棟石頭別墅參加晚宴。就外觀而言，這棟別墅挺有中世紀城堡的氣勢，但或許建築師中途改變心意，決定蓋成瑞士牧屋風格的宅邸。晚宴賓客眾多，一進華麗氣派的大廳，映入眼簾的盡是各式雕塑、棕櫚、古典畫作、枝形吊燈與擺滿物品的家具，幸好我至少還認識部分賓客。馬圖林先生向我介紹他的太太，眼前是位頗為蒼老瘦弱的女士。我也向布萊利太太和伊莎貝致意。伊莎貝身穿大紅絲質禮服，搭配她的黑髮與杏眼，風姿綽約。她似乎心情很好，完全看不出感情才遭逢重大挫折，眼下正開心地與周圍兩三名男士閒聊，格雷也在其中。晚餐時她坐另一桌，在我視線範圍之外；後來男士們慢條斯理地喝完咖啡與餐後香甜酒、抽完雪茄，好不容易回到了大廳，我才有機會跟她搭上話。不過我與她並不相熟，不便直接轉述艾略特先前所言，但我接下來要說的事，她應該會很感興趣。

「我前兩天在會所碰見妳男朋友。」我語帶輕鬆。

「喔，真的嗎？」

她的口吻也一派輕鬆，但我發覺她起了戒心，眼神變得機警，透露出某種焦慮。

「那時候他在圖書館讀書，專注得不得了，非常厲害。我十點鐘過去時看到他在讀書，吃完午餐回去時他依舊埋頭苦讀，等到我準備出去吃晚餐，他竟然還讀得津津有味。我覺得他起碼有十個鐘頭沒離開過椅子。」

「他在讀什麼呢？」

「威廉．詹姆斯的《心理學原理》。」

她低垂著頭，看不出來心情是否受到影響，但我想她疑惑之餘，應該也鬆了口氣。就在此時，我被東道主拉去打橋牌，而牌局結束之後，伊莎貝和她母親早已先行離去。

10

兩天後，我前去向布萊利太太與艾略特道別。他們正坐著喝茶，我才進門沒多久，伊莎貝也跟著進來。除了聊到接下來的行程，我也感謝他們這段時間的熱忱招待，後來看時間差不多了，我便起身準備離開。

「我陪你走到藥妝店那裡吧。」伊莎貝說。「剛剛想起來要買個東西。」

離去前，布萊利太太向我說，「下回見到瑪格麗特王后，請代我向她問安，好嗎？」

我已無力再去撇清自己其實不認識王后，不假思索就說當然沒問題。

我們走到街上後，伊莎貝側頭對我笑著。

「你喝得下冰淇淋汽水嗎？」她問道。

「試試囉。」我答得拘謹。

一路上，伊莎貝一語不發，我既不知該聊什麼，便也跟著保持沉默。進了藥妝店後，我們找了張桌子坐下，椅背和椅腳都是由彎曲的鐵絲組成，坐起來不大舒服。我點了兩份冰淇淋汽水。櫃台前有些人在等結帳，還有兩、三對坐在別桌，不過都忙著自己的事，基本上沒有人會打擾我們。我點了根菸，靜靜等候，伊莎貝一臉滿足地吸著長吸管，感覺得出來她頗為緊張。

「我有事情想跟你說。」她忽然開口。

「我想也是。」我微笑以對。

她停頓了一會兒，神情若有所思。

「前天晚上在薩特思韋特家，為什麼你會提到勞瑞的事情？」

「我以為妳會感興趣，因為我忽然想到，妳可能不大了解他所謂閒晃的意思。」

「艾略特舅舅真是大嘴巴，他那時說要去黑石飯店找你聊聊，我就猜到他會把事情都跟你說。」

「畢竟我也認識他好多年了，平時他最愛講別人閒話了。」

「沒錯。」她露出淺笑，但一閃即逝，她盯著我瞧，神情嚴肅地說，「你覺得勞瑞的為人怎麼樣？」

「我只見過他三次，感覺是個很不錯的孩子。」

「就這樣嗎？」

她的語氣透露一絲焦急。

「也不盡然，這真的很難說，妳也知道，我對他的認識不深。當然啦，他長得好看，待人謙和、溫柔又親切，這類氣質很吸引人。而且他年紀輕輕，竟然這麼耐得住性子，跟我在這裡遇到的其他男孩子很不一樣。」

我在模糊的印象中摸索，設法將感覺化為字句，伊莎貝只專注地看著我。待我說完後，她嘆了一聲，似乎鬆了口氣，露出迷人又帶點調皮的微笑。

「艾略特舅舅說過，你的觀察力常常讓他十分佩服。他說沒什麼事情能逃過你的眼睛，還說你身為作家最大的優勢，就是見識很廣。」

「我倒覺得其他特質還比較有用。」我自嘲地說。「像是天分之類的。」

「我找不到人可以跟我談這件事。媽媽只從她自己的角度看事情，希望我未來的生活能有保障。」

「這很自然啊，不是嗎？」

「然後艾略特舅舅只注重社會地位，我自己那群朋友，我是說跟我同輩的朋友，都認為勞瑞沒什麼用，聽了真的很難過。」

「一定的。」

「他們也沒有對他不好，勞瑞的個性很討人喜歡，只是他們都把他當成笑話來看，動不動就開他玩笑，只是讓他們不爽的是，他都一副滿不在乎的樣子，每次都一笑置之。那你曉得我們現在的情況嗎？」

「我只知道艾略特轉述的那些。」

「可以聽我說說我們去瑪文發生的事嗎？」

「當然。」

我將伊莎貝的說法在此轉述，部分是根據回憶，部分則憑想像改寫。但她和勞瑞當時談了許久，肯定有許多內容我無法詳述。我猜一般人在這類場合除了很容易言不及義，同樣的事情還會一說再說。

那天伊莎貝一覺醒來，瞧見外頭天氣晴朗，便打電話給勞瑞，說她母親請她去瑪文辦點事情，希望勞瑞能載她一程。她母親要尤金放進籃子的那壺咖啡裡，她還特地加了杯馬丁尼。勞瑞的小敞篷車是最近才購入，他為此得意不已，而他又愛開快車，一路上高速前進，兩人都備感興奮。抵達之後，伊莎貝開始量簾子的尺寸，勞瑞則在一旁負責記錄。之後兩人在台階上吃起午餐，位置剛好可以讓人遮風，並沐浴在初秋的暖陽之中。這棟房子位於泥巴路上，少了新英格蘭舊式木板房的優雅，充其量只稱得上寬敞舒適，但從門前台階放眼望去，只見黑頂的紅色大穀倉、成排的老樹，遠處則是棕色田野，頗為賞心悅目。縱然風景缺乏變化，但耀眼的陽光伴著年歲的餘暉，使其顯得親切宜人。一大片原野在面前開展，竟教人激動起來。冬季時一定寒冷蒼涼，盛夏則勢必焦炙難耐，而唯有此刻莫名地動人，廣袤的景色似在召喚靈魂前去探險。

小倆口開心吃著午餐，享受美好的相處時光，伊莎貝倒了杯咖啡，勞瑞則點起菸斗。

「直接說吧，親愛的。」他說道，眼神透露笑意。

伊莎貝大吃一驚。

「直接說什麼？」她問道，盡可能一臉無辜。勞瑞噗哧地笑了。

「妳真以為我是傻瓜呀，寶貝？如果妳媽媽真的不知道客廳窗戶的尺寸，我頭給妳。妳要我載妳來這裡，想也知道有其他原因。」

伊莎貝恢復鎮定後，露出燦爛的笑容。

「說不定我只是想和你獨處一整天啊。」

「也是有可能，但我不這麼覺得。我猜八成是艾略特舅舅告訴妳，我婉拒了了亨利．馬圖林給的工作機會吧。」

勞瑞的語氣輕鬆自在，伊莎貝也就順勢說下去。

「格雷一定非常失望吧。他本來很期待跟你一起工作。你也的確應該找份正職了，拖愈久就愈不好找。」

他邊抽菸斗邊看著她，臉上掛著溫柔的笑靨，讓她無法判斷他是否抱持認真的態度。

「我不希望把人生花在買賣債券上頭。」

「這也沒關係，你可以去律師事務所或念醫學院啊。」

「那也不是我想做的事。」

「那你想做什麼呢？」

「閒晃囉。」他語帶平靜。

「唉，勞瑞，別搞笑了，我們在談正經事耶。」

她的聲音顫抖，雙眼噙著淚水。

「別哭嘛，親愛的，我不想弄得妳難過。」

勞瑞坐到伊莎貝身旁，攬著她的肩膀。他語帶溫柔，讓她無法再武裝下去，眼淚就此潰堤，但不久便擦乾了淚，勉強擠出笑容。

「說什麼不想讓我難過，但你真的弄得我很難過啊，你知道嗎？我好愛你。」

「我也愛妳啊，伊莎貝。」

她深深嘆了口氣，離開他的臂彎，稍微坐開一些。

「我們來講講道理。男人一定得工作，勞瑞，這是自尊問題。美國還是年輕的國家，男人有責任參與國家的各種活動。亨利．馬圖林前幾天才說，我們正展開全新的時代，未來將遠遠超越過去的成就。他說國家未來的發展無可限量，到了一九三〇年，我們就會成為全球最富有也最強大的國家。你不覺得聽起來很熱血嗎？」

「的確很熱血。」

「這樣的機會對年輕人來說難得一見，可以打造國家的未來，你難道不覺得很光榮嗎？去闖一闖嘛，一定會很棒。」

他輕笑了兩聲。

「妳說的沒錯。阿默爾和斯威夫特兩家公司會推出更多優質的肉品、麥考米克公司會製造更多厲害的收割機、福特公司會生產更多高性能的汽車，大家都會愈來愈有錢。」

「沒什麼不好吧？」

「就像妳說的，沒什麼不好，我只是碰巧對賺錢沒興趣。」

伊莎貝咯咯笑著。

「親愛的，別傻了，沒錢怎麼活啊。」

「我還有些積蓄，所以才有辦法做想做的事。」

「閒晃嗎？」

「是啊。」他笑著答道。

「勞瑞，你這樣我真的很為難耶。」她嘆了口氣。

「對不起，我也沒有辦法。」

「你一定有辦法的。」

勞瑞搖搖頭，沉默了半晌，表情若有所思，而等他終於開了口，說的話卻令伊莎貝相當吃驚。

「死人完全就是死透的樣子。」

「你在說什麼啊？」她問道，語氣慌亂。

「沒什麼。」他對她露出苦笑。「獨自一人在天空飛的時候，有很多時間可以思考，很容易產生怪念頭。」

「什麼念頭呢？」

「模糊的念頭。」他笑著說，「沒邏輯又雜亂的念頭。」

伊莎貝把這話思索了一下。

「你覺不覺得，如果找了份工作，想法說不定會自己理出頭緒，到時就曉得怎麼回事了？」

「我也曾想過。我本來想去學當木匠或是修車。」

「拜託，勞瑞，別人會以為你瘋了。」

「那有什麼關係呢？」

「對我當然有關係。」

兩人再度不發一語。伊莎貝終究先開了口，她長嘆口氣。

「現在的你跟去法國之前的你，完全判若兩人。」

「這很正常啊，畢竟妳也知道，軍中發生好多事。」

「像是什麼？」

「喔，都是一些稀鬆平常的事情。我在軍中最要好的朋友為了救我，犧牲自己的性命，要放下這件事真的很不容易。」

「跟我說嘛，勞瑞。」

他望著她，眼神盡是憂愁。

「還是別說的好，畢竟那只算小事。」

伊莎貝天生感性，淚水又充滿了雙眼。

「你過得不開心嗎，親愛的？」

「沒有啊。」他微笑答道。「唯一讓我不開心的事，就是自己害妳不開心。」他握起她的手，既厚實又有力，令她備感親暱，不得不緊咬嘴脣，以防自己哭出來。「我想在下定決心之前，應該很難真正定下來。」他語帶沉重，遲疑半晌又說，「這很難用言語表達，每次想說出口就覺得丟臉，不免捫心自問：『我是哪根蔥，幹麼煩惱這些有的沒的呢？或許因為我是自大的討厭鬼吧。追隨前人走過的路，然後隨遇而安，會不會比較好？』然後回頭想到自己的伙伴，不到一小時前，還跟你有說有笑、活力十足，如今卻成為一具冰冷的遺體；一切都這麼殘酷，毫無意義可言。你不禁會想問自己，活著到底是為了什麼，人生究竟有沒有意義，還是只能可悲地任憑命運擺布。」

聽著勞瑞說話，很難不受感動，他的聲音婉轉悠揚，有些欲言又止，彷彿勉強自己說出寧願放在心裡的話，既沉痛又真摯，伊莎貝一時之間開不了口。

「如果我們倆暫時分開，會不會好一點？」

她說這話時，心跟著一沉。勞瑞思索了好一陣子才回答。

「應該會吧。再怎麼努力裝作不甩別人的看法，依然無法完全不在意。而且如果輿論並不友善，導致你內心也產生敵意，到頭來只會覺得更煩。」

「那你為什麼不一走了之呢？」

「唔，是為了妳啊。」

「親愛的，我們就別自欺欺人了。你現在的生活根本容不下我。」

「所以妳不想當我的未婚妻了嗎？」

她顫抖的雙唇勉強擠出微笑。

「少胡說了，我的意思是我願意等。」

「也許要一年，說不定要兩年。」

「沒關係，也可能不會那麼久。你打算去哪兒呢？」

他專注地凝望著她，彷彿想一窺她內心深處。她淺淺笑著，好隱藏此刻紊亂的情緒。

「嗯，我想先去趟巴黎。那裡我一個人也不認識。沒什麼人會干涉我。我在軍中休假的時候，去過巴黎幾次。雖然還不曉得為什麼，但我總覺得到了那裡，腦袋裡再混亂的思緒也會變得清晰起來。說來也滿好笑的，好像在那裡就能自由自在地整理自己的想法。也許可以找到未來的方向。」

「萬一你找不到呢？」

他呵呵笑出聲。

「那我就會重拾美國人務實的精神，承認事情行不通，回到芝加哥，有什麼工作就做什麼工作。」

這番談話給伊莎貝的衝擊太大，她說著說著，也愈來愈激動；講完之後，她楚楚可憐地看著我。

「你覺得我做對了嗎？」

「那是妳唯一能做的了，但更重要的是，妳對他真的很溫柔、大器又善解人意。」

「我很愛他，只希望他快樂。而且就算他真的遠走高飛，某種程度上其實值得慶幸，我希望他離開被人指指點點的環境，這不只對他好，對我也好。我不能怪旁人說他不會有出息，我既討厭這種批評，卻又深怕被他們說中。但拜託不要說我善解人意，我一點也不曉得他想要什麼。」

「也許妳的內心曉得，只是理智上無法了解。」我微笑道。「為什麼妳不立刻嫁給他，跟他一起去巴黎呢？」

她的眼神浮現淡淡笑意。

「我很想這麼做，可是沒辦法。雖然不太想承認，但我真的覺得，沒有我在身邊他會比較自在。如果尼爾森醫生說的沒錯，他受到之前創傷的影響，那麼換個環境、找個興趣，應該可以幫助他復原，等到他找回內心的平靜，就會回到芝加哥，像其他人一樣進入業界，況且我也不想嫁給成天遊手好閒的人。」

由於成長環境的緣故，伊莎貝從小就接受大人灌輸的價值觀。她不會想到錢的事，因為生活向來都是衣食無缺；不過，她仍直覺認為錢很重要，錢象徵著權勢和社會地位，男人賺錢天經地義，人生本來就該為此努力。

「妳說自己不了解勞瑞，其實並不奇怪。」我說道。「因為我敢肯定他也不懂自己。他不談自己的目標，可能是因為根本沒有明確的目標。不過嘛，我對他的了解也不多，這只是我的臆測：他有沒有可能在尋找什麼，但是並不清楚自己要什麼，甚至也沒把握找得到？也許他在戰爭期間的遭遇，讓他無法獲得平靜。妳覺不覺得，他可能在追求某種虛無縹緲的理想？好比天文學家想尋找一顆星體，而它唯一的存在證據就是數學的計算結果。」

「我覺得他好像在苦惱什麼事。」

「是他的內心吧？可能他有點怕面對自己的真心，雖然隱約看到未來的志向，卻不敢去相信真有其事。」

「有時候我覺得他好奇怪，好像夢遊到一半，忽然在陌生的地方醒來，不曉得自己身在何處。戰爭還沒發生的時候，他再正常不過了，一大優點就是對生命抱持熱情。他以前吊兒郎當、開朗無比，是大家的開心果，個性體貼又幽默。到底發生了什麼事，讓他像換了個人似的？」

「我也無從得知。有時候，小事也會產生很大的影響，端看當時的處境和心情。我記得有次參加諸聖節，就是法國人所稱的死者節，前往某個村莊的教堂做彌撒；德軍第一次入侵法國時，還曾經騷擾過那個村子。教堂裡擠滿了軍人和黑衣女子，墓園裡是一排排的小型木十字架。彌撒進行當下，氣氛哀戚莊嚴，在場眾人不分男女都頻頻拭淚。我當時覺得，也許長眠地下的死者比活人來得幸運。我把感想告訴一位朋友，他問我是什麼意思，我也無法解釋，但看得出來他把我當成十足的傻瓜。我還記得，某場戰鬥過後，許多法軍的屍體層層交疊，好比木偶劇團破產後剩下的提線木偶，不再具有任何利用價值，被胡亂丟在灰塵滿布的角落。當時我有個念頭，跟勞瑞對妳說的一樣：死人完全就是死透的樣子。」

我不希望讀者認為好像我在搞神祕，故意不說勞瑞在戰時到底發生什麼事，導致他性格大變，因為這個謎團我會在適當時機揭曉，他應該沒跟任何人說過。不過多年後，他向我們的共同朋友蘇姍·魯維耶提到了那名捨身救他的空軍弟兄。這是蘇姍向我說的內容，所以我只能翻譯她的法語。勞瑞和中隊另一名男孩建立起深厚的交情，蘇姍只知道他的綽號，因為勞瑞都這麼稱呼；現在看來，這綽號還真是諷刺。

「他個頭不高，有一頭紅髮，愛爾蘭人，我們管他叫帕西[9]。」勞瑞向蘇姍說道。「我從來沒見過這麼精力充沛的傢伙，簡直就是生龍活虎嘛。他的臉長得怪模怪樣，笑起來也挺古怪，平常只要看到他，想不笑出來也難。而且他有種大無畏的魄力，完全不顧後果，什麼狗屁倒灶的事都做得出來，常被長官叫去臭罵一頓。他這人天不怕地不怕，就連打仗時差點丟了小命，都可以笑得闔不攏嘴，好像是什麼天大的笑話。不過，他非常有當飛行員的天分，在天空中既沉著又機警。我從他身上學到很多東西。他大我幾歲所以很照顧我，但其實說來有點滑稽，因為我足足比他高六吋，如果打起架來，我絕對可以一擊把他撂倒；有一回在巴黎，他喝得爛醉，我因為怕他闖禍，就真的把他給打昏了。

9 帕西（Patsy），這個字有「代罪羔羊」之意，而帕西剛好是為了救勞瑞而死。

「我剛加入中隊的時候，覺得自己格格不入，很怕表現得不如別人，但他老是會說些好話，讓我能恢復自信。他很輕鬆看待戰爭這件事，也不恨德國鬼子；可是他喜歡打架，所以只要能打仗，就覺得快活得不得了。在他眼中，打下德軍一架飛機，不過就是惡作劇成功。他凡事都橫衝直撞、不受拘束也不知輕重，但十足真性情，想不喜歡他也難。如果朋友需要錢，他就算身上只有一毛錢都大方出借，而借錢時也同樣不跟你客氣。我有時候難免寂寞、想家或害怕，他那張醜臉就會堆滿笑容，說些中聽的話，讓人心情好起來。」

勞瑞抽著菸斗，蘇姍等他繼續說下去。

「我們以前常要小聰明，把假排在一起。在巴黎的時候，他玩得可瘋了。我們開心到不行。一九一八年三月初，我們本來早安排好休假，準備大玩特玩。放假前一天，上頭派我們去敵軍上空偵察，然後再回報敵情。忽然間，我們被德國戰機襲擊，還搞不清楚身在何處，我們已經在空中和敵軍交戰。我被其中一架敵機尾隨，但我先下手為強，正準備確認對方墜機了沒，眼角餘光就瞄到另一架緊跟在後，我急速下降想要躲開，但它瞬間就追了上來，我心想這下完了，但就在這時候，我看到帕西像閃電一般壓制住敵機，狠狠朝它射擊。敵機自知吃不消，忽然轉向離去，我們也就往回飛。我的機體受損得很嚴重，差點無法返回基地；帕西比我早一步到，我從飛機下來的時候，其他弟兄剛把帕西抬了出來。他躺在地上，大家在原地等救護車。帕西一看到我，就露出牙齒對我笑了笑。」

「我好好教訓了跟在你後面的渾蛋。」他說道。

「你怎麼了，帕西？」我問。

「喔，沒事，被子彈打到了。」

他的臉色慘白，表情忽然變得猙獰；他這才察覺自己快死了，以前連想都沒想過死亡這回事。他瞬間坐了起來，笑了兩聲。

「唉，累死了。」他說。

他倒下來，沒了氣息，得年二十二歲。他原本都盤算好了，戰後要娶一名愛爾蘭女孩為妻。

我和伊莎貝談話後的隔天，就動身前往舊金山，準備在那兒搭船到遠東。

第二部

1

隔年六月底，艾略特來到倫敦，我倆才又見了面。我問他勞瑞究竟有沒有去巴黎。他說去了，語氣頗為惱怒，我不禁覺得好笑。

「我本來挺同情這孩子的，他想在巴黎待兩年，算是情有可原，我也準備拉他一把。我跟他說，一到巴黎就通知我。可是，一直到露易莎寫信來說他在巴黎了，我才曉得他早到了。我透過美國運通轉了封信給他——這還是露易莎給我的——請他到我家來吃頓晚餐，好見見一些他應該認識的人；我本想先介紹幾位法裔美國人，像是艾蜜莉．蒙塔杜爾和格拉西．夏托加拉爾。結果你知道他回了什麼嗎？他說抱歉沒法赴約，因為沒帶半件禮服來巴黎。」

艾略特直盯著我，料想這番話會讓我大感詫異，卻發現我異常冷靜，便揚起眉毛，模樣頗為不屑。

「他的回覆寫在一張破破爛爛的信紙上，上頭印著拉丁區某家咖啡館的名字；我回信問他住在哪裡。我覺得看在伊莎貝的份上，總得讓他有個照應。也許他不好意思吧。我的意思是，我實在不敢相信，他腦袋明明很靈光，來巴黎竟然沒帶晚禮服。而且再怎麼說，找巴黎幾個裁縫師訂作也還過得去。所以我就又邀他一起吃午餐，還強調這回客人不多。你猜結果怎麼著？他不把確切住址告訴我就罷了，還說他從來不吃午餐。這麼一來，我也拿他沒轍了。」

「真好奇他在忙些什麼。」

「誰曉得啊，而且老實說，這也不關我的事。他這年輕人恐怕不太討人喜歡，伊莎貝真的不該嫁給他。而且說到底，如果他的生活還算正常，我早就在里茲酒吧或福奎飯店之類的地方碰過他了。」

我偶爾會自己去這些高檔場所溜達，不過別的地方也去。該年初秋，我碰巧在巴黎待了幾天，之後得前往南部馬賽港，準備搭郵輪去新加坡。某日傍晚，我和三五好友在蒙帕納斯吃了晚餐，一同去圓頂咖啡館喝杯啤酒。我隨處張望，不一會兒就瞧見勞瑞在擁擠的露台上，獨自坐在大理石桌前，悠然望著熙攘行人；想來是白天悶熱，眾人這時都跑出來納涼。我暫時丟下那群朋友，向他走去。勞瑞一見到我，眼神就亮了起來，揚起俊美笑容，要我坐下聊聊，但我表示自己和朋友同行，因此不能久留。

「我只是來打聲招呼。」我說。

「你住在巴黎嗎？」他問道。

「只待幾天而已。」

「要不要明天一起吃午餐？」

「我還以為你不吃午餐呢。」

他笑了笑。

「看來你見過艾略特了。我平時的確不吃，因為沒有時間，我只喝杯牛奶、吃塊麵包，不過我倒想跟你共進午餐。」

「好啊。」

我們約隔天在圓頂咖啡館碰面，先喝杯開胃酒，再上街找了間館子。我回去找朋友，坐著聊了一會兒；再回頭時，勞瑞已沒了蹤影。

2

隔天早上，我悠閒地在盧森堡博物館待上一小時，看了幾幅欣賞的畫作，之後到花園閒晃，追憶年少時光。一切情景如昔。學生同樣三兩結伴，沿著沙礫小徑散步，熱烈討論著喜愛的作家；孩子仍在保母的看顧下，滾著鐵環玩；老人依舊曬著太陽、看著早報；守喪的中年婦女照樣坐在公共長椅上，七嘴八舌聊著物價又漲了多少、挑剔著家中傭人的大小毛病。後來我信步至奧德翁劇院，逛了逛藝廊陳列的新書；許多小伙子跟三十年前的我一樣，不畏一旁店員的凶狠目光，既然自己買不起書，那就讀幾頁算幾頁。我漫步穿越熟悉的暗巷，抵達蒙帕納斯大道，再走到圓頂咖啡館。勞瑞已在那裡等候。我們喝了杯酒，遂沿著馬路走，找了家有露天座位的餐廳。

勞瑞感覺比先前來得蒼白，一對深邃眼眸因而格外明顯。不過，他依舊沉穩自持，這在年輕人中十分少見，而笑容的真摯也未損分毫。我察覺他的法語十分流利、字正腔圓，便稱讚了他一番。

「其實，我之前就懂一點法語。露易莎阿姨之前幫伊莎貝找了法文家教。每回在瑪文的時候，她都要求我們對話要用法語。」

我問他喜不喜歡巴黎。

「很喜歡啊。」

「你住在蒙帕納斯嗎？」

「是啊。」他遲疑半晌才回答，我想他不願透露自己的確切住址。

「艾略特老大不爽的，因為你只給他美國運通的地址。」

勞瑞面帶微笑，但什麼也沒說。

「你都在做什麼呢？」

「到處閒晃囉。」

「還有看書嗎？」

「嗯，還是會。」

「有沒有伊莎貝的消息？」

「三不五時囉。我們都不愛寫信。她在芝加哥玩得很開心，而且他們明年會來巴黎，在艾略特家住一陣子。」

「這樣對你也好啊。」

「我想伊莎貝應該沒來過巴黎。帶她四處逛逛，一定會很好玩。」

他對於我的中國之行極為好奇，聚精會神地聽我道來；可是，我每回想把話題丟回他身上，卻都徒勞無功。他無意聊自己的事，我唯一的結論是：他之所以約吃午餐，只是希望我能陪陪他。我高興歸高興，但也一頭霧水。我們的咖啡才剛喝完，他就請侍者來結帳，一付完錢就站起身子。

「呃，我得走了。」他說道。

我們就此道別。我仍跟以前一樣，不曉得他在想什麼，之後就再沒見過他了。

3

隔年春天，我人不在巴黎。布萊利太太和伊莎貝的行程提前了，已在艾略特那裡住了下來，一待就是好幾週，因此我又得發揮想像力，設法拼湊這段時間發生的事。她們在瑟堡上岸，艾略特行事向來周到，親自去迎接她們。過了海關後，三人上了火車。艾略特得意地說，他請了一位名媛的女傭來照顧她們。布萊利太太卻說沒這個必要，因為她們不需要女傭。艾略特回得毫不客氣。

「露易莎，妳別一來就嫌東嫌西的。沒有女傭打點，絕對上不了場面。我請安朵娜特過來，不只是為了妳和伊莎貝，也是為了我自己。你們穿得不講究，可是丟我的臉耶。」

他瞄了眼她們的行頭，滿臉嫌惡。

「妳們當然得買些新洋裝。我想來想去，覺得只有香奈兒的女裝妥當。」

「我以前都是去沃斯買的。」布萊利太太說。

她這話等於白說，艾略特連理都不理。

「我跟香奈兒說了，幫妳們約好明天下午三點。另外還有帽子，應該就是瑞邦設計的鐘形帽了。」

「我不想花這麼多錢，艾略特。」

「我知道，全部費用都我包辦。妳可不能讓我漏氣啊。對了，伊莎貝，我幫妳安排了幾場宴會，還跟我的法國朋友說，妳爸麥倫生前是大使，畢竟真要說起來，如果他活得久一點，絕對會升任大使的。而且這個頭銜比較響亮。我猜這事應該不會有人問起，但為了保險起見，還是先跟妳說一聲。」

「你實在太荒謬了，艾略特。」

「這一點也不荒謬。人情世故我看多了，大使遺孀的社會地位，可是比部長遺孀來得高。」

火車駛入巴黎北站，伊莎貝站在窗邊，忽然喊了出來。

「勞瑞來了。」

火車一停穩，伊莎貝就跳下車，朝著勞瑞跑去。他張開雙臂迎接她。

「他怎麼知道妳們要來？」艾略特酸溜溜地問道。

「伊莎貝在船上發了電報給他。」

布萊利太太親切地吻了勞瑞的臉頰，艾略特向他伸出手，隨便握了兩下。當時已是晚上十點。

「艾略特舅舅，明天可以叫勞瑞一起來吃午餐嗎？」伊莎貝問道，胳臂挽著勞瑞，神情懇切，雙眼熠熠。

「我當然好啦。不過據我所知，勞瑞沒有吃午餐的習慣。」

「他明天會來吃的，對吧，勞瑞？」

「當然。」他微笑道。

「那就請你明天一點鐘光臨囉。」

艾略特又伸出手來，想要打發他走，豈料勞瑞不領情，咧嘴對他笑著。

「我來幫忙搬行李吧，順便幫你們叫輛計程車。」

「我的車子在等著，行李交給我的傭人就好。」艾略特黯然地說。

「沒關係，那我們現在就走吧。車子坐得下的話，我就送你們到家門口。」

「對啊，勞瑞，陪陪我們嘛。」伊莎貝說道。

他倆沿著月台併肩走著，布萊利太太和艾略特跟在後頭。艾略特一臉冷漠，相當不以為然。

「真沒教養。」他用法語自言自語地說；特定情況下，他覺得唯有法語可以使勁發洩情緒。

隔天早上十一點，艾略特如平時般晚起，才盥洗完畢，就寫了張便條給他姊姊，要傭人喬瑟夫轉交給安朵娜特，約她到書房來談談。露易絲到書房後，他小心把門關上，把一支香菸放在頎長的瑪瑙菸嘴上，點燃後就坐了下來。

「伊莎貝和勞瑞該不會還算訂婚吧？」他問。

「就我所知是這樣。」

「我對這個年輕人哪，恐怕沒什麼好話可說。」接著，他就提到自己本已準備要把勞瑞帶入上流社會，並打算用體面且稱頭的方式，鞏固他的社會地位。「我甚至還物色到一樓的住處，非常適合他。那本來在雷特爾侯爵的名下，但他獲派駐馬德里大使館，所以想租出去。」

但是，勞瑞謝絕了艾略特的提議，明擺著不需艾略特協助。

「我真搞不懂，如果不善用在巴黎的際遇，那麼來巴黎又有什麼用呢？我不曉得他平時都做些什麼，好像誰都不認識。你知道他住哪兒嗎？」

「我們只有他給的美國運通地址。」

「又不是業務員出差，也不是老師來度假。依我看，說不定他在蒙馬特租了間套房，跟個野女人同居。」

「拜託，艾略特。」

「他這麼神祕兮兮，既不告訴別人住址，又不跟同等地位的人來往，還能有什麼解釋？」

「這不像勞瑞的為人。況且昨天晚上，你難道不覺得他還是愛著伊莎貝嗎？他不可能虛假到這種地步。」

艾略特聳了聳肩；露易莎覺得，他是指男人最會這種兩面手法。

「那格雷．馬圖林最近如何？還有機會嗎？」

「只要伊莎貝點頭，他立刻就會娶她。」

布萊利太太接著告訴艾略特，為什麼她們提早了歐洲之行。她先前發覺健康出了狀況，經醫生診斷是糖尿病。病情並不嚴重，只要飲食小心，適量服用胰島素，絕對可以再活很多年。但是，她得知自己的病無法治癒後，便急著想看伊莎貝嫁給好人家。母女倆談了這件事，伊莎貝也很懂事，答應如果勞瑞在巴黎住了兩年，不依約回芝加哥找工作，兩人只有分手一途。然而，布萊利太太老覺得，若真等兩年後才去巴黎把勞瑞給追回來，豈不像抓逃犯似的，實在有損個人尊嚴，伊莎貝這樣也會很沒面子。而她們來歐洲避暑是再自然不過了，畢竟伊莎貝上回來時年紀尚小。待她們逛完巴黎後，就可去適合布萊利太太休養的海邊，之後前往奧地利提洛爾山區待一陣子，再從容地遊歷義大利。布萊利太太的意思是要勞瑞全程陪同，和伊莎貝好好相處後，兩人才曉得時隔這麼久，彼此感情是否生變。勞瑞既已享受了歡樂時光，是否準備好承擔人生重任，屆時自然會明朗。

「亨利．馬圖林很氣勞瑞拒絕他給的工作，但是格雷終究說服他回心轉意，所以勞瑞一回到芝加哥，立刻就可以進入業界。」

「格雷人真好。」

「可不是嘛。」布萊利太太嘆了口氣。「我曉得他肯定會給伊莎貝幸福。」

艾略特隨後告訴布萊利太太他安排的行程：隔天會先邀許多人參加午宴，週末再辦一場盛大的晚宴。他也會帶她們去加亞爾家族的宴會，並要到兩張羅斯柴爾[10]家族的舞會邀請函。

「你會邀請勞瑞吧？」

「他說沒帶禮服來。」艾略特語帶輕蔑。

「好啦，你照樣邀他吧。再怎麼說，這孩子本性善良，冷落他也沒用，只會讓伊莎貝更拗罷了。」

「當然，妳說了算囉。」

勞瑞依約前來吃午餐。艾略特的禮節本就周到，眼下對他更是客氣。其實這齣戲也很好演，勞瑞生性開朗、活力充沛，除非艾略特真一副牛脾氣，否則想不喜歡他也難。眾人的話題不脫芝加哥和共同的友人，艾略特也只好晾在那裡，擺出一副親切的姿態，佯裝聽得津津有味，卻打從心底認為這些人無足輕重。他並不介意靜靜聽他們聊天；老實說，聽著他們說哪一對情侶訂婚了、哪一對結婚了、哪一對離婚了，他實在深感同情。誰曉得這些人是誰啊？像他可都是知道一些叫得出名號的人物，比諸克蘭尚侯爵夫人，她曾企圖服毒自殺，只因情人克隆貝親王棄她而去，改娶一位南美洲百萬富翁的女兒，這種事情才值得端上台面。他瞧了瞧勞瑞，不得不承認這小子有股奇特的魅力：雙眼深邃且黑得出奇，顴骨特高，皮膚白皙且嘴巴靈活，艾略特想起波提且利[11]一幅肖畫像，如果給勞瑞穿上那時代的服飾，勢必渾身散發浪漫風情。艾略特想到自己打算把勞瑞和一位法國貴婦送作堆，而週六晚宴就邀請了佛羅里蒙家族的瑪麗．露意絲，不禁狡詐地揚起嘴角；她素來人脈廣闊，不過私德敗壞也人盡皆知。縱然年已四十，她的外表卻好似年輕十歲，姣好的面容恍若祖

---

10 羅斯柴爾（Rothschild），發跡於德國的猶太金融世家，至今已有三百多年歷史。

11 波提且利（Sandro Botticelli），十五世紀文藝復興前期的義大利畫家。

先再世；宮廷畫家納提葉曾替她的這位祖先畫過肖畫像，而多虧了艾略特的引介，此畫已由美國博物館收藏。而露意絲對於男人的胃口極大，似乎時刻皆顯飢渴。艾略特刻意把勞瑞的座位安排在她旁邊，心想瑪麗很快便會向勞瑞出手。他還邀請英國大使館一位年輕武官，認為伊莎貝應當會有好感。伊莎貝長得美麗動人，而該武官家財萬貫，即使伊莎貝沒有家產也無妨。午宴一開始，便是上等蒙哈榭葡萄酒，隨之而來的是波爾多葡萄酒，喝得艾略特放鬆了起來；他悠然揣想著接下來的各種可能。若事態發展一如所料，露易莎就沒什麼好著急的。她老是對他不以為然，誰教她的眼界太窄，不過他仍喜歡這個姊姊。他憑著自己對人情世故的了解，幫忙把事情都安排妥當，最後也得到不小的成就感。

艾略特為了節省時間，早已盤算好午宴一過就帶露易莎母女去挑衣服。眾人才站起身，艾略特便很有技巧地暗示勞瑞得先行告辭，但又熱情促他參加另外兩場盛宴。其實他根本不用費此工夫，因為勞瑞對邀約皆欣然答應。

只不過，艾略特的如意算盤打錯了。勞瑞來參加晚宴時，穿了套頗為體面的晚禮服，艾略特見狀鬆了口氣，本來還擔心他穿午宴那套藍西裝前來。

晚餐過後，艾略特把瑪麗．露意絲拉到一旁，問她對勞瑞的感覺如何。

「明眸皓齒的帥哥呀。」

「就這樣嗎？我特地把他安排在妳旁邊，想說妳喜歡這一味的。」

她瞧著他，起了疑心。

「他說已經跟你那位漂亮的外甥女訂婚了。」

「哎呀，親愛的，就算名草有主也不礙事吧，如果妳有意願，絕對可以把他給拐走。」

「這就是你的企圖嗎？哼，我可不想替你做這種骯髒事，可憐的艾略特。」

艾略特咯咯地笑了。

「我猜這話意味著妳試探過了，只是沒有成功。」

「艾略特啊，我之所以欣賞你，就是看中你像妓院老鴇這一點。你根本不希望他娶外甥女吧。為什麼呢？他既有教養又討人喜歡。不過，他太純潔了。我敢說他完全沒察覺我的暗示。」

「這位太太，妳應該表示得再露骨些嘛。」

「我可是過來人，自然曉得哪種情況是浪費時間。他的眼裡只有你的小伊莎貝。況且，這話我只跟你說，她的優勢就是比我年輕二十歲，人又嬌滴滴的。」

「妳喜歡她的洋裝嗎？我親自幫她挑的喔。」

「很漂亮啊，這裝扮適合她。只可惜呢，她的氣質少了高雅。」

艾略特把這話當成對自己的批評，豈能輕易放過佛羅里蒙夫人，非得刺激她一下。他親切地笑了笑。

「太太，一般人如果沒有妳這般成熟的年紀，還真高雅不起來呀。」

佛羅里蒙夫人話中揮舞的可不是短劍，而是支梆頭棒，一記漂亮的回擊令艾略特怒火中燒。

「不過，貴國粗鄙之士何其多，肯定也不在意氣質這回事，畢竟高雅講究內在，模仿不來嘛。」

若不論佛羅里蒙夫人的吹毛求疵，其餘前來作客的朋友倒很喜歡伊莎貝和勞瑞。他們欣賞伊莎貝的清新、好氣色和開朗性情，也喜歡勞瑞的英俊、有禮以及不著痕跡的幽默。兩人都操著一口流利的標準法語，而布萊利太太在外交圈子打滾多年，法語說得還不壞，但明顯帶有美國口音。艾略特盛情款待眾人。伊莎貝很滿意自己的一身裝扮，也享受艾略特帶來的歡樂，更高興自己有勞瑞陪伴，心想從來沒這麼開心過。

4

艾略特向來主張早餐得自己吃，若非得與人共用，對象也必須是素昧平生。因此，布萊利太太和伊莎貝都在房內用餐；布萊利太太自覺有些委屈，伊莎貝則毫不在意。不過，伊莎貝起床後，有時會請安朵娜特把泡好的咖啡歐蕾送到母親房裡，好一邊喝咖啡，一邊聊天。她現在的生活忙碌得很，這是唯一能和母親獨處的時刻。某天早上，母女在巴黎已待了近一個月，伊莎貝說起前一晚的活動，多半是她和勞瑞跟一群朋友光顧一間間夜店。等伊莎貝說完後，布萊利太太問了個問題；兩人抵達巴黎後，這一再盤據她的心頭。

「他什麼時候要回芝加哥呢？」

「我也不知道。他沒有說。」

「你沒問他嗎？」

「沒有。」

「你是不是不敢問？」

「不是，當然不是。」

布萊利太太倚在躺椅上修剪指甲，一身時髦的睡袍是艾略特堅持送她的。

「你們兩個獨處時都聊些什麼？」

「我們並沒有怎麼聊天，彼此能陪伴就夠了。妳也曉得，勞瑞向來話不多，通常是我說給他聽。」

「他平時都忙些什麼？」

「我也不清楚，應該沒有很忙。我猜他過得滿愜意的。」

「他住在哪裡？」

「我也不知道。」

「他好像太沉默了，妳不覺得嗎？」

伊莎貝燃起一支菸，從鼻孔呼出一縷煙圈，靜靜地看著母親。

「媽，妳究竟想說什麼？」

「妳舅舅覺得他現在跟女人同居。」

伊莎貝噗哧笑了出來。

「妳該不會相信他的話吧？」

「不相信啊，說真的我不相信。」布萊利太太盯著指甲，若有所思。「妳跟他聊過芝加哥的事嗎？」

「有啊，常常提到。」

「他有沒有說過想回去呢？」

「不算有說過。」

「算一算，到了十月，他離開芝加哥就滿兩年了。」

「我知道。」

「這是妳的事情，寶貝，妳想怎麼做就怎麼做。可是，不能只以拖待變啊。」她瞄向伊莎貝，但伊莎貝迴避她的眼光。布萊利太太投以心疼的微笑。「快去洗澡吧，不然要來不及吃午餐了。」

「我跟勞瑞約好要一起吃。好像在拉丁區的樣子。」

「好好玩吧。」

一個鐘頭後，勞瑞來接伊莎貝。他們搭了計程車去聖米歇爾橋，漫步在川流不息的大街上。兩人走著走著，看中了一間咖啡館，便走了進去。他們在露台坐著，點了兩杯杜本內甜酒。之後，兩人又叫了計程車前往一家餐廳。伊莎貝的胃口很好，勞瑞點的各式美食她都吃得津津有味。這家餐廳擠得水洩不通，她喜歡觀察周遭緊挨著的客人，看著他們對眼前的食物嘖嘖稱奇，不禁令人發噱。但她最為開心的事，莫過於跟勞瑞坐在一張小桌前。伊莎貝說得興高采烈之時，勞瑞的眼神洋溢著喜悅，令她深深傾心；兩人相處起來這麼舒服自在，讓人心醉神迷。可是，伊莎貝內心卻隱約感到不安，因為即使他看來也很自在，她卻覺得這並非自己的緣故，而是環境使然。她母親早上那席話令她有些動搖，眼下雖漫無邊際地聊著，她卻注意著他每個神情。現在的勞瑞和離開芝加哥前的他不太一樣，但也說不上來哪裡不同。他依然年輕、坦率，但神情已有變化，並非變得嚴肅，畢竟他放鬆時向來如此，而是有種備感陌生的篤定感，彷彿看開了某些事情，比以往更多了分泰然自若。兩人吃完午餐後，勞瑞提議去盧森堡博物館晃晃。

「不要，我不想去看畫。」

「好吧，那我們到花園坐坐囉。」

「我也不想去花園。我想看看你住的地方。」

「沒什麼好看的，我住在旅館裡，而且房間很小。」

「艾略特舅舅說你有棟公寓，還跟一位畫家的模特兒同居。」

「那妳就親自看看吧。」他笑著說。「離這裡沒幾步路。我們可以走過去。」

他帶她穿越幾條彎曲難走的窄巷，儘管兩旁高樓中可窺見一線藍天，仍舊顯得陰暗骯髒；走了一會兒，兩人停在一家外觀做作的小旅館門口。

「就是這裡。」

伊莎貝隨他走進狹窄的門廊，一旁有張書桌，有個男人坐在後頭。他身穿襯衫和黃黑條紋的背心，圍了條髒圍裙，正在讀報紙。勞瑞向他拿鑰匙，那人便從身後架上取來遞給他，好奇地瞥了伊莎貝一眼，揚起會意般的微笑，顯然以為兩人是要做那檔事。

他們爬了兩層樓，樓梯鋪著破舊的紅毯，勞瑞拿起鑰匙開門。伊莎貝走進小小的房間，僅有兩扇窗戶，望出去是對街灰撲撲的公寓，一樓是家文具店。房間內有張單人床，一旁是床頭櫃，笨重衣櫃鑲了面大鏡子，另有張附了坐墊、椅背直挺的扶手椅，兩扇窗之間則有張桌子，上頭擺著打字機、紙張與幾本書，壁爐台上也堆著不少平裝書。

「妳坐扶手椅吧，雖然不怎麼好坐，但也只剩這張了。」

他另外拉了張椅子坐下。

「你就住這兒嗎？」伊莎貝問道。

他瞧見她的表情，咯咯笑了出來。

「正是，我到巴黎後就一直住這兒。」

「為什麼呢？」

「方便哪。附近就是國家圖書館和巴黎索邦大學。」他指著另一扇她沒注意到的門。「而且附有衛浴，我都在家吃早餐，晚餐通常就在剛才那家餐廳解決。」

「這也太髒了吧。」

「喔哪會，還好啦。這樣就夠了。」

「可是，你的鄰居都是哪些人呢？」

「喔，我也不曉得。頂樓住了幾個學生、兩三名在公家機關服務的單身老人，一名奧德翁劇院的退休女演員。而剩下一間也有衛浴的房間，則住了一名被包養的女人，她的情人都在隔週的禮拜四過來。大概還有些暫住的房客。這地方基本上很安靜，還不賴囉。」

伊莎貝略顯不安，她曉得勞瑞已察覺且竊笑著，不禁稍有不悅。

「桌上那本大部頭是什麼啊？」她問。

「那本嗎？喔，那是我的希臘文詞典。」

「你的什麼？」她大聲說道。

「別緊張，沒什麼大不了。」

「你在學希臘文嗎？」

「對啊。」

「為什麼？」

「我想要加減學一下囉。」

他看著她，眼神帶著笑意，她也回以微笑。

「告訴我，你在巴黎的這兩年，都在做什麼事情呢？」

「我讀了很多書，一天讀個八到十小時。我還去索邦大學聽課，法國文學所有重要作品幾乎都念過了；我也看得懂拉丁文，至少散文沒問題，程度跟我的法文差不多。當然，希臘文比較難學，可是我的老師教得很好。妳來到巴黎之前，我每個禮拜有三個晚上會去找他上課。」

「這是為了什麼呢？」

「獲得知識啊。」他微笑説道。
「聽起來不太實用。」
「可能不實用，也可能很實用，但是非常有趣。妳真的很難想像，讀懂《奥德賽》的原文有多麼令人興奮，彷彿只要踮起腳尖、伸出手來，就能碰到天上的星星。」
他從椅上站起來，好像樂不可支，在小房間內走來走去。
「這一、兩個月，我在讀斯賓諾莎的作品，不敢説理解得透徹，可是非常開心，好像乘著飛機，降落在層層山巒中的一片高原，萬籟俱寂、空氣清新，有如好酒沁心脾，實在太美妙了。」
「你打算什麼時候回芝加哥？」
「芝加哥？不曉得，還沒想過耶。」
「你之前説過，如果花了兩年還找不到目標，你就會放棄的。」
「我現在還不能回去，畢竟才剛入門，面前有這麼大片的精神文明沃土向我招手，我很想快點遊歷一番。」
「你希望找到什麼呢？」
「心中問題的答案囉。」
他瞥了她一眼，似乎在尋她開心。若非她十分了解他的個性，説不定真以為他在説笑。「我想確定究竟有沒有上帝，想弄清楚為什麼有邪惡存在，也想知道我的靈魂是不是不死，還是身體死亡就是終點。」
伊莎貝倒抽一口氣，聽見勞瑞説這些，覺得渾身不對勁，幸虧他語氣輕鬆，口吻和聊天一樣，她才能保持鎮靜。

「但是，勞瑞。」她微笑說道。「這些大哉問存在好幾千年了，如果有答案的話，肯定早就有人找到了。」

勞瑞笑了笑。

「你笑什麼，好像我說了什麼蠢話似的。」她語帶尖銳。

「我沒這個意思，妳說的也沒錯。但是另一方面，既然這些問題存在了幾千年，那可能也證明了世人沒法子不去問，而且不得不繼續探究下去。另外，妳說沒有人得到答案，實情並非如此。答案比問題還多，而且不少人都找到非常滿意的答案，例如呂斯布魯克[12]這個老頭。」

「他是誰？」

「喔，只是我在大學無緣認識的傢伙。」勞瑞答得輕浮。

伊莎貝不懂他的意思，但也沒有多想。

「這些話聽起來都很幼稚，應該是大學生才會有興趣，畢業後就會忘光了，他們得設法討生活啊。」

「這也難怪，妳看，幸好我還有些錢可以過活，否則也只好像別人那樣，努力去賺錢了。」

「難道你完全不把錢放在眼裡嗎？」

「是啊。」他露齒而笑。

「那你覺得還得耗多久呢？」

「這也說不準，五年或十年吧。」

---

12 呂斯布魯克（Old Ruysbroek），中世紀的法蘭德斯神祕主義學者，強調人的自由意志。

「然後呢？你開竅了以後能幹麼？」

「如果我真的開竅了，應該就曉得該怎麼辦了。」

伊莎貝激動地緊握雙手，坐著的身子不禁向前傾

「你實在大錯特錯，勞瑞。你是美國人，並不屬於這裡，美國才是你安身立命的地方。」

「等我準備好了，自然會回去。」

「但這樣你會錯過很多機會。我們現在正經歷前所未有的偉大冒險，你怎麼能忍受待在這個寒酸的地方呢？歐洲玩完了。我們是全世界最偉大、最強大的民族，進步一日千里，什麼都不缺。你應該盡一份心力，參與國家的發展。你已經忘了這種感覺，也不曉得現在的美國生活多麼令人嚮往。該不會你之所以置身事外，是因為沒勇氣去扛起身為美國人的責任吧？唉，我知道你多少也算在工作，但這難道不是逃避責任嗎？難道不是佯裝努力、實則偷懶嗎？如果人人都跟你一樣推三阻四，美國會變成什麼樣子啊？」

「妳還真嚴厲啊，寶貝。」他笑著說。「我的回答是，並不是每個人的感受都跟我一樣。幸好他們選擇的都是所謂正常的道路。妳忘了，我的求知欲非常旺盛，不亞於格雷的賺錢欲。難道花個幾年充實自己，就是背叛國家嗎？搞不好我學出名堂之後，就能回饋社會，造福一些人。當然，一切還得看機緣。但就算我白忙一場，跟做生意失敗的人相比，也差不到哪去啊。」

「那我呢？難道我對你一點都不重要？」

「妳對我非常重要，我希望妳能嫁給我。」

「什麼時候？再等十年嗎？」

「不是，就是現在。愈快愈好。」

「怎麼嫁給你？媽媽身上沒什麼錢，就算有也不會答應。她覺得不能鼓勵你遊手好閒。」

「我不會向妳媽媽拿半毛錢。」勞瑞說。「我一年有三千塊的生活費，這在巴黎很夠用了。我們可以找間小公寓，請一位女傭，生活過得開心自在，寶貝。」

「可是，勞瑞，一年三千塊是活不了的。」

「當然活得了。很多人還用不到那麼多。」

「但是我才不要一年只能花三千，根本沒有道理。」

「我還都只花一半的錢。」

「這怎麼可能！」

她看著破舊的小房間，厭惡地微微發抖。

「意思是，我存了點錢。我們可以去卡布里島度蜜月，秋天再去希臘。我非常想到希臘看看。我們以前不是常說要一起環遊世界嗎？」

「我當然想旅行啊，但不是用這種方式。我不想搭船坐二等艙，不想下榻連浴室都沒有的三流旅館，更不想每次都上廉價餐館吃飯。」

「去年十月，我就是這麼玩遍義大利的，非常愜意。我們可以用三千塊，花一整年的時間環遊世界。」

「可是我想要有孩子啊，勞瑞。」

「不要緊，我們帶孩子一起去。」

「你真夠傻。」她笑了出來。「你知道生孩子要花多少錢？薇萊特．湯琳森去年生了寶寶，她省吃儉用，還是花了一千兩百五十塊。還有你知道請保母要多少錢嗎？」她逐漸感到心煩意亂，因此語氣愈來愈激動。「你的想法太不切實際了。你不知道自己的要求有多無理。我還年輕，想把握人生，從事時下年輕人的活動，像是參加派對、舞會、打高爾夫和騎馬。我也想穿好看的衣服。女生在朋友面前穿得相形見絀，你能想像那種感覺嗎？買朋友穿膩的舊衣服，或是等別人施捨新衣服，你又能體會那種心情嗎？我就連想找家像樣的美容院做頭髮，都沒有辦法了。我才不要坐著電車和公車到處跑，我想要有自己的車。況且，你在圖書館讀書的時候，我該找什麼事做呢？是要我漫無目的逛街？還是待在盧森堡花園顧著孩子，以免他們闖禍？這樣是交不到朋友的。」

「唉，伊莎貝。」他插了句話。

「至少不是我們以前交的朋友。對啦，到時艾略特舅舅的朋友大概會看在他的面子上，三不五時邀請我們參加聚會，但是我們想去也去不成，因為我沒像樣的衣服可穿，而且我們根本就不會想去，因為我們會請不起。我不想認識一堆既不體面又不修邊幅的人。我想享受人生哪，勞瑞。」她忽然察覺到，他的眼神依然溫柔，卻透露些許笑意。「你覺得我很蠢，對不對？你一定嫌我小題大作又惹人厭。」

「才沒有，我不這麼覺得。妳會說這些，都是很自然的事。」

他背對壁爐站著，她站起身，朝他走去，兩人面對面。

「勞瑞，如果你名下沒有錢，但是有份年薪三千的工作，我會毫不猶豫地嫁給你。我會替你煮飯、幫你鋪床，不會在乎穿什麼衣服，什麼都沒有也沒關係。我會當成是有趣的挑戰，因為一切只是暫時的，你終究會做出一番事業。但是現在這樣結婚，就代表永遠都要過這種邋裡邋遢的生活，對未來一點指望都沒有。換句話說，我得辛苦一輩子，到死都不得閒，都是為了什麼呢？只為了讓你解答明知解決不了的問題。這太不像話了，男人就該工作，這才是人生的目的，也才是造福社會的方法。」

「簡單來說，就是有責任在芝加哥安頓下來，進入亨利．馬圖林的公司。妳覺得哄朋友去買馬圖林看中的股票，就是大大造福社會嗎？」

「仲介是少不了的啊，況且這樣的賺錢方式既體面又值得敬重。」

「妳把巴黎的一般人說得一無是處。可是，實情跟妳想像的並不一樣。就算不買香奈兒的衣服，依舊可以穿得很體面。而且真正有意思的人，並不住在凱旋門和福煦大街那一帶，因為這些人都不大富有。我在巴黎認識了很多人，像是畫家、作家、學生，其中有法國人、英國人和美國人，形形色色；我覺得都比艾略特那些虛偽的侯爵和公爵來得有趣多了。妳的反應夠快，又有幽默感，絕對會喜歡聽他們邊吃飯邊鬥嘴，不會去在意葡萄酒的等級，也不需要管家和傭人來伺候。」

「少說傻話了，勞瑞。我當然喜歡，你知道我又不是勢利鬼，當然會想見見有趣的人。」

「是啊，但前提是穿著香奈兒的洋裝吧。他們看到妳的打扮，難道不會覺得妳是來視察貧民窟的嗎？他們會很不自在，妳也會不舒服，什麼收穫也沒有，頂多事後告訴艾蜜莉．蒙塔杜爾和格拉西．夏托加拉爾，說自己在拉丁區有多好玩，碰到一群怪裡怪氣的波西米亞人。」

伊莎貝微微聳了聳肩膀。

「你說得沒錯。他們跟我從小到大的朋友很不一樣，沒有共通點。」

「所以現在呢？」

「就跟開始一樣。從我懂事以來，就一直住在芝加哥，我的朋友全都在那裡，平時的嗜好也在那裡，芝加哥才是我的家，也是你的家。媽媽身體不好，看樣子好不起來了，就算我想離開也力不從心啊。」

「意思是說，除非我準備好回芝加哥，否則妳就不會嫁給我嗎？」

伊莎貝猶疑了一下。她深愛著勞瑞。也想嫁給他，全心全意想跟他在一起。她曉得勞瑞也想娶她。她相信就算兩人最後攤牌，勞瑞終究會讓步。雖然心裡害怕，但她不得不冒這個險。

「沒錯，勞瑞，就是這個意思。」

勞瑞在壁爐台上劃了根火柴，由於是老式的法國硫磺火柴，立即有辛辣氣味撲鼻而來。他點燃菸斗後，走過她的身邊，站在窗前向外眺望，一語不發，沉默的時間彷彿沒了盡頭。伊莎貝仍站在原地，瞧著爐台上的鏡子，卻看不見自己的身影。她的心跳極快，神情滿是煎熬。勞瑞終於轉過身來。

「我真希望能讓妳了解，我給予妳的生活有多麼充實，也希望能讓你體會，精神生活有多麼美妙、體驗有多麼豐富，沒人可以設限，這樣的生活才幸福。而唯一能跟它媲美的經歷，就是獨自架著飛機在天空翱翔，愈飛愈高，四周無邊無際，讓人沉醉在無垠的空間裡，這種感覺無與倫比，遠遠超越世俗的權力和榮譽。前幾天，我在讀笛卡兒的作品，字裡行間流露出一股自在、優雅和清明。真是美！」

「可是，勞瑞，」她急著打斷他。「你難道不了解，你這些要求我既做不到、也沒興趣，更不想去感興趣嗎？我講過好多遍了，我只是平凡的正常女生，現在還二十歲，但再過十年就老了。我想要及時行樂。唉，勞瑞，我真的好愛你。你說的那些都是無事生非，這樣是不會有出息的。為了你自己好，我拜託你、求求你不要這樣。像個男人吧，勞瑞，擔起自己的責任。人家在分秒必爭的時候，你卻在浪費寶貴光陰。勞瑞，你要是真的愛我，就不會為了夢想拋棄我，你已經享樂過了，跟我們回美國吧。」

「我辦不到，親愛的，這對我來說跟死了沒兩樣，等於出賣我的靈魂。」

「唉，勞瑞，為什麼要說這種話？這是自以為高尚的瘋女人才會說的話。這有什麼意義呢？沒有意義，完全沒有意義啊。」

「意義就在於我心裡的感受啊。」他答道，眼神閃爍。

「你怎麼還笑得出來？難道不曉得這是很嚴肅的事嗎？我們站在十字路口上，現在的作為會影響我們的一生哪。」

「我知道。相信我，我也很嚴肅。」

她嘆了口氣。

「跟你講道理你不聽，那就沒什麼好說的了。」

「但是我不認為這是道理，反而覺得妳從頭到尾都很無理。」

「我無理？」要不是她當時很難過，搞不好就大笑出來了。「可憐的勞瑞，你真是有夠瘋的。」

她慢慢褪下手上的訂婚戒指，放在掌心，盯著它瞧。那是顆方型的紅寶石，嵌在薄薄的白金戒環上，她一直都很珍惜。

「假如你真的愛我，就不會讓我這麼不快樂。」

「我真的愛你。可惜有時候，做自己認為對的事情，難免會讓人不快樂。」

她伸出放著戒指的手，顫抖的嘴唇勉強揚起微笑。

「還你，勞瑞。」

「我拿了也沒用。妳要不要留著它，紀念我們的友誼？可以戴在小指上。我們還是可以當朋友，對吧？」

「我還是會一直關心你，勞瑞。」
「那就留著戒指吧。我希望妳留著。」
她遲疑了一下，才把戒指戴在右手小指上。
「太大了。」
「妳可以改小一點。走吧，我們去里茲酒吧喝杯酒。」
「也好。」
伊莎貝不禁有點詫異，婚事竟然就這麼沒了，她連一滴眼淚都沒掉；除了不跟勞瑞結婚以外，一切好像都沒改變。她簡直不敢相信，一切都塵埃落定。不過少了大吵一架的場景，倒讓她有點不甘心。兩人平心靜氣地把話攤開來說，彷彿是在討論買房子之類的事情。她覺得失望極了，卻又感到些微滿足，因為兩人的舉止如此文明。伊莎貝很想知道勞瑞的心態究竟為何，但始終不得其門而入；勞瑞清秀的臉孔與深黑的眼睛就像一副面具，伊莎貝心裡明白，儘管熟識他多年，依然猜不透他。她先前把脫下的帽子隨手放在床上，如今站在鏡子前，再度把帽子給戴上。
「我很好奇。」伊莎貝邊說邊整理頭髮。「你本來就打算取消婚約嗎？」
「沒有。」
「我原本以為，你也許會大鬆一口氣。」勞瑞並未吭聲，伊莎貝轉過身來，嘴角揚起開朗的微笑。「好了，走吧。」
勞瑞鎖上身後的門。他把鑰匙交給櫃台時，那男的表情促狹，心照不宣地打量著他們。伊莎貝不猜中他的心思也難。
「這個老傢伙想必認為我的童貞沒了。」她說。

兩人招了輛計程車到里茲喝酒，邊喝邊談些無關緊要的事情，似乎毫無拘束，宛如天天見面的老友。勞瑞生性寡言，而伊莎貝則愛聊天，開了話匣子便源源不絕。而且她下定決心不讓場子冷掉，因為不希望勞瑞覺得她懷有怨懟，加上自尊心作祟，也不想讓他疑心她有一絲難過和不開心。沒多久後，伊莎貝便要勞瑞載她回家。他把車開到她家門口後，她語帶愉悅地對他說，「別忘了明天來一起吃午餐。」

「絕對不會忘記。」

她把臉湊過去，讓他吻了一下，便走進門廊了。

5

伊莎貝一進客廳，就看見幾位客人已在喝茶。其中兩位是定居巴黎的美國女士，穿著非常講究，脖子上圍著珍珠項鏈，手腕戴著鑽石鐲子，指頭上套著所費不貲的戒指。雖然一人的頭髮染成深褐色，一人則是滿頭不自然的金髮，但說也奇怪，兩人卻頗為相似：同樣有塗了睫毛膏的睫毛、畫得鮮紅的嘴脣、抹了胭脂的面頰、辛苦鍛鍊過的苗條身材、清晰立體的五官，以及如飢似渴的徬徨眼神，讓人無法不察覺到，她們人生的唯一目的，就是盡力挽救逐漸消逝的風采。她們的嗓門嘹亮尖銳，言不及義地東拉西扯，一刻也不停歇，彷彿擔心片刻的沉默都會讓身體停擺，一切人工裝飾就會分崩離析。還有位美國大使館祕書，看來閱歷豐富，文質彬彬但不發一語，因為完全插不上話；另外一位則是矮小黝黑的羅馬尼亞王子，有雙銳利的黑眼睛和一張刮得乾淨的黑臉龐，卑躬屈膝，老是急著起身幫人奉茶、遞蛋糕、點菸，還相當厚顏無恥，對在座眾人開口全是噁心的奉承，極盡恭維之能事，毋寧是藉著巴結這些對象，償還過去和今後受邀晚宴的人情。

布萊利太太坐在茶桌旁，為了不讓艾略特不開心，比平常穿得更為講究。她以一慣客氣又淡然的態度招呼著客人，至於對他們有什麼想法，我也只能憑空想像。我和她的交情向來不深，而且她不太透露自己的心思。她人並不笨，長年居住各國首都，見過太多形形色色的人，想必拿自己出身的維吉尼亞小鎮當作標準，精明地對這些人來概括論之。她觀察這些人滑稽的樣子，想必覺得相當好笑。而且我敢說，她並不把他們的裝腔作勢當一回事，好比她所讀小說的結局必定圓滿收場（否則根本不會拿起來讀），因此對於過程中人物的哀愁和苦難無動於衷。儘管在巴黎、羅馬和北京等地住過，她的美國人精神仍不受影響，好比艾略特無論多虔誠信奉天主教，也不會衝擊到她堅定的長老會信仰。

伊莎貝一進來就散發青春活力，加上外表高䠷出眾，替浮誇的氣氛注入清新之感，宛如人間女神翩然而至。羅馬尼亞王子連忙地起身替她拉張椅子，手舞足蹈地竭力盛讚。兩位美國女士一面高聲地向她親切問候，一面上下打量，仔細瞧她的衣裳；伊莎貝正值花樣年華，也許讓她們好生鬱悶。美國外交官見到伊莎貝一出現，兩位女士立即顯得虛偽枯槁，不禁暗自莞爾。不過，伊莎貝卻覺得她們很氣派，不但欣賞她們華麗的行頭和昂貴的首飾，也有些妒忌她們高雅的品味。她不禁要想，自己有天是否也能如此雍容華貴。當然，那個羅馬尼亞人實在好笑，不過不失討喜，即使言不由衷，聽來也十分悅耳。眾人接續聊著伊莎貝進來前的話題，談得極為起勁，自認言之有物，乍聽之下會讓人以為頗有道理。他們聊著已參加過的宴會，也聊準備參加的宴會，八卦著最新的醜聞，把朋友批得體無完膚，提到的大人物不勝枚舉，好像什麼人都認識、什麼祕密都知道。他們簡直可以一口氣羅列最新的舞台劇、當紅的裁縫師和肖像畫家，以及新任首相的新歡，旁人會以為他們無所不知。伊莎貝聽得津津有味，覺得十分自在愜意，生活就該是這樣，置身其中讓她欣喜萬分。這才是真實的世界。而環境也無可挑剔：房間寬敞，地板鋪著薩弗納里的地毯，鑲著華美木板的牆壁掛著美麗畫作，每張椅子均由納紗刺繡細雕，五斗櫃和零星的茶几均鑲嵌精美、價值不凡，每件都可放到博物館展示。客廳如此布置想必所費不貲，但一切都很值得，既華麗又妥貼，讓伊莎貝深感震撼，因為她腦海中仍鮮明浮現那間蹩腳的旅館房間，裡頭有張鐵床和硬邦邦的椅子，勞瑞卻認為沒什麼不好，但明明就空蕩蕩又沒生氣，讓人極不自在。她一想起那個畫面，不由得打了冷顫。

客人走了以後，只剩下伊莎貝、她母親和艾略特三個人。

艾略特送那兩位徒具妝顏的可憐美國女士出門，一回來就說，「這兩個女的真會展現魅力。她們剛搬到巴黎的時候，我就認識她們了，做夢也沒想到她們現在會過得那麼好。我們女性同胞的適應力真是驚人，簡直看不出她們是美國人，而且是出身中西部那一帶呢。」

布萊利太太揚起眉毛，默不吭聲，只瞄了艾略特一眼，但機靈如艾略特，當然懂她的意思。

「沒人敢這麼形容妳啦，露易莎。」他說得既酸溜又親暱。「不過天曉得，妳該有的機會都有了。」

布萊利太太噘起了嘴。

「艾略特，不好意思讓你失望了，不過說句實在話，我很滿意自己現在的樣子。」

「各有所好。」艾略特用法語咕噥著。

「我想跟你們說一聲，我和勞瑞解除婚約了。」伊莎貝說道。

「嘖嘖。」艾略特大聲抱怨。「那我明天辦的午宴不就開天窗了，臨時叫我上哪兒找人呢？」

「喔，他還是會來吃午餐的。」

「你們不是解除婚約了嗎？這好像不太合常理。」

伊莎貝淺笑出聲，眼睛瞅著艾略特，因為曉得母親正盯著自己，因此不願意和她四目相接。

「我們沒有吵架，今天下午把事情攤開來談，認為當初下了錯誤的決定。他不想回美國，只想繼續留在巴黎，還說之後要去希臘。」

「去希臘能做什麼？雅典可沒有社交活動。事實上，我向來都覺得希臘藝術的價值不高，某些古希臘的東西還有點頹廢的美感。但菲迪亞斯的雕塑嘛，實在不怎麼樣哪。」

「妳看著我，伊莎貝。」布萊利太太說。

伊莎貝轉過頭來，面帶微笑看著母親。布萊利太太仔細觀察著女兒，但只說了一聲，「嗯。」她看得出來這孩子沒有哭，神情泰然自若。

「妳這婚約解除得好，伊莎貝。」艾略特說。「我本來打算將就將就，可是打從心底覺得，這樁婚事實在不是門當戶對。他真的配不上妳，而且他在巴黎的那副德性，顯然不會有什麼出息。憑妳的美貌和人脈絕對可找到更好的男人。我覺得妳的決定是正確的。」

布萊利太太瞟了女兒一眼，看得出有點不安。

「妳這麼做不是為了我吧，伊莎貝？」

伊莎貝堅決地搖搖頭。

「不是的，媽媽，完全是我自己的意思。」

6

那時我已從遠東回來，剛好在倫敦待一段時間。事情過了兩週後，艾略特某天早上打電話給我。聽到他的聲音並不奇怪，畢竟他老愛抓緊度假季節的尾巴來英國玩樂。他說布萊利太太和伊莎貝也一道同行，問我傍晚六點能否去喝杯酒，她們會很高興見到我。他們下榻的當然是克拉利奇飯店，離我住的地方並不遠，我便沿著公園街散步，穿越梅菲爾區[13]安靜肅穆的街道，抵達克拉利奇飯店。艾略特照例住在套房中。房內鑲著棕木壁板，宛如雪茄盒的材質，感覺低調奢華。我跟著門房進門時，只見到艾略特單獨一人，布萊利太太和伊莎貝上街去買東西，隨時都會回來。他告訴我，伊莎貝和勞瑞解除婚約了。

對於不同場合的應對進退，艾略特有自己固守傳統的浪漫看法，因此看不慣這兩個年輕人的作風。勞瑞在解除婚約隔天來吃午餐也就罷了，但舉止竟也一如往常，依然親切、專注，開朗也不失認真，對待伊莎貝的態度仍像朋友般親暱。他看起來既不尷尬，也不心煩或難過。伊莎貝同樣沒半點失意，似乎愉快得很、笑得輕鬆，還跟眾人嘻嘻哈哈，看不出來才剛做出重大決定，足以衝擊往後人生。艾略特被弄得摸不著頭緒，就他聽到的聊天片段來看，他們似乎無意取消已安排好的約會。因此，他一找到空檔，就找露易莎談這件事。

「這太不像話了。」他說。「他們既然沒了婚約，就不可以兩個人到處跑，勞瑞應該懂這點分

13 梅菲爾區（Mayfair），倫敦商業中心，高檔飯店與餐廳均集中於此，租金在全球數一數二。

寸才對。況且，這樣只會擋了伊莎貝的桃花。英國大使館那個小伙子佛瑟林漢，擺明了欣賞她；他的衣食無缺、交友廣闊。如果曉得伊莎貝現在單身，八成就會積極追求她。我覺得妳應該跟她好好談談。」

「我親愛的弟弟，伊莎貝都二十歲了，總是能不慍不火地要我別管閒事，我也拿她沒辦法。」

「露易莎，那就是妳沒把她教好，再說，這件事本來就該妳來管。」

「就這件事情來看，你跟她的觀念肯定不一樣。」

「露易莎，我的耐性可是有限的。」

「艾略特，假如你有個年紀相仿的女兒，就會發現她比小牛還要倔強。至於想了解她在想什麼，我看哪，你還是當個頭腦簡單的老糊塗吧，你在她心中的形象就是這樣。」

「但是妳跟她聊過了嗎？」

「我是有這個打算，但她反倒取笑我，只說沒有什麼好說的。」

「那她有沒有生悶氣？」

「我也不曉得，只知道她吃得好、睡得好。」

「哼，等著看吧，如果妳繼續放任他們搞下去，說不定兩個人哪天就私奔結婚去了，把大家都蒙在鼓裡。」

布萊利太太忍不住笑了。

「這點你大可放心，我們現在待的這個國家，雖然私通款曲很方便，但真要結婚反而困難重重。」

「這也難怪。婚姻是終身大事，小至確保家庭健全、大至維持國家穩定。但是，如果對於婚外情不但給予容忍，還加以認可，那麼婚姻就徒具權威而已了。賣淫這件事哪，露易莎——」

「好了，艾略特。」布萊利太太打斷他。「你對於男女濫交的社會道德觀，我一點都不感興趣。」

艾略特這時提出了一項計畫，希望阻止伊莎貝與勞瑞繼續來往，這在他眼中實在太過踰越常軌。巴黎適合旅遊的季節已近尾聲，各界名流雅士都安排了海灘行程，或者準備前往濱海小城多維爾，再到杜蘭、安茹或者布列塔尼的古堡避暑。艾略特通常在六月底去倫敦，可是他十分重視家族，且對於姊姊和外甥女的感情深厚，因此本來盤算著，只要她們願意，即使巴黎像樣的人都走光了，他依然可以犧牲自己留下來；但是，他發現當前的處境能兩全其美，既能替別人著想，又對自己方便。他向布萊利太太建議，三人一起到倫敦去，那裡正值度假高峰，而且伊莎貝只要培養了新興趣、結交了新朋友，就不會再受勞瑞的糾纏。而且據報載，有位專治糖尿病的名醫剛好在倫敦，布萊利太太可趁此機會找他看診，也替他們匆促離開巴黎找到合理的藉口，假使伊莎貝不願意也不好說出口。布萊利太太答應了，她自覺摸不透伊莎貝，無法肯定她到底真如表面那樣不在乎，或是把痛苦、氣憤和難過藏在心底，故意逞強來掩蓋傷心。布萊利太太也只能同意艾略特所說，也許認識新朋友、逛逛新環境，對伊莎貝來說是件好事。

艾略特忙著打電話做安排。後來，伊莎貝跟勞瑞逛完凡爾賽宮回到家，艾略特就告訴她，已經替她母親約好了，三天後要找那位名醫看病，他已在克拉利奇飯店訂了間套房，因此後天就得動身。艾略特沾沾自喜地把消息告訴伊莎貝時，布萊利太太留心觀察女兒神情，但只見她面不改色。

「太好了，真高興妳能夠去找那位醫生。」伊莎貝大聲說，語氣如平時那般直爽。「當然不能錯過這個機會啦。而且到倫敦走走也很好玩，那我們在那裡要待多久？」

「再回巴黎也沒什麼意思。」艾略特說。「因為再過一個禮拜，這裡的人都走光了。我希望我們一起住在克拉利奇飯店，待到這個夏天結束。七月期間有不少舞會，當然也不能錯過溫布頓網球賽。之後，還有古德伍德的賽馬會和考斯的賽艇週。艾林罕家到時絕對會請我們一起搭帆船去看賽，而班塔克家則老是一大群人去看賽馬。」

伊莎貝看起來相當開心，布萊利太太這才放心，伊莎貝好像沒把勞瑞放在心上。

艾略特才向我說完這些，母女倆就走了進來。我有一年半沒見到她們了，布萊利太太消瘦了點，臉色更加蒼白，看來有些疲倦，狀況顯然不好。但伊莎貝卻是容光煥發、紅潤，擁有一頭深色棕髮、水汪汪的淡褐眼睛、白淨肌膚，如此青春洋溢，好像單純享受當下活著的感覺，感染旁人跟著她笑開懷。我的腦海浮現相當可笑的畫面，她成了顆梨子，金黃多汁、熟透香甜，喚人大快朵頤。她渾身散發溫暖氣息，好像你一伸手就能感受她的舒適。她看起來比上回見面時高了些，原因我也說不準，可能是穿了高跟鞋的緣故，或是某個聰明的裁縫師剪裁工夫了得，讓連身裙遮住年輕豐滿的體態。她的舉手投足既優雅又自然，感覺自幼就從事戶外活動。簡而言之，她已是成熟娉婷的少女。倘若我是她母親，勢必會覺得她真的該結婚了。

我很高興終於有機會答謝布萊利太太先前在芝加哥的招待，就邀請他們三位一同去看某晚的舞台劇，順便請她們吃頓午餐。

「你現在就約是明智的決定，老友。」艾略特說。「我已經通知一些朋友我們到倫敦了，不出一、兩天，後續的行程恐怕就會排滿了。」

我聽得出艾略特話中有話，意思是屆時挪不出時間給我，我不禁笑了出來。

艾略特瞄了我一眼，神情有些傲慢。

「不過如果有需要的話，試試下午六點鐘左右過來，通常都找得到我們，我們會很歡迎你。」他禮貌地說，但用意再清楚不過了：作家就只有這點地位。

但是，人的忍耐總有個限度。

「你有空跟聖奧爾費德家聯絡一下，聽說他們打算賣掉家中康斯塔伯[14]所畫的薩爾斯伯里教堂。」我說道。

「我目前沒打算買畫耶。」

「我知道，可是說不定你可以幫他們處理處理。」

艾略特目光冷峻。

「老友啊，英國人是很偉大的民族沒錯，可是繪畫成就向來不怎麼樣，以後也不值得期待，我對英國畫派沒半點興趣。」

---

14 康斯塔伯（John Constable），十九世紀英國風景畫家。

7

接下來四週，我幾乎沒怎麼見到艾略特一家子。他安排的一連串行程，讓布萊利太太和伊莎貝臉上有光：某個週末，他帶她們去薩塞克斯的豪宅遊玩；隔個週末，又帶她們去威爾郡更奢華的豪宅度假；他們還以溫莎王室公主貴賓的身分，坐在皇家包廂看歌劇，並且和眾多大人物一同用餐，伊莎貝也參加了幾場舞會。艾略特在克拉利奇飯店招待一批批的賓客，隔天都大大地刊在報上；他也在西羅飯店和大使館舉辦晚宴。艾略特為了讓伊莎貝盡興，所有該做的都做了；伊莎貝參與這麼多奢華富麗的場合，除非腦袋足夠精明練達，否則難免感到眼花撩亂。艾略特盡可以自我吹噓，說自己這番煞盡苦心的安排完全是為了讓伊莎貝忘卻失戀之苦。但是我看得出來，他其實也十分得意能在露易莎面前展現人脈，讓她見識他與達官顯貴有多麼熟稔。艾略特這個東道主做得令人欽佩，而且老愛賣弄自己的交際手腕。

我自己也參加了一、兩場艾略特主辦的宴會，偶爾會在傍晚六點去克拉利奇飯店拜訪一下。伊莎貝的身邊通常圍繞著人高馬大、行頭華麗的年輕親衛隊成員，或是儀態優雅、衣著略遜一籌的年輕外交官。某次，伊莎貝把我拉到一旁說話。

「我想拜託你一件事。」她說。「還記得我們有天傍晚一起到藥妝店喝冰淇淋汽水嗎？」

「很清楚啊。」

「那回你真是幫了大忙，可以再幫我一次嗎？」

「我能幫的就盡量幫。」

「我想跟你談一件事。可以找天一起吃個午餐嗎？」

「那日子給妳選吧。」

「找個安靜的地方。」

「開車到漢普頓宮吃午餐如何？花園應該是最漂亮的時候，妳也可以看看伊莉莎白女王的寢宮。」

她覺得這個提議不錯，我們就選定了日期。但到了那一天，連續晴朗的好天氣說變就變，天空陰沉沉，還飄著細雨。我打電話問伊莎貝，問她要不要改在市區吃飯。

「這樣就沒辦法坐在花園聊了，加上光線太暗不好賞畫，看不出什麼名堂。」

「我去過的花園可多了，名畫也看膩了。我們還是去走走吧。」

「好吧。」

我開車去接她，兩人就動身了。我曉得一家小飯店的餐點還過得去，所以就直接開到那裡用餐。一路上，伊莎貝跟平常一樣，興高采烈地說著先前參加的宴會和新認識的朋友，看得出來樂在其中；不過就我看來，依她對這些新朋友的看法，她其實相當精明，三兩下就可判斷哪些人屬於小丑。由於天氣不好，餐廳內幾乎沒其他客人，等於被我們兩人包下。這家飯店的招牌全是英國家常菜，我們點了一塊上等羊腿，佐綠豌豆和新鮮馬鈴薯，餐後是厚切蘋果派淋德文郡奶油，再來一大杯淡啤酒，豐盛不在話下。吃完以後，我提議去旁邊空蕩蕩的咖啡廳，那裡的扶手椅坐起來舒適點。咖啡廳裡頗有寒意，但壁爐已放好柴火，我便點了根火柴生火，窄小的空間頓時宜人許多。

「好吧。」我說。「現在可以說妳要找我談什麼事了。」

「跟上次一樣。」她笑了笑。「勞瑞的事。」

「我想也是。」

「你知道我們解除婚約了吧。」

「艾略特跟我說了。」

「媽媽放心了，舅舅則很高興。」

她猶豫了一會兒，才把她和勞瑞的談話告訴我，這部分我已盡量如實交代了。各位讀者或許會覺得奇怪，為何我倆交淺言深。我和她見面不出十來次，而且就只有藥妝店那回獨處過。然而我並不覺得意外。一方面，只要是作家都知道，一般人確實容易向作家吐露心事。我不曉得背後原因，也許是因為他們讀了幾本書後，對於作者倍感親切，也許因為他們把自己當成小說人物，願意像他筆下的人物一樣，向他推心置腹。而我猜想，伊莎貝也曉得我很欣賞她跟勞瑞，並深受他們的青春年華感動，也同情他們的不幸處境。她無法指望艾略特耐心聽她傾訴，畢竟勞瑞自己糟蹋了進入社交界大好機會，艾略特根本懶得再插手。而她的母親也幫不上忙。布萊利太太擁有高道德標準、講究人情義理。因為講究人情義理，所以她認為如果要在這個世界生存，就得接受固有的習俗，避免從事社會不認可的事情；因為擁有高道德標準，所以她相信男人有責任進企業工作、積極努力賺錢來養家活口、生活水準符合身分地位，並讓孩子接受良好的教育，助其長大後有份正當工作，死前還得確保自己的妻子衣食無缺。

伊莎貝的記性很好，她與勞瑞那回談了許久，但許多重要細節仍銘記在心。我靜靜聽她講完，她只有在中途提了個問題。

「呂斯達爾是誰？」

「呂斯達爾？他是荷蘭風景畫家。怎麼了嗎？」

她說勞瑞提到呂斯達爾找到人生大哉問的解答，但自己追問後只得到了這個輕描淡寫的答案。

「你覺得他是什麼意思？」

我忽然恍然大悟。

「他說的會不會是呂斯布魯克？」

「大概吧。他是誰？」

「是十四世紀法蘭德斯的神祕主義學者。」

「喔。」她語帶失望。

伊莎貝不懂箇中道理，但我稍有涉獵。這是我頭一回對勞瑞的思考有些頭緒，而伊莎貝繼續說著事情經過，我依然專注地聽，但部分心思在推敲勞瑞的意思。我並不想小題大作，也許他只是拿來說說嘴，或者有其他伊莎貝沒察覺到的意思。他跟伊莎貝說，呂斯布魯克是他大學無緣認識的傢伙，顯然是為了讓伊莎貝無從追問。

「你會怎麼看呢？」她講完之後問我。

我沉默片刻才回答。

「妳還記得他說過要閒晃吧？如果他是認真的，這種閒晃可能要花不少工夫。」

「我肯定他是認真的。但是你難道不覺得，如果他把閒工夫拿來從事生產，現在的收入絕對很可觀哪。」

「有些人就是生性古怪。比方說，有些罪犯費盡心思地擬定犯案計畫，結果還是坐了牢，但是一出獄又重操舊業，最後又得回去吃牢飯。要是他們肯把那份勤奮、機靈、智謀和耐心用在正途，生活可能會過得很富足，社會地位也會很崇高。但是，他們生性如此，就是喜歡犯罪。」

「可憐的勞瑞。」她笑了笑。「你該不會在暗指他學希臘文是準備搶銀行吧？」
我跟著笑了出來。
「我不是這個意思。我只是想告訴妳，有些人內心的渴望十分強烈，非得做某件事情不可，擋也擋不住，而且為了滿足渴望，什麼都可以犧牲。」
「就連愛他們的人也可以犧牲嗎？」
「是啊。」
「這不就是明擺著自私嗎？」
「這就不得而知了。」我微笑道。
「勞瑞學死掉的語言做什麼呢？」
「有些人對於知識的慾望是很超然的，這也不是什麼卑鄙的事。」
「如果學的知識派不上用場，又有什麼好處呢？」
「說不定他用得上呀，或是單單有了知識就很滿足，就好像藝術家能創作就很滿足一樣。或許，這能幫助他追求更高深的知識。」
「如果他想吸收知識，為什麼退伍後不去讀大學？尼爾森醫生和媽媽就是這麼勸他的。」
「先前在芝加哥的時候，我跟他談過這件事，學位對他來說沒有用。我隱約覺得，他十分明白自己要的是什麼，但覺得在大學裡無法得到。妳也知道，就做學問來說，有些人喜歡找人合作，有些人喜歡單打獨鬥。我認為勞瑞就是屬於獨行俠。」
「我記得有次問他想不想嘗試寫作，他只笑說自己沒東西可寫。」
「從來就沒聽過這麼牽強的理由。」我微笑道。

伊莎貝擺了個不耐煩的手勢，連開個小玩笑的心情都沒有。

「我不懂他為什麼要這樣。大戰以前，他並不特立獨行。你有所不知，他網球打得很好，高爾夫球也打得很不錯。他做的事情跟大家沒什麼不同，是個很正常的大男孩，我們沒有理由去覺得他會變成現在這樣。話說回來，你是小說家，應該能解釋這件事吧。」

「人性太複雜了，我又有什麼資格解釋呢？」

「今天我找你來，就是為了談這件事。」她並未理會我說的話。

「妳不開心嗎？」

「沒有，也不算不開心。勞瑞不在身邊的時候，一切都很好；但是只要跟他在一起，我就覺得非常無力。現在只有某種難受的感覺，好像幾個月沒騎馬，某天騎了很久後，身體出現的僵硬感，不算痛苦，也可以忍受，但是就曉得身體怪怪的。我應該終究會釋懷吧，只是討厭勞瑞這麼糟蹋自己的人生。」

「說不定他沒有糟蹋啊。他選擇的這條路又長又艱苦，但是也許最後就找到自己想要的東西。」

「那是什麼呢？」

「妳難道沒想到嗎？從他對妳說的話來看，我覺得答案很明顯，就是上帝。」

「上帝?!」她喊出聲，大感詫異。字眼相同，意義卻完全不同，聽起來趣味十足，我們倆都忍俊不禁。但是伊莎貝旋即一臉認真，表情似乎透露一絲害怕。「你怎麼會想到這個？」

「這只是我的猜測。是妳問我身為作家的看法的，可惜妳並不曉得他在大戰到底經歷了什麼事情，使他深受震撼。我覺得想必是某種出乎意料的打擊。姑且不論勞瑞的遭遇，重點是他因此覺得人生無常，導致他急著想要確定世上的罪惡和痛苦都能獲得補償。」

伊莎貝看起來不喜歡我把話題兜到這上頭，因而顯得坐立難安。

「這些聽起來難道不病態嗎？做人要面對現實，人活著就是要好好過日子。」

「也許吧。」

「我只想當個正常的普通女生，開開心心過日子。」

「看樣子，你們兩人的性情真是格格不入，幸好是在婚前就發現了。」

「我想結婚，有自己的孩子，然後生活——」

「生活就按照慈悲上帝的安排。」我微笑地插話。

「是啊，這沒有什麼不對吧？這樣過得很快樂，我會很滿足。」

「你們就好像兩個朋友一起去度假，可是一個想爬格陵蘭的雪山，另一個卻想去印度的珊瑚海岸釣魚，是不會有結果的。」

「再怎麼說，我在格陵蘭的雪山上還有機會得到海豹皮大衣，印度的珊瑚海岸哪可能釣得到魚。」

「這很難說喔。」

「為什麼這麼說呢？」她問道，眉頭微皺。「你的話聽起來好像都有所保留。我當然曉得自己在這段關係中不是夢想家，勞瑞才是，他充滿了理想，很會編織美夢，即使夢想無法實現，夢想本身也很令人嚮往。我做人比較勢利和現實，就常識來判斷，想要同情勞瑞也難，不是嗎？但是你別忘了，最後倒楣的會是我，勞瑞會不斷向他的目標前進，榮耀都會歸於他，我只能跟在後頭勉強撐起家計。但是我想好好享受人生啊。」

「我知道。多年前我還年輕，認識一個非常優秀的醫生，可是他並沒有執業，多年來都埋頭在大英博物館的圖書館裡，每隔個幾年，就寫出一本厚厚的書，既非科學又非哲學，因為找不到讀者，他只好自費出版。他死前寫了四、五本這類沒半點價值的書。他有個兒子從小立志從軍，可是家裡沒錢送他進桑德何斯特皇家軍事學院，這孩子只好去當大頭兵，最後卻在戰爭中陣亡了。他還有個女兒，長得很漂亮，我也很欣賞這個女孩子。她後來進了劇場，但是因為缺乏天分，只能到處接些二流劇團的小角色來演，賺的錢少得可憐。而醫生的太太多年來辛苦持家，最後太過操勞而病倒了，女兒只好回家照顧母親，接手母親做不動的粗活。生命白白浪費，到頭來一場空。如果不想隨波逐流，就等於是場豪賭，失敗的人不勝枚舉，成功的人寥寥無幾。」

「媽和艾略特舅舅覺得我做了正確的決定。你也認同嗎？」

「孩子啊，我的看法對妳來說很重要嗎？我根本就是外人啊。」

「我把你當成客觀的旁觀者呀。」她露出開朗的笑容。「我想獲得你的認同。你真的覺得我這樣做對嗎？」

「我覺得對妳來說，這樣做確實是對的。」我說道，十分肯定她沒察覺到回答有什麼不同。

「可是，為什麼我有點過意不去呢？」

「真的？」

她點點頭，嘴角仍帶著微笑，但摻雜一絲懊悔。

「我知道這個決定合乎常理，凡是有理性的人都會認為我別無選擇。我也知道不管以務實觀點、人情世故、基本禮節或是非對錯的立場來看，我只是做了該做的事。可是，我的內心深處隱約感到不安，覺得如果我不要那麼現實、那麼計較得失、那麼自私，態度清高一些，就會嫁給勞瑞、兩個人同甘共苦。如果我愛他愛得夠深，就不會在意外界的眼光。」

「妳也可以倒過來說。如果他愛妳愛得夠深，就會順著妳的意思。」

「我也這樣跟自己說過，可是一點用也沒有。我想女人天生就比較願意犧牲自己吧。」她咯笑兩聲。「好比聖經中路得跑到異鄉麥田拾穗[15]之類的。」

「妳為什麼不冒險試試呢？」

我們原本談話的氣氛相當輕鬆，彷彿聊的是兩人共同認識卻不親近的普通朋友。就連伊莎貝說起她和勞瑞攤牌的過程，語氣也很爽快，有時還自我解嘲，好像怕我太嚴肅看待似的。但是，這時她的臉色變了。

「我很害怕。」

我倆一時半刻都沒開口。我的背脊傳來一陣涼意，這種反應唯有見人展露真情時才會出現，往往讓我深感動容。

「妳真的很愛他嗎？」我終於開口問道。

「我也不知道，我對他老是不耐煩，常常是乾著急。我好想要他。」

我們又沉默了下來。我實在不知該說什麼。咖啡廳很小，滾著花邊的厚簾子擋住了外頭的光線。牆上貼著大理石花紋的黃壁紙，上頭掛了裝飾用的舊版畫；而紅木製的家具、礬腳的皮椅和揮之不去的霉味，讓人恍若身處狄更斯小說裡的咖啡廳。我拿起火鉗撥了撥火、添了些煤。伊莎貝忽然開口。

「其實，我原木以為只要攤了牌，他就會妥協，因為我知道他耳根子軟。」

「耳根子軟？」我驚呼出聲。「妳哪來這種想法？他可是整整一年不顧親友的反對，堅持要走

---

15 出自舊約聖經〈路得記〉。女子路得喪夫後堅持跟隨婆婆，還到田裡拾取農人收割掉落的麥穗，好給婆婆吃。

自己的路耶。」

「以前無論我想做什麼，他都會順著我的意，凡事都聽我的話。他也從來不強出頭，都默默跟著大夥的腳步。」

我點起一根菸，看著裊裊的煙圈愈擴愈大，最後在空氣中散去。

「媽和艾略特都認為，我既然跟他解除了婚約，就不應該再這麼頻繁地一起出去，好像裝作沒事一樣，但是我並沒放在心上。我一直到最後，都還以為他終究會屈服，沒想到他意識到我是認真的後，竟然還不肯讓步。」她猶豫半晌，露出有些頑皮的笑容。「如果我跟你說個祕密，你會不會嚇一跳？」

「應該不太可能。」

「我們決定來倫敦之後，我打電話給勞瑞，問他能不能陪我度過在巴黎的最後一晚。我把這件事跟家人說，艾略特舅舅覺得不成體統，媽媽說沒有必要；她只要說沒有必要，就代表她其實完全不贊成。艾略特舅舅問我們要去哪，我說打算找個地方吃晚餐，然後去逛逛夜店。他就要媽媽阻止我去。我媽說：『如果我不准妳去，妳會聽話嗎？』我回說：『當然不會啊。』她就說：『我想也是，既然如此，准不准也沒什麼意義了。』」

「令堂似乎非常通情達理。」

「我想很多事她都看在眼裡。勞瑞來接我的時候，我去她房裡說聲晚安。我那晚稍微打扮了一下，沒辦法，在巴黎是不可能素顏外出的。她看到我穿的洋裝，就上下打量著我，讓我不太自在，覺得她看穿了我的計畫。但是，她什麼也沒有說，只是吻了我一下，要我玩得開心點。」

「妳的計畫是什麼呢？」

伊莎貝猶疑地望著我，似乎思量著自己該坦白到什麼程度。

「我敢說自己打扮得還不錯，這也是我最後的機會。勞瑞在麥克錫飯店訂了位，我們享受著一道道好菜，我愛吃的東西都點上了，還喝了香檳，天南地北地聊天，至少我自己說得滔滔不絕，勞瑞被逗得哈哈大笑。我喜歡他的主要原因，就是他常被我逗得很開心。我們還一起跳舞，跳完後就前往馬德里堡，碰到幾個認識的朋友，大夥就聊了起來，繼續喝著香檳。後來，我們又跑去阿卡夏夜店。勞瑞跳起舞來有模有樣，我們也搭配得恰到好處。音樂不斷放送，加上酒酣耳熱，我覺得有些飄飄然，只想盡情放縱，就跟勞瑞臉貼著臉跳舞，我知道他想要我，而我也很想要他啊，所以腦海就浮現了一個念頭；現在回想起來，也許早就埋在潛意識裡了。我想把他帶回家，這樣的話，一切就會順其自然地發生。」

「哎呀，妳說得還真夠委婉。」

「我的房間離艾略特舅舅和媽媽都有點距離，所以自認不必怕被發現。等我們回到美國以後，我就可以寫信給他說我懷孕了。到時候，他也只能回來和我結婚，而且只要他回到美國，我相信要他留下來也很容易，況且媽媽身體不好。我心想怎麼以前沒想到這個辦法，實在有夠笨的，這樣問題就全都解決了。夜店的音樂停了下來，我仍舊貪戀著他的懷抱。後來我就說已經很晚了，隔天要搭中午的火車，最好現在就回家。我們搭了同一輛計程車，我依偎著他，他用胳臂攬著我，親了我好多下，那種感覺太美好了。而好像才轉眼的工夫，車子就開到了家門口。勞瑞付了車錢，計程車隆隆地開走。他說要走路回家，但我雙手摟著他的脖子問：『要不要上來再喝最後一杯呢？』他只說：『看妳囉』。

「他按了門鈴，門也開了。我們一進門，他就先開了電燈。我看著他的眼睛，完全不疑有他、誠實又天真，顯然一點都沒察覺自己快落入我的圈套。我頓時覺得自己不能耍這麼惡劣的手段，這好像在搶走小孩手中的糖果。你猜我後來怎麼辦？我說：『我看還是不要好了。媽媽今晚不太舒服。如果她睡著了，我怕吵醒她，晚安囉。』我仰起臉頰讓他親了一下，然後把他推出門，一切就這麼結束了。」

「妳很後悔嗎？」我問。

「雖然沒什麼值得高興，但也沒什麼好後悔。這種事我真的做不出來，那不是我的真心，當時只是一時衝動罷了。」她咧嘴笑著。「也許可以說我良心發現吧。」

「也許吧。」

「所以我也必須承擔後果，以後一定會更加謹慎的。」

我們的談話差不多就此結束。伊莎貝想必覺得，如此無拘無束地跟人聊天，著實感到寬心；但我也只幫得上這一點忙，不禁覺得有些心虛，因此多講了幾句安慰的話。

「人在談戀愛的時候，如果過程很多波折，就會覺得非常難過，以為永遠無法釋懷。但是最令人出乎意料的，往往是航海帶來的療效。」

「怎麼說呢？」她面帶微笑。

「愛情就好比航海技術很差的水手，顛簸的航程會讓人受盡各種折磨。不過，如果妳和勞瑞之間隔了一片大洋，妳就會恍然大悟，原本難以忍受的痛苦，竟然變得微不足道。」

「這是你的經驗談嗎？」

「算是吧，以前經歷太多風風雨雨了。我只要陷入單戀的痛苦，就會立刻去搭郵輪出海。」

外頭的雨依舊下個不停，我們決定直接開車回倫敦，畢竟伊莎貝不看漢普頓宮和伊莉莎白女王寢宮也不會有什麼損失。在這之後，我還見過伊莎貝兩、三次，但是都有別人在場。後來我覺得在倫敦住得差不多了，便前往奧地利的提洛爾山區住一陣子。

第三部

1

這回一別，我有十年沒再見到伊莎貝和勞瑞，但仍常跟艾略特聚首，而且出於某個原因——容我稍後交代——我們見面的機會比以前更多了，偶爾會從他口中得知伊莎貝的近況；至於勞瑞，他則沒有半點消息。

「就我所知，他仍舊住在巴黎，可是我不太可能碰到他，畢竟我們的交友圈並不一樣。」他的語氣顯得志得意滿。「說來可惜，他的家世很好，竟然會淪落到這個田地。如果他當初把事情交給我安排，包準還會混出點名堂。反正吶，伊莎貝算是運氣好，總算把他給擺脫了。」

我的交友圈不若艾略特那樣局限，有些巴黎的朋友他想必看不上眼。我三不五時會短暫造訪巴黎，曾向那些朋友打聽勞瑞的消息。其中幾個人與他偶有來往，但都談不上深交，所以沒人曉得勞瑞的近況。我還到他常去的那家餐館，但發現他已許久沒去，店員都認為他離開巴黎了；蒙帕納斯大道那些當地人常光顧的咖啡館，也見不到他的身影。

原來，勞瑞在伊莎貝離開巴黎後，本來打算去希臘，但後來不了了之（這是多年後他親口告訴我的，但為了方便起見，在此按照時間順序敘事）。他那個夏天都待在巴黎，一直到深秋都忙於工作。

「我那時覺得需要暫時放下書本一陣子。」他說。「我連著兩年都每天看八到十小時的書，所以決定到一家煤礦去做工。」

「你說什麼？」我驚呼出聲。

他見我如此詫異，就笑了出來。

「我覺得從事幾個月的體力勞動挺不賴的，可以藉機理清思緒，幫助我面對現實。」

我一語不發，心中納悶著：勞瑞是真的只因如此才忽然當起礦工，還是跟伊莎貝不願嫁給他有關係。事實上，我並不曉得他有多愛伊莎貝。一般人在熱戀當下，常會編造各種藉口，來說服自己凡事順著感覺行事。我揣想，難怪不幸的婚姻那麼多。這就好像你明知某人是騙子，但因為交情深厚，所以偏要把事情託付給他，只因不願相信騙子會重視利益到犧牲友情，認為即使他對人再不老實，也絕不會辜負自己。勞瑞的意志堅定，不肯為伊莎貝去犧牲自己喜愛的生活，但失去伊莎貝可能比他想像得還難熬；說不定他跟多數人一樣，得了便宜還想賣乖。

「喔，然後呢。」我說道。

「我把書和衣物全裝到兩個箱子裡，委託美國運通保管，再拿個提袋裝了套西裝和內衣，就動身了。我的希臘文老師妹夫是朗斯附近礦坑的經理，所以寫了封介紹信要我帶去。你聽過朗斯這個地方嗎？」

「沒聽過。」

「它在法國北部，離比利時不遠。我只在車站的旅館住了一晚，隔天就坐當地火車到了礦坑那裡。你去過礦村嗎？」

「在英國的時候去過。」

「嗯，我猜應該大同小異。除了礦坑本身，就是經理的屋子，以及一排排矮小的兩層樓房，外觀都是一個樣子，單調得讓人心情鬱悶，還有座較新但醜陋無比的教堂，以及零星幾家酒吧。我剛抵達的時候，天氣陰冷，飄著毛毛雨。我走到經理辦公室，把信交給了他。經理的個子矮小，身材發福，臉頰紅通通，看起來有副好胃口。許多礦工都在大戰中犧牲了，礦坑正缺工人，所以僱了不少波蘭人，少說有二、三百名。這位經理問了我幾個問題；雖然他不喜歡美國人，似乎覺得不大可靠，但是老師的推薦信再三美言，而且他也樂得有人幫忙。他本來要我留在地面工作，可是我自告奮勇，表示想到礦坑裡。他說如果我不習慣做粗活，一定會吃不消，我說自己早有準備。他便要我先擔任礦工的助手。這原本是屬於小男生的差事，不過那裡的小男生也不夠。經理為人不錯，主動問我房子找到了沒，一得知我還沒開始找，就在一張紙上寫了個地址，說我可以去看看，房東太太會讓我借住。她是某個礦工的遺孀，兩個兒子也都是礦工。

「我拎起袋子就動身了，後來也順利找到那棟房子。前來開門的是一名高瘦的婦女。她的頭髮花白，有雙黑溜溜的大眼，五官立體，以前想必是個美人；要不是因為少兩顆門牙，她也不至於顯得這樣憔悴。她說眼下的房間全滿了，但是有個波蘭客人的房內有兩張床，我可以睡那張空床。樓上有兩個房間，一間是她自己的，另一間給她兩個兒子住。她帶我看的房間在一樓，我猜本來大概是客廳吧。如果可以自己一間當然很好，不過我想還是別挑剔了。外頭的毛毛雨已經變成淅瀝的小雨，我的衣服也早給打溼了，要是在外頭繼續找下去，勢必會淋得落湯雞。我說房間滿適合自己的，就這麼安頓了下來。他們把廚房當作客廳，有兩張搖搖晃晃的扶手椅。院子裡有個充當浴室的煤棚。她的兩個兒子和波蘭人已經帶了便當出門，但是她說我可以跟她一起吃午餐。之後，我坐在廚房抽菸，她一邊做家事、一邊聊著自己和家人的事情。大夥下工後陸續回來，波蘭人先進門，後面是兩兄弟。波蘭人經過廚房，聽房東太太說我會跟他同房，只對我點了點頭，從爐子上提起大水壺，就去煤棚洗澡去了。那對兄弟都是高個子，雖然臉上沾了煤灰，看起來還是很帥氣，而且感覺滿親切的，不過把我當成異類，因為我是美國人。哥哥十九歲，再幾個月就要去當兵，弟弟則十八歲。

「波蘭人回來後，換兩個男孩去洗澡。波蘭人的名字很難念，大家都叫他柯斯迪。他的身材高大，比我高出兩、三吋，有著虎背熊腰和蒼白多肉的臉孔，搭配寬短的鼻梁和一張大嘴。他的眼珠是藍色的，而且因為沒洗掉眉毛和睫毛上的煤灰，看起來活像化了妝，睫毛的黑更凸顯眼珠的藍。大體來說，這傢伙長得難看，行為也粗魯。那對兄弟換完衣服就出門了，波蘭人則坐在廚房裡，邊抽菸斗邊看報紙。我那時口袋裝了本書，就順手拿出來讀，後來注意到他瞄了我兩眼，不久後就放下了報紙。

「『你在讀什麼？』他問。我就把書遞給他看，那本是《克萊芙王妃》，是我在巴黎火車站買的，因為大小剛好可以塞進口袋。他看了看書，又看了看我，一臉好奇，然後把書還給我，嘴角露出嘲諷的笑，又問我說：『你覺得好看嗎？』

「我說我覺得很有意思，有時還讀得渾然忘我。

「他卻回答：『我在華沙念書的時候讀過，簡直無聊死了。』他的法文講得很好，幾乎沒半點波蘭腔，接著說：『現在除了報紙和偵探小說，我什麼都不看。』

「雷克勒太太——就是房東太太——坐在桌旁補襪子，一眼瞄著爐上一鍋湯。她跟柯斯迪說我是礦坑經理介紹來的，還把我跟她所說的轉述了一遍。柯斯迪邊聽邊吐著煙，那對亮藍的眼睛盯著我瞧，目光銳利精明，然後問了幾個私人問題，一得知我從沒在礦坑工作過，再度露出嘲諷的笑容說：『你大概沒搞清楚礦工是幹麼的。除非沒別的事好做，否則誰會來這裡工作。但話說回來，這是你家的事，你肯定有套理由。你住在巴黎哪裡啊？』我就照實答了。他就說：『我有陣子每年都會去巴黎一趟，不過都只在林蔭大道活動。你有沒有去過拉呂？那是我最愛的餐廳。』我聽了有點意外，畢竟你也曉得，那家餐廳並不便宜。」

「貴得很。」

「他好像發現我有些詫異，因為又露出那種嘲弄的表情，但是顯然不覺得需要多加解釋。我們就東聊聊、西聊聊，後來兩個男孩也回來了，大家就一起吃晚餐。飯後，柯斯迪問我要不要一道去小酒館喝杯啤酒。所謂的小酒館，也只是一個比較大的空間，一頭是吧台，另外擺了幾張大理石桌，四周放些木椅。另外有架自動鋼琴，已經有人投幣，正在演奏著舞曲。除了我們坐的那張桌子外，只有三張桌子有人。柯斯迪問我會不會打貝洛特牌[16]。因為我跟一些學生學過，所以就說會打。他提議拿酒錢當賭注，我也爽快答應，他就叫侍者拿紙牌來。我先輸了一杯啤酒，後來又輸了第二杯。後來他提議賭現金。當晚他動不動就一手好牌，我的運氣卻特別背。雖然我們賭的金額很小，但我還是輸了幾法郎。他那天手氣特別好，加上酒精作祟，興致更為高昂，開始說自己的事，沒過多久，我從他的談吐和舉止推測，他應該受過良好的教育。他後來又提到巴黎，問我可認識某某女士或某某夫人，她們都是美國人，露易莎伯母和伊莎貝住在艾略特家那段時間，我多少都曾遇過。他好像跟她們熟稔得多，我不禁納悶他怎麼會跑來當礦工。雖然時間還早，但是我們天一亮就得起床。柯斯迪說：『離開之前，我們再喝一杯吧。』

「他小口喝著啤酒，還用那雙精明的小眼盯著我瞧。我曉得他讓我聯想到什麼了，就是一隻性情暴躁的豬。

『你為什麼會來這個鬼礦坑工作呢？』他問。

---

16 貝洛特牌（Belote），法國傳統紙牌遊戲，類似簡易版的橋牌。

『想體驗一下囉。』我說。

『真是瘋子耶，小鬼。』他用法語說。

『那你又為什麼來這裡工作咧？』我問道。他聳了聳厚實的肩膀。

『我從小就是念貴族的軍校，我父親曾經是沙皇底下的將軍。大戰的時候，我是波蘭的騎兵軍官，但實在受不了畢蘇斯基[17]，我們一群人就密謀要暗殺他，可惜後來消息走漏，只要遭到逮捕的人全都被槍斃。我好不容易及時越過邊境，眼前只有加入外籍兵團和到礦坑工作兩條路可走，所以就兩害相權取其輕啦。』

我先前跟柯斯迪提到自己是礦工助手，他當時沒有反應，現在卻把手肘靠在大理石桌上，然後對我說：『用力把我的手推開。』

我知道這是比力氣的老方法，就把手掌抵著他的手掌。他笑著說：『再過幾個禮拜，你的手就不會這麼嫩了。』我全力向前推著，但他的手勁之大，絲毫沒有後退半分，反而慢慢把我的手推回去，一直推下桌面。

沒想到他接著稱讚我說：『你力氣滿大的。很少人能夠撐這麼久。對了，我的助手很不管用，是個瘦巴巴的法國人，力氣跟蝨子一樣小。明天你跟我一起上工，我叫領班讓你當我的助手。』

我就說：『當然好。你看他肯嗎？』他回答：『要點人情，你能出五十法郎嗎？』他伸出手，我從皮夾拿了張鈔票給他。兩人就回住處休息了。我累了一整天，睡得跟豬一樣。」

「你不覺得礦工很辛苦嗎？」我問勞瑞。

---

17 畢蘇斯基（Pilsudski），波蘭第二共和國領袖，人稱「波蘭國父」。

「剛開始的確腰痠背痛。」勞瑞笑了笑。「柯斯迪跟領班商量後，我就成了他的助手。那時候，柯斯迪工作的地方跟旅館浴室差不多大，還得通過一條隧道，窄小到用爬的才進得去。裡頭熱得跟火爐一樣，所以我們都打赤膊工作。柯斯迪的身體又胖又白，看起來實在令人反感，活像隻巨大的蛞蝓。因為工作的地方非常狹窄，所以氣動工具的噪音簡直震耳欲聾。我負責把他劈下來的煤塊裝籃，再把籃子拖到隧道口，等煤車按固定時間開來；煤車載完煤塊後，會開到電梯那裡。這是我生平第一次來礦坑，所以不曉得這是不是普遍的工作模式。雖然看起來外行人也做得來，但實際上卻是他媽的累人。差不多中午的時候，我們坐下來休息吃午餐、抽根菸。整天辛苦工作後，我並不後悔，而且啊，結束後洗個澡真是痛快。我還以為雙腳從此都得髒兮兮了，黑得跟墨汁一樣。當然啦，我的雙手也起了水泡，痛得不得了，但終究是痊癒了。我也愈來愈習慣礦坑的工作。」

「那你做了多久呢？」

「我只當了幾個禮拜的礦工助手。那些載煤塊的煤車，是由一台曳引機所控制，但駕駛不大懂機器，引擎經常出毛病。有次他發不動曳引機，整個人不知所措。正好我對機器的運作很了解，就幫忙檢查了一下，不到半小時就修好了。領班把這件事告訴經理，經理就把我找去，問我懂不懂車子。後來，他就要我專門負責修理機器；工作本身當然單調，但是非常輕鬆，而且引擎沒再出什麼毛病，他們也很滿意我的表現。

「我換了工作後，柯斯迪心裡很不是滋味，畢竟我們合作得愉快，他也習慣跟我相處，我也跟他愈來愈熟，兩個人成天一起工作，晚餐後就一起去小酒館，睡同一個房間。這傢伙超好笑的，很討人喜歡。他不跟其他波蘭人來往，我們還會避開波蘭人常去的咖啡館。他總忘不了自己的貴族身分，又當過騎兵軍官，所以根本沒把那些波蘭人放在眼裡。波蘭人當然恨得牙癢癢，但是也拿他沒辦法。柯斯迪壯得跟牛一樣，真要打起架來，不管有刀子沒刀子，五、六個人一起上也打不過他。不過，我還是認識了幾個波蘭人；他們告訴我，柯斯迪確實在某個騎兵團當過軍官，但並不是出於政治因素才離開波蘭的。他是因為打牌作弊，被人逮個正著，當場給趕了出去，還被華沙軍官俱樂部除名。這些波蘭人叮嚀我別跟他打牌，說他碰見他們都有點心虛，因為他們太熟悉他的底細。誰都不肯跟他打牌。

「每次打牌我都輸給柯斯迪，不過都輸得不多，每晚只有幾法郎，但是他只要贏了牌，就會堅持付酒錢，所以算不了什麼。我以為自己只是運氣差，或者打牌技巧沒有他好。可是跟那些波蘭人聊過以後，我就開始盡量把眼睛放亮，後來很肯定他絕對有作弊，可是怎麼都看不出如何作弊的。哎，他還真聰明。我很清楚他不可能每次都拿到好牌。我像個山貓一樣監視著。他卻像狐狸一樣狡猾，而且我猜他也看出我漸漸曉得他的把戲了。有天晚上，我們玩牌玩了一會兒，他盯著我看，露出他招牌的微笑，不懷好意又有些嘲諷地開口說：『要不要我露兩手讓你瞧瞧？』

「他把整副紙牌拿過去，要我指定一張牌，然後把牌洗了洗，又要我隨便抽一張，結果我抽的就是指定的那張牌。他又示範了兩、三個花招，然後問我會不會打撲克牌。我說會，他就發牌給我，我一共拿到四張A和一張K。

「他問說：『如果拿到這手牌，你應該會下很高的賭注吧？』我就說會一定會把錢全押了。他笑我是傻瓜，然後把手上的牌攤給我看，竟然是同花順。我到現在還不知道他怎麼辦到的。他看我這麼驚訝，就哈哈大笑說：『要是我真有心騙你，早就讓你輸到脱褲子了。』我笑著說：『也差不多了啦。』他就說這只是小意思，還沒辦法在拉呂吃頓晚餐咧。

「我們每晚依舊繼續打牌打得很高興。我發現，他作弊與其說是為了錢，還不如說是為了找樂子，能夠從耍我之中獲得特殊的滿足感，我甚至覺得他最開心的就是我明知道他在作弊，卻又看不出其中門道。

「但是這只是他的其中一面，而真正讓我覺得有意思的是另一面。我簡直無法把這兩面當成同一個人。雖然他宣稱除了報紙和偵探小說以外什麼東西都不讀，但他其實很有文化素養，非常健談、愛挖苦人、不留情面又憤世嫉俗，但是聽他說話是很過癮的事。他是虔誠的天主教徒，床頭掛了個十字架，每個禮拜日固定參加彌撒。每個禮拜六晚上，他老是喝得酩酊大醉。我們去的那家小酒館哪，禮拜六總是擠滿了人，室內煙霧瀰漫，有些是沉默寡言的中年礦工跟家人一塊來，也有一群群吵鬧的年輕人，還有些滿身大汗的男子圍著桌子打貝洛特牌，大聲叫囂，他們太太則坐在後頭看著。周圍這些人聲鼎沸似乎觸動到柯斯迪，他會忽然嚴肅起來，開口談起神祕主義，天馬行空的話題所在多有，他卻偏偏挑了這個來談。我當時對神祕主義毫無所知，只在巴黎讀過一篇梅特林克討論呂斯布魯克的文章。但柯斯迪卻談到了普洛丁[18]、雅典大法官狄奧尼修[19]、鞋匠雅克．伯麥[20]和艾克哈[21]等神祕主義學者。聽他這個流亡在外的大塊頭，用如此諷刺、尖酸的口吻，滔滔不絕地談萬物的本質，還有跟上帝合為一體的幸福，簡直太不可思議了。他說的東西在我聽來都好新奇，我雖然摸不著頭緒，卻又覺得興奮莫名，好比神智清醒地躺在陰暗的房間，忽然有道光線穿透窗簾，

---

18 普洛丁（Plotinus），三世紀埃及哲學家，主張自然和人都是神的一部分。

19 狄奧尼修（Denis the Areopagite），一世紀的希臘雅典法官，後經推崇為雅典的主保聖人。

20 雅克．伯麥（Jacob Boehme），十六世紀德國神祕主義學者，黑格爾稱其為德國第一位哲學家。

21 艾克哈（Meister Eckhart），十三世紀德國神祕主義學者，主張神是一切存在的根源。

心裡明白只要拉開窗簾，眼前就是一大片原野，沐浴在晨光之中。可是他酒醒以後，我只要想拐他聊相同的話題，他就對我大發脾氣，惡狠狠瞪著我，沒好氣地說，『我當時根本在發酒瘋，怎麼可能知道自己在說什麼？』

「但是我知道他在說謊，他很清楚自己說了些什麼，他知道的事情可多了。當然他確實喝醉了，可是他的眼神，那張醜臉的專注神情，可不是酒精作祟，沒那麼簡單。我還記得他頭一回說那些話的時候，有些內容太過驚人，就這麼烙印在我腦海裡。他說萬物不是創造而來的，因為無只生無，並不生有，萬物本身就是永恆的表徵。這點還可以接受，但是他接著又說，善和惡都是神性的直接表徵。當時咖啡館又髒又吵，搭配著鋼琴的舞曲伴奏，他的這番話聽來實在突兀。」

2

為了讓讀者稍微喘口氣，我在此另起一段，這只是單純考量閱讀的方便，我和勞瑞的對話並未中斷。我也要借此機會說，勞瑞說話相當從容，用詞遣句小心謹慎。誠然，我並未如實逐字呈現，但是已盡力重現他言談的內容和態度。他的聲調渾厚，聽來十分悅耳，說話時不帶手勢，邊說邊抽著菸斗，偶爾會停下來重燃菸斗。他會注視著你，深邃的眼眸有抹愉悅又古怪的神情。

「後來春天到了，對於平坦荒涼的鄉間來說有些晚了，依然是寒冷陰雨的天氣；但偶爾會有暖和的晴朗日子，教人只想一直留在地面，而不是坐著搖搖晃晃的電梯深入數百呎下，跑到地球的肚子裡，跟穿著骯髒吊帶褲的礦工為伍。春天雖然來了，但是在汙濁的礦坑裡，它卻像沒存在感的害羞鬼，深怕打擾到別人；好比水仙或百合花，開在貧民窟某間房子窗台上的盆栽裡，再漂亮都顯得格格不入。某個禮拜天早上，我們照舊起得晚，慵懶地躺在床上。我當時在讀書，柯斯迪忽然對我說：『我要離開這裡，要不要一起走？』

「我知道很多波蘭人都會選夏天回波蘭幫忙收割，但是當時季節還沒到，更何況柯斯迪根本無法回波蘭。

「我問，『你要去哪裡？』他回答，『去旅行，穿越比利時，再到德國，沿著萊茵河走。我們可以找個農場的工作來度過夏天。』我沒多久就下定決心，跟他說，『感覺挺有趣的。』

「隔天，我們一起跟領班辭職。我找到一個礦工願意用背包換我的提袋，還把穿不到或背不動的衣物，送給雷克勒太太的小兒子，因為我們的個子差不多。柯斯迪留了個袋子，把必要的東西裝進背包，隔天喝了房東太太準備的咖啡後，我們就出發了。

「我們並不急著趕路，因為最快也要等到收割的季節，農場才會找人幫忙，所以就慢慢橫跨法國和比利時，取道那慕爾和列日，再從亞琛進入德國。我們每天頂多走十到十二哩路，遇到看起來不錯的村莊，就會住個一晚，反正再怎麼樣都有旅館可以落腳，也有小酒館可以吃飽喝足。整體來說，天氣十分宜人，先前在礦坑待了好幾個月，如今能呼吸新鮮空氣還真是舒服。我從來就不曉得青草如茵的綠地是這麼美麗、未吐新葉的樹枝覆著淡綠薄霧是這麼可愛。柯斯迪也開始教我說德語，他的德語跟法語一樣流利。一路上，他會告訴我面前各個東西的德文，牛隻、馬匹、男人等等，後來又教我複述簡單的句子，順便消磨時間。等到了德國境內，我至少可以用德語點東西。

「科隆雖然不算順路，但是柯斯迪堅持要去一趟，說是要看聖烏蘇拉教堂。我們一到了科隆，柯斯迪就自個兒跑去狂歡，整整三天不見蹤影。等他回到活像工人宿舍的房間，臉色非常難看，原來他跟人打了架，眼睛黑青瘀血，嘴脣還劃有一道傷口，看起來實在可怕。他足足睡了二十四小時，後來我們順著萊茵河山谷前往達姆城，他說那裡鄉村地帶的工作機會最多。

「我從來沒過得這麼愜意。多虧接連的好天氣，我們漫步穿越許多小鎮和村落，遇到不錯的景色，就駐足欣賞，隨處找地方過夜，還有幾次睡在閣樓的稻草堆上，吃喝則在路邊旅舍解決。我們後來到了酒鄉，就不喝啤酒，改喝起葡萄酒。我們在酒館喝酒的時候，就跟店裡客人交朋友，柯斯迪那豪爽的性情讓人容易卸下心防。他們一起打德國的紙牌斯卡特。他打牌照樣唬弄人，可是個性討喜，又會講低級笑話，大夥都聽得不亦樂乎，輸錢也輸得心甘情願。我順便也跟這些人練習德語。我在科隆買了本英德會話的語法書，進步得很快。晚上，柯斯迪在大量黃湯下肚後，都出現近乎病態的偏執，高談闊論人類為何無法逃離孤獨、何謂靈魂的黑夜[22]，以及與神合而為一的極樂境界。可是到了大清早，我們穿越風光明媚的鄉間，小草仍沾有露水，我慫恿他再多說一些，他卻發起脾氣，只差沒動手打我。

「他會破口大罵，『閉嘴，你這笨蛋。幹麼問這種沒營養的事？來，繼續練德文。』

「柯斯迪的拳頭活像鐵錘，而且說打就打，根本不必跟他爭辯。我看過他發火的模樣，很清楚他一擊就能把我打昏、把我留在水溝裡，八成還會趁機掏空我的口袋。我實在搞不懂他這個人。葡萄酒可以打開他的話匣子，他會談到何謂妙不可言，完全沒有平時操的一口粗話，好比脱掉礦坑裡穿的骯髒吊帶褲，他的談吐得體、口才極好。我敢肯定他是出於真心誠意。我不曉得哪來的領悟，但總覺得他之所以去礦坑辛苦幹活，是為了折磨自己的筋骨。我認為，他很厭惡自己龐大粗糙的身體，所以存心要找罪受；而他所有的詐欺、刻薄、凶狠，都是要用意志力抗拒——我也不知道這該叫什麼——抗拒自己根深柢固的神性、抗拒內心對上帝的渴望，這種渴望讓他既害怕又著迷。

「我們就這麼晃悠晃悠，春天也到了尾聲，樹木長滿了綠葉。葡萄園裡的葡萄結實纍纍。我們都盡量沿著泥巴路走，路上的灰塵愈來愈多，不久就來到達姆城近郊，柯斯迪建議我們開始找工作。我們的錢快花完了，雖然我口袋裡還有半打旅行支票，但是我早打定主意能不用就不用。我們只要看到還不錯的農舍，就會停下來問他們要不要幫手。想也知道，我們的外表不怎麼討喜，不但全身灰撲撲、滿頭大汗，還髒兮兮的。柯斯迪活像個流氓，我也好不到哪去。我們三番兩次都碰釘子。有個農場主人願意僱用柯斯迪，但是不想一起僱用我，柯斯迪直接說我們是哥兒們所以同進

22 出自聖十字若望探討靈修的著作。

退。我要他自己去，但他就是不肯。我還滿意外的，雖然說我知道自己雖然對他沒用處，他仍然莫名地欣賞我，但是我還真沒料到，他會因為我而拒絕眼前的工作。我們繼續往前走著，我漸漸覺得良心不安，畢竟我並沒有那麼喜歡他，甚至覺得他很惹人厭，但是每當我想說點話感謝他的相挺，他就把我臭罵了一頓。

「但是，我們總算是時來運轉了。我們行經某個低谷中的村子，看見一棟挺氣派的農舍，看起來還不錯。我們敲了敲門，一名女子來開門，我們照例介紹自己，說不收工錢，只要有飯吃、有地方住就好，想不到她沒有給我們吃閉門羹，反而叫我們等一下，然後向屋內呼喚兩聲，一個男人隨即走了出來。他把我們好好打量了一番，問我們是哪裡人，還想看我們的證件；他一得知我是美國人，就瞪了我一眼，好像不大高興，但還是請我們進屋喝杯葡萄酒。他把我們帶到廚房坐下，剛才的女子端來一大壺酒和幾只杯子。男人說原本僱用的工人被公牛給戳傷，人還在醫院休養，等收割後才有辦法上工。另外，大戰死了那麼多人，其餘的都跑到萊茵河沿岸的新興工廠，現在想找臨時工簡直難如登天。這點我們早就料到了。簡單來說，他最後就僱用我們了。農舍內部雖然很大，但他好像不想讓我們待在那裡，就說穀倉放乾草的閣樓裡有兩張床，充當我們睡覺的地方。

「工作本身並不辛苦，主要是照顧牛豬，不過有些機器常故障，我們得好好修理。但我還是有時間偷閒，很喜歡綠草的芳香，傍晚常常四處閒逛、發呆，日子過得很不錯。

「這家人姓貝克，成員就是貝克先生、貝克太太、守寡的媳婦和幾個孫兒女。貝克先生年近五十，身材壯碩，頭髮花白。他曾經參加大戰，腿部受過傷，走起路來一拐一拐的。由於傷口疼痛難耐，所以他靠喝酒來止痛，睡前老是喝得醉醺醺。柯斯迪跟他處得很好，常在晚餐後一起去酒館打斯卡特牌，大喝特喝。貝克太太原本是僱來的女工。他們把她從孤兒院領了出來，貝克先生在前妻死後不久就娶了她。她的年紀差貝克先生一大截，長得頗有姿色，身材豐滿、兩頰紅潤、頭髮秀麗，看起來性感撩人。柯斯迪沒多久就斷定，這其中一定有搞頭。我要他別做傻事，畢竟我們有份不錯的工作，可不想因此丟了飯碗。柯斯迪就笑我說貝克先生滿足不了太太，而且是她自己賣弄風騷。我曉得要他守規矩是白費唇舌，但還是叮嚀他當心點。就算貝克沒發現他的企圖，也別忘了還有一個觀察入微的媳婦。

「媳婦名叫愛莉，長得很高、骨架粗大，只有二十來歲，有黑眼睛和黑頭髮，蠟黃的方臉顯得陰沉。丈夫在凡爾登陣亡，她當時仍然在服喪。她是很虔誠的教徒，禮拜天早上都會走到村裡做彌撒，下午則固定會去做晚禱。她生了三個孩子，其中一個是遺腹子，吃飯時除了罵孩子以外，從來都不開口。她在農場的工作量很輕，多數時間都在帶孩子，晚上就獨自坐在客廳讀小說，而且會把門開著，這樣孩子哭了就能馬上聽到。不過，愛莉跟貝克太太彼此不對盤。愛莉很瞧不起貝克太太，因為貝克太太出身孤兒、又當過傭人，如今竟然以女主人身分發號施令，愛莉心裡非常不滿。

「愛莉是富農的女兒，帶了一大筆嫁妝。她不是在村裡學校上學，而是就讀鄰近的斯文根堡女子完全中學，接受良好的教育。至於可憐的貝克太太，十四歲就來農場工作，對她來說，看書寫字已經很不容易了。這也是兩個女人處不來的原因。愛莉只要有機會就賣弄學問，貝克太太氣得滿臉通紅，質問說農婦學問好又有什麼用。愛莉就會望著手腕上那死去丈夫的軍籍牌，表情陰沉、挖苦地說，『才不是農婦咧，只是寡婦而已，丈夫只是替國家戰死的英雄罷了。』

「可憐的貝克先生只能常常當和事佬。」

「那他們對你有什麼看法呢？」我打斷勞瑞的話。

「喔，他們以為我是美國的逃兵，只要回美國就得坐牢，所以才不跟貝克和柯斯迪去館子喝酒，以免引人注目，搞得村裡保安官來關切。愛莉一得知我在學德文，就把自己的舊課本拿出來說要教我。於是晚餐過後，我和她就會去客廳，留貝克太太在廚房。我會大聲朗讀課本內容，她負責糾正我的發音，努力教我認識一些我搞不懂的單字。我猜想，她與其是在幫助我，不如說做給貝克太太看。

「柯斯迪那陣子都在設法勾引貝克太太，但都不得其門而入。貝克太太個性開朗樂天，不介意跟柯斯迪說笑笑。柯斯迪則是對女人很有一套。我猜貝克太太曉得他別有用心，搞不好還很得意。後來柯斯迪真的捏了她一把，她卻警告柯斯迪別毛手毛腳，還賞了他一記耳光。那力道絕對不輕喲。」

勞瑞這時語帶猶豫，害羞地笑了笑。

「我從來不覺得自己有女人緣，可是我後來才意識到，呃，貝克太太喜歡上我了。這實在讓我怪不舒服。一來她年紀比我大得多，二來貝克先生待我們不薄。吃飯的時候，貝克太太負責分菜，我不禁發覺她給我的菜都比較多。而且她好像伺機要跟我獨處，不時向我露出滿有挑逗意味的微笑。她也會問我有沒有女朋友，還說年輕人在這種地方，交不到女友一定很苦悶，諸如此類的事，我想你也曉得。我只帶了三件襯衫，早就穿得十分破舊。有一次，貝克太太說我穿這樣太寒酸了，要我拿給她縫補一下。這番話讓愛莉聽見了，等我們兩人單獨聊天時，就說如果我有東西要補，她很願意代勞。我說沒關係。沒想到，不出兩天的光景，我的襪子竟全補好了，襯衫也都縫了補釘，整齊擺在閣樓的長凳上，只是我不曉得是貝克太太還是愛莉幫的忙。當然，我沒有把貝克太太的話放在心上，她是和藹可親的長輩，也許只是母性使然；但有一天，柯斯迪開口了。

『你聽好，她看上的不是我而是你，我一點機會也沒有。』

『少胡說八道。她當我母親還差不多。』

『有什麼關係？放手追就對了，老弟，我不會妨礙你的。她雖然不年輕，但身材還是很不錯。』

『喂，你真是夠了。』

『有什麼好猶豫的？不用在意我啦。我可是通情達理的人，曉得天涯何處無芳草的道理。我也不會怪她的。你還年輕，我也年輕過。青春不等人喲。』

「我實在不想相信有這種事，柯斯迪又說得這麼肯定，讓人聽了不太高興。我不曉得該怎麼辦，後來逐漸回想各種蛛絲螞跡，也就是愛莉說我沒留意的事情。但是待我想通以後，就十分確信愛莉都看在眼裡。我和貝克太太剛好兩人在廚房的時候，愛莉會突然跑進來，感覺像在監視我們、想要抓把柄似的，我很不喜歡這樣。我知道她討厭貝克太太，不會放過找麻煩的機會。當然啦，我也知道自己沒有把柄可抓，但是她有副壞心眼，難保不會捏造個謊言向貝克先生告狀。我既然束手無策，只好努力裝傻，無視貝克太太的用心。農場的生活很自在，我也樂在工作，可不想還沒收成就提早走人。」

我的嘴角不自主上揚，可以想像勞瑞當時的模樣：穿著補好的襯衫和短褲，臉孔和脖子被萊茵河谷的太陽曬得黝黑，身材勻稱修長，雙眼深嵌在眼窩裡。我相信，正值中年且豐滿的貝克太太一看見他，絕對是春心蕩漾。

「那後來呢？」我問。

「那年夏天過得特別緩慢。我們每天忙得不可開交，割完草還得疊成堆。後來櫻桃熟了，我就跟柯斯迪爬梯子摘櫻桃，貝克太太和愛莉把櫻桃裝進大籃子裡，由貝克先生拿到斯文根堡去賣。後來，我們也開始割裸麥。當然，照顧農場的牲口更是例行公事。我們天還沒亮就起床，一直工作到天黑才休息。貝克太太好像看我一直沒上勾也放棄了；畢竟我都在不得罪她的情況下，盡可能跟她保持距離。每天晚上，我累到沒力氣讀德文，晚餐後都直接回閣樓倒頭就睡。貝克先生和柯斯迪多半還會去村裡的酒館。柯斯迪回來的時候，我睡得正熟。由於閣樓裡頭很熱，我都習慣裸睡。

「某天夜裡，我忽然被吵醒，起初還搞不清楚怎麼回事，半夢半醒間，有隻溫暖的手摀住我的嘴，我這才發覺有人摸上我的床。我把那隻手拉開，卻換成嘴巴湊了上來，還有一雙胳臂環抱著我；我可以感覺到貝克太太的巨乳正壓著我的身體。

「『不要作聲。』她用氣音說著，身子緊挨著我，火熱的豐唇親著我的臉，兩手在我身上遊移，雙腿交纏著我。」

勞瑞一時語塞，我咯咯笑著。

「那你怎麼辦？」

他難為情地笑了笑，雙頰有些泛紅。

「還能怎麼辦？我聽見柯斯迪在旁邊鼾聲如雷。一直以來，我都覺得弗萊契[23]的情境倫理學有些好笑。我當時才二十三歲，不可能把場面搞得很難堪或趕她走。我也不想傷她的心，只好順其自然了。

「事後她溜下床，躡手躡腳爬下閣樓。我當時長嘆了口氣，如釋重負，原本都快嚇死了，心想：『天哪，實在好險！』我想貝克先生可能喝得醉醺醺回家，昏昏沉沉就睡死了，但他們畢竟同床，搞不好他會醒來，發現妻子不在床上。別忘了還有愛莉，她老說自己睡眠品質很差，如果她還醒

23 弗萊契（Joseph Fletcher），美國神學家，主張不同情境的選擇以「愛」為基礎，不必拘泥道德原則。

著，一定聽見了貝克太太下樓走出屋子。但是忽然間，我想到貝克太太在我床上的時候，自己一直被一片金屬給碰到。當時我並沒有特別注意，你也曉得那種情況下誰管這種事，我當然也沒有多想。可是事後當我坐在床沿上，正在煩惱各種可能的後果，腦袋忽然冒出這件事，整個人嚇得站起身來。那個金屬片正是愛莉丈夫的軍籍牌，她一直掛在手腕上，所以偷上我的不是貝克太太，而是愛莉才對。」

我聽了不禁大笑出聲，停不下來。

「你可能覺得好笑。」勞瑞說。「我當時可是笑不出來。」

「那你現在回想起來，難道不覺得這件事還滿滑稽的嗎？」

勞瑞勉強擠出淺笑。

「也許吧。但是事情被弄得很尷尬。我不曉得會有什麼後果，而且我並不喜歡愛莉，她實在很討人厭。」

「但你怎麼會把兩個人搞混呢？」

「那時烏漆抹黑的。她只叫我不要出聲，然後什麼話也沒說。她們兩個人都滿高大的。我曉得貝克太太對我有意思，但從沒想到愛莉會看得上我。她明明很思念自己的丈夫。我點了根菸思考眼下的情況，愈想愈不高興，最好的辦法就是馬上離開。

「我以前常咒罵柯斯迪，因為他有夠難叫醒。在礦坑工作那陣子，我都要死拉活拉才能把他叫起來，不然上工絕對會遲到。不過，現在我倒很感謝他睡得這麼沉。我點起燈籠，穿好衣服，東西塞到背包。東西不多，三兩下就整理好了，然後背起背包，穿著襪子就穿越閣樓，到了樓梯下才穿起鞋子，再吹熄燈籠。當晚沒有月亮，外頭一片漆黑，不過我還認得路，就往村子的方向走去。我的步伐很快，打算趁夜深人靜穿越村子，而斯文根堡只在十二哩外。我抵達的時候，才初見人聲走動。我永遠忘不了那段路途：一路上萬籟俱寂，只剩我的腳步聲，以及農場三不五時傳來的雞叫。後來天空漸顯灰白，既不算亮又不太黑，接著是第一道曙光，太陽升起，鳥兒全都開始歌唱，翠綠的鄉間、田野和樹林，還有田埂中的麥子，在清晨的寒光中顯得銀閃閃的。我在斯文根堡喝了杯咖啡、吃了麵包捲，就去郵局派電報給美國運通，把我的衣服和書寄到波昂去。」

「為什麼寄到波昂？」我打斷他。

「我們沿萊茵河步行的時候在那裡停留過，我很喜歡那座城市，尤其著迷於陽光照耀在屋頂和河面、古意濃厚的狹窄巷弄、各式別墅和花園、栗樹夾道的大街，以及洛可可風格的大學建築。我突然覺得去那裡待一陣子也不賴，只是得先好好整理儀容，當時我跟流浪漢沒兩樣，即使找到住宿的地方，人家不見得信得過我。所以，我就搭火車到法蘭克福，買了一只旅行袋和一些衣物。我在波昂前後待了一年左右。」

「那在礦坑和農場工作的經歷，有沒有帶來什麼收穫呢？」

「有啊。」勞瑞點頭微笑。

但他沒有再說下去。那時我已算是很了解他，他願意開口自然會說，不願意的話就會客套地迴避，追問只是白費工夫。在此得提醒讀者，上述這些經歷都是事發十年後他才說的；我們取得聯繫之前，我並不曉得他的行蹤，也不清楚他過得如何，對我而言，他跟死了沒兩樣。要不是我和艾略特仍有交情，因此得知伊莎貝的大小事，進而想起勞瑞，我肯定早忘了他的存在。

3

伊莎貝跟勞瑞解除婚約後，隔年六月初就和格雷．馬圖林結婚了。這時巴黎正值度假旺季，有許多盛大的宴會，艾略特很不想就此錯過，但他對家族有著強烈的使命感，無法忽略自己肩負的社會責任。而伊莎貝的兩個兄長都派駐在太遠的地點，沒辦法請假出席，故艾略特理應不辭辛勞到芝加哥，充當伊莎貝的主婚人。有鑑於法國貴族就連上斷頭台都盛裝打扮，他也特地去倫敦訂作了新禮服、一件雙排扣的青灰色背心和一頂絲絨禮帽。回巴黎後，他請我瞧瞧他穿上這套衣服的樣子。他當時心煩意亂，因為挑的淡灰色領帶雖適合婚禮，卻讓平日別在領帶上的灰珍珠別針不大起眼。我建議他改用翡翠鑽石別針。

「我如果是賓客，當然可以。」他說。「但是我的身分可是主婚人，總覺得要用珍珠才行。」

艾略特很滿意這樁婚事，各方面都符合他的標準；每次提及此事，他就顯得矯揉造作，口吻活像公爵遺孀在評論門當戶對的貴族聯姻。他甚至重金買下納提葉筆下一幅法國公主的精美畫像，當作結婚賀禮，欣喜之情可見一斑。

亨利．馬圖林幫小倆口在阿斯特街買了棟房子，既靠近布萊利太太家，又離自己湖濱大道的豪宅不遠。說巧不巧，馬圖林買下房子之時，葛瑞格．布拉巴松恰好也在芝加哥，因此裝潢就交給他全權處理。不過我懷疑這是艾略特的如意算盤。艾略特回到歐洲，決定不參加巴黎眾多宴會，而是直接來到倫敦，帶來照片展示裝潢成果。葛瑞格大膽發揮創意，客廳採喬治二世風格，大器華美；書房將來要供格雷休息，設計靈感來自慕尼黑狩獵宮的房間，富麗堂皇，除了沒地方放書以外，其餘堪稱完美。至於葛瑞格替小倆口精心設計的雙人臥房，更是舒適無比，即使法王路易十五在此幽會龐巴度夫人也會感到自在，只可惜是兩張小床。不過伊莎貝的浴室就算路易十五見到也將大開眼界：牆壁、天花板、浴缸皆是玻璃所製，牆上有許多銀色的魚悠游在金色水草之中。

「當然啦，房子並不大。」艾略特說。「但是亨利跟我說，光是屋內裝潢就花了他十萬元，這對很多人來說根本是天價。」

而婚禮本身則是在聖公會能力所及，極盡鋪張奢華之能事。

「不比巴黎聖母院的婚禮啦。」他得意地告訴我。「但就新教的婚禮來說，該有的品味絕對沒少。」

報紙寫得煞有介事，艾略特隨手丟給我一份剪報，並給我看伊莎貝和格雷的結婚照：伊莎貝穿著婚紗，高䠷亮麗；格雷壯碩挺拔，穿著禮服顯得些許彆扭。另外還有兩人與伴娘們的合照，以及跟布萊利太太和艾略特的合照；布萊利太太身穿貴氣禮服，艾略特則手握新買的大禮帽，散發別人模仿不來的優雅自持。我向他詢問布萊利太太的近況。

「她瘦了不少，臉色都不大好看，但是精神倒是不錯。雖然這樁婚事讓她忙不過來，但現在塵埃落定，她可以好好休息了。」

一年後，伊莎貝生了個女兒，順著當時的流行取名為瓊恩；隔了兩年，她又生了一個女兒，又按那時的流行取名為普麗西拉。

亨利．馬圖林有名合夥人過世了，另外兩名合夥人承受不小壓力，不久後也退休了；公司向來都是由他專制獨斷，如今更是名正言順歸他所有。他實現了長期以來的野心，還找兒子格雷來合夥，後來公司獲利蒸蒸日上。

「他們短短時間內就大發利市耶！」艾略特說。「格雷不過二十五歲，年收入已經有五萬美元，這還只是起步而已。美國的資源無窮無盡，這可不是一時的繁榮喔，而是偉大國家的正常進程。」

他難得滿腔的愛國熱忱。

「亨利．馬圖林活不了太久，他有高血壓。而格雷到了四十歲，就會有兩千萬的身價了。了不起、真是了不起。」

艾略特和姊姊固定書信往返，多年來，他都三不五時把姊姊的事向我轉述。格雷和伊莎貝婚後幸福快樂，兩個孩子也十分可愛。依艾略特所言，他們的生活恰如其分。無論是請客或受邀，場面之闊綽自然不在話下。艾略特還得意地說，這對小倆口連三個月都不是自個兒吃晚餐。如此歡快享樂的生活因馬圖林太太的逝世而中斷；馬圖林太太就是那位面無血色而出身顯赫的婦人，亨利．馬圖林之所以跟她結婚，就是看中她在芝加哥的人脈，希望圖個身分地位，畢竟亨利的父親原先不過是鄉巴佬。為了表示對馬圖林太太的敬意，小倆口整整一年請客請得收斂，最多不過六個人。

「我一直都建議至少八個人，這樣恰恰好。」艾略特說道，決定樂觀看待這件事。「聊起來比較親近，彼此能好好說話，又不失宴會的感覺。」

格雷對妻子十分慷慨。第一個孩子出世後，他送伊莎貝一只鑽戒；到了第二胎，他送了件黑貂皮大衣。由於他工作忙碌，所以很少離開芝加哥，但只要能夠放幾天假，全家就會到亨利．馬圖林在瑪文的大宅去度假。亨利特別寵兒子，可說有求必應；某次耶誕節，他在南卡羅萊納州幫格雷買下一座農場，讓他能一邊享受兩週的假期，一邊盡情地獵野鴨。

「當然啦，我們這兩位商場的王者，就像義大利文藝復興時期藝術作品的贊助人，靠著經商致富。拿梅迪奇家族來說好了，兩任法國國王都娶了這個望族的女兒，完全不覺得委屈了自己，不難想見未來有一天，歐洲貴族也會向我們的公主求婚的。雪萊不是說過嗎？『偉大時代就此展開，黃金歲月已然再臨。』」

多年來，布萊利太太和艾略特的投資都交給亨利．馬圖林處理，姊弟向來信賴他精準的判斷，這可是其來有自。亨利從不做投機買賣，而是把錢投資於較穩健的股票，但隨著股票的價值飛漲，他們發覺原本那點財產愈來愈可觀，既驚又喜。艾略特告訴我，他連根指頭都不用動，一九二六年的財產就是一九一八年的兩倍。如今他六十五歲，頭髮花白，臉上刻著皺紋、掛著眼袋，但卻無畏年老，身材依然勻稱、腰桿仍舊筆挺；他無論抽菸喝酒都很節制，又特別留意外表儀容。為了不讓時光摧殘，他請倫敦一流的裁縫師量身訂製衣服，也找特約理髮師為他打理門面，更有按摩師傅每天早上來助他維持良好體態。他早已忘了自己曾是汲汲營營的生意人，反倒常有意無意透露自己早年曾在外交圈打滾，但是從不把話說明白，因為他沒笨到編造一戳就破的謊話。我得說，如果哪天需要畫幅大使的肖像，我二話不說絕對選艾略特當模特兒。

但是好景不常。當初提攜艾略特的貴婦年事已高，而她們在先生去世後，被迫將豪宅讓給媳婦，改住切爾騰罕的度假別墅或攝政公園附近較不起眼的房子。斯塔福家族的宅第改作博物館、寇松家族的大宅成了某機構總部，德文郡家族的房子則待價而沽。艾略特在考斯度假會搭的帆船也已轉手。眼下當道的上流人士覺得艾略特這種老人毫無用處，嫌他煩人又可笑。他們仍會參加他在克拉利奇飯店舉辦的午宴，但艾略特這般機智，曉得他們賞光是為了見見彼此，並不是想來探望他。邀請函散落在桌上任他挑選的情景不再，如今他常落得獨自在房裡用餐，深怕別人發現這麼丟臉的事。英國那些有身分地位的女子若因醜聞纏身而遭上流社會封殺，便會開始培養對藝術的興趣，鎮日與畫家、作家和音樂家等文人雅士為伍。唯艾略特心高氣傲，可不想如此羞辱自己。

艾略特向我說，「政府徵收遺產稅，加上許多商人大發戰爭財，把英國上流社會給搞垮了。人們好像不在乎來往的對象了。倫敦還是有些老牌的裁縫師和鞋帽匠，我應該活不到他們關門大吉，但是除此之外，倫敦根本就完蛋了。老友啊，你曉得聖厄斯家桌邊伺候的是女人嗎？」

他說此話之時，我們剛吃完一場午宴，離開卡登飯店沒多久。但午宴上發生一樁挺糟糕的事。東道主收藏了許多知名畫作，一名叫保羅．巴頓的美國年輕人表示想看看這些收藏。

「聽說你們有幅提香[24]的作品？」

「本來有的，不過賣到美國去了。有個猶太佬出了一大筆錢，我們那時候剛好手頭很緊，所以就賣掉了。」

我發現艾略特滿臉不悅，惡狠狠瞅著面前這位談笑自若的侯爵，就猜那幅畫應該是艾略特買下來的。他出身維吉尼亞州，祖先簽署過獨立宣言，如今遭人如此奚落，簡直怒不可遏；他這輩子還沒受過這種羞辱。尤有甚者，他對保羅．巴頓一向深惡痛絕。保羅年紀輕輕，戰後不久就來倫敦；他當時二十三歲，金髮帥氣，天生具有魅力，不但舞技一流，更財力雄厚。他起初帶了封推薦函來見艾略特，基於天生的好心腸，艾略特自然介紹了一些朋友給他認識。

不僅如此，艾略特還給他不少寶貴忠告，教他應對進退的道理，並根據自身以往經驗，示範如何對貴婦獻殷勤，以及傾聽達官顯要膩味的言談；這些伎倆讓人縱使缺乏人脈，仍可躋身上流社會。

豈料，保羅．巴頓所進入的社交圈，跟艾略特．譚伯頓當初辛辛苦苦打入的社交圈，可說是兩

---

24 提香（Titian），義大利文藝復興後期畫家，屬於威尼斯畫派，作品構圖嚴謹、色彩豐富。

個不同的世界。眼下的圈子一心只顧自娛享樂，而保羅．巴頓憑著爽朗的性情、出色的儀表與迷人的風度，短短幾週內，就抵過艾略特多年的苦心經營。不久後，他就不需艾略特協助，也不覺得不好意思。兩人碰面時，保羅親切依舊，但態度隨便，惹惱了身為長輩的艾略特。艾略特請客並非依據個人好惡，而是取決能否帶動氣氛，由於保羅的人緣佳，因此艾略特經常邀請他參加每週的午宴。但是，這年輕人吃得可開了，行程排得滿滿，有兩次更是臨時不克前來。艾略特自己以前也常如此，很清楚這是因為別的邀約更吸引人。

「我沒要你一定得相信我。」艾略特氣沖沖地說。「但是千真萬確，我現在只要見到他，他就一副敷衍我的樣子。好大的膽子。還敢說什麼提香。」他連聲音都氣到顫抖。「真要有幅提香的畫，他也認不出來啦。」

我從沒看過艾略特如此憤怒，猜想導火線是因他認定保羅．巴頓故意要給他難堪；保羅可能聽說艾略特買了畫，就藉著侯爵的回答拿艾略特開刀。

「他根本就是卑鄙的勢利鬼，這世上我最痛恨勢利鬼了。要不是我，他算哪根蔥呀。他父親是做辦公家具的，你說扯不扯，辦公家具耶。」他不屑地加重語調。「我逢人就說，這小子在美國沒沒無聞，出身非常寒酸，但是他們卻毫不在乎。相信我，英國社交圈沒搞頭了，跟度度鳥一樣絕跡了。」

艾略特覺得法國也好不到哪去。他年輕時認識的社交名媛如果還健在，都把時間拿來打橋牌（他最討厭橋牌）、禱告或是帶孫子。工廠老闆、阿根廷人、智利人、與丈夫分居或離婚的美國貴婦住在壯觀氣派的貴族大宅中，請起客來極盡奢華之能事，但令艾略特氣結的是，宴會上卻充斥許多法語腔調粗俗的政客、不顧餐桌禮儀的新聞記者，甚至還有難登大雅之堂的演員。此外，許多名門望族的兒子娶了商家的女兒，竟毫不引以為恥。誠然，巴黎的生活歡快熱鬧，但這種熱鬧太不入流了！年輕人努力即時行樂，老愛去那些密不透風的小夜店，喝著一瓶百來法郎的香檳，跟不三不四的人擠在一塊兒跳舞到清晨五點鐘。四處瀰漫的煙霧、熱氣和噪音，只讓艾略特頭痛欲裂。這個巴黎已非三十年前他鍾情的精神故土，更非善良的美國人死後安息之地。

4

但艾略特有項過人的天賦，總能掌握上流社會的趨勢，他料定蔚藍海岸將成為達官貴人、名流雅士的度假勝地。他過去曾在教廷工作，回程會在蒙地卡羅的巴黎飯店下榻幾日，或到坎城朋友的鄉間別墅小住一下，因此十分熟悉那一帶的海岸；不過先前皆為冬季造訪，近來卻聽聞不少口耳相傳，許多人開始認為蔚藍海岸也是夏天的好去處。於是，飯店開始在夏季營業，遊客名字逐一刊載於巴黎的《先鋒報》社交專欄，艾略特讀到熟悉的名字，讚許之情溢於言表。

「我實在受不了城市生活。」他說。「我活到這把年紀，該準備來享受一下大自然的美好了。」

這話聽起來含糊，其實並不然。艾略特向來認為，大自然有礙社交生活，因此受不了有些人寧願大老遠去遊湖看山，也不願欣賞眼前的攝政時代五斗櫃或華鐸的畫作。當時，他手頭剛好十分寬裕。亨利．馬圖林一來禁不住兒子不斷催促，二來受不了許多朋友竟靠玩股票一夕致富，終究順應這股潮流，逐漸揚棄保守的觀念，認為自己沒理由不搭順風車。他遂寫信給艾略特，說雖然自己反對賭博，但投資股票是兩碼子事，代表他深信美國擁有無窮無盡的資源。亨利樂觀的態度其來有自，畢竟美國的進步是時勢所趨。他在信末表示，已幫布萊利太太融資買進若干檔穩健的股票，而且好消息是她已賺了兩萬元，最後他還提到，若艾略特想賺點錢，不妨託他代為買賣股票，保證不會失望。而善於引經據典的艾略特，便套了句王爾德的話，說他什麼都能抵抗，但就是抵抗不了誘惑；結果從此以後，他一改多年來關注上流社會消息的習慣，每天《先鋒報》和早餐送來後，率先翻閱的都是股票市場相關報導。亨利．馬圖林成功幫艾略特大撈一筆，讓他不費吹灰之力，就賺了足足五萬元。

他決定把這筆錢拿出來，在蔚藍海岸買棟房子。為了逃離現實世界，他選擇在安堤貝這個小鎮置產。安堤貝的位置優越，就在坎城和蒙地卡羅之間，他往來兩地都很方便。不曉得是天意安排或他直覺使然，安堤貝沒多久便成了上流人士的重鎮。不過若住在花園別墅中，頗有郊區俗不可耐的氣息，有違艾略特挑剔的品味，所以他在舊城海濱買了兩棟房子，加以打通，安裝中央暖氣、浴室與各項美國強勢出口至歐洲的衛生設備。當時業界正流行酸洗，艾略特把普羅旺斯風格的老家具全經酸洗處理，並審慎遷就現代風格，覆上現代感的布料，屋內陳設逐漸成形。他仍無法接受畢卡索和布拉克等抽象立體派畫家的作品──「看不下去哪，老友，看不下去哪。」認為他們被收藏家過度吹捧；相較之下，他終於出資原本看不順眼的印象畫派，所以牆上掛了不少幅美麗的畫作。我還記得有幅是莫內畫的眾人在河上划船、一幅是畢沙羅畫的塞納河畔碼頭和橋梁、一幅高更畫的塔希提島風景，另有幅雷諾瓦畫的少女側臉，黃黃的長髮披在背上，可愛迷人。裝潢好的房子讓人耳目一新，貌似樸素簡約，但明眼人一看便知所費不貲。

自此開啟了艾略特這輩子最為輝煌的時期。他把自己在巴黎的大廚帶在身邊；沒多久，他家的菜肴就成了蔚藍海岸數一數二的美味。他的管家和傭人一律穿著白衣、掛著金肩帶。他宴客的排場豐盛，但從不流於俗氣。地中海海岸四處都是歐洲來的王公貴族；有的受宜人氣候吸引，有的是流亡在外，有的則想逃離不堪的過去或門戶不對的婚姻，所以待在國外比較方便。舉凡俄羅斯的羅曼諾夫王室、奧地利的哈布斯堡王室，西班牙、兩西西里與帕爾瑪等地的波旁王室；溫莎和布拉甘薩的王室、瑞典和希臘的王室等等，艾略特都熱情款待。即使來自奧地利、義大利、西班牙、俄羅斯或比利時那些未具王室血統的公爵夫婦或侯爵夫婦，艾略特也來者不拒。每逢冬季，瑞典國王和丹麥國王會來此小住，西班牙阿方索國王也不時會匆匆來訪，艾略特都盡責招待。我十分欽佩他，既能禮數周全地向這些達官貴人打躬作揖，又不失身為美國公民不卑不亢的氣魄，反映人生而平等的精神。

我經過多年來東奔西走後，在法國南部費拉角買了棟房子，因此常跟艾略特見面。當時我在他眼中的地位已不可同日而語，他有時會請我出席極為盛大的宴會。

他會說，「當作賣我面子吧，老友。當然你也曉得，王公貴族實在掃興，但有客人想見見他們，而且我理應關照這些可憐的傢伙。但誰都知道他們根本不配，這些都是全世界最忘恩負義的一群人，一旦你沒有利用價值，就被當成破襯衫扔掉；他們就算獲得你再多的恩惠，也不會懂得多費心稍微幫你的忙。」

艾略特花了不少工夫跟當局打好關係，因此當地行政長官、教區主教和代理主教常成為他的座上賓。這位主教以前是騎兵軍官，大戰時還指揮過騎兵團，臉色紅潤、身材高大，操著過去在軍中粗魯誇張的言語；他身旁的代理主教則神情嚴肅、面容枯槁，一副如坐針氈的樣子，深怕主教說出丟臉的話，老是露出不以為然的微笑，聽著主教講自己最愛的故事。但是主教把教區管理得極為出色，講道的口才一流，跟他在午宴席間的妙語如珠同樣引人入勝。他相當讚賞艾略特對教會的樂善好施，也喜歡他待人親切的態度，以及提供的美酒佳肴，兩人因而成了好朋友。所以，艾略特想當然會頗為得意，覺得兩邊都能吃得開；我甚至敢說，他自認找到兩全其美的辦法，可以既拜上帝又拜金。

艾略特對於自己的房子甚是得意，迫不及待想現給姊姊看。他老覺得布萊利太太的讚賞都有一絲保留，故打算給她瞧瞧自己目前的生活品味，以及往來朋友的身分地位，這是對她態度的最佳反擊，讓她不得不承認艾略特成功致富。艾略特寫信給布萊利太太，邀請她跟格雷和伊莎貝前來，但不是住他家裡，因為沒有空房，而是下榻附近的費拉角飯店。布萊利太太回信道，自己已不適合長途旅行，身子欠佳，想想還是待在家裡好。況且，格雷其實也離不開芝加哥，事業如日中天，累積可觀的財富，哪兒都不能去。艾略特跟姊姊的感情很深，看到回信不免慌張起來，再度去信詢問伊莎貝。伊莎貝拍了個電報，說母親身子雖然虛弱，每週得臥床一天，但目前尚無危險，如果妥善照顧，說不定能多活好幾年；不過，格雷倒是需要休息，而且有父親幫忙照應，他大可以出國度假。只是今年夏天勢必無法成行了，隔年她和格雷再到歐洲探望他。

一九二九年十月二十三日，紐約股票市場崩盤了。

5

我當時人在倫敦，起初我們在英國沒察覺情況之嚴重，也未料到後果不可收拾。對我而言，損失一大筆錢當然懊惱，但多半是股票面值，大勢底定後，現金其實並未減少。我曉得艾略特賠得很大，擔心他會慘賠，但直到我們都回到蔚藍海岸過耶誕時，我才見到他。他說亨利．馬圖林已經死了，格雷也破產了。

我對商場的事一竅不通，轉述艾略特所說的經過，想必讀來有些混亂。就我的理解，他們的公司之所以碰上大災難，部分得怪亨利．馬圖林個性固執，部分則要怪格雷操之過急。亨利．馬圖林起初不相信崩盤有多嚴重，自以為這是紐約券商密謀要擺同業一道，因此他咬緊牙關砸大錢支撐市場。他怒斥芝加哥的券商，直指他們任由紐約那些流氓擺布。亨利．馬圖林的那些小客戶，例如領固定收入的寡婦、退休軍官等，向來聽他的建議投資，沒損失過半毛錢，他也一直引以為傲。如今為了不讓他們蒙受損失，他只得自己掏腰包補足成本。他說已做好破產的準備，錢財可以再賺，但若那些客戶輸光投資，他就永遠抬不起頭了。他自以為做人豪爽，說穿了只是虛榮。他的巨額財富就此蒸發，某晚他忽然心臟病發作；當時他才六十多歲，工作和玩樂都全力以赴，只是飲食和喝酒都無節制。經過幾個鐘頭的折磨後，他就因冠狀動脈血栓過世了。

格雷得獨自收拾殘局。他原本就有另外從事大量的投機生意，但少了父親的指點後，便陷入極大困境，無法及時拋售抽身，銀行也不願給他貸款。證券交易所的前輩告訴他，唯一辦法就是認賠。其餘的事我就不大清楚了，格雷似乎因償還不了債務，最後宣告破產，房子早已抵押，他也樂得把房子交給銀行。他父親在湖濱大道和在瑪文的宅邸也都低價售出；伊莎貝典當了自己的首飾；他們的財產只剩南卡羅萊納州的農場，登記在伊莎貝名下，但找不到買主。格雷這下真是一無所有了。

「那你呢，艾略特？」我問道。

「喔，我沒啥好抱怨的。」他一派輕鬆地說。「天無絕人之路囉。」

我沒有再多加過問，畢竟他的財務狀況與我無涉，但無論他的損失多寡，想來跟我們一樣都吃了苦頭。

這波大蕭條起初未給蔚藍海岸大太的衝擊。我聽說有兩、三個人賠得很慘，許多別墅冬天關起門來，有幾棟已經準備出售。當地旅館門可羅雀，蒙地卡羅的賭場頻頻叫苦，生意相當慘淡。要到了第三年，蔚藍海岸才真正感受到不景氣的威力。當時一位房地產仲介告訴我，從土倫到義大利邊境的地中海沿岸，共有四萬八千棟房產待售。賭場的股票大跌；大飯店壓低房價企圖攬客，生意卻不見起色；路上唯一的外國人，都是本來就窮到不能再窮，不花錢是因無錢可花；所有商家都被愁雲慘霧籠罩。但與眾人不同的是，艾略特既不辭退傭人，也不扣他們的薪資，反而繼續以美酒佳肴招待貴族名流，還買了輛全新的大轎車，且因從美國進口，得付一大筆關稅。艾略特更慷慨資助主教籌辦的慈善活動，免費供餐予失業家庭。他的生活一如既往，彷彿金融危機只是幌子，並未席捲大半個歐美。

我後來恰巧得知背後的原因。艾略特當時已不太去英國了，唯有待每年兩週置裝，但每逢秋季和五、六月，他仍會到巴黎的公寓住三個月，因此時那些朋友不會造訪蔚藍海岸。艾略特鍾情夏日的蔚藍海岸，部分原因當然是可以游泳，但我覺得主要是因他可藉著溽暑的機會，盡情穿上鮮豔的衣服，不必管平時顧忌的體統。他穿著五顏六色的褲子，比如紅、藍、綠、黃，並搭配對比色調的背心，譬如淡紫、藍紫、棕紫或花斑色，若因此獲得旁人的讚賞，他便會露出些許不好意思的神情，猶如女演員聽聞眾人稱許她新角色演得維妙維肖。

那年春天，我正要返回費拉角，途中在巴黎待一天，便邀請艾略特共進午餐。我們約在里茲酒吧；酒吧已見不著眾多飲酒作樂的美國大學生，反而異常冷清，一如劇作家筆下戲劇的首演失利。我們先喝了杯雞尾酒，才點午餐來吃——艾略特終於能接受這來自美洲的傳統。飯後，他提議晃去古玩店逛逛，我雖然口說沒錢花，但依然樂於奉陪。我們穿越旺多姆廣場，他問我可否陪他到夏爾凡服飾店一趟，問問先前訂作的衣服好了沒。他訂了幾件背心和襯褲，繡有他的姓名縮寫。背心還沒送來，不過襯褲倒是好了，店員問他想不想看看。

「好啊。」他說道。店員離開去取褲子時，他對我說，「上頭還繡了我專屬的樣式。」襯褲拿來了，除了材質是純絲的之外，看起來跟我平時在梅西百貨買的差不多。但吸引我注意的是，「E．T．」兩個交錯的字母上方，竟繡了伯爵的冠形紋章，但當下我並未作聲。

「很好、很好。」艾略特說。「那等背心好了，就一塊兒寄來吧。」

我們離開服飾店。艾略特走了幾步後，轉頭對我笑了笑。

「你看到那個紋章了嗎？老實說，我要你陪我來夏爾凡的時候，早就忘記這回事了。我應該還沒機會告訴你，聖座[25]恢復了我祖先的頭銜。」

「你說什麼？」我語帶詫異，顧不了禮貌。

25 教宗的敬稱。

艾略特不以為然地挑眉。

「你不曉得嗎？我的母親是羅里亞伯爵的後代，伯爵跟隨菲利普二世到英國來，還娶了瑪麗王后的侍女。」

「就是那位血腥瑪麗嗎？」

「我想只有異端才會這樣叫她。」艾略特語帶僵硬。「我應該沒有跟你說過，一九二九年整個九月，我都待在羅馬。其實我很不甘願，因為羅馬那時沒什麼人，但幸好當時責任感戰勝了享樂的念頭。我在梵蒂岡的朋友說，經濟就快崩盤了，大力勸我把手頭上所有美國股票全數賣掉。天主教會的智慧畢竟累積了兩千年之久，所以我絲毫沒有懷疑，拍了個電報給亨利・馬圖林，要他拋售我的股票，改買黃金保值，也拍電報給露易莎要她賣股票。亨利・馬圖林回了電報，問我是不是瘋了，還說除非我確定，否則他絕不賣出。我立刻再度拍電報給他，語氣非常堅定，請他馬上照辦，並在事成後回報。可憐的露易莎沒有聽我的話，賠得可慘了。」

「所以股市崩盤的時候，你老兄過得可舒服囉？」

「這是美國人的說法，你應該用不太到，但用來形容我的情況倒非常恰當。我半點損失都沒有，反倒撈了些油水。過了一段時間，我只花少少的錢，就把賣掉的股票全買回來了。我只能說這一切是天意，所以覺得應當做點事情來回饋。」

「喔，那你是怎麼回饋的呢？」

「這個嘛，你也曉得墨索里尼收回了蓬蒂內沼地的大片土地，我得知聖座很擔心居民沒有地方可望彌撒。總而言之，我就蓋了座小小的教堂，具有羅馬教堂風格，跟我在普羅旺斯看到的那座一樣，每個細節無不完美，我不得不說，根本就是百分百的傑作。教堂本身是以聖馬丁為主，因為我十分走運，剛好找到一面關於聖馬丁事蹟的彩繪玻璃，上頭是聖馬丁把長袍一分為二，其中一半給了個赤裸的乞丐，象徵意義跟教堂很契合，我就買了下來，鑲嵌在聖壇正上方。」

我沒有插嘴問他，聖馬丁的善舉和他的行為何以相似；他及時拋售股票賺取暴利，如今把錢獻給上帝，豈不像在支付仲介費。但象徵意義多半非我這種凡夫俗子所能參透。艾略特接著說下去。

「我後來有幸把照片拿給聖座看，聖座對我和藹有加，說一眼就看出我的慧眼獨具，還說現在世風日下，他很高興能遇到既忠於教會、又有深厚藝術涵養的人。這實在是畢生難忘。但過沒多久，我便接到教會通知說聖座要賜我爵位，真的是驚喜萬分。身為美國公民，我覺得用頭銜不免顯得炫耀，當然在梵蒂岡除外，那是非用不可。所以我不准喬瑟夫稱我伯爵，想必你也會替我保密。我不想把這事張揚出去，但又不希望聖座以為我不重視這項殊榮，所以才把紋章繡在貼身衣物上，這完全是出於對他的尊敬。老實說，在細紋襯衫底下藏著這等頭銜，我自認滿光榮的。」

我們就此道別。艾略特說六月底會到蔚藍海岸。但他並沒有出現。他原本已安排好把傭人從巴黎送來，自己再悠閒地開車下去，抵達後一切便皆已就緒，但不湊巧的是，他出發前接到伊莎貝的電報，說母親病情忽然急轉直下。如前所述，艾略特不僅與姊姊的感情好，家族觀念也深，便在瑟堡搭第一艘船返國，再從紐約回芝加哥。他寫信告訴我，布萊利太太病重，瘦得不成人形，也許能再撐幾週，頂多幾個月，但無論如何，他覺得自己有責任陪她最後一程。他說芝加哥的高溫沒想像中難受，也不在意缺乏像樣的社交，因當時也無心參與。他說，美國同胞對於蕭條的反應太讓他失望了，他本來以為他們懂得看開一些。艾略特說得倒容易，畢竟損失皆別人承擔，而他如今坐擁過去所沒有的財富，恐怕沒資格如此嚴格。信末，他託我捎個口信給幾位朋友，還請我務必記得逢人就說明他的別墅今夏未開放的緣由。

不出一個月，我再度接到他的來信，說布萊利太太過世了，信中字句懇切動人。我早曉得他縱然為人勢利又荒謬造作，本性其實善良、多情且正直；若非如此，我勢必料不到他會寫得這般得體、真誠和簡單。信中提到，布萊利太太的後事似乎有些紊亂。她的大兒子是外交官，由於駐日大使離任，他必須在東京擔任代辦，無法請假回國；小兒子在我初識布萊利一家人時派任菲律賓，後來調回華盛頓，於國務院擔任要職。他在母親病危之時，曾偕妻同來芝加哥，但葬禮後不得不立即回華府。有鑑於此，艾略特自覺得留在美國辦好一切後事。布萊利太太把財產均分給三個孩子，但她在一九二九年的股災中慘賠，所幸後來他們替瑪文的農場找到買主；在艾略特的信中，代稱是露易莎的鄉間小居。

他寫道：「一家淪落到得變賣祖產，難免令人難過。但最近這幾年，我有許多英國朋友也被迫出此下策。是故，面對無法避免的結果，我外甥和伊莎貝同樣得勇於接受，泰然處之。這才是士紳階級應有的擔當。」

他們還賣了布萊利太太在芝加哥的房子，也算是頗為幸運。原先有人計畫把那排房屋拆掉，改建成連棟公寓大樓，但布萊利太太頑固異常，堅決要死在自己家裡，因此計畫始終未付諸實行。布萊利太太前腳才撒手人寰，建商後腳就跑來開價，且馬上獲得同意。但儘管如此，遺產仍只能讓伊莎貝勉強度日。

股災過後，格雷曾努力想找工作，甚至去找勉強度過金融風暴的券商，看看能否當個辦公室職員，但處處碰壁。他更丟履歷向老朋友求職，職位薪水再卑微皆無妨，卻仍石沉大海。他奮力設法停損卻一敗塗地，加上焦慮不堪與遭受屈辱，終於導致精神崩潰；他開始出現劇烈的頭痛，整整二十四小時都無法動彈，好不容易頭痛消退後，人卻像塊濕抹布，全身癱軟無力。伊莎貝覺得最好的辦法就是全家搬到南卡羅萊納州的農場，讓格雷好好養病。想當初，農場靠著販售稻米，一年可以進帳十萬元，如今僅剩荒蕪的沼地和橡樹林，頂多吸引獵野鴨的遊客，卻是遍尋不著買主。大蕭條後，他們三不五時就會去那兒，現在打算住上一陣子，等經濟情況好轉且格雷找到工作再做打算。

「我絕不會允許的。」艾略特寫道。「老友，這種生活跟豬有什麼兩樣，伊莎貝沒有女傭服侍，孩子沒有保母帶，交給兩個黑女人照顧。因此，我先讓他們住進我在巴黎的公寓，待這個偉大國家的經濟好轉再説。我也會安排傭人給他們，其實我的廚娘手藝就不錯，所以應當會讓她幫忙，畢竟我再找人並不難。這些開銷全部由我來負擔，伊莎貝就可把那點收入拿來買衣服，或替家人找點樂子。這代表我會有大量時間待在蔚藍海岸，所以啊老友，希望與你更常見面。照倫敦和巴黎的情況來看，我倒寧願住在蔚藍海岸，只有在那兒遇得到氣味相投的人。但我不時仍會去巴黎住個幾天，也不介意到里茲酒吧大啖一頓。值得欣慰的是，我總算説服了格雷和伊莎貝依我的意思，如今只待必要事情安排妥當，就會帶他們一起來。家具和畫作（唉，品質拙劣且真偽難辨）再過一個禮拜就會賣掉；由於我覺得他們留在老家會觸景傷情，因此帶他們到德萊克飯店同住。到了巴黎後，我會把他們安頓好，再前往蔚藍海岸。別忘了代我向鄰居問好。」

艾略特勢利歸勢利，卻依然親切、體貼又慷慨過人哪！

第四部

1

馬圖林一家在左岸的寬敞公寓安頓好後，艾略特便於年末回到蔚藍海岸。他在這裡房子的設計是依據自己方便，容納不下四口之家，因此即使他願意，也無法請他們前來同住。對此，我想他並不懊惱，畢竟他很清楚，與其有外甥女和外甥女婿作伴，孤家寡人反而比較討喜；而他舉辦的小型宴會冠蓋雲集（他對此可是煞費苦心），若每回皆得把他們計入，安排起來著實困難。

「他們在巴黎定居後，適應一下文明生活，絕對有好處。況且，兩個女孩也到該上學的年紀了，我在公寓附近也找到一所學校，素質絕對不在話下。」

是故，我隔年春天才見到伊莎貝。那時因工作需要，我得在巴黎待上幾週，便在旺多姆廣場附近旅館租了兩個房間。這家旅館我經常造訪，不但生活機能佳，還有某種情調。旅館本身是棟有中庭的大宅，擁有近兩百年的歷史。浴廁談不上講究，抽水系統更差強人意；臥室擺的是漆白鐵床，搭配老式白床罩，以及簡陋的嵌鏡大衣櫥；但客廳的家具倒古色古香。長沙發和扶手椅皆為拿破崙三世的豔麗風格，儘管談不上舒適，卻帶有花俏的美感。屋內擺設讓人置身法國過去小說家的時代。我凝視著玻璃罩內的帝國時鐘，便想到某位梳著髮鬈、一身荷葉邊禮服的美麗女子，說不定就曾望著這時鐘的分針，等候哈斯提涅克登門拜訪；這位哈斯提涅克即巴爾札克所創角色，富有冒險精神，在一部部小說中，從沒沒無名一路向上爬到榮華富貴。而另一位角色碧安雄醫生若曾造訪也不稀奇，可能來替某位自外地來巴黎諮詢律師、卻受了風寒的貴族遺孀把脈看舌；碧安雄醫生對於巴爾札克而言，簡直是真實人物，他臨死時還說，「只有碧安雄醫生救得了我」。而說不定當年在那張書桌前，曾坐著一位秀髮中分、身穿裙襯的痴情女子，深情款款地寫信給某個負心漢，抑或是位壞脾氣的老先生，穿著綠大衣、圍著領巾，滿腔怒火地寫信給揮霍無度的兒子。

抵達巴黎隔天，我就致電伊莎貝，詢問若下午五點前去拜訪是否方便，順便喝茶敘舊，畢竟我倆已十年不見。我隨著一名表情嚴肅的管家走進客廳，伊莎貝正在讀法國小說，一見到我便站起身，握起我的雙手問候，露出熱忱又迷人的微笑。我和她有數面之緣，其中僅有兩次獨處，但見著她的態度，我立即覺得我倆像是久未謀面的老友，而非泛泛之交。十年過去了，縮短了少女和中年男子之間的差距，我不再意識到兩人的年齡懸殊。她變得世故許多，恭維的話拿捏得宜，待我有如同輩；不出五分鐘，我們就聊得坦率自如、毫不彆扭，宛如自小是青梅竹馬，習慣定期碰面、從無間斷。伊莎貝的舉手投足間散發著落落大方、泰然自若的魅力。

但我最感訝異的是她外表的變化。就我印象所及，她的外貌亮眼、體態健美，但接近發胖邊緣。我不曉得她是否有所察覺，因而想方設法減重，抑或產後意外的幸運巧合。總之，如今她的身材苗條有致，時髦的衣著又凸顯窈窕曲線。她身穿一襲黑衣；我瞄了一眼，發現她的絲質洋裝是巴黎某高檔服飾店所訂製，既不過於樸素又不算華麗，而她穿起來隨性又自信，猶如天生便是穿名牌的料。十年前，儘管有艾略特替她出主意，她的衣服老顯得招搖，穿起來也不自在。如今佛羅里蒙家族的瑪麗．露意絲可不能再說她不夠高雅了；現在她全身上下無不高雅，連塗成桃紅色的指甲都顯得脫俗。她的五官也變得清秀，我還發覺她的鼻梁是我見過最挺拔好看的，無論是前額或淡褐眼瞳下方，都不見一絲皺紋；她的皮膚雖不若少女那般容光煥發，卻細緻不減，這顯然是勤擦乳液、面霜與按摩的緣故，但肌膚卻因而更顯柔嫩，透出光澤，煞是動人；她那削瘦的雙頰抹著淡淡胭脂，唇膏塗得恰到好處，亮褐秀髮則順應流行，剪得齊耳且燙鬈；她沒戴戒指，我想起艾略特說她把首飾全賣了；她那雙手不算小巧，倒也挺好看的。那個年代的女子，白天都穿較短的連身裙，她露出穿著淡黃絲襪的雙腿，修長有致。許多女子容貌標致，卻敗在腿部長得不好。伊莎貝兒時外型最大缺點本是雙腿，如今卻異常好看；她過去之所以吸引人，其實是仰賴自身朝氣十足、精力充沛的特質，如今卻真的變得美麗動人。至於她是嚴守什麼紀律、吃了多少苦才得此美貌，似乎皆已無關緊要，結果教人滿意就行了。也許她優雅的儀態與恰當的舉止確實費了番苦心，但看起來極為自然。我不禁覺得，她宛如已雕琢多年的藝術品，待在巴黎這四個月，等於是最後的加工潤飾。即使艾略特以嚴苛的標準來評價，也不得不稱許她的變化；我本來就較易取悅，著實覺得驚為天人。

格雷當時去摩特楓丹打高爾夫球了，但伊莎貝說他不久就會回來。

「你得見見我兩個女兒。她們剛去杜樂麗公園玩，但快回家了。兩個孩子都很乖。」

我們開始閒話家常。她很喜歡巴黎的生活，一家子住在艾略特這兒頗為舒適。他離開巴黎前，還介紹了些朋友給他們認識，因此他們如今已有不錯的交友圈。艾略特還要他們效法他向來的作風，廣為交際宴客。

「說來簡直要笑死我，我們明明是窮光蛋，過得卻是有錢人的生活。」

「真的有這麼糟嗎？」

她咯咯發笑，我不禁憶起十年前她那迷人的淺笑。

「格雷現在是身無分文，而我的收入跟以前勞瑞賺的差不多，當初我還不肯跟他結婚，覺得沒法子靠這點錢過活。誰曉得我現在還有兩個孩子。實在可笑對吧？」

「很高興妳還懂得自嘲。」

「你有勞瑞的消息嗎？」

「我嗎？沒聽說耶。自從妳上回來巴黎後，我就再沒見過他了。他以前來往的人當中，有幾個我還算認識，也問過他們勞瑞的情況，不過也是好多年前的事了。沒有人曉得他的半點消息，好像他人間蒸發似的。」

「我們認識勞瑞在芝加哥開戶銀行的經理，他說偶爾會收到勞瑞從異國開來的支票，像是中國、緬甸、印度之類。他似乎全世界到處跑。」

我剛好有個問題到了嘴邊，就這麼脫口而出；想了解事情，開口問就對了。

「妳後悔沒跟他結婚嗎？」

她露出迷人的笑容。

「我和格雷一直都很幸福。他是不可多得的丈夫。大蕭條來臨之前，我們生活得開開心心的。我們喜歡交同樣的朋友，也喜歡從事同樣的活動。而且他對我非常體貼，有人這麼對自己死心塌地，是很棒的事情。婚後到現在，他對我的愛從來沒變過，而且覺得我是世上最完美的女人。他平時的溫柔和細心，外人真的無法想像。他對我大方到不可思議，只要是好東西都會買給我。我們結婚這麼多年，他從來沒凶過我半句。我只能說自己真是太幸運了。」

我不曉得她是否以為這就算回答，便轉移了話題。

「聊聊妳那兩個女兒吧。」

我才開口，門鈴就響了。

「說人人到，自己瞧瞧吧。」

不一會兒，她們就進門了，後頭跟著保母。伊莎貝先後向我介紹大女兒瓊恩和小女兒普麗西拉；兩個女孩跟我握手時，都稍為點頭致意。她們分別是八歲和六歲，在同年齡中算是高個子。伊莎貝的高䠷自然不在話下，而印象中格雷也是大塊頭。不過，一對女兒其實就像一般孩童那樣天真可愛。她們看起來顯得弱不禁風，有著像格雷一樣的黑髮和伊莎貝的淡褐眼眸。雖然有我這個陌生人在場，但兩人並不怕生，你一言我一語地向母親描述在公園玩的遊戲。她們的目光飄向廚師準備的配茶糕點，然而還沒人動過，等到母親准她們挑一塊時，卻又遲遲做不出選擇。我滿足地觀看她們展露對母親的親暱，眼下母女湊在一起，成了幅動人的畫面。孩子們吃完自己那塊糕點後，伊莎貝便打發她們走，兩人乖乖離開，毋需多嘮叨半句，看樣子伊莎貝把孩子教得很聽話。

孩子們走後，我說了些孩子家教很好之類的客套話，伊莎貝聽了固然高興，但好似不以為意。我問她格雷喜不喜歡巴黎。

「很喜歡啊。艾略特舅舅留了輛汽車給我們，所以他幾乎每天都去打高爾夫球，還加入旅行家俱樂部，在那裡打橋牌。當然啦，艾略特舅舅借我們住這棟公寓，真的是雪中送炭。格雷的精神狀態很差，現在還常常頭疼得厲害。即使他找到工作，恐怕也沒辦法上班。他自然也心急，認為自己應該要工作，沒人要用他是很丟臉的事。他覺得身為男人就要工作，否則跟死人沒兩樣。他無法忍受自己成為累贅。是我勸他多多休息和換個環境，也許就能恢復健康，他才願意到巴黎的。但我很清楚，除非生活重回掌控，否則他很難快樂得起來。」

「過去這兩年多來，你們一定過得很辛苦吧。」

「嗯，股災剛開始的時候，我完全難以相信，也難以想像我們會一無所有。別人遭殃我倒可以理解，但是我們會跟著受害，簡直是不可思議。我原本還以為，最後會發生什麼奇蹟，我們終究可以得救，沒想到最後竟然真的破產，我一度以為活不下去了，覺得人生失去未來，一片黑暗。整整兩個禮拜，我過得相當落魄，什麼東西都得賣掉，知道好日子結束了，再也不能做自己喜歡的事。

兩個禮拜後，我心想，『唉，管它的，不要再想了。』我也真的沒有再去多想，現在也不會為此難過。過去的生活多采多姿，現在結束了就是結束了。」

「不過如果有高級住宅區的豪華公寓可以住，不花半毛錢就請到能幹的管家和厲害的廚師，又有香奈兒洋裝可以遮遮瘦弱的身子，就算破產也不會太難熬，對吧？」

「不是香奈兒，是浪凡。」她笑了出來。「看樣子你這十年來沒怎麼變嘛，說得這麼酸溜溜，想必不會相信我的話。要不是為了格雷和孩子們，我可能不會接受艾略特舅舅的好意。就算每年只有兩千八百元的收入，我們在農場的生活應該還是過得去，可以種稻子、黑麥和玉米，同時養養豬仔。畢竟我也是在伊利諾州農場土生土長的呢。」

「是可以這麼說啦。」我微笑答道，心裡明白她是在紐約一家高級診所裡出生的。

這時格雷走了進來。十二年前，我們雖只見過兩、三面，但我看過他的婚照（艾略特還把照片裱框放在鋼琴上頭，樣式精美，旁邊還擺著瑞典國王、西班牙王后、吉斯公爵簽名的照片），故對他的模樣記憶猶新。這次見到格雷，我大感詫異；他的鬢髮已不復見，頭頂禿了一小塊，一張臉圓胖紅潤，還有雙下巴。多年來養尊處優和飲酒過度的生活，讓他著實發福不少，幸好他的個子高大，看起來還不至於胖得離譜。然而最令我意外的是他的眼神，我清楚記得他初入社會時意氣風發、毫無煩惱的模樣，深藍眼眸透露出無比的希望與坦率，如今卻只剩困惑與沮喪；即使我不曉得來龍去脈，八成也不難猜到有大事發生，徹底擊垮了他的自信與對世事的篤定。我覺得他有點自卑，彷彿無意間做錯了事，因而自慚形穢。他的膽識顯然受到動搖，雖然仍親切地向我問好，宛如見到老友般高興，但我總覺得他的熱忱純屬禮貌的習慣，自外於內心的真實感受。

傭人隨後送來了酒，格雷調了雞尾酒給大家喝。他剛打完兩輪高爾夫，相當滿意自己的表現，高談闊論起某一洞有多難克服，教人聽來稍嫌冗長，伊莎貝倒是聽得津津有味。幾分鐘後，我們約好吃晚餐和看戲的日子，我就先行告辭了。

2

我後來結束白天工作後，常在下午探望伊莎貝，一週通常三、四次。這時間她多半獨自在家，很高興可以找人閒聊。艾略特介紹她認識的朋友皆年長許多，我也發現她沒幾個年齡相仿的朋友。我的朋友晚餐前都沒空，然而與其去俱樂部打橋牌，看那些不歡迎外人的法國人臉色，倒不如找伊莎貝聊天還自在些。她的態度熱情，把我當作同輩看待，我們聊起來沒有隔閡，而且可以有說有笑、插科打諢，時而談彼此生活，時而聊共同朋友，抑或論及書本和繪畫，開心地打發不少時間。我生性有項缺點，亦即對外表欠佳的友人，怎麼都看不慣，無論他的個性再好、與我有再多年交情，若有口爛牙或生了歪鼻，我不可能看得順眼；而另一方面，對相貌姣好的友人，我則是永遠都看不膩，即使認識二十年之久，我依然不厭欣賞飽滿的額頭或線條柔和的顴骨。因此，每次見到伊莎貝，我都一再驚豔於她那標致的鵝蛋臉、白嫩的肌膚，淡褐的雙眼既明亮又溫暖。後來發生了一件事，完全出乎我意料之外。

3

大城市裡必有許多自給自足的圈子，彼此不相往來，自成一個個小世界，彷彿是一座座孤島，隔著無法橫渡的海峽，過著自己的生活，成員相互依賴。依我個人經驗，巴黎尤其如此：上流社會排擠外人、政客待在腐敗的政治圈、有產階級彼此來往、作家和作家聚會（值得一提的是，法國文學家紀德在日記提到的親密對象，幾乎無不依循自己的志業）、畫家和畫家交流、音樂家和音樂家來往。倫敦也有此現象，但物以類聚的情形較不明顯，許多家族的宴席上，可同時見到公爵夫人、女演員、畫家、議員、律師、裁縫師和作家。

而因緣際會之下，我在巴黎的所有圈子皆短暫待過，甚至多虧了艾略特，得以一窺聖日爾曼大道的封閉社會；然而我最鍾情的不是現今福煦大街一帶拘謹矜持的社交圈，也非展現各國風情的拉呂飯店和巴黎咖啡館，更不是喧鬧髒亂的蒙馬特，而是蒙帕納斯大道附近的中心地帶，我還年輕之時，曾在貝爾福獅咖啡館附近的小公寓六樓住過一年，視野遼闊，可眺望整片公墓。對我而言，蒙帕納斯仍保有近郊小鎮的幾分靜謐。我行經陰暗狹窄的奧德薩街時，往往感到一陣惆悵，想起當初經常聚餐的那家簡陋餐館，其中有畫家、雕刻家、插圖家，若不納入偶爾出現的阿諾・班內特，我是唯一的作家。我們多半待到很晚，時而興奮、時而嬉笑、時而憤怒地討論繪畫和文學。如今我仍喜愛沿著蒙帕納斯大道散步，觀察著來來往往的年輕人，想著自己也曾如此年輕，並在心中杜撰他們的故事。倘若閒來無事，我便會搭計程車前往圓頂咖啡館。這家咖啡館不比當年，不再是文藝青年專屬的聚會場所；如今，附近商賈經常光顧，塞納河對岸的陌生人也會慕名而來，然而過去那段歲月已不復存在。當然，許多學生仍舊常來，也不乏畫家和作家，但多半是外國人；坐在咖啡館內，鼎沸的人聲不再以法語為主，還有俄語、西班牙語、德語和英語。但我老覺得，他們的話題跟四十年前大同小異，只是談及的畫家從馬奈成了畢卡索，作家則從阿波利奈爾成了布荷東，實在可惜。

我來到巴黎兩週後，某天傍晚又來圓頂咖啡館小坐；由於露台上擠滿了人，我只得在前排找張桌子坐下。當晚天氣和煦，梧桐正冒新葉，四周瀰漫著巴黎那閒適、輕鬆又歡快的氣息。我當下相當平靜，並非慵懶之感，反而有些興奮。忽然有名男子經過我面前，停下來咧嘴對我笑，露出雪白牙齒說了聲：「哈囉！」我發愣地望著這個人：又高又瘦，沒戴帽子，頂著一頭亂蓬蓬的深褐頭髮，看起來許久未剪，而上脣和下巴更長滿濃密的褐色鬍鬚，前額和脖子曬得黝黑。他穿著破襯衫、沒打領帶，披著褐色舊外套，下半身是破爛不堪的寬鬆灰褲，活像個乞丐，我敢說自己從來沒見過他；他八成是某個巴黎街頭的流浪漢，接下來會捏造個落難的故事來騙我的法郎，吃頓晚餐和找地方過夜。他站在我面前，兩手插口袋，露出一排皓齒，深褐眼眸露出逗趣的神情。

「你不記得我了？」他說。

「我從來就沒見過你吧。」

我準備用二十法郎打發他，但可沒打算讓他胡謅我們見過。

「勞瑞。」他說。

「天哪！請坐請坐。」他咯咯笑出聲，往前抓了張空椅子坐下。「快喝杯酒。」我向侍者示意。

「你臉上的鬍子留成這德性，我怎麼可能認出你呢？」

侍者過來了，他點了杯柳橙汁。我又仔細看他一眼，想起他那特殊的雙眼，虹膜和瞳孔皆呈深黑，看起來既濃烈又晦暗。

「你在巴黎待多久了？」我問。

「一個月。」

「你還會繼續待著嗎？」

「再一陣子吧。」

我問這些問題時，腦中也不停盤算。我發現他的褲管已破破爛爛，外套的手肘附近有好幾個破洞，窮酸模樣活像遠東港口那些拾荒的遊民。那陣子凡事皆易聯想到大蕭條，我揣想也許一九二九年的股災害他破產了。這念頭讓我很不好受，加上我向來不愛拐彎抹角，便開門見山地問他。

「你變窮光蛋了嗎？」

「沒有啊，我很好，為啥這麼問？」

「這個嘛，你看起來好像餓了很久，衣服也像是從垃圾堆撿來的。」

「有這麼糟嗎？我不覺得耶。其實我一直想買點東西，可是剛好就沒空嘛。」

我想他是拉不下臉或不敢開口，覺得犯不著聽他這般胡扯。

「少來了，勞瑞。我雖然不算是有錢人，但是也不是個窮鬼。如果你手頭很緊的話，我可以借你幾千法郎，不礙事的。」

「多謝，但我並不缺錢，錢夠我花的了。」他哈哈大笑。

「股災之後也一樣嗎？」

「喔，股災沒有影響到我。我把全部的錢都拿去買政府公債，只是不曉得公債有沒有跌，我也沒去打聽，反正山姆大叔像往常一樣，乖乖付我利息。況且，我過去幾年沒怎麼花錢，現在的存款應該不少喲。」

「那你來巴黎之前在哪呢？」

「印度。」

「喔，跟我聽說的一樣。是伊莎貝告訴我的。她好像認識你在芝加哥的銀行經理。」

「伊莎貝？你什麼時候跟她碰面的？」

「昨天。」

「她不在巴黎了嗎？」

「還在巴黎，現在住在艾略特．譚伯頓的公寓裡。」

「太好了。我很想見見她。」

聊天的同時，我也留心觀察他的眼神，但只察覺得出驚訝和高興，並無摻雜其他情緒。

「格雷也住在那裡，你知道他們結婚了嗎？」

「知道啊，鮑伯叔叔——就是尼爾森醫生，我的監護人寫信告訴我的，不過他幾年前過世了。」

尼爾森是勞瑞得知芝加哥朋友消息的唯一管道，如今這條線斷了，他對這些年發生的事勢必毫無所悉。我便逐一告訴了他，包括伊莎貝生了兩個女兒、亨利．馬圖林和露易莎．布萊利雙雙逝世、格雷破產，以及艾略特慷慨收留他們一家。

「艾略特也在巴黎嗎？」

「他不在。」

四十年來，艾略特頭一回不在巴黎過春天。儘管他看起來還年輕，卻也已七十歲了，而上了年紀的人，難免會有些疲倦、生些小病。他除了散步之外，已無從事其他運動。他不大放心自己的身體，醫生每週會來兩次，輪流在屁股兩邊打針，注射當時流行的疫苗。無論在家或外出用餐，他皆會從口袋掏出一只小金盒，取出一粒藥片吞下，猶如宗教儀式般慎重其事。艾略特的醫生建議他去義大利北部的蒙地卡提尼療養，再去威尼斯找個外觀合適的聖水盤，放在他的羅馬式教堂裡。他覺得巴黎社交圈一年不如一年，逐漸失去造訪的興致。他很不喜歡老人，極痛恨受邀場合盡是年紀大的賓客，但又覺得年輕人索然無味。如今他的生活重心，就是裝修自己蓋的這座教堂，盡情放縱自己購買藝術品的慾望，同時感到心安理得，自認在彰顯上帝的榮光；他在羅馬找了座由蜜黃石頭砌成的早期聖壇，還在佛羅倫斯花上六個月討價還價，只為了買錫耶納派的三聯畫放在聖壇上面。

勞瑞接著問我格雷喜不喜歡巴黎。

「他好像有點茫然。」

我向他描述自己對格雷的看法，他邊聽邊瞅著我的臉，眼睛眨也不眨，宛如沉思入定，我不曉得為什麼，隱約覺得他並非用耳朵聆聽，而是運用某種更敏銳的內在聽覺，讓我感到有些詭異且不大自在。

「反正你見到他就曉得了。」我說。

「也是，我很想見見他們。電話簿上應該找得到他們的住址。」

「但是我想你還是去理個頭髮、刮刮鬍子，不然這副模樣絕對會把他們嚇個半死，兩個孩子恐怕也會哭爹喊娘的。」

他笑了笑。

「我想也是，沒必要這樣引人側目。」

「你也可以順便幫自己買套新衣服。」

「我大概真的有點邋遢；離開印度的時候，我發現全身只剩這套衣服。」

他瞧了眼我穿的西裝，問我是找哪位裁縫師做的。我也如實告訴他，不過附帶說那家店在倫敦，是故派不上用場。我們沒再繼續這個話題，他又提起了格雷和伊莎貝。

「我經常跟他們見面。」我說。「一家子過得很開心。我還沒單獨跟格雷談過話，而且他想必不會聊到伊莎貝。但我曉得他對感情很專一。雖然他不說話的時候，臉色老是陰沉，眼神也帶著迷惘，可是只要看見伊莎貝，就會露出溫柔的神情，非常令人感佩。我在想，小倆口經歷風風雨雨，伊莎貝從頭到尾都堅定地支持著他，他對此也銘記在心。你還會發現伊莎貝不太一樣了。」我沒跟勞瑞說的是，伊莎貝如今的美貌遠勝以往。他也許察覺不出來，當初那個清新高䠷的女孩，已成了優雅自持、風韻柔媚的成熟女子；有些男人特別排斥由藝術粉飾而成的女人味。「她對格雷很體貼，嘗試了好多方法幫他恢復自信。」

天色漸暗，我便問勞瑞要不要一起在街上吃晚餐。

「沒關係，不用了，謝謝。」他答道。「我也得走了。」

他站起身子，客氣地點點頭，隨即走出咖啡館，踏上人行道。

4

隔天，我見到格雷和伊莎貝，告訴他們我巧遇勞瑞的事，兩人同感意外。

「如果能見見他就太好了。」伊莎貝說。「現在就打電話給他吧。」

我這才想起忘了問他住哪，伊莎貝因此狠狠念了我一頓。

「即使我問了應該也白搭，恐怕他也不會告訴我。」我邊笑邊喊冤。「很可能我下意識也曉得這點；妳難道忘了他不喜歡說自己住哪裡嗎？他就是這麼古怪，說不定等一下就登門拜訪了。」

「這還滿符合他的風格。」格雷說。「以前他的行蹤就很飄忽不定，今天還找得到人，明天就不知跑哪去了。前一刻明明看見他在房間，想說等等過去打個招呼，誰知道轉個身人就不見了。」

「他的任性實在教人受不了。」伊莎貝說。「這點大家都曉得，看來我們只好等他自己大駕光臨了。」

那天勞瑞並未出現，過了兩天仍不見人影。伊莎貝硬說我自行捏造此事，我保證絕對沒有，更幫勞瑞找了各種理由，但皆顯得牽強。我在內心盤算，他也許再三考慮後，決定不拜訪格雷和伊莎貝，於是便往巴黎以外的地方遊蕩了。我直覺認為他無法在同一地久待，只要理由充分或心血來潮，隨時可以前往下一個目標。

勞瑞終究還是來了。那天陰雨綿綿，格雷沒去摩特楓丹打球。我們三人聚在一塊，我和伊莎貝喝著茶，格雷則啜著威士忌摻沛綠雅礦泉水。忽然間，管家開了門，勞瑞信步進門。伊莎貝驚呼出聲，立即站起身，上前給他大大的擁抱、親吻他的雙頰。格雷紅通通的圓臉更顯紅潤，熱情地握著勞瑞的手。

「天哪，勞瑞，好高興見到你耶。」他說，聲音有些哽咽。

伊莎貝咬著嘴脣，看得出正強忍著眼淚。

「來喝杯酒吧，老朋友。」格雷的語氣略微顫抖。

兩人見到這位浪跡天涯的舊識，竟如此高興，著實打動了我。勞瑞看他們如此重視自己，想必也相當欣喜，露出開心的笑容。然而在我看來，他依舊十分冷靜。他注意到桌上的茶具。

「我喝茶就好了。」他說。

「喔拜託，你喝什麼茶啊。」格雷大聲說道。「我們開瓶香檳慶祝慶祝。」

「我比較想喝茶。」勞瑞微笑道。

他的神色如此鎮定，也影響了格雷和伊莎貝，也許他正有此意。兩人平靜了下來，但仍對他投以欣喜的目光。我在此要澄清，面對人家的由衷熱情，他並非抱持冷淡的態度，反而禮貌周到且風度十足。不過，我老覺得他的舉手投足之間，帶有某種疏離，讓人納悶起其中意涵。

「你為什麼不早點來看我們呀，真討厭耶你。」伊莎貝大聲說，佯裝不悅。「這五天來，我動不動就往窗外張望，看你來了沒有，每當門鈴響起，我的心臟簡直就要跳到嘴裡了，還得花力氣吞回去。」

勞瑞咯咯笑出聲。

「毛姆先生說我太不修邊幅了，你們的傭人恐怕會把我擋在門外，我只好飛到倫敦去買些衣服。」

「你用不著去倫敦買啊。」我笑著說。「你大可到春天百貨或美麗花園買套現成的。」

「我想說真要買衣服的話，就好好挑些時下的樣式，畢竟我有十年沒買西裝了。我跑去你說的那家裁縫店，希望三天內做一套西裝，老闆說得花兩個禮拜，折衷的結果就是四天。我一小時前才從倫敦回來的。」

勞瑞身穿斜紋嗶嘰藍外套，跟他瘦長身材相當服貼，內搭白襯衫和軟領子，打了條絲質藍領帶，腳踩褐色皮鞋；他的頭髮已修短，鬍渣也剃得乾淨，儀容既清爽又俐落，簡直變了個人。他的身子削瘦，顴骨較為凸出，太陽穴更顯凹陷，而深陷眼窩裡的雙眼則比我印象中還來得大。儘管如此，依然無損他的好氣色；他的臉曬得黝黑，不帶一絲皺紋，看起來格外年輕。他雖然只比格雷小一歲，兩人皆三十出頭，但格雷看起來卻像似老了十歲，而勞瑞則是年輕十歲。格雷身材高大，動作較遲緩笨重，相較之下勞瑞則輕鬆自在。勞瑞好似個大男孩，神采奕奕且風度翩翩，然而我更察覺他散發出某種沉穩，這是我過去認識的那位青年身上所缺乏的特質。我們聊個沒完，毋需刻意，這是老朋友間的默契，畢竟共享了許許多多的回憶。格雷和伊莎貝不時拋出一些芝加哥的消息，以及各種八卦流言，眾多事環環相扣，彼此間也笑得開懷。而我總有個念頭揮之不去，亦即勞瑞固然笑得開朗，也興味盎然地傾聽伊莎貝開心地絮聒，卻保有難以名狀的疏離感。我並不認為他是在演戲，他的應對進退自然，誠懇也不在話下；我只是覺得，他內心有某種知覺、情感或力量始終處於漠然的狀態。

保母帶兩個女孩進來認識勞瑞，兩人禮貌地行了屈膝禮。勞瑞伸出手來，溫柔又專注地看著她們；她們牽著他的手，一本正經地盯著他。伊莎貝興沖沖地說兩人的功課皆不錯，分別發了片小餅乾，就叫她們先回房去。

「妳們乖乖上床躺平，我等等過去念故事給妳們聽。」

伊莎貝當下仍沉浸於見到勞瑞的喜悅之中，不希望就此受到打擾。女孩們接著向父親道晚安；

我看著格雷這個大塊頭摟著她們親吻，紅潤的臉龐盡是慈愛的光芒，著實動人。任誰都看得出他對女兒關愛有加，而且引以為傲。女孩們離開後，格雷轉頭看勞瑞，嘴角掛著淺淺的笑說道，「兩個孩子還可愛吧？」

伊莎貝深情地看了他一眼。

「我要是放任格雷不管，他一定會把她們給寵壞。這個大壞蛋為了讓孩子吃好喝好，就算把我給餓死也沒關係。」

他微笑看著她說，「少胡說了，妳自己也曉得，我崇拜妳都來不及了。」

伊莎貝的眼神也露出笑意，她當然曉得，也深感欣慰。好一對幸福的夫妻。

她堅持要我們留下來吃晚餐。我猜他們大概是想單獨和勞瑞聚聚，就推託說自己有事，但伊莎貝心意已決。

「我去請瑪麗在湯裡多放根胡蘿蔔，就夠四個人吃了；另外還有一隻雞，你和格雷可以吃雞腿，我和勞瑞吃雞翅。瑪麗可以再做個舒芙蕾給我們吃。」

格雷似乎也希望我留下，我便恭敬不如從命。

等待晚餐的時候，伊莎貝告訴勞瑞他們這些年的遭遇，內容就如我先前跟他所說，只是更鉅細靡遺。雖然她描述那段不堪的歲月時，語氣盡可能輕鬆，格雷卻抑鬱地繃著臉。伊莎貝想讓他打起精神。

「反正呢，過去就過去了。我們跌得很慘，但是未來還很難說。等景氣好一點，格雷就會找到好工作，繼續賺大錢。」

雞尾酒來了，可憐的格雷灌了兩杯下肚，心情似乎好了點。勞瑞雖然拿了杯酒，但幾乎沒喝半滴，格雷毫未注意，後來要幫他再斟一杯，勞瑞便挽拒了。我們洗完手，便坐下來吃晚餐。格雷叫了瓶香檳，但管家準備替勞瑞倒酒時，他卻說自己不用喝。

「唉，你一定要喝一點。」伊莎貝大聲說道。「這是艾略特舅舅的珍藏，他只肯拿來招待貴賓呢。」

「老實說，我還是比較想喝水。畢竟在東方待了這麼多年，能夠喝到乾淨的水已經是福分了。」

「今天的場合很難得耶。」

「好吧，那我喝一杯就好。」

晚餐極為美味，但我和伊莎貝皆注意到，勞瑞吃得很少。我猜想，她也許忽然發現自己話匣子沒停過，使得勞瑞只能洗耳恭聽，於是就開始問勞瑞這十年來忙些什麼。他的態度依舊誠懇坦然，但回答卻是含糊其詞，說了等於白說。

「喔，我就一直在閒晃啊，先在德國住了一年，也在西班牙和義大利待了一陣子，後來又跑到東方國家四處旅行。」

「你剛從哪裡回來呀？」

「印度。」

「在印度多久？」

「五年。」

「好玩嗎？」格雷問。「有沒有獵到老虎？」

「沒有耶。」勞瑞微笑道。

「你自己在印度到底都在忙什麼，為什麼需要待到五年？」伊莎貝問。

「到處玩囉。」他答道，笑容謔而不虐。

「那印度神仙索的表演呢？」格雷問。「你看過嗎？」

「沒看過。」

「那你看了什麼？」

「很多啊。」

這時我問了個問題。

「聽說印度的瑜伽行者擁有超自然的力量，是真的嗎？」

「我也不曉得，只知道印度人普遍這麼認為。但是，真正的智者並不重視這種超能力，反而覺得容易妨礙修行。曾經有位瑜伽行者告訴我，某個行者來到一條河邊，可是沒錢渡河，擺渡的船伕不肯免費載他一程，於是他就踏到河面上，一路走到對岸。那位瑜伽行者不屑地聳聳肩說，『這種神蹟的價值，根本就和渡河的花費差不多。』」

「你覺得瑜伽行者真有辦法水上飄嗎？」格雷問。

「我碰到的那位行者深信不疑。」

聽勞瑞說話是種享受，他的聲音悅耳清脆，渾厚卻不低沉，帶有特殊的抑揚頓挫。晚餐後，我們回客廳喝咖啡。我從沒去過印度，因此亟欲多加了解。

「那你有沒有認識當地的作家和思想家呢？」我問道。

「你還刻意加以區分兩者喔。」伊莎貝故意逗我。

「那正是我的目的。」勞瑞回答。

「你怎麼跟他們交談呢？用英語嗎？」

「那些有意思的作家和思想家即使會說英語，也說得不大好，理解能力更差。我學了印度斯坦語，後來去南方又學了點泰米爾語，所以跟他們處得很好。」

「勞瑞，你現在會說幾種語言啦？」

「喔，我也不曉得，六、七種吧。」

「我還想多聽聽瑜伽行者的事情。」伊莎貝說。「你可有跟哪位行者混熟？」

「熟到不能再熟了；這些行者多數時間都在修行。」他微笑說。「我在某位行者的靜修院住了兩年。」

「兩年？什麼是靜修院？」

「嗯，應該就像是隱士住的地方。行者可能獨自住在寺廟裡、森林裡或喜馬拉雅的山坡上。有的行者會吸引弟子上門。而地方善人為了積功德，還會蓋大大小小的房子，提供自己景仰的瑜伽行者居住，弟子也跟著入住，睡在門廊、廚房或者樹下。我有間自己的小屋，剛好放得下我的行軍床、一組桌椅和書架。」

「在哪裡呢？」我問。

「特拉凡科。那是美麗的鄉間，有著青山綠谷和潺潺河水。山上有老虎、豹子、大象和野牛，不過靜修院在潟湖上，四周長滿椰子樹和檳榔樹。它距離最近的城鎮也有三、四哩遠，但是常有人大老遠徒步或坐牛車前來，就為了聽這位瑜伽行者講道，或是單純坐在他的腳邊，在夜來香撲鼻的香味中，共同沉浸在他所散發的寧靜和祥和之中。」

格雷顯得坐立難安。我猜這話題讓他不太自在。

「要來杯酒嗎？」他問我。

「不用了，多謝。」

「那我要來一杯。伊莎貝妳呢？」

他挪動沉重的身體，從椅子上站起身，走到桌子前，上頭擺著威士忌、沛綠雅礦泉水及酒杯。

「那裡有其他白人嗎？」

「沒有耶，我是唯一的白人。」

「你怎麼能待得了兩年啊？」伊莎貝驚呼。

「轉眼就過啦。以前有些日子反而感覺漫長得多。」

「這兩年你都在做什麼？」

「讀書、散步、搭船遊潟湖或打坐冥想。冥想是很辛苦的事，兩、三個小時下來，疲累感好比趕了五百哩的路，結束後只想好好休息。」

伊莎貝的眉頭微皺。她有些糊塗了，甚至有點害怕，開始發覺幾小時前走進來的這位勞瑞，雖然外表沒變且依然開朗和善，卻不再是她過去認識的那位坦率、安逸、快樂、任性但討喜的勞瑞了。伊莎貝曾失去過勞瑞，如今再度相見，以為勞瑞跟以前一樣，無論世道如何變化，仍是屬於她的；現在，她卻彷彿在追逐一道陽光，一握住便從指間溜走，她不禁有些沮喪。當晚，我的目光常停駐在她身上，如此賞心悅目。我注意到，她充滿關愛的眼神，投向勞瑞那俐落的頭髮與緊貼腦袋的耳朵；接著，她觀察勞瑞凹陷的太陽穴和瘦削的雙頰，眼神產生了微妙變化；她瞥著勞瑞瘦長的雙手，儘管顯得虛弱，實則強壯有力；她再把目光投向勞瑞說著話的嘴唇，形狀煞是好看，厚實卻不顯肉慾，往上是飽滿的額頭與端正的鼻梁。勞瑞穿的新西裝不比艾略特來得合身優雅，卻有自在不羈之感，彷彿過去一整年每天皆是這套。我覺得勞瑞喚起了伊莎貝的母性本能，就連伊莎貝和女兒互動時也未顯現。她已是歷經世事的母親，而他卻仍像個大男孩。從她的神情中，我察覺到某種母親的光榮，宛如見到成年的兒子侃侃而談，眾人皆認真聆聽。我並不認為她意識到勞瑞話中的深意。不過，我的問題還沒結束。

「你追隨的那位瑜伽行者是什麼樣的人？」

「你指外表，是不是？怎麼說呢，他個子不高，不胖不瘦，皮膚呈淡褐色，鬍鬚剃得乾淨，白髮整整齊齊。身上除了腰間的襠布，什麼也沒穿，外型和衣著卻不輸給布克兄弟[26]廣告的男模。」

「那他是什麼特質吸引你呢？」

勞瑞凝神看著我，足足過了一分鐘才回答，深陷眼窩的雙眼彷彿要探進我的靈魂深處。

「聖人的氣息。」

這回答讓我些許不安。在如此陳設精美、掛著名畫的房間裡，此句宛如水漫浴缸、滲透天花板，滴答落了下來。

「我們都讀過聖人的故事，像是聖方濟、聖十字若望，但是都是幾百年前的人物，我從沒想過會遇見活生生的聖人。第一次看見他，我就深信不疑，這種經驗十分美妙。」

「那你有什麼收穫呢？」

「獲得平靜。」他隨口回答，淺淺一笑，突然站起身說，「我得走了。」

「別急著走嘛，勞瑞。」伊莎貝大聲說。「時間還早啊。」

「晚安。」他保持微笑，毫不理會她的央求，他輕吻她的臉頰然後說，「我過一、兩天再來看你

---

26 布克兄弟（Brooks Brothers），美國經典服飾品牌，創立於西元一八一八年，有「總統御衣」的美譽。

們。」

「你住在哪裡？我打電話給你。」

「喔，不用麻煩了，巴黎的電話不好打通，況且我們的電話也常常故障。」

勞瑞巧妙地拒絕透露住址，我不禁暗自發笑。這算是他的怪癖，老是隱瞞自己落腳的地方。我提議兩天後的傍晚，大夥一起到布洛尼森林用餐。春天的天候溫和宜人，坐在樹下野餐想必舒適快意，格雷也可開輛車載我們一程。我和勞瑞一起出門，原本想陪他走段路，但一到街上，他就跟我握手道別，而後快步離去。我也就搭計程車離開了。

5

我們約好在公寓碰面，先喝杯雞尾酒再出門。我比勞瑞早到。我打算帶他們去間時髦的餐廳，原以為伊莎貝會盛裝打扮，畢竟許多女士穿得花枝招展，她肯定不願被比下去。豈料，她只穿了件樸素的羊毛連身裙。

「格雷的頭痛又發作了。」伊莎貝說。「他現在很難受。我不能留他一個人，剛才我跟廚師說，幫孩子準備完晚餐就可以回去了，所以我得親自煮點東西給他吃。你和勞瑞自己去吧。」

「格雷躺在床上嗎？」

「沒有，他頭痛的時候偏不肯上床。明明該躺下來才對，他就是不要，現在人在書房裡。」

書房不大，鑲著褐色和金色壁板，全是艾略特在某座古堡找來的。所有書籍皆以鍍金格架上鎖保護，避免他人翻閱；這未嘗不好，畢竟書籍多半是十八世紀附插圖的色情作品。不過用當代摩洛哥皮革裝幀，看起來格外別致。伊莎貝帶我進書房，只見格雷彎身坐在一張大皮椅上，一旁地板散落著畫報。他雙眼閉著，平時紅潤的臉龐如今異常蒼白，顯然痛苦難耐。他本想站起來，但我阻止了他。

「妳給他吃阿司匹靈了嗎？」我問伊莎貝。

「阿司匹靈毫不管用。我還有個美國的處方，但吃了也不見效。」

「唉，別管我了，親愛的。」格雷說道。「我明天就會沒事了。」他努力擠出笑容，接著對我說，「對不起，給你們添麻煩了。你們快去布洛尼吧。」

「別說傻話了。」伊莎貝說。「你被怪病折磨成這樣，我怎麼可能盡興呢？」

「真該死，我好像真的被怪病纏上。」格雷閉眼說道。

忽然間，他的表情糾結起來，旁人幾可感受到他頭痛欲裂。此時房門輕輕打開，勞瑞走了進來。伊莎貝把狀況告訴了他。

「原來如此，真糟糕。」他說，同情地看著格雷。「沒人有辦法減緩疼痛嗎？」

「沒有。」格雷說道，眼睛仍舊閉著。「別管我就對了，你們快去玩吧。」

我心想這是唯一可行的方法，但伊莎貝恐怕會過意不去。

「要不要讓我看看，也許幫得了你？」勞瑞說。

「誰都幫不了我的。」格雷有氣無力地說。「這頭痛簡直要我的命，有時候我還真希望能這麼解脫。」

「我剛才不應該這麼說，不是我幫得了你，我是說也許我能讓你幫助自己。」

格雷慢慢睜開眼，看著勞瑞。

「你要怎麼做呢？」

勞瑞從口袋掏出狀似銀幣的東西，放在格雷手上。

「你先握好這個，手掌朝下。不要抗拒也不要用力，只要握好銀幣就好。我數到二十以前，你的手就會打開，銀幣會掉出來。」

格雷也照做了。勞瑞坐在寫字桌前，開始數了起來，我和伊莎貝站在一旁。一、二、三、四，他數到十五時，格雷的手並無動靜，接著好像微微發抖，我雖不確定是否看見，卻直覺認為拳頭已漸漸鬆開；後來，格雷大拇指先離開拳頭，我清楚看見他手指顫抖，而勞瑞一數到十九，銀幣便自格雷的手中落下，滾到我的腳邊。我拾起銀幣，端詳了一會兒，頗具重量且奇形怪狀，一面浮刻著年輕亞歷山大大帝的頭像。格雷不解地看著自已的手。

「我沒有鬆手讓銀幣掉下去。」格雷說。「是它自己掉的。」

他坐在皮椅上，右臂擱在扶手上。

「這張椅子舒服嗎？」勞瑞問道。

「我頭痛嚴重的時候，得坐這張椅子才舒服。」

「好，你先完全放鬆。不要緊張、不要動作、不要抗拒。我數到二十以前，你的右臂會從椅子扶手抬起來，等到手舉過頭再停。一、二、三、四……」

他的聲如銀鈴，悠揚悅耳；他數到九時，我們看見格雷的胳臂微微從皮製扶手抬起，起初並不明顯，接著大約懸空一吋，就停了下來。

「十、十一、十二。」

他的胳臂震了一下，然後開始上移，完全脫離了椅子。伊莎貝有點害怕，抓著我的手。說也奇怪，這舉動絲毫不像自願。我雖未見過夢遊，但可想見夢遊的樣子想必像格雷那隻胳臂，並不是本人意志驅使，畢竟要刻意把胳臂抬得如此緩慢、平穩，實在很不容易。讓人不禁覺得，這是某種大腦無法控制的潛意識力量，宛如汽缸裡的活塞緩慢上上下下。

「十五、十六、十七。」

數字流瀉得很慢、很慢，恍若洗手台的故障水龍頭，滴滴答答。格雷的胳臂抬著、抬著，直到手舉過頭。當勞瑞念出二十，胳臂自動落回扶手上。

「我沒有移動手臂啊。」格雷說。「但我也控制不了，是它自己舉起來的。」

勞瑞淡淡一笑。

「沒關係，你說不定就會對我有點信心。那塊希臘幣呢？」我把銀幣交給他。

「把它握在手中。」格雷接過銀幣。勞瑞瞥著表。「現在是八點十三分，六十秒內，你會覺得眼皮沉重，乖乖閉上眼睛，然後睡著。你只會睡六分鐘，八點二十分醒來，頭痛也就好了。」

我和伊莎貝一語不發，注意力全在勞瑞身上。他沒再說話，直盯著格雷，又好似沒在看他，眼神彷彿穿透而過。氣氛瀰漫著詭譎的沉默，宛如夜幕低垂時花園的沉寂。忽然間，我發覺伊莎貝握得更緊，我瞄了格雷一眼，他閉著雙眼，呼吸順暢規律，原來睡著了。我們站在那裡，時間彷彿永無止盡。我好想抽根菸，卻又不想點菸。勞瑞動也不動地注視遠方，眼睛睜著是睜著，但不知神遊到哪去了。他忽然放鬆下來，恢復平時的神情，看了看手表，格雷也在此時醒來。

「天哪，我一定睡死了。」格雷說道，然後一臉驚訝，我發現他的臉上不再慘白。「我的頭不痛了。」

「太好了。」勞瑞說。「抽根菸吧，我們一起出去吃晚餐。」

「太神奇了。我的精神好多了。你怎麼辦到的？」

「我什麼都沒做，是你自己的功勞。」

伊莎貝去換衣服，我和格雷則喝著雞尾酒。雖然勞瑞擺明不想再提，格雷卻堅持要談談剛才發生的事，他完全一頭霧水。

「老實說，我本來不相信你會有辦法。」他說。「我之所以任你擺布，只是因為沒力氣反對了。」

他繼續說起剛開始頭痛的情形、飽受的折磨，以及頭痛消退後的癱軟無力。他不懂為何一覺醒來，就像以往一樣活力充沛。伊莎貝換好了衣服，是件我沒見過的純白洋裝，裙襬及地，似乎是馬羅坎的紋狀絲綢，邊緣滾了一圈黑紗。我不禁覺得她讓我們很有面子。

馬德里堡那天特別熱鬧，我們也興致高昂。勞瑞不時插科打諢，有別於我對他的印象，逗得大家樂不可支。我總覺得他想轉移我們的注意力，別再去想方才展現的非凡能力。但伊莎貝的意志堅決，可以陪他說說笑笑，但不忘滿足自己的好奇心。晚餐過後，眾人喝著咖啡和餐後酒，伊莎貝似乎認為如今享受了美食好酒、席間相談甚歡，勞瑞比較不會有戒心，一雙明亮的眼睛便盯著他看。

「現在說說你怎麼治好格雷的吧。」

「妳也看見了啊。」他微笑著說。

「你是在印度學會這種能力的嗎？」

「是的。」

「他被頭痛折磨得很難受。你可以治好他嗎？」

「我不知道，也許可以。」

「這真的會大大影響他的生活。現在他只要頭痛發作，就整整兩天什麼事都做不了，這樣是沒辦法工作的。他得回到職場才開心得起來。」

「我變不出奇蹟的。」

「可是那就是奇蹟啊，我親眼看見的。」

「這不是什麼奇蹟啦。我只是幫助格雷產生某個念頭，剩下都是靠他自己。」勞瑞轉頭對格雷說，「明天你有什麼計畫？」

「打高爾夫囉。」

「那我明天六點來，我們好好聊聊吧。」然後，他對伊莎貝露出迷人的笑容說。「伊莎貝，我十年沒有跟妳跳舞了，可否幫我看看有沒有退步呢？」

6

這件事之後，我們經常見到勞瑞。隔週他每日造訪，單獨與格雷關在書房半小時。他總面帶微笑地說自己在「說服」格雷趕走偏頭痛，格雷也逐漸對他百般信任。格雷沒有多說什麼，但我感覺到勞瑞也在設法讓格雷恢復自信。過了十天左右，格雷的頭痛又發作了，碰巧勞瑞得傍晚才會來。這次不算嚴重，但格雷如今十分相信勞瑞的特殊能力，認為只要找得到他，幾分鐘就能治好頭痛。但他們不曉得他住哪裡，伊莎貝打電話問我，我也愛莫能助。眾人終於等到勞瑞，幫助格雷緩解了頭痛。格雷問起他的住址，有急事才能立刻找到他。勞瑞笑了笑。

「打電話給美國運通留言就好。我每天早上都會打過去。」

伊莎貝後來問我，為何勞瑞不透露自己的住址。他過去也曾這樣神祕，結果不過就是拉丁區的三流旅館，並無不可告人之處。

「我實在弄不明白。」我回答說。「我只能胡亂猜測他的理由，說不定根本就沒什麼。或許他生性古怪，除了熱情有所保留，住處也有所保留。」

「你到底在說什麼啊？」她不悅地大聲問道。

「妳有沒有注意到，他跟我們在一起的時候，固然平易近人、態度和氣，但是總有種疏離的感覺，好像沒有開誠布公，把心事藏在靈魂某個角落。我也說不上來這疏離感從哪來的，是來自他的焦慮、祕密、抱負或是學識呢？」

「我跟勞瑞認識一輩子了。」伊莎貝不耐煩地說。

「有時候，我覺得他像是一流的演員，明明參與一齣爛戲的演出，卻把自己的角色演得無懈可擊，好比愛蓮諾拉．杜絲在《旅店西施》的精湛演技。」

伊莎貝聽了沉思半晌。

「我懂你的意思了。大家玩得很開心，把他當成自己人看待。但忽然間，你發覺他好像一圈煙霧，讓人抓也抓不著。你說說看，是什麼原因讓他變得怪裡怪氣的？」

「也許原因稀鬆平常，所以才不會注意到。」

「比方說？」

「這個嘛，可能是上帝吧。」

伊莎貝眉頭皺了起來。

「可以不要說這種話嗎？聽了怪不舒服的。」

「妳是說有點心痛嗎？」

伊莎貝盯著我瞧了好一會兒，好似在讀我的心思。她從桌上取了支菸點燃，身子靠在椅背上，望著煙霧裊裊升空。

「妳要我先離開嗎？」我問。

「不用。」

我默不作聲，靜靜凝視著她，欣賞她鼻子和下顎的優美線條。

「妳是不是深愛著勞瑞？」

「你真是豬頭耶，我這輩子從沒愛過別人。」

「那為什麼要嫁給格雷呢？」

「我總得嫁人呀。格雷追我追得痴情，媽媽也要我嫁給他。大家都說，我本來就該解除跟勞瑞的婚約。我很喜歡格雷，現在還是喜歡他。你不曉得他有多體貼，全世界應該沒有比他更溫柔貼心的人了。他看起來脾氣很差吧？可是，他對我卻是百依百順。我們還有錢的時候，他老是問我想要什麼，然後就買來送我，完全樂在其中。我有次說，如果我們有艘帆船，就能環遊世界了。要不是後來經濟大蕭條，他一定也會把船買來。」

「人也太好了，聽起來好不真實。」我說。

「我們的生活曾經非常美滿。我這輩子都會感謝他，給我幸福的日子。」

我看著她，不發一語。

「我想我不是真的愛他，但就算沒有愛情，生活還是過得下去。我內心渴望的人是勞瑞，但只要沒見到他，我就不會心煩。記得你跟我說過，只要隔著三千哩的大洋，愛情帶來的痛苦就不難忍受了，對吧？我當時覺得這話說得好酸，但是後來想想還真有道理。」

「如果你看到勞瑞就心痛，那不要跟他見面不就好了嗎？」

「但是痛歸痛，卻又很高興啊！而且你也曉得他的個性，他哪天心血來潮就會忽然消失，好比太陽下山後沒半個人影，得隔好多年才會再見到。」

「你沒想過跟格雷離婚嗎？」

「我沒有理由跟他離婚呀。」

「但美國女人真要有心離婚，這應該成不了藉口吧。」

她笑了笑。

「你覺得她們為什麼要離婚？」

「妳不知道嗎？美國女人對丈夫的那些要求，英國女人只會拿來要求管家。」
伊莎貝把頭向後一甩，我還真擔心她扭到脖子。
「只因為格雷不太會說話，你就以為他一無是處嗎？」
「妳搞錯囉。」我立即插話。「我覺得他的舉動很感人，又懂得愛人。只要看他望著妳的表情，就曉得他對妳用情多深。他也比妳更愛孩子。」
「我猜你要說我這個母親當得很差勁囉。」
「正好相反，我覺得你是很棒的母親，把女兒帶得又乖又快樂，也留意她們的飲食和如廁是否正常；妳教她們要守規矩、讀書給她們聽，也教她們如何禱告。她們生病了，妳也立刻請醫生，而且細心照顧她們。只不過妳不會像格雷那樣，把她們捧在手心上。」
「本來就沒必要啊。我是普通人，也把她們當普通人看待。做母親的把兒女當作人生唯一重心，對孩子有害無益。」
「妳說得很有道理。」
「她們一樣很崇拜我。」
「這我也有發現。她們把妳當成榜樣，優雅、美麗又氣質出眾。但是，她們跟格雷在一起時比較輕鬆自在。她們確實很崇拜妳，但她們最愛格雷。」
「他的確討人喜愛。」
這個回應很巧妙；伊莎貝的一大優點是，即使赤裸裸的事實當前，也不會惱羞成怒。
「經濟大蕭條後，格雷受到很大的打擊，接連幾個禮拜都工作到深夜。我常在家裡等得膽戰心驚，深怕他會因為覺得無地自容，就往自己腦門開一槍。你也知道，大家原本很信賴他們父子，從沒懷疑過他們的誠信和判斷力。我們把自己的錢賠光了倒還事小，他最耿耿於懷的是，那些信任他的人也慘賠。他自覺早該看出徵兆才對，所以十分自責，我怎麼勸他都沒用。」

伊莎貝從包包取出一支口紅，塗了塗嘴唇。

「但是，我要說的不是這件事。大蕭條過後，我們的財產只剩農場，我覺得格雷要離開芝加哥才有機會重新開始，所以我把孩子交給媽媽，跟他一起去農場住。他很喜歡那裡，但我們從沒單獨去過，以往都會帶一大群人，玩得非常盡興。格雷的槍法很準，但當時沒心情打獵。他以前常獨自搭小船到沼澤，花好幾個鐘頭觀察野鳥。他時常在小河划來划去，兩邊是淺灰蒲草，抬頭就是藍天。有些日子，那些小河藍得好像地中海。他每次回來話都很少，只說那裡很美妙，但我看得出來他的感受，大自然的美麗、遼闊和幽靜深深打動了他。日落前一刻，沼澤上的光線實在迷人，他常站在那裡凝望，內心幸福無比。他也會騎馬騎得老遠，跑去一些荒涼偏僻的樹林，宛如梅特林克戲裡出現的場景，灰暗又寂寥，甚至帶有幾分詭異。每逢春天都有大約半個月的時間，山茱萸盛開、橡樹抽新芽，嫩綠葉子伴著西班牙苔蘚，好不歡樂，地上還鋪滿了白色的大百合和野生杜鵑。格雷說不出內心的感受，但是想必是深受感動，他整個人陶醉在宜人的春光裡。唉，我曉得自己講得亂無章法，但是看見格雷這個大塊頭，竟受到這般純潔美好的情感所鼓舞，讓我高興得都想哭了。如果真有上帝的話，格雷當時想必離祂很近。」

伊莎貝說這段話時，情緒有些激動，掏出一塊小手帕，仔細擦了擦眼角的晶瑩淚水。

「妳這是過度美化了吧？」我微笑說。「我覺得，妳把理想中的思維和情感投射到格雷身上了。」

「如果他沒這些特質，我又怎麼觀察得到呢？你也曉得我的為人，凡事都實事求是，雙腳非得要踏著水泥人行道、雙眼確實看到沿路櫥窗裡的帽子、皮衣、鑽石手鐲和鑲金化妝盒，否則就不會真的快樂。」
我笑了出來，兩人沉默半晌。後來，她又提起先前的話題。
「我絕對不會跟格雷離婚的，我們倆共同經歷太多事情了，他也離不開我。雖然說起來是往臉上貼金，但這讓人有種責任感，更何況……」
「何況什麼？」
她斜眼瞥了我一眼，露出調皮的神情。我認為，她八成在揣測我對她接下來的話會有何反應。
「他的床上功夫很厲害。我們結婚至今十年了，但他對我還是熱情如火。你以前不是說，男人會有五年之癢嗎？哼，我看你這根本就是胡說。格雷對我的慾望從新婚開始就沒變過。就這方面來說，他完全能滿足我。光看我的外表可能不會覺得，但其實我的需求是很大的。」
「妳太小看我了，我當然看得出來。」
「那應該不會覺得反感吧？」
「正好相反。」我仔細打量著她。「妳後不後悔十年前沒跟勞瑞結婚呢？」
「不後悔啊。我當時瘋了才會跟他結婚，但當然啦，我那時還不懂事，否則就會跑去跟他同居三個月，再把他給甩了，一了百了。」
「幸好妳沒真的實驗；否則，說不定會發現自己離不開他。」
「才不會。這不過是肉慾罷了。戰勝肉慾的最佳辦法就是滿足肉慾。」
「妳有沒有想過自己占有慾很強？妳把格雷描述得詩情畫意，又說他愛得不可自拔。我相信兩者對妳都很重要，但是妳漏了更重要的一件事——就是妳覺得可以把他捧在妳那小小的掌心裡；而相較之下，勞瑞永遠都在妳的掌握之外。妳記得濟慈的〈希臘古甕頌〉嗎？『不羈之情人，汝永遠、永遠吻不成，再接近亦屬枉然。』」

「你老是自以為懂很多。」她沒好氣地說。「你明明知道，女人要抓住男人別無他法。而且我告訴你，第一次上床並不重要，第二次才重要。如果女人在第二次抓住了男人的心，那男人就永遠逃不掉了。」

「你這話還真是別開生面哪。」

「我經常在外交際應酬，眼睛和耳朵可沒閒著。」

「請問妳是從哪裡聽說的呢？」

她露出微笑，一副吊人胃口的模樣。

「我在某場時裝秀上認識的一位女士說的。那裡的侍者跟我說，她是全巴黎最貴氣時髦的女性，所以我下定決心要和她做朋友。安黛麗．特華，你知道她嗎？」

「沒聽過耶。」

「你實在是太孤陋寡聞了！她四十五歲，長得不算漂亮，但氣質脫俗出眾，艾略特舅舅認識的公爵夫人都比不上。我坐在她旁邊，佯裝起美國小女生直腸子的性格，直接告訴她我一定得跟她說說話，因為這輩子沒見過她這麼美的人，還說她就像希臘浮雕般完美。」

「妳還真敢講耶。」

「她起初的反應有些僵硬冷淡，但是我話匣子沒停過，一副天真單純的樣子，她也漸漸放下心防。我們後來聊得很開心。時裝秀結束以後，我問她要不要找天跟我一起去里茲吃午餐，還說我一直都很崇拜她高雅的品味。」

「妳在那之前見過她嗎？」

「沒見過。她婉拒了我的午餐邀約，說她批評起食物毫不留情，我可能會很尷尬，但很高興我主動邀請她用餐；而她看我失望地嘴角下垂，就問我願不願意去她家吃午餐。我聽了簡直受寵若驚，她見狀還拍了拍我的手。」

「妳真的赴約了嗎？」

「當然啦。她就住在福煦大街上，是棟外觀精美的小宅。服侍我們的管家長得還真像喬治·華盛頓。我一直待到下午四點。我們聊得不亦樂乎，交換了許多流言八卦，聽來的東西差不多可寫本書了。」

「那怎麼不快寫呢？很適合投稿《婦女居家雜誌》。」

「你少白痴了。」她笑道。

我沉默了半晌，思忖一會兒後說道，「我在想，勞瑞是不是真正愛過妳。」

她坐起身子，臉色不再溫和，雙眼怒視著我。

「你在說什麼？他當然愛過我，你以為女人察覺不出男人愛不愛她嗎？」

「喔，應該說某種程度上，他確實愛過妳，畢竟妳是他最熟識的女生。你們從小玩在一起。他覺得自己會愛上妳，這是出於性的本能。你們倆如果真的結婚，也是再自然不過的事了；你們當時已經同居同床，跟婚姻沒有太大差異。」

伊莎貝的情緒緩和了些，等著我繼續說下去。我曉得女人喜歡聽別人對愛情高談闊論，便接著說，「衛道人士老是主張，性的本能和愛情是兩碼子事。他們常把性的本能，說成是附加的現象。」

「你到底在說什麼東西啊？」

「嗯，部分心理學家認為，意識是伴隨著腦部活動出現，但是不會反過來影響腦部活動。這就好比樹木在水中的倒影，非得要有樹木才存在，但是絲毫影響不了樹木。有人說，愛情不一定要有激情，在我看來是胡說八道。所謂沒有激情的愛情，根本就不是愛情，而是屬於喜歡、體貼、共同的興趣或是習慣。習慣尤其如此。兩個人可以因為習慣而保持性關係，就像吃飯時間會肚子餓一樣。當然，性慾不一定要有愛情。性慾跟激情不同，而是自然而然的性本能，無異於人類其他本能。所以，只要有了天時地利，丈夫難免會出軌，太太卻容易小題大作，實在是很傻。」

「難道只有男人會這樣嗎？」

我露出微笑。

「妳真要問的話，我會說這樣的現象不分男女。唯一不同之處是，對男人來說，露水姻緣可以不帶情感；但對女人來說，還是會牽扯到情感。」

「那也得看是什麼女人。」

我沒答腔，繼續說下去。

「愛情如果跟激情分開，就不算是真的愛情，而是別的情感。燃起激情的火苗不是滿足，而是阻礙。妳想想，濟慈告訴希臘古甕上的情郎別難過，是什麼意思呢？『汝將永遠愛戀，伊將永遠嬌美！』為什麼呢？因為得不到呀。無論他再怎麼瘋狂追求，都追不到心愛的人，因為小倆口困在大理石之中，成就了這件無情的藝術品。你和勞瑞對彼此的愛，就好比保羅與法蘭契斯卡，或是羅密歐與茱麗葉，既單純又自然。幸好，你們不是以悲劇收場。妳嫁給了有錢人，勞瑞雲遊四海、探索世界，其中並沒有激情的成分。」

「你又知道了？」

「激情是不計代價的。哲學家帕斯卡[27]說過，感情自有理智參不透的理由。如果我的理解沒錯，這是指當感情受激情所控制，就會發明看似可信的理由，來證明可以為愛犧牲一切，置個人榮譽於度外，忍受羞辱也甘願。激情擁有毀滅的力量，摧毀了神話中的情侶，包括安東尼與克麗奧佩托拉、崔斯坦與伊索德、帕內爾與歐希亞。少了這股力量，激情就會凋零。屆時才會出現悵然若失的感覺，發現虛擲了大半人生，飽受嫉妒伴隨的苦痛，吞下種種責難辱罵，奉獻出所有濃情愛意、掏空了靈魂的一切，豈料對方不過是個廢物、笨蛋，或是自己編織夢想的藉口，價值還不如一條口香糖。」

我尚未說完這段長篇大論，便已看出伊莎貝未在聆聽，而在想著自己的心事。不過，她接下來的話卻出乎我的意料。

「你覺得勞瑞是處男嗎？」

「親愛的，他三十二歲了耶。」

「我確定他還是處男。」

「妳怎麼能確定？」

「女人天生的直覺。」

「我認識一個年輕人，他每回遇到美女，就謊稱自己是處男，所以吃得非常開。他說這招屢試不爽。」

「我才不管你怎麼說，反正我相信自己的直覺。」

---

27 帕斯卡（Blaise Pascal），十七世紀法國哲學家、數學家。

天色漸暗，格雷和伊莎貝當晚要與友人用餐，她準備去換衣服了。我無事可做，便沿著哈斯拜爾大道走著，享受舒服的春日傍晚。我向來不太相信女人的直覺，因為這多半顯得她們一廂情願，我不得不有所保留。一想到方才與伊莎貝漫長談話的結尾，我便不由得笑了出來。眼下我忽然想起蘇姍・魯維耶，好幾天沒見到她了，不曉得她近來可好，說不定願意跟我共進晚餐，再一起看部電影。我攔了輛在尋覓客人的計程車，把蘇姍的公寓地址告訴司機。

7

本書開頭曾提過蘇姍．魯維耶。我倆認識近十二年，她如今將近四十歲了。外貌並不出色，甚至可說是難看。以法國女人而言，她的個子算高，軀幹不大但長手長腿。她的動作老是笨拙，彷彿控制不了四肢。髮色則隨她高興，多半呈紅褐色。她有張小方臉，凸出的顴骨抹著鮮紅的粉底，大嘴塗著厚厚的口紅。這些聽起來皆不動人，但有人就是喜歡。當然，她皮膚姣好，牙齒雪白有力，藍眼大而有神。這些皆是她最好看的地方，所以她把睫毛和眼皮雙雙染黑，盡量凸顯優點。她看起來既精明又和善，還有隨遇而安的氣質，性情敦厚之餘，也不失應有的強悍。由於她的生活方式特殊，因此非得強悍點不可。她母親嫁給了一名小公務員，後來丈夫過世，便回到安茹省的家鄉，靠養老金過日。蘇姍十五歲時，母親送她到鄰鎮當裁縫師的學徒，因為離家不遠，所以每週日皆能回家。蘇姍十七歲那年放了兩週的長假，有位畫家整個夏天都在村裡畫風景，她就這麼迷戀上人家了。蘇姍心裡很清楚，自己身無分文，根本甭談婚姻大事。到了夏季尾聲，畫家提議帶她去巴黎，她便欣然答應了。蒙馬特區的畫室密密麻麻，兩人就住在其中一間，開開心心地過了一年。

一年後，這名畫家說他連一張畫都賣不出去，沒有能力再供養情婦。這早已在蘇姍預料之內，因此十分坦然地面對。他得知蘇姍無意回家時，就告訴她另一名畫家願意收留她，就住在同一個街廓；這男人曾向蘇姍示好過兩、三次，雖然皆被斷然拒絕，但氣氛算是融洽，他也不覺得難堪。蘇姍並不討厭這個人，便心平氣和地接受了。她搬起家來甚是方便，連行李都毋需計程車幫忙。這名新歡比舊愛年長許多，但外表依然十分體面；蘇姍當起了他的模特兒，擺過形形色色的姿勢，穿衣裸體樣樣來。兩人同居了兩年，過得開心自在。蘇姍最得意的是，以自己為模特兒的畫作，讓這名畫家首度嘗到成功的滋味。她給我看了某份畫報的剪報，上頭便印了那幅畫作；原作甚至獲得美國藝廊青睞，願意出資收藏。這幅畫作是她真人大小的裸體，臥姿貌似馬奈所畫的《奧林匹亞》。這名畫家頗為敏銳，一下便曉得她身材的比例帶有現代風味、引人發噱，便更強調她瘦削的身形、拉長腿部和胳臂、凸顯高高的顴骨，並且放大那對湛藍的眼眸。從印刷版本看來，自然難以判斷真實的顏色，但構圖確實極為雅致。他因為這幅畫有了些名氣，更娶到一位欣賞他才華的有錢寡婦。蘇姍理解男人當以前途為重，因而不吵不鬧，就此結束了這段戀情。

此時，她已明白自己價值所在，既喜歡藝術圈的生活，又享受當名模特兒。每天忙完白天的工作後，她老愛前往咖啡館，與畫家、畫家妻子和情婦坐在一塊兒，聽他們談論藝術、抨擊畫商、聊著羶色故事。在這種場合，她皆懂得伺機而動，暗自擬定計畫；她看中了某個單身的年輕畫家，自覺他有些才氣，特地挑了他落單的時機主動搭訕，而且略過開場白，解釋當前情況後便提議兩人同居。

「我今年二十歲，而且很會打理家務，你既可省下請人打掃的費用，又可省下請模特兒的成本。你看看自己的襯衫，實在不能看，畫室又亂七八糟。你真的需要女人來照顧你。」

這年輕人明白她性情討喜，也覺得提議挺有意思。蘇姍看出他有意接受。

「反正試試無妨。」她說。「萬一合不來，頂多回到現狀，誰也沒有損失。」

由於他是抽象派的畫家，因此蘇姍肖像畫盡是些正方形和長方形，時而缺眼少嘴，時而是黑褐灰交織的幾何圖案，時而是橫生交錯的線條，幾乎無法辨認出人臉。兩人同居一年半後，蘇姍便主動離開他了。

「為什麼？」我問她。「你不喜歡他嗎？」

「喜歡是喜歡，他是個好孩子。但我覺得他沒有進步，始終原地踏步。」

她後來又找到新歡，絲毫不費吹灰之力，對方依然是位畫家。

「我還是對繪畫有興趣。」她說。「我曾跟一位雕塑家交往六個月，但不知什麼緣故，我始終沒有感覺。」

令她欣慰的是，她每次分手時皆未發生不愉快的事。她既是一流的模特兒，也是優秀的主婦。她喜愛在暫時棲身的畫室中工作，把裡頭收拾得整整齊齊，並以此為傲。她煮得一手好菜，即使預算有限也能變出佳肴。男人的襪子破了，她會替他們補好；襯衫的鈕扣掉了，她便幫他們縫上。

「誰說畫家的外表非得邋裡邋遢的。」

她只有一次失敗的經驗。對方是位年輕的英國人，比她認識過的任何人都還有錢，更有輛自己的汽車。

「但我們沒有多久就分了。」她說。「他常常喝得爛醉後，把我煩得要死。繪畫技巧高超也就算了，但是，親愛的，他的作品醜陋無比。我跟他提分手的時候，他竟然哭了起來，說他有多愛我。我只好跟他說，『別裝可憐了，你愛不愛我根本無關緊要，重點是你沒有天分，回鄉開雜貨店還比較適合你。』」

「他聽了有什麼反應？」我問道。

「他火冒三丈，叫我滾出去。可是我說的都是忠告，很希望他能採納。他為人並不壞，只是畫得很糟罷了。」

對於風塵女子而言，只消懂得人情世故且個性親和，人生旅程通常便會較為順遂；但就如同其他職業，這份工作難免有所起伏。蘇姍曾遇過一名斯堪地那維亞人，一不小心就愛上了他。

她對我說，「親愛的，他簡直像神一樣完美，個子極為高眺，好像艾菲爾鐵塔。他有著寬大的肩膀與厚實的胸膛，腰部幾乎可以讓人環抱，腹部跟我的掌心一樣平坦，肌肉結實得像職業運動員。他有一頭金黃鬈髮，皮膚細膩如蜂蜜。他的畫功也不錯，我喜歡他大膽又瀟灑的筆觸，色彩濃厚鮮明。」

蘇姍決定要幫他生個小孩。雖然他並不贊成，但蘇姍願意獨自撫養。

「孩子出生後，他非常喜歡。寶寶好可愛，膚色粉嫩，頭髮滑順，遺傳了爸爸的藍眼睛，而且是個女兒。」

蘇姍和他同居了三年。

「他有點傻乎乎的，有時候也很無趣。但是他非常貼心，又長得俊美，所以我並不在意。」

後來瑞典來了封電報，說他父親病危，要他立即返家。他答應會再回巴黎，可是蘇姍老有預感他不會回來了。他把錢全留了下來，之後就沒消沒息。一個月後，蘇姍收到一封信，說他父親過世了，留下眾多雜事待處理，也覺得自己得陪伴母親，開始從事買賣木材的生意。信中還附了張一萬法郎的支票。蘇姍從來不向逆境低頭，很快就打定主意，認為孩子在身邊會礙事，便把女兒帶到鄉下，連同那一萬法郎，交給母親撫養。

「我真的很難過，自己真的愛那孩子，但人還是得面對現實。」

「後來呢？」我問。

「喔，日子還是得過下去。我又找了個朋友。」

但她接著就得了傷寒。她每回提起此事，開口閉口就是「我的傷寒」，語氣彷彿百萬富翁在說

「我的棕櫚灘別墅」或「我的松雞獵場」似的。她病情嚴重到命都差點丟了，住院住了三個月；出院之後，整個人只剩皮包骨，弱不禁風，焦慮到成天以淚洗面。當時她一無是處，沒力氣再當模特兒，財產也所剩無幾。

「哎呀。」她說。「那陣子真夠苦的了。所幸我還有些朋友。不過，畫家差不多都那個樣子，他們能混口飯吃已經不容易了。我本來就稱不上漂亮，姿色倒還有一點，但早就不是二八年華了。後來，我碰到那位跟我同居過的立體派畫家；原來我們分手後，他結了婚又離了婚，還放棄立體派，改採超現實畫風。他說自己很寂寞，覺得需要我的陪伴，願意供給食宿，我就欣然答應囉。」

蘇姍便待在他身邊，直到認識一名工廠老闆。這位老闆是某位朋友帶來的，有意買幅這位前立體派畫家的作品。蘇姍急著敲定這筆生意，殷勤地討好客人。老闆無法當場做決定，但說想再來看看。兩週後，他果然又出現了。這回，蘇姍總覺得，他是特地來見她的，而非為了看畫。他離開時仍舊沒買，但握著蘇姍的手顯得過分親暱。隔天，蘇姍上市場買菜，被當初牽線的朋友半路攔下。朋友說那老闆挺喜歡她，問她下次是否願意共進晚餐，他有事想跟她商量。

「你覺得他看中了我哪一點？」蘇姍問道。

「他對當代繪畫有著業餘的愛好，看了妳的肖像後非常著迷。他是外地的生意人。妳在他眼中就代表著巴黎、藝術與浪漫，這都是他在里爾缺乏的。」

「他有錢嗎？」蘇姍拋了個現實的問題。

「可多了。」

「好吧，我願意跟他吃晚餐，聽他有什麼想說的也無妨。」

這位老闆帶蘇姍去了麥克錫飯店，立即獲得她的好感。那天，蘇姍穿得低調文靜，瞧瞧周圍的女士，發覺自己頗像已婚的貴婦。他叫了瓶香檳，蘇姍因而確信這人有紳士風範。餐後喝咖啡時，他開出了一些條件，蘇姍覺得極為優渥。他說自己每兩週會來巴黎開董事會，晚上老是獨自吃飯，每當渴望女人陪伴，就只能去妓院尋求慰藉。他是已婚男子且育有兩子，如此安排實在有欠周延。他已從那位共同朋友得知蘇姍所有的事，認為她是懂分寸的女人。他已近中年，不願再與只想玩玩的女孩勾搭。他多少算是現代繪畫的收藏家，而蘇姍這方面的人脈相當吻合。接著他正式說起心中計畫：準備租下一間公寓給蘇姍，裝潢家具一應俱全，外加每月兩千法郎零用錢。交換條件就是，每兩週蘇姍得撥出一晚陪他。蘇姍這輩子從沒花過這麼多錢，一下便算出她憑著這筆收入，不僅吃穿堪比上流人士，還能繼續養育女兒，更可未雨綢繆地攢些積蓄。但她仍有猶豫，畢竟自己向來自稱適合畫家的圈子，如今若當起生意人的情婦，不免顯得委屈。

「接不接受都隨妳。」他用法語說。

蘇姍對他並不反感。他鈕扣孔內有玫瑰勳章，想必有什麼傑出成就。她展露笑顏答道，「我接受。」

8

蘇姍一直住在蒙馬特，但她認為必須與過去切割，因此在蒙帕納斯大道旁的大樓租了間公寓。公寓僅有兩個房間，附有小廚房及衛浴，雖然位於六樓，但可搭電梯。電梯只能容納兩人、移動宛如蝸牛緩慢，還得自行走下樓；但對蘇姍而言，有了電梯和衛浴便顯得既豪華又時尚。

他們在一起的頭幾個月，亞希爾．葛凡先生（即老闆的名字）每隔兩週來到巴黎時，皆下榻在飯店；晚上在蘇姍住處溫存過後，仍回到飯店睡覺，隔天再搭火車回去處理生意事宜，享受現實中的天倫之樂。後來蘇姍指出，這錢花得實在冤枉，何不在公寓睡一晚，省錢又舒服。葛凡先生當然覺得很有道理，且很高興蘇姍如此體貼。老實說，冬夜裡天寒地凍，獨自到街上攔計程車，確實有些折騰；他同感欣慰的是，蘇姍不願見他因自己而浪費錢。這女人不但節省，更替情人節省，真是不可多得。

想當然耳，亞希爾先生相當自鳴得意。他倆晚上常到蒙帕納斯找家高檔餐廳用餐，但偶爾蘇姍會在公寓下廚；她燒的菜滋味絕佳，很合亞希爾先生的脾胃。傍晚若天氣暖和，亞希爾先生多半只穿件短袖襯衫，頗有恣意放浪之感。他喜歡買畫，但非得要蘇姍看上眼才買；不久後，他也折服於她的眼光。蘇姍從不跟畫商打交道，總是直接帶他到畫室選購，是故成交價是外頭買畫的一半。亞希爾先生曉得她在存錢，後來聽她說逐年下來，已可在家鄉買塊地，不禁引以為傲。法國人皆想擁有自己的地，如今蘇姍成了有產階級，毋寧讓亞希爾更加敬佩。

蘇姍也很滿意這段關係。她對於亞希爾無所謂忠誠；換言之，她行事謹慎，避免與別的男人有過多牽扯，但若碰上中意的人，也不反對跟他上床，前提是不讓他過夜。蘇姍認為，這是對亞希爾先生起碼的尊重，畢竟多虧了他，如今生活才能無虞又體面。

我初識蘇姍之時，她正與一位我的畫家朋友同居；蘇姍在畫室裡當模特兒，我時常坐在一旁觀看。之後，我偶爾仍會遇見她，但頻率不高。她搬到蒙帕納斯後，我們才真正熟稔起來。當時，亞希爾先生——蘇姍在背後和當面皆如此稱呼他——讀了一兩本我的小說法譯本，於是某晚邀我去一家餐廳跟他們吃飯。他的個子很小，矮蘇姍半個頭，頂著鐵灰色頭髮，蓄著整齊的灰八字鬍。他身材有些發福，有個脾酒肚，但不太誇張，反倒讓他更有派頭。他走起路來架勢十足，顯然春風得意。這頓晚餐十分講究，他也客客氣氣，說很高興蘇姍有我這個朋友，他一眼就曉得我為人正派，希望我也能欣賞蘇姍的優點，只可惜他因里爾的事業和家人走不開，常得留蘇姍孤伶伶一人。若蘇姍與知識分子來往，他也較能感到心安。他固然是生意人，但向來欽佩文人雅士。

「這位先生，藝術和文學都是法國的榮耀，當然還有強大的軍力。我只不過是毛織品的製造商，但是我敢說，畫家和作家在我心目中的地位，相當於軍事將領與政治領袖。」

這番話說得再中聽不過了。

蘇姍不肯僱女傭打理家務，一方面是為了省錢，一方面是因為（她非常清楚）自己討厭有人多管閒事。她把小公寓收拾得乾淨整齊，裝潢擺設皆相當時髦，內衣皆親手縫製。但即使如此，如今不用當模特兒了，日子過得百無聊賴，有違她勤奮的性格。她靈機一動：既然過去與畫家的合作經驗豐富，不如自己也練習畫畫。於是，她買了畫布、畫筆和油彩等工具，開始作起畫來。有時我約她吃晚餐，提早到了公寓，便會看見她身穿工作服，忙著揮動畫筆。蘇姍的筆下重現了過往所有情人的藝術風格，宛如子宮胎兒那樣，概括物種的演化過程。她的風景畫有那名風景畫家的影子、抽象畫有那名立體派畫家的影子，更借助一張明信片畫了艘停泊的帆船，筆觸像極了那名斯堪地那維亞畫家。她的繪圖技巧欠佳，但對色彩足夠敏銳，因此即使成品不怎麼樣，她也樂在其中。

亞希爾先生對她鼓勵有加，想到自己的情婦竟是畫家，油然升起一股滿足感。在他的堅持之下，蘇姍便挑了幅畫參加秋季沙龍，也順利入選展出，兩人見到皆引以為榮。亞希爾先生還給了個建議。

「別學男人作畫，親愛的。」亞希爾先生說。「保有女人的風格。不需盲目追求筆力，作品討人喜歡就行，還要誠實面對自己。商場上，耍些小手段有時很有成效，但是就藝術來說，誠實不僅是上策，更是唯一守則。」

我撰寫本書時，他們的關係已維持五年之久，彼此皆很滿意。

「跟他在一起，確實有些平淡。」蘇姍告訴我。「可是他夠聰明又有社會地位。我年紀已經不小，必須考慮當前的處境才是。」

蘇姍既替人著想又通情達理，亞希爾先生十分看重她的意見。每當亞希爾談及生意和家庭，蘇姍無不專注聆聽。他女兒考試失利，蘇姍陪著失落難過；他兒子跟有錢女孩訂婚，蘇姍跟著雀躍無比。亞希爾先生的太太是一名同行的獨生女；兩家廠商原是競爭對手，合併後雙方均從中獲益。如今，亞希爾先生的兒子明白箇中道理，幸福的婚姻得以共同利益為基礎，他自然感到欣慰。亞希爾先生還向蘇姍透露，說打算把女兒嫁給貴族。

「憑她的出身，當然是好事一樁。」蘇姍說。

亞希爾先生替蘇姍牽線，讓她把女兒送到修道院就讀，接受良好的教育。他更答應等她女兒成年，會出資給她學打字和速記，日後便可靠此謀生。

「她長大後一定很漂亮。」蘇姍告訴我。「但是受點教育、學學打字也不錯啦。她現在年紀還小，談什麼都太早，說不定沒那個氣質。」

蘇姍話說得含蓄，讓我推敲弦外之音。我想的應該沒錯。

9

約莫一週後，我竟然巧遇勞瑞。那晚，我和蘇姍吃了晚餐、看完電影，正坐在蒙帕納斯大道旁喝杯啤酒。這時候，勞瑞信步走了進來。蘇姍大吃一驚，而令我詫異的是她竟向勞瑞打招呼。勞瑞走到我們這桌，吻了她的臉頰，轉身跟我握手。蘇姍的表情愕然，完全不敢相信自己的眼睛。

「我可以坐下嗎？」他說。「我還沒吃晚餐，要叫點東西吃。」

「哇，真高興見到你耶，小寶貝。」蘇姍說，眼神亮了起來。「什麼風把你吹來的？這些年怎麼連個人影都沒有？天哪，你瘦成這副德性。我還以為你死了呢。」

「但我沒死呀。」勞瑞眨了眨眼。「奧黛特好嗎？」

奧黛特即是蘇姍的女兒。

「喔，她已經是個少女了喲，長得可漂亮了。她還記得你。」

「妳從沒說過妳認識勞瑞耶。」我向蘇姍說。

「怎麼說？我又不曉得你認識他。我們是老朋友了。」

勞瑞點了道培根蛋。蘇姍一古腦兒把女兒的事全告訴他，順便交代自己的情況。勞瑞聽著她絮聒，始終保持著微笑。蘇姍說自己已經安頓下來，還開始練習畫畫，又轉向我說，「我進步不少了，對吧？我當然不是天才，但是才華並不亞於許多我認識的畫家。」

「妳的畫賣掉了嗎？」勞瑞問。

「我不用賣畫。」她答得輕鬆。「我有私人收入。」

「真是幸運哪。」

「跟幸運無關，說是聰明才對。你一定要來看看我的作品。」

蘇姍在一張紙上寫下住址，硬要勞瑞答應前來。她語帶興奮，自顧自地說了起來；沒多久，勞瑞請侍者來結帳。

「你要走了嗎？」她問。

「對呀。」勞瑞微笑說道。

他付了錢，朝我們揮揮手就走了。我笑了起來，他果真特立獨行，前一秒還在你面前，轉眼間沒來由地就離開了，彷彿憑空消失。

「他怎麼一下就走了？」蘇姍語帶不悅。

「說不定有女人在等他。」我半開玩笑回答。

「這不是廢話嘛。」她從包包取出鏡子，開始在臉上撲粉。「哪個女人愛上了他，算她倒楣喲。」

「此話怎說？」

她盯著我瞧了好一會兒，難得面色嚴肅起來。

「我曾經差點愛上他。這就好比愛上水中倒影、一束陽光或一朵雲。還好我沒陷下去。現在回想起來，還真教人捏把冷汗。」

我此時顧不得分寸了，不弄清楚來龍去脈，絕對會渾身不對勁。幸好，蘇姍完全不懂得守口如瓶。

「妳到底怎麼認識他的？」我問道。

「喔，那是好多年前的事了，大概是六、七年前吧，我也記不太清楚。奧黛特當時才五歲。我當時跟馬塞爾同居，而勞瑞正巧認識馬塞爾，常來畫室看他作畫，模特兒就是我。有時候，他會請我們出去吃晚餐。不過，他都來無影去無蹤。有時候，一連消失好幾個禮拜，接著又連兩、三天出現。馬塞爾也喜歡他來畫室，說有他在旁邊，總覺得畫得比較好。後來我就得了傷寒，出院後開始過苦日子。」她聳聳肩。「不過這些事你都曉得了。反正呢，我某天在畫室之間溜達，想找份工作，但沒有人要用我。整天下來，我只喝了杯牛奶、吃了個牛角麵包，連房租都沒有著落。就在這時候，我在克利希大街上巧遇勞瑞。他停下來詢問我的近況，我便說了自己得傷寒的經過，後來他說，『妳看起來需要好好吃頓飯。』他的聲音和眼神散發某種溫暖，我忍不住哭了起來。

「我們隔壁就是瑪麗葉餐廳，他挽著我的手走了進去，找張桌子坐下。我真的餓壞了，叫我吃靴子都沒問題；可是看到煎蛋捲上桌，我卻一口也吃不下。他硬是要我吃一些，還遞給我一杯勃艮第酒。後來我覺得舒服了點，才吃下一些蘆筍。我向他大吐苦水，說自己虛弱成這德性，怎麼再當模特兒，又瘦得像皮包骨，模樣難看極了，沒有男人會要我。我問他能否借錢讓我回家鄉，至少我還有個女兒在那裡。他向我確認是不是真要回去，我就說當然不是，媽媽也不希望我回去，那時物價高得嚇人，她靠那點養老金只能勉強度日，我寄給奧黛特的錢也早就花光了；但如果我真的出現在家門口，她看我病成那樣，也不得不收留我。勞瑞盯著我瞧了老半天，我以為他要說無法借錢給我。

「後來勞瑞開口說，『妳願意的話，我可以帶妳和孩子到鄉下一個小地方。我剛好想去度個假。』我簡直不敢相信他的提議，認識這麼多年，他從沒對我示好過，我忍不住笑著說，『就憑我現在這模樣？沒有男人會要我的。』

「他淺淺一笑。你注意過他的笑容有多好看嗎？簡直要迷死人了。他說，『別亂說，我沒想到那裡去。』

「聽到這番話，我大哭了起來，話都說不出口。他借錢讓我把孩子接出來，我們一起到了鄉下。哎呀，風景真是美得不得了呢。」

蘇姍向我描述那裡的景色，地點距離某個小鎮三哩左右，不過鎮名我倒忘了。他們坐車到一家旅館，是河邊一棟破舊的房子，草坪一路延伸到河岸，上頭有幾棵懸鈴木，他們便在樹蔭裡用餐。每逢夏季，許多畫家會前來作畫，但當時季節未到，因此旅館等於被他們包下來。旅館的餐點遠近馳名，週日中午，外地遊客常開車來飽餐一頓；除此之外，生活悠然寧靜，少有人打擾。經過充分的休息且良好的飲食之後，蘇姍逐漸恢復了元氣，也很開心有孩子陪伴。

「勞瑞很喜歡奧黛特，奧黛特也很黏他。我老是得叮嚀奧黛特別纏著他，但不管奧黛特怎麼鬧，勞瑞好像都不介意，兩個人常常逗得我笑個不停，好像小孩在一起玩耍。」

「你們平時都在做什麼呢？」我問道。

「喔，很多事可以做啊。我們常坐船出去釣魚，有時候會開旅館老闆的雪鐵龍到鎮上去。勞瑞很喜歡那個小鎮，鎮上有不少老房子和一個大廣場。小鎮十分安靜，走在鋪鵝卵石的路上，只聽得到腳步聲。另外，還有路易十四時期蓋的市政廳和老教堂。小鎮的邊緣矗立一座城堡，裡頭有名建築師勒諾特設計的花園。每當坐在廣場上咖啡館裡，就像回到三百年前；對照之下，停在路邊的那輛雪鐵龍汽車，好像根本不屬於這個世界。」

本書開頭那位空軍弟兄的故事，便是勞瑞在某次出遊後告訴蘇姍的。

「我很好奇他為什麼跟妳說這事。」我說。

「我也一頭霧水。大戰的時候，鎮上曾有一所醫院，院區墓園裡是一排排的小十字架。我們去繞了一圈，但沒有待多久，一想到有那麼多可憐的年輕人躺在那裡，我就覺得毛骨悚然。回家路上，勞瑞異常沉默。他本來就吃得不多，但是那天晚餐他一口都沒有吃。我記得當晚夜色很美，有著滿天星斗。我們坐在河邊，白楊樹在黑暗中成了剪影，十分好看，勞瑞則靜靜抽著菸斗。忽然間，毫無來由，他開始說起他的軍中弟兄，是怎麼為救他而送命。」蘇姍喝了一大口啤酒。「他真是個怪人，我大概永遠都搞不懂他。他以前常念書給我聽；他有時候白天念，我邊聽邊幫孩子縫衣服，有時候會在晚上念，等我哄孩子上床睡覺。」

「他都念什麼書呢？」

「喔，什麼書都念。塞維尼夫人的書信和聖西蒙的回憶錄。你想想，我以前除了報紙以外，可是什麼都不讀的，只偶爾在畫室聽人談論某本小說，才會湊熱鬧跟著讀一下，以免被他們當成傻瓜。我沒想到讀書這麼有意思，以前的作家原來沒想像中那麼無聊。」

「誰會這麼想啊？」我笑了笑。

「後來他要我跟他一起念。我們讀了拉辛[28]的《費德爾》和《貝芮妮絲》劇本。他演男性角色，我演女性角色，沒想到這麼好玩。」她天真地說道。「我讀到悲傷的台詞，有時會不由自主哭了起來，他都會露出奇怪的表情。當然，那只是因為我當時還沒完全復元。這些書我還留在身邊。即使是現在，我只要讀到他念過的塞維尼夫人書信，耳邊就彷彿傳來他的動人嗓音，眼前好像看見河水靜靜流過，以及對岸那些白楊樹。有時候我甚至讀不下去，愈讀愈難受。如今我才了解，那幾個禮拜是我這輩子最快樂的時光。勞瑞簡直像天使一樣。」

---

[28] 拉辛（Jean Racine），十七世紀法國知名劇作家。

蘇姍發現自己多愁善感了起來，擔心我會嘲笑她（純屬多慮），便聳聳肩微笑說道，「跟你說，我打算等活到某個年紀，沒男人要跟我上床了，就到教會懺悔過去所有的罪過。但是，我跟勞瑞的那段緣分，無論旁人怎麼說，我絕對不會懺悔，絕對、絕對、絕對不會！」

「但就妳剛才所說，我看不出有什麼得懺悔的啊。」

「我還沒有說完呢。告訴你，我的體質本來就很好。那段日子，整天在戶外走動，吃得好、睡得飽，沒有半點煩惱，不過三、四個禮拜，我就恢復健康了，氣色更好，雙頰紅通通的，頭髮帶有光澤。整個人年輕了起來。勞瑞每天早上都會到河裡游泳，我時常在旁邊看他。他的身材線條十分優美，不像我那個斯堪地那維亞情人的運動員體格，而是結實又勻稱。

「我還在調養身子的時候，他很有耐心，沒有半分逾矩，但是如今我已經康復，覺得沒理由繼續讓他等著。我暗示了他一、兩次，表示自己準備好了，但是他似乎不懂我的意思。當然啦，你們這些盎格魯撒克遜人就是古怪，既不顧他人感受又容易感情用事，不會談情說愛也是眾所皆知。我對自己說，『也許他就是這麼體貼，幫了我這麼多忙，讓我連孩子都帶來，大概無意要我報答他。』所以，有天晚上我們就寢前，我跟他說，『要我今晚去你房間嗎？』」

我笑了笑。

「妳問得真是直接啊。」

「是啊，我沒辦法叫他來我房間，因為奧黛特也在。」她坦然回答。「他那雙溫柔的眼睛看著我，面帶微笑說，『妳要來嗎？』我回他，『你說呢？你身材這麼好。』他答道，『好，那就過來吧。』我上樓脫掉衣服，然後沿著走廊溜進他的房間。他正躺在床上，邊看書邊抽菸斗，看到我進來，便放下菸斗和書，挪過身子，留了個空間給我。」

蘇姍沉默了半晌，此時提問也非我的風格。但過了一會兒，她又繼續說道，「勞瑞是很特別的情人，不曉得這麼說你懂不懂，他在床上非常體貼、憐愛又溫柔，陽剛又不過於激情，而且一點都不下流。他做愛的時候，好像熱血的大男孩，有些好笑卻又體貼。我離開的時候，反倒覺得該感謝他給我這機會，不是他該感謝我。我關上門前，看見他拿起書本，接著剛才的段落讀下去。」

我笑了起來。

「真虧你還笑得出來。」她的語氣有點抑鬱，但畢竟不是沒幽默感的人，因此也咯咯笑了。

「我很快就發覺，我要真的等他主動，八成得等到天荒地老，所以只要有需求，就自行到他房間，鑽進他的床裡。他一直都沒拒絕。畢竟，他生來也有那些本能，但他就好像專心到忘了吃飯的人，只要準備好一頓美味大餐，他也能吃得津津有味。男人愛不愛我，我自己最明白。我沒傻到以為勞瑞愛我，但是他應該是習慣我了。做人還是務實點好，所以我跟自己說，如果回到巴黎後，他和我住在一起，就正合我意。他一定會讓我帶著孩子，我也希望如此。我直覺認為，愛上他是很蠢的事，女人很可憐，常常一墜入情網，就變得不可愛了，所以我打定主意不能陷進去。」

蘇姍吸了口菸，鼻孔噴出煙圈。天色已晚，客人走得差不多了，但仍有群人在吧台喝酒。

「有天早餐過後，我坐在河邊上縫縫補補，奧黛特玩著勞瑞買給她的積木。勞瑞走到我面前說，

『我是來向妳道別的。』

『你要去別的地方嗎？』我語帶詫異。

『是的。』他說。

『你不回來了嗎？』

『妳身體好得差不多了。這筆錢應該夠妳過完夏天，再回巴黎重新開始。』

我頓時心情差到極點，不知該說什麼才好。他站在我面前，露出招牌的微笑。

『我做了什麼事惹你生氣了嗎？』我問他。

『沒有啊，千萬別這麼想，只是我還有事要處理。這段時間過得很開心。奧黛特，來跟叔叔說再見。』

奧黛特年紀還太小，什麼也不懂。勞瑞把她抱起來親親她，然後親了我一下，就走回旅館去了。一分鐘後，我聽見汽車開走的聲音。我看著手中的紙鈔，共有一萬二千法郎。一切發生得太突然，我還來不及反應，嘴裡念了句『真可惡！』至少有件事情我得感謝老天，就是幸好我沒讓自己愛上他，只是完全被他搞得一頭霧水。」

我不禁又笑了。

「有段時間，我明明只是單純說出真相，別人竟然覺得我很幽默。真相超乎大部分人的想像，所以他們以為我在搞笑。」

「我不太懂這有何關聯。」

「嗯，在我認識的人當中，唯獨勞瑞可以全然無動於衷。所以，他的行為才這麼格格不入。我們很少遇到有人不信上帝，所作所為卻又出自對上帝的愛。」

蘇姍直盯著我瞧。

「可憐的朋友，我看你喝多了。」

第五部

1

我在巴黎的寫作猶如牛步。春天舒服怡人，香榭麗舍大道上的栗樹紛紛開花，街道光線好不歡快。空氣中瀰漫著愉悅的氣息，輕淡縹緲，感官滿足恰到好處，教人步履更輕盈、腦袋更清醒。在眾多朋友的陪伴下，我玩得不亦樂乎，心中充滿往日的美好回憶，多少重拾了青春的活力。我心想，這種愜意稍縱即逝，以後難保無法再好好享受，豈會傻到讓寫作來干擾。

我和伊莎貝、格雷與勞瑞常一同去遊覽近郊名勝，包括香提堡和凡爾賽宮，以及聖日爾曼和楓丹白露。無論去哪裡，我們皆享用豐盛的午餐。格雷人高馬大，胃口也最大，喝酒往往不懂節制；他的健康已然好轉，但難說是因為勞瑞的治療，抑或僅是時間的緣故。總之，他不再像以往頭痛欲裂了。我剛來巴黎與他見面時，他那悵然若失的眼神，教旁人看了皆難受，如今已不復見。他的話不多，偶然說些冗長的故事，但每當我和伊莎貝說笑亂聊，他便會哈哈大笑。他玩得開心自在，儘管人不風趣，但有副好脾氣且容易滿足，想不喜歡他都難。他並非適合共度寂寞長夜的對象，但你會滿心期待跟他玩上六個月。

格雷給伊莎貝無私的愛，看了真賞心悅目。他著迷於她的美貌，認為她是全世界最優秀的女人。而他對勞瑞的真摯友誼，宛如狗兒對主人般忠誠，同樣教人動容。勞瑞也玩得很開心，把這段時間當成休假，暫時拋開腦袋裡的盤算，安心地享受當下。勞瑞話也不多，但不打緊，有他陪伴便已足夠。他向來認真自得、笑臉迎人，毋需對他多加苛求。我也曉得，這些日子過得如此快樂，全是歸因於他的陪伴。雖然他沒說過動人或俏皮的話，少了他勢必會無聊許多。

某次我們遊玩回來的路上，我目睹了一個情景，讓我有些驚訝。我們正從夏特爾返回巴黎，格雷開著車子，勞瑞坐在旁邊，我和伊莎貝則在後座。玩了一天，我們皆備感疲倦。勞瑞伸出一隻胳臂，搭在前座椅背上，袖口因而捲了起來，露出削瘦有力的手腕與覆著細毛的麥色下臂。夕陽照耀下，細細的茸毛呈金黃色。伊莎貝動也不動，我覺得有些不對勁，瞄了她一眼，那副模樣簡直像被人催眠：她的呼吸急促，直盯著勞瑞那長著金黃細毛的結實手腕，以及細緻卻有力的大手，臉上露出飢渴的神色，我有生以來頭一回見到。她的表情充滿肉慾，我萬萬沒料到這般美貌竟可表現得如此浪蕩，已然無關人性，純屬動物本能。姣好的面容早已褪去，變得醜陋和駭人，讓人聯想起發情的母狗，我不禁有些作嘔。她完全無視我的存在，全神貫注地盯著勞瑞的大手，只不過隨性搭在椅背上，便教她慾火中燒。忽然她渾身發抖，臉部肌肉一陣抽動，閉起眼睛就往角落靠去。

「給我一根菸。」她的聲音異常沙啞。

我掏出菸盒，幫她點了根菸。她拚命抽著。接下來的路途中，她始終望著窗外，不發一語。車開到他們家，格雷請勞瑞載我回旅館後，再把車子開回車庫。勞瑞坐上駕駛座，我坐在他旁邊。伊莎貝挽著格雷越過人行道，她緊緊貼著他，向格雷使了個眼色，我雖未看清楚，但約略可猜出用意。我心想，格雷今晚會發覺妻子特別熱情，但永遠不會曉得她是心有虧欠才有此反應。

六月已進入尾聲，我得回蔚藍海岸去。艾略特一些朋友要回美國，便把迪納爾的別墅借馬圖林夫婦住，他則準備等孩子學校放假立即動身。勞瑞留在巴黎工作，但是買了輛二手雪鐵龍，答應八月去他們那兒住幾天。我離開巴黎前夕，請他們三人吃了頓晚餐。

就在當晚，我們遇見了蘇菲·麥唐納。

2

伊莎貝想參觀一些聲色場所，我又比較對此稍有了解，她便拜託我當嚮導。我其實不大情願，因那裡的人明顯不喜歡美國遊客，絕對不會給好臉色。但伊莎貝非去不可，我只能事先告知可能會很乏味，並請她務必穿得低調些。我們晚餐吃得有點晚，又到女神遊樂廳看了一小時的表演後才出發。我先帶他們到聖母院附近一處地窖，那裡常有流氓帶著情婦出沒。由於老闆認識我，因此便找了張長桌子，騰出幾個空位給我們，同桌的還有幾名頗似凶神惡煞的痞子，不過我點了酒請大家喝，彼此互敬對方。室內悶熱髒汙、煙霧瀰漫。隨後，我帶他們去斯芬克斯舞廳。這裡的女人只穿亮麗俗豔的洋裝，底下全然赤裸，乳房清晰可見，排排坐在兩張平行的長板凳上，等樂隊一開始演奏，便無精打采地跳起舞來，目光梭巡著舞廳周圍坐在大理石桌旁的男人。我們叫了瓶常溫香檳來喝。幾位女人經過我們面前，狠狠瞪了伊莎貝一眼，我頗好奇她是否了解其中意涵。

後來，我們去了拉普街。街道狹窄陰暗，單是走在街上，便予人汙穢之感。我們走進了一家咖啡館，見到一名蒼白的年輕人正彈著鋼琴，模樣放蕩不羈；旁邊是拉著小提琴的老頭，臉上堆滿倦容；還有一名男子吹著薩克斯風，音調嘈雜刺耳。整間咖啡館擠滿了人，放眼找不著半張空桌，但老闆看出來我們花錢不手軟，毫不客氣把一對情侶趕到已坐人的桌子，然後請我們坐下；被打發走的兩人心有不甘，嘴裡碎念著咒罵的話。跳舞的客人眾多，像是帽上繫著紅絨球的水手；頭戴便帽、脖圍方巾的男子；或頂著光頭、濃妝豔抹、上衣五顏六色的熱褲熟女和少女。共舞的組合之中，不乏男人與畫著眼妝的矮胖男孩、五官凶狠的瘦女子和染髮胖女人，以及各色紅男綠女。煙霧摻雜著酒氣與汗酸，震天價響的音樂沒完沒了，眾人黏膩的身軀在這空間穿梭，臉上閃著汗水，投入的程度教人害怕。除了幾名虎背熊腰的大個子，多數人看起來皆既矮小又營養不良。我觀察著三名樂手，稱其為機器人也不為過，演奏得生硬又呆板。我心想，也許他們學習樂器之初，曾希望自己成功當上音樂家，觀眾願遠道而來，場場博得滿堂彩。小提琴拉得再怎麼差，也得有人指導和練習。難道這名小提琴手苦心習藝，只為了在這臭氣沖天的環境中，一路演奏狐步舞曲到天亮嗎？音樂戛然而止，鋼琴手掏出髒手帕擦了擦臉。跳舞的眾人紛紛回到座位，有的垂頭喪氣、有的悄悄移動、有的歪七扭八。忽然間，我們聽到美國人的聲音。

「我的天啊！」

一名女子從另一頭的桌子站起來，身旁男伴想攔住她，只見她把他推到一邊，搖搖晃晃走了過來。她看起來爛醉如泥，走到我們桌旁站著，身子有些搖擺，傻裡傻氣地咧嘴而笑，似乎覺得我們趣味十足。我瞄了眼身旁同伴，伊莎貝面無表情地盯著她，格雷嚴肅地皺起眉頭，勞瑞則看得出神，彷彿不敢置信。

「哈囉。」她說。

「蘇菲。」伊莎貝說。

「不然還會是誰呀？」她咯咯笑著，抓住經過的侍者說，「文森，幫我拿張椅子來。」

「妳自己拿。」他回道，同時把她甩開。

「王八蛋！」她用法語大吼，朝他吐口水。

「不要緊，蘇菲。」一名大胖子以法語插話；他頂著黏膩油亮的頭髮，只穿件短袖襯衫，坐在隔壁桌。「這裡有椅子。」

「沒想到竟會碰見你們。」她說道，仍站得不大穩。「哈囉，勞瑞。哈囉，格雷。」她一屁股向後坐，正好坐到那胖子準備的椅子，大聲嚷嚷道，「大家來乾一杯，老闆咧？」

我早注意到老闆緊盯著我們，如今走了過來。

「你認識他們嗎？蘇菲？」他問道，叫得頗為親暱。

「廢話。」她醉醺醺地大笑。「他們是我小時候的朋友。我要請他們喝香檳。不准用馬尿充數，拿點能喝的東西來。」

「妳喝醉了啦，可憐的蘇菲。」他說。

「去死啦你。」

他先行離開，很高興能賣出一瓶香檳——為了安全起見，我們只喝白蘭地摻蘇打水。這時蘇菲木然看了我一會兒。

「這是哪位呀，伊莎貝？」

伊莎貝把我的名字告訴她。

「喔？我記得你，你有次來芝加哥，挺愛擺架子的對吧？」

「大概吧。」我微笑道。

我對她沒半點印象，但也難怪，畢竟上回去芝加哥距今已十多年，這期間遇過太多人了。

蘇菲長得相當高，加上身子削瘦，站著更形高大。她穿著亮綠色絲質衫，皺巴巴又汙漬斑斑，搭配黑色短裙。她亂蓬蓬的鬈髮修得頗短，染成紅棕色。她的臉妝濃厚，兩頰脂粉塗到雙眼周圍，上下眼皮畫成深藍，眉毛睫毛皆塗了膏，嘴脣則是一抹猩紅，雙手指甲皆有上油，手卻髒兮兮的。她的模樣比屋內任何女人都還淫蕩。我懷疑她不僅喝醉，可能還吸了毒。無法否認的是，她有種致命的吸引力，傲慢地微微仰頭，濃妝襯托出她眼眸的翠綠。儘管她此時醉得糊塗，渾身散發的無恥氣質，卻能喚醒男人下流的一面。她看著我們，露出輕蔑的笑容。

「看到我，你們好像不怎麼高興耶。」她說。

「我聽說妳在巴黎。」伊莎貝隨口說道，笑容冷淡。

「可以打電話給我啊。電話簿裡找得到我。」

「我們才到沒多久。」

格雷連忙設法緩頰。

「妳在巴黎玩得開心嗎？蘇菲？」

「不賴啊。格雷，你破產了，是嗎？」

格雷臉色本就紅潤，這下更是脹紅。

「是的。」

「真倒楣。現在芝加哥的生活八成有夠悽慘。幸好我早就離開了。哇靠，那個渾帳怎麼還沒把酒拿來啊？」

「他來了。」我說道，只見酒侍端著盤子，上頭擺著一瓶酒和幾只玻璃杯，小心地從桌間穿越，朝我們走來。

這番話引起她的注意。

「我夫家的人把我趕出芝加哥，竟然他媽的說我敗壞他們的名聲。」她獰笑起來。「我現在全靠家人的匯款過活。」

香檳端來了，也逐一斟好。蘇菲一手顫抖，把杯子舉到嘴邊。

「愛擺架子的都去死啦！」語畢，她把酒一飲而盡，瞄了勞瑞一眼。「勞瑞，你好像沒怎麼說話耶。」

勞瑞漠然地看著蘇菲。她出現後，他的目光便停留在她身上，如今投以親切的微笑。

「我本來話就不多。」他說。

音樂又演奏了起來。一名男子走到我們面前，個子頗高，身材魁梧，有著大鷹勾鼻、刷亮的黑髮與性感的嘴唇，活像邪惡的薩馮納羅拉[29]。他跟這裡多數男子一樣，上衣沒有領子，外套鈕扣全都扣緊，顯現微微的腰身。

「來吧，蘇菲，我們去跳舞。」

「走開，我現在沒空，你沒看到我有朋友陪嗎？」

「妳朋友干我屁事，快來跳舞。」

他抓著她的手臂，但她奮力掙脫。

「少煩我，你這王八蛋。」她忽然用法語怒吼。

「吃屎吧你！」

「你自己吃！」

格雷聽不懂他們的對話，但我曉得伊莎貝十分清楚；說也奇怪，賢淑的婦女往往對髒話特別了解。伊莎貝板起面孔，皺著眉頭，滿臉惱怒。那名男子舉起胳臂、張開長著硬繭的手掌，準備賞她個耳光，格雷作勢要站起身子。

---

[29] 薩馮納羅拉（Savonarola），中世紀義大利傳教士，提倡宗教改革。

「你走開。」他用拙劣的法語腔大吼。

男子停了一下，惡狠狠地瞪著格雷。

「當心哪，小葛。」蘇菲說，嘲諷地笑了笑。「他一拳就能把你打昏。」

男子打量著格雷的高大身材、體重和力氣，悻悻然地聳聳肩，對我們丟下兩句髒話後就溜了。蘇菲咯咯笑著，醉意十足。其餘的人則默不作聲。我幫她斟滿了酒。

「勞瑞，你住巴黎嗎？」蘇菲把酒喝光後問道。

「暫時而已。」

想與喝醉的人交談實屬難事，清醒的人永遠處於劣勢。我們有一搭沒一搭地聊著，持續了幾分鐘，氣氛異常尷尬。蘇菲忽然把椅子往後一推。

「我再不回去找我男友，他包準會氣到發瘋，這傢伙就愛生悶氣。可是呀，他在床上還是真能幹耶。」她搖搖晃晃地站了起來。「再會啦，朋友們，常來玩嘛，我每天晚上都在這兒。」

她擠進跳舞的人群中，接著就消失了。伊莎貝姣好的容貌充滿著鄙視，我看了幾乎要笑出來。所有人皆沒吭聲。

「這地方還真齷齪。」伊莎貝忽然開口。「我們走吧。」

我付了酒錢和蘇菲的香檳，大夥一同離開。眾人仍聚集在舞池裡，我們看也沒看便走了出去。當時已過凌晨兩點，我覺得差不多該就寢了，但格雷說他肚子餓，我便建議去蒙馬特的格哈夫餐廳吃點東西。開車的時候，氣氛相當沉默。我坐在格雷旁邊指路。到了那家外觀絢麗的餐廳後，只見有些人還坐在露台上。我們走了進去，點了培根蛋和啤酒。伊莎貝似乎恢復了平靜，還半調侃地誇讚我竟曉得巴黎的聲色場所。

「是妳自己說要去的。」我說。

「我玩得非常開心啊。今晚真是痛快。」

「見鬼。」格雷說。「明明糟透了，還遇到蘇菲。」

伊莎貝無動於衷地聳聳肩。

「你還記得她嗎？」她問我。「你第一次到我們家來吃晚餐的時候，她就坐在你旁邊。當時她的頭髮沒紅成這樣，是灰褐色的。」

我開始認真回憶，想起一名年輕的少女，有雙藍綠色的眼睛，頭歪歪的角度煞是迷人。她稱不上漂亮，但清新坦率，又有幾分靦腆俏麗，教人覺得有趣。

「當然記得，名字取得好，我有個阿姨就叫蘇菲。」

「她後來嫁給了鮑伯．麥唐納。」

「人還不錯。」格雷說。

「他真是我見過數一數二帥氣的男孩，真不曉得他看中蘇菲哪項優點。我結婚後沒多久，他們也結婚了。蘇菲的父母很早就離異，母親改嫁中國美孚石油公司的員工。蘇菲跟著父親住在瑪文，我們以前經常見到她；但是她結婚後，就漸漸跟我們這夥人疏遠了。鮑伯．麥唐納是名律師，但是沒賺多少錢，住在北邊沒電梯的公寓裡。不過，這不是重點。他們不願跟任何人來往，我從沒見過這麼黏著對方的小倆口。即使是婚後兩、三年生了個寶寶，他們去看電影的時候，還是像熱戀中的情侶，他摟著她的腰，她把頭靠在他肩上。在芝加哥，他們成了大家茶餘飯後的笑話。」

勞瑞靜靜聽著伊莎貝說話，未做任何評論，神情難以捉摸。

「後來呢？」我問道。

「有天晚上，他們開著小敞篷車回芝加哥，順便帶著寶寶；他們老把孩子帶在身邊，因為家裡沒有幫手，蘇菲凡事都親力親為。而他們也把孩子捧在手心裡。那時候，一群醉鬼開著大型轎車，時速八十哩，就這麼跟他們迎頭撞上。鮑伯和寶寶當場慘死，不過蘇菲只有腦震盪，斷了一、兩根肋骨。大家瞞了她好久，不讓她知道鮑伯和寶寶死了，但是最後還是得告訴她。當時的情景實在悲慘，她哭得幾乎快要發瘋，哀嚎到屋頂都要塌了。大家得日夜看著她，有回差點讓她跳樓成功。我們能做的真的都做了，但是她好像非常恨我們，出院後又被送進療養院，住了好幾個月。」

「太可憐了。」

「她離開療養院以後就開始酗酒，喝醉了就隨便跟男人上床。她夫家的人很受不了，他們都是安分守己的好人，最痛恨這樣的家醜。起初，我們都努力想幫她的忙，但是完全幫不到忙。如果請她吃晚餐，她就醉醺醺地出現，很可能飯沒吃完就不省人事了。後來，她開始跟一幫流氓來往，我們也只好放手。有一次，她因為酒駕被逮捕，當時她跟地下酒店結識的拉丁佬在一起；原來，拉丁佬是警方的通緝犯。」

「但是她有收入嗎？」我問。

「鮑伯本來就有保險，肇事車主也有保險，蘇菲因此拿到一些理賠。不過，這點錢撐不了多久。她就像酒醉的水手，花錢毫無節制，不出兩年就破產了，她的祖母也不讓她回瑪文。後來她的夫家說，如果她肯住在國外不回來，就固定給她生活費。我想她現在就是靠這筆錢過活吧。」

「真是風水輪流轉。」我說。「以前敗家子是從英國送到美國，現在則是從美國送到歐洲來了。」

「我真覺得蘇菲很可憐。」格雷說。

「是嗎？」伊莎貝冷冷地說。「我不這麼認為。當然，她遭受了很大的打擊，當時沒人比我更同情她了。我們一直都很要好。但是，正常人總是會振作起來的。她之所以自暴自棄，是因為本身的劣根性，天生就不懂得節制，就連對鮑伯示愛都那麼誇張。如果她的性格夠堅強，應該能有辦法過活才是。」

「說起來容易啊……妳是不是太狠心了，伊莎貝？」我低喃道。

「不會啊。我覺得這是常識，不需要太可憐蘇菲。天曉得，沒人比我更愛格雷和兩個孩子了，要是他們也在車禍中喪命，我一定會難過到發瘋，但是遲早會振作起來。格雷，你也會贊同我的吧？還是希望我每晚喝到爛醉、隨便跟巴黎的混混上床呢？」

格雷給的回答妙極了，我印象中他沒這麼幽默過。

「我倒想看妳穿件莫里諾[30]設計的時裝，跳進柴堆陪我一起火葬，不過既然現在不流行陪葬，我猜最好的替代方案就是跳河囉。」

眼下時機不對，不然我就會跟伊莎貝說，雖然她真心愛著丈夫和孩子，但是這份親情談不上有多深。不過，她似看出我在想什麼，便不客氣地問道，「你想說什麼嗎？」

「我跟格雷一樣，覺得這孩子很可憐。」

「她早不是孩子了，都已經三十歲了。」

「我想對她來說，丈夫和孩子的死就等於是世界末日。她不顧自己的死活，甘願沉淪於酗酒和濫交，只為了報復生命的殘酷。她曾經天堂般美好的生活，一夕破滅後，受不了平凡無趣的世界，絕望之餘只好墜入地獄。我可以想像，她覺得既然再也喝不到天堂的瓊漿玉露，倒不如讓自己鎮日

---

30 莫里諾（Edward Molyneux），二十世紀初期英國知名時裝設計師。

與屎尿為伍。」

「你們小說裡才會寫這套，根本胡說八道，你自己也曉得。蘇菲自甘墮落是因為她喜歡這種生活。天底下又不是只有她一個人失去丈夫和孩子，這才不是她走歪路的理由。惡無法由善而生，而是本來就存在了。那場車禍只是撕破她的偽裝，讓她自在露出真面目。別把同情浪費在她身上了，她現在只是回到本性。」

勞瑞自始至終皆沉默以對，似乎陷入深深的沉思，對於我們所說恐怕充耳不聞。伊莎貝說完後，所有人暫時都沒接話。勞瑞終於開口了，但聲音古怪，缺乏抑揚頓挫，反倒像自言自語，凝視著過去模糊的歲月。

「我記得她十四歲那年的模樣，長髮從額頭往後梳好，後腦杓打了個黑蝴蝶結，臉上長滿雀斑，表情嚴肅。她很謙虛、品行端正且充滿理想，什麼書都讀，我們以前常會一起討論。」

「什麼時候？」伊莎貝問道，微微皺眉。

「喔，妳和妳母親出去應酬的時候。我常去她祖父家裡，跟她坐在他們家那棵大榆樹下，互相讀書給對方聽。她很喜歡詩集，自己也會創作。」

「那個年紀的女孩子都這樣，寫的東西都乏善可陳。」

「當然啦，這是好久以前的事了，想必我還不懂得欣賞。」

「你那時候頂多十六歲吧。」

「當然，她的詩是以模仿為主，很有羅伯特．佛洛斯特[31]的風格。不過，我總覺得，她年紀輕能

---

31 羅伯特．佛洛斯特（Robert Frost），二十世紀美國詩人，曾四度獲得普立茲獎。

寫成這樣，相當了不起。她的聽覺很敏銳又有節奏感，可以感受到鄉間的聲音和氣味，譬如空氣中柔和的春意，以及雨後旱地散發的清香。」

「我不曉得她會寫詩。」伊莎貝說。

「她都偷偷寫，怕你們笑，那時她還很害羞。」

「現在不可同日而語了。」

「大戰結束後我到芝加哥，她差不多是大人了，讀了許多有關工人階級現況的書籍，也在芝加哥親眼見證了部分情況。她迷上了詩人卡爾．桑德堡[32]，開始拚命寫自由體詩，描寫窮人困苦的生活和工人階級遭剝削的情況。我敢說那時這類詩很常見，但是她寫的很真誠，其中不乏憐憫和理想。那時她的志願是當社工，犧牲奉獻的精神教人感動。我覺得她很有前途，不傻裡傻氣也不無病呻吟，卻給人純真可愛、甚至靈魂高貴的印象。那年夏天，我們時常碰面。」

我看得出來，伊莎貝聽得愈發不耐。勞瑞不曉得自己正拿著匕首往她心裡刺，字字句句皆在加深傷口。但伊莎貝開口時，嘴巴卻露出淺笑。

「她為什麼會找你說心事呢？」

勞瑞看著她，眼神充滿信任。

「我也不知道。你們大家都很有錢，她不過是個窮孩子；而我也不屬於這圈子，來瑪文只是因為尼爾森叔叔在那當醫生，想來她可能覺得我們有點像吧。」

勞瑞沒有半個親戚。我們至少會有些表親，雖然少有來往，但至少讓人覺得是家族一分子。勞

32 卡爾．桑德堡（Carl Sandburg），二十世紀美國詩人，作品多為勞工階級發聲。

瑞父親是獨生子，母親是獨生女；他祖父是貴格會教徒，年紀輕輕便在海上失蹤，外祖父也沒兄弟姊妹。世上少有人像勞瑞如此無依無靠。

「你有沒有想過，蘇菲當時可能愛著你嗎？」伊莎貝問道。

「從來沒有。」他微笑道。

「她當然愛你囉。」

「勞瑞那時參戰負傷回來成了英雄，芝加哥有一半的女生都暗戀他吧。」格雷依然口無遮攔。

「哪裡只是暗戀。她根本就崇拜你，勞瑞啊，難道你真的不曉得嗎？」

「真的不曉得，我也不相信。」

「因為你覺得她品行端正嘛。」

「我還記得很清楚以前的情景：一個瘦瘦的女孩，頭髮綁著蝴蝶結，表情嚴肅讀起濟慈的詩，聲音顫抖、眼睛泛淚，只因為詩太美了。不知道那個她到哪去了。」

伊莎貝的表情略帶驚訝，狐疑地瞄了勞瑞一眼。

「時間好晚了，我也實在累癱了，走吧走吧。」

3

隔天傍晚，我坐藍色列車前往蔚藍海岸。兩、三天後，我到安堤貝看艾略特，轉告近來巴黎發生的事。他的氣色看起來很差，蒙地卡提尼的療養不如預期，後來又四處奔走，因而疲累不堪。他在威尼斯找到一只聖水盤，又到佛羅倫斯買了那幅議價許久的三聯畫。而他又急著想把一切布置妥當，便親自到蓬蒂內沼地，住進一家破舊的旅館，環境悶熱得難受。他購買的貴重藝術品尚未運來，但他執意除非達成目的，否則絕不離開，便繼續待下去。後來一切總算就了定位，他才心滿意足，還得意地給我看他拍的照片。教堂雖小但氣派十足，裝潢富麗有度，證明了艾略特的眼光獨到。

「我在羅馬看上了一個基督教古石棺，很想把它買下來，掙扎很久後才打消了念頭。」

「你怎麼會想買基督教的古石棺啊，艾略特？」

「給我自己躺啊，老友。那石棺設計非常精美，正好對應門另一邊的聖水盤。不過，那些古代基督徒身材都矮矮胖胖，我想睡也塞不進去。我總不能像嬰兒一樣彎膝頂下巴，躺在那裡等著最後審判吧。這樣怪不舒服的。」

我大笑，艾略特卻一本正經。

「我想到更好的辦法。我跟教堂商量好了——雖然遇到些困難，但那也是意料之內，我要葬在聖壇前的台階底下。這樣的話，蓬蒂內沼地那些可憐農民來領聖餐，鞋子就咚咚地踩在我的遺骨上。聽起來很炫，對吧？只要鋪塊普通的石板，上頭刻著我的名字和生卒日期。*Si monumentum quaeris, circumspice*：若在找墓碑，四周看看即是。」

「我的拉丁文還行，這種老掉牙的句子不需翻譯，艾略特。」我語帶尖刻。

「抱歉啦，老友。我平時身邊多是愚昧無知的上流人士，一時間忘了你是個作家。」

他硬是將了我一軍。

他又繼續說道：「不過，我要跟你說的是，我把自己的後事都寫在遺囑裡了，但是我希望你來確保一切都照遺囑走。我絕不要跟那些退休軍官和中產階級法國佬一起葬在蔚藍海岸。」

「我當然樂意幫忙，艾略特。但這事還得等好多年，用不著現在就計畫。」

「我已經老了，而且老實說，就算真要離開人世，我也沒什麼好遺憾的。蘭德[33]不是有首詩說過嗎？什麼『我暖著雙手』……」

我雖然很不會背文章，但這首詩頗為簡短，是故能加以複誦：「吾不與人爭，勝敗均不值。鍾情大自然，次之為藝術。生命之火暖雙手，他日餘燼消逝，吾可安然離去。」[34]

「就是這首。」他說。

我不禁覺得，艾略特硬拿這首短詩來形容自己，實在極為牽強。

---

33 蘭德（Walter Savage Landor），十九世紀英國詩人。

34 原文如下：

I strove with none, for none was worth my strife.
Nature I loved, and, next to Nature, Art;
I warmed both hands before the fire of Life;
It sinks, and I am ready to depart.

但他說，「這詩完全表達我的心情，也許可再添一句，說我都在歐洲上流社會打滾。」

「這句很難插進四行詩裡吧。」

「現在沒什麼上流社會了。我一度還寄望美國取代歐洲，出現大眾敬佩的貴族階層，但是大蕭條讓希望完全破滅。我那可憐的祖國充斥著中產階級，真是無可救藥。老友啊，你絕對不會相信，上回我在美國，竟然有計程車司機叫我『兄弟』。」

雖然在一九二九年股災的打擊之下，蔚藍海岸仍未恢復往日的榮景，艾略特卻依舊舉行宴會、參加宴會。他以往除了羅斯柴爾家族以外，不與其他猶太人來往。但如今卻是猶太人在舉辦奢華的宴會，而凡是宴會的場合，艾略特不可能不出席；他忙著在不同聚會間趕場，風度翩翩地握手、吻手，但總帶幾分無奈的疏離感，彷彿是流亡的王公貴族，自覺與這些人為伍略顯難堪。然而，真正的流亡貴族卻玩得十分盡興，認識影星便好似實現了人生夢想。艾略特對於時下與劇場人士打交道的風氣，也是頗有微詞；但一名退休女演員在他家附近蓋了棟豪宅，賓客絡繹不絕，舉凡內閣部長、公爵或社交名媛，一住便是好幾週，艾略特也成了常客。

「當然，什麼樣的人都有。」他說道。「但你毋需理睬不喜歡的人。那位演員也是美國人，我覺得應該幫忙撐撐場面。賓客發現跟我很有話聊，必定會安心不少。」

有時候，艾略特的健康狀況很差，我只得勸他別過度忙於社交。

「老友啊，我年紀一大把了，可是禁不起淡出。好歹我也在高級社交圈混了快五十年，非常清楚箇中道理：沒有時時出現，就會被人遺忘。」

我好奇的是，他是否也察覺這番自白多麼教人惋惜。我不忍再嘲笑艾略特了；在我眼中，他顯得可悲至極，活著以社交為目的，宴會即是他的氧氣，未受邀是奇恥大辱，獨處是丟臉難堪。如今人漸蒼老，更是極度恐懼。

夏季就此結束。艾略特馬不停蹄，從蔚藍海岸這一頭趕到另一頭：他先在坎城吃午餐、後至蒙地卡羅吃晚餐，動用看家本領融入每個茶會或雞尾酒宴會；而無論實際上多疲累，他皆竭盡所能表現得和藹可親、談笑風生。他的小道消息最為靈通，任何八卦醜聞的細節，除了本人之外，就屬他最瞭若指掌。倘若對他說如此人生缺乏意義，艾略特便會百般詫異盯著你，認定你低俗無知。

4

秋季來臨，艾略特決定到巴黎住段時間，除了探望伊莎貝一家人，也想在首都「亮相」一下。之後，他打算到倫敦訂製新衣，順道看望拜訪幾位老友。我原本計畫直接去倫敦，但他邀約一同開車至巴黎；這樣確實頗為愜意，我便欣然答應了，也覺得在巴黎待幾天無妨。我們一路上走得從容，凡有美食之處，便停下來休息。艾略特的腎臟不好，只能喝維奇氣泡水，但堅持要幫忙挑我喝的半瓶葡萄酒；而他生性善良，儘管自己無福消受，見著我享用好酒，也打從心裡感到滿足，沒有任何妒意。他付錢毫不手軟，我費盡唇舌才說服他我們各付各的。他動不動就提起以前認識的達官貴人，聽久了不免讓人厭煩，但我大抵很享受這趟旅程。我們行經的鄉村景色宜人，初顯早秋之美；在楓丹白露吃完午餐，我們直到下午才抵達巴黎。艾略特送我到下榻的老式旅館後，才轉過街角到里茲飯店。

由於已先通知伊莎貝我們要來巴黎，因此一看到她在旅館的留言，我並不感到意外，但內容卻讓我大吃一驚：「一到旅館就來找我，有大事發生了，別把艾略特舅舅帶來。看在老天份上，拜託快點過來。」

我當然急著想一探究竟，但得先稍微盥洗、換件乾淨襯衫。我搭了輛計程車到聖吉雍街的公寓，傭人領我進了客廳，伊莎貝立刻站起身。

「你跑到哪裡去了？我等了好幾個鐘頭耶。」

當時是下午五點鐘，我還來不及回答，管家便送了茶點進來。伊莎貝雙手緊握，不耐煩地看著他擺放茶具。我真不曉得究竟發生了什麼事。

「我剛剛才到。我們在楓丹白露吃午餐，耽擱了一些時間。」

「搞什麼鬼，動作真慢。急都急瘋了！」伊莎貝說。

管家把托盤放在桌上，裡頭擺著茶壺、糖罐和茶杯，再慢條斯理地在四周排好一盤盤麵包、奶油、蛋糕和餅乾，完成後才走出去，並把門給帶上。

「勞瑞要跟蘇菲．麥唐納結婚了。」

「誰啊？」

「少裝傻了。」伊莎貝大聲說道，眼神露出怒火。「就是那天你帶我們去的那家骯髒咖啡館裡碰到的酒醉婊子啊。你竟然帶我們到那種鬼地方，格雷也覺得很噁心。」

「喔，妳說你們那位芝加哥的朋友嗎？」我說道，無視她的無理責備。「妳怎麼知道的？」

「我怎麼知道的？昨天下午他親自來告訴我的，我到現在氣都還沒消。」

「妳不如先坐下來，幫我倒杯茶，再把來龍去脈告訴我。」

「你請便。」

她坐在桌子對面，惱怒地看我幫自己倒茶。我在壁爐邊小沙發舒服地坐下。

「我們最近很少見到勞瑞，我是說從迪納爾回來之後。他去迪納爾待了幾天，但不肯跟我們住，反而找家旅館下榻。他常常來海邊跟孩子玩，她們黏他黏得可緊了。我們還會去聖布希亞打高爾夫。有天，格雷問他後來有無再見到蘇菲。

『有啊，見了好幾回。』他說。

『為什麼？』我問。

『她算老朋友嘛。』他說。

『要是我的話，絕不會浪費時間在她身上。』我說。

他聽了只微微笑著。你也曉得他笑的樣子，好像覺得你的話很好笑，但其實一點也不好笑。

『但妳不是我啊。』他說。

我只好聳聳肩膀，轉移了話題，之後再沒把這事放在心上，所以他昨天一來就說他們要結婚了，可想而知我有多麼震撼。

『你不可以跟她結婚，勞瑞，絕對不行。』我說。

『我準備要跟她結婚啊。』他說得若無其事，好像是加點馬鈴薯這般輕鬆。『伊莎貝，我希望妳好好對她。』

『這個要求太過分了。你瘋了不成？她是很壞很壞的壞女人耶。』我說。」

「你怎麼會這麼想？」我打斷她。

伊莎貝目露凶光地盯著我。

「她從早到晚喝個爛醉，還到處跟地痞流氓上床。」

「這並不代表她是壞女人啊。很多名流顯要也會喝醉酒，還特別喜歡勾搭男妓。這不過是壞習慣，跟咬指甲一樣，壞不到哪裡去。在我看來，那些說謊成性、行為殘忍的人才真的是壞透了。」

「如果你敢袒護她，我絕對饒不了你。」

「勞瑞是怎麼又跟她見面的？」

「勞瑞在電話簿上找到她的住址，就跑去探望她。她當時正在生病，不過那種生活不生病才奇怪。勞瑞還幫她請了醫生，又找人照顧她，一切就這麼開始了。勞瑞這該死的笨蛋，說什麼她把酒戒了，還以為這樣就治好了。」

「妳忘了勞瑞也幫過格雷啊？他的頭痛不是也治好了嗎？」

「那不一樣。格雷希望病趕快好，蘇菲可沒這打算。」

「妳怎麼知道？」

「因為我了解女人，女人只要墮落到蘇菲那步田地，肯定是沒救了。她之所以變成這副德性，是因為她向來就是這種人。你以為她會永遠跟著勞瑞嗎？會才有鬼。她遲早會跑掉的，這就叫本性難移。她喜歡惡霸帶來的刺激感，所以專門勾搭惡霸。她會把勞瑞的生活搞得天翻地覆。」

「很有可能，但妳又什麼辦法。勞瑞是心甘情願要跟她結婚的。」

「我是沒有法子，但是你可以阻止他。」

「我嗎？」

「勞瑞很欣賞你，也聽你的話，只有你能影響他的決定。你又見多識廣，快去告訴他別做傻事，以免人生就這麼毀了。」

「他只會叫我不要多管閒事，我也確實不該管他的閒事。」

「但是你也很欣賞他吧，至少你關心這個朋友，總不能坐視不管，眼睜睜看他把自己的人生弄得亂七八糟。」

「格雷是他最熟識的好友，雖然不見得會有幫助，但我覺得如果要跟勞瑞談，格雷是最佳人選。」

「甭提格雷了。」她語帶不耐。

「其實，事情不見得會那麼糟。我有兩、三個朋友，一個在西班牙、兩個在遠東，他們的妻子都是妓女，但婚後都變得很賢慧，也很感激丈夫提供生活的保障。當然啦，她們也曉得怎麼討男人歡心。」

「你少囉嗦。你以為我百般犧牲自己，難道是為了讓勞瑞落在蕩婦手中嗎？」

「妳啥時犧牲自己了？」

「我之所以放棄勞瑞，唯一的理由就是不想影響他的前途。」

「少來了，伊莎貝，妳明明是為了鑽石和貂皮大衣才放棄他的。」

我這番話才出口，一盤奶油麵包便朝我的頭飛來，幸好我一把接住盤子，但麵包卻掉了滿地。我站起身，把盤子放回桌上。

「妳要是把皇冠德比的瓷盤給打破，艾略特舅舅可是會找妳算帳喔。這些瓷盤當初是為了第三代多塞特公爵所燒製，可說是無價之寶。」

「把麵包撿起來。」她氣呼呼地說。

「妳自己撿囉。」我邊說邊倚在沙發上。

她站起身，怒氣沖沖地撿著散落一地的麵包。「你這樣算什麼英國紳士。」她惡狠狠地說。

「我這輩子沒說過自己是紳士啊。」

「你給我滾。我不想再見到你了，看了就討厭。」

「那還真對不起，因為我一看到妳，心情就很好。有沒有人說過，妳的鼻子跟那不勒斯博物館的賽姬一模一樣；賽姬的石像堪稱是世上最美麗的少女化身。妳那雙腿也很漂亮，修長有致，我每每看到都很驚訝，因為妳小時候的腿粗大又不勻稱。真不曉得妳怎麼辦到的。」

「憑著鐵打的意志和上帝的保佑啊。」她仍語帶憤怒。

「不過，妳最迷人的地方還是那雙手，既纖細又優雅。」

「我記得你以前還嫌我的手太大。」

「以妳高䠷的身材來說，其實不算大，姿態還無比優雅，讓人看了驚嘆連連。天生麗質也好，後天妝點也罷，妳那雙手的每個動作都散發著美感，時而像花朵、時而像飛鳥，任何語言都不足以形容，活脱脱是出自葛雷柯[35]的肖像畫。老實説，我只要看著妳的手，就傾向相信艾略特所説，也許妳真有西班牙的貴族血統。」

她悻悻然地抬起頭。

「你在説什麼？我從沒聽過這種事。」

我告訴她羅里亞伯爵娶了瑪麗王后侍女，以及艾略特從母系一路追溯的事。伊莎貝邊聽邊端詳著修長的手指與修剪整齊的指甲，得意全寫在臉上。

「人總是有祖先的嘛。」她説，輕輕笑出聲，淘氣地看著我，怨氣全消，接著丟了句：「你這個渾帳傢伙。」

要女人講理很容易，説實話是不二法門。

「我也不是一直都討厭你啦。」伊莎貝説。

她走到我身邊，坐了下來，挽起我的胳臂，傾身要吻我，我隨即撇開臉頰。

「我可不希望臉上沾到口紅。」我説。「妳如果真要親就親嘴巴，畢竟這也是它本來的用途。」

她嘻嘻笑著，一手把我的頭轉向她，在我唇上留下薄薄的口紅，滋味還不賴。

「既然妳都這麼表示，不妨説説妳想要什麼。」

---

35 葛雷柯（El Greco），十六世紀西班牙畫家，作品獨樹一格，開創近代繪畫風格。

「要你出個主意。」

「我很願意幫你出主意，但是妳現在勢必無法接受。妳唯一能做的事，就是順其自然。」

她再度怒火中燒，抽出手臂、站起身子，一屁股坐到壁爐另一頭的沙發椅上。

「我才不會坐視不管，就算不擇手段都要阻止勞瑞娶那個賤貨。」

「妳辦不到的。告訴妳，他現在是被一股強大的情感牽著走。」

「你該不會要說他愛上了蘇菲了吧？」

「不是。相較之下，愛情顯得微不足道。」

「不然呢？」

「妳讀過新約聖經嗎？」

「應該讀過吧。」

「妳記得耶穌到荒野禁食四十天的故事吧？他肚子餓的時候，魔鬼就現身對他說：汝若為上帝之子，便令石頭幻化為麵包。但是，耶穌拒絕了誘惑。後來，魔鬼把耶穌放在神殿頂端，然後說：汝若為上帝之子，便縱身跳下吧。因為在天使眷顧下，他一定會得救。但是，耶穌又拒絕了。接著，魔鬼把他帶上高山，讓他看到世上眾多國度，並說如果耶穌願意膜拜魔鬼，就把一切賜給他。但是耶穌只說：離去吧，撒旦。馬太福音是這麼記載的。但是，故事並沒有結束。魔鬼很狡猾，又來找耶穌，這次說：若汝願受恥辱磨難、戴上荊棘王冠、死於十字架上，人類便可得救，為友犧牲汝命，大愛莫此為甚。耶穌中計了。魔鬼不禁笑到肚子痛，因為他很清楚，惡人會以耶穌之名幹盡壞事。」

伊莎貝怒不可遏地瞪著我。

「這故事到底是誰告訴你的啊？」

「沒人啊，是我臨時掰出來的。」

「我只覺得有夠愚蠢，而且也太不敬了。」

「我只是想說，自我犧牲的情感足以壓倒一切，就連慾望和飢餓都相形見絀，是對自我人格的最大肯定，就算因此走向滅亡也在所不惜。無論為什麼犧牲，都無關緊要，值不值得也非重點。這就好比美酒，只是更令人陶醉，也好比愛情，只是更讓人心碎，更好比罪惡，只是更加使人著迷。一個人犧牲自己的瞬間，比上帝還要偉大，因為上帝既是全知全能，怎麼可能犧牲自己？頂多只能犧牲唯一的兒子。」

「天哪，你實在有夠煩的。」伊莎貝說。

我不予理會，繼續說下去。

「勞瑞心中充滿了這樣的情操，妳覺得任何常理或勸告能讓他動搖嗎？妳不曉得他這些年來到底在追求什麼，我也不曉得，只能單純臆測。而他多年來的辛勞和累積的經驗，如今都敵不過他的慾望——喔，不止是慾望，是內心的急切吶喊，要他拯救曾經是天真少女、如今卻是蕩婦的靈魂。你說的沒錯，我認為他只是白費工夫。他的感知如此敏銳，只會跟著吃盡苦頭。無論他的畢生志業為何，將永遠功虧一簣。特洛伊王子帕里斯用卑鄙手段，一箭射中阿基里斯的腳踝，使他命喪黃泉。即使是聖人，修成正果也得夠狠心，偏偏勞瑞就是不夠狠心。」

「我愛他。」伊莎貝說。「天曉得，我從沒向他要過什麼。也沒有任何期待。沒人能像我愛得毫無私心。他以後絕對不會快樂。」

她哭了起來。我想哭也是種發洩，便未加以安慰。我開始分神，把玩著腦海浮現的念頭，不斷反覆思考。我不禁要想，魔鬼目睹了基督教挑起的殘酷戰爭、教徒彼此迫害和折磨，以及各種殘忍、偽善、褊狹的行為，一定會覺得洋洋得意。而每當魔鬼想起，基督教讓人類背負著原罪，使美麗的星斗顯得晦暗、世俗的享樂覆上不祥陰影，勢必會竊笑起來，喃喃地說：魔鬼來討債了。

過了一會兒，伊莎貝從包包取出手帕和鏡子，看了看自己，小心擦拭眼角。

「你他媽的很可憐我，是不是？」她厲聲説道。

我若有所思地望著她，並未答腔。她在臉上撲撲粉，塗上口紅。

「你剛才説能臆測他多年來追求的東西，到底是什麼意思？」

「這也只是我的臆測，而且可能錯得離譜。我覺得他追求的是某種哲學，也許是某種宗教，以及可以滿足他身心的人生法則。」

伊莎貝思量著我這番話，嘆了口氣。

「你不覺得奇怪嗎？伊利諾州瑪文鎮的鄉下孩子竟然會有這種想法？」

「路德・伯班克出生在麻薩諸塞州的農場，卻能種出無籽的橘子；亨利・福特出生在密西根州的農場，卻能發明小汽車。可見勞瑞也不算奇怪。」

「但是那些東西都很實用，是美國既有的傳統啊。」

我笑了出來。

「勞瑞學的是好好度過人生，世上應該沒有比這更實用的吧？」

伊莎貝擺了個莫可奈何的手勢。

「你要我怎麼辦？」

「妳不想失去勞瑞，對吧？」

她點了點頭。

「要知道，勞瑞待人十分忠誠。妳不理他的妻子，他就不會理妳。妳如果懂這個道理，就得跟蘇菲交朋友。妳必須放下過去，盡可能善待蘇菲。她就要結婚了，應該需要買些新衣。妳不妨提議陪她去買，我想她絕對會一口答應。」

伊莎貝瞇起眼睛，似乎專注在聽我的話。她沉思了半晌，但我猜不出她在想什麼。她接下來的反應讓我頗為意外。

「你可以找她吃午餐嗎？昨天我才跟勞瑞說了那番話，我來問會很尷尬。」

「我問的話，妳保證會安分嗎？」

「絕對安安分分。」她答道，露出最迷人的微笑。

「我立刻來安排。」

屋內有台電話，我一下便查到蘇菲的號碼，經過好一段時間的等待——凡是打法國電話的人，都要學著耐心等候。終於接通了，我報上名字。

「我一到巴黎。」我說。「就聽說妳跟勞瑞要結婚了，恭喜恭喜啊，祝你們幸福美滿。」我差點叫了出來，因伊莎貝站在旁邊，狠狠擰了我的胳臂。「我在巴黎只待一小段時間，不曉得妳和勞瑞後天能否到里茲飯店，一起吃頓午餐。我也會邀請格雷、伊莎貝和艾略特．譚伯頓。」

「我來問問勞瑞，他剛好在這裡。」暫時沒了聲音。「好啊，樂意之至。」

我決定好時間、說了句客套話，便放下聽筒，此時瞥見伊莎貝怪怪的眼神，讓我不免有些憂心。

「妳在想什麼？」我問她。「我不太喜歡妳的表情。」

「抱歉，我以為你就是喜歡我的表情。」

「妳該不會有什麼詭計吧，伊莎貝？」

她的雙眼睜得老大。

「我保證沒有。其實，我好奇得不得了，想看看在勞瑞的開導下，蘇菲變成什麼樣子。我只希望她來里茲飯店的時候，一張臉不要濃妝豔抹得過頭。」

5

我這場小餐會辦得不賴。格雷和伊莎貝先到飯店，過了五分鐘，勞瑞和蘇菲．麥唐納也出現了。伊莎貝和蘇菲親暱地互吻臉頰，伊莎貝和格雷也恭喜她訂婚一事。我瞥見伊莎貝迅速打量蘇菲的外表；蘇菲的模樣教人大感意外，以前我在拉普街那家三流咖啡館看到她時，她臉上覆著厚厚脂粉，頭髮染成紅褐色，身穿亮綠洋裝，放浪形駭且爛醉如泥，眼神充滿挑釁，甚至散發風騷氣息；但如今卻平凡樸素，雖然實際只比伊莎貝年輕一、兩歲，模樣卻顯得蒼老許多。她依舊傲然昂著頭，但不知何故，卻教人覺得十分可悲。她的頭髮已恢復本來顏色，染髮與新髮羼雜，看起來邋裡邋遢的。除了嘴唇塗紅，她臉上已不施脂粉，皮膚粗糙，透著病態的蒼白。我印象中她有雙亮綠的眼眸，但如今卻是暗淡無光。她身穿紅洋裝，一看便知是新買，搭配著帽子、鞋子與手提包。我雖不了解女裝穿搭，但老覺得以場合而言，略嫌講究了些。她的胸口戴著搶眼的人造首飾，很像里沃利街買的。而相較之下，伊莎貝一身黑絲洋裝，脖子掛著人工培養的珍珠項鍊，戴了頂稱頭的帽子，在她旁邊的蘇菲未免顯得俗豔又土氣。

我點了雞尾酒，不過勞瑞和蘇菲皆予以婉拒。艾略特後來抵達，但穿越寬敞的大廳時，卻遇上一個又一個熟人，時而握手、時而吻手，好似里茲飯店是他家開的，而他正向賓客的光臨表達由衷感謝。他仍不曉得蘇菲這些年的經歷，只知道她的丈夫和孩子在車禍中喪命，如今要與勞瑞結婚。由他一走到我們面前，便展現嫻熟的社交手腕，百般親切地向他們道賀，我們隨後一同走進餐廳。由於是四男二女，因此我讓伊莎貝和蘇菲面對面坐，蘇菲左右則是我和格雷。圓桌不大，故談話皆可聽見。我已事先訂好午宴，酒侍此時遞來酒單。

艾略特說，「老友，你又不懂酒。亞伯，酒單給我吧。」他邊翻著邊說，「我只能喝礦泉水，但是一定得讓大家喝好酒。」

他與酒侍亞伯已是舊識，兩人經過一番熱烈討論才決定酒款。隨後，艾略特轉頭問蘇菲，「你們要到哪兒度蜜月呀，親愛的？」

他瞄了她的洋裝一眼，幾乎不露痕跡地微微挑眉，想必不以為然。

「我們打算去希臘。」

「我這十年來一直想去希臘。」勞瑞說。「但不知為何，老是沒成行。」

「這季節的風光應當最好。」伊莎貝說，表現得興味盎然。

她想必也記得，當初勞瑞要跟她結婚時，便提議帶她去希臘。希臘度蜜月似乎成了勞瑞的執念。

席間閒聊得不大順利，幸好有伊莎貝在場，否則我勢必會炒不起氣氛。她表現得極好，一旦話題即將中斷、我正想找新話題時，她便接些輕鬆俏皮的話，我實在不勝感激。蘇菲幾乎不大開口，只有旁人對她說話時，才勉強講上幾句。她的神色委靡，似乎內心有部分被掏空。我不禁揣想，該不會勞瑞約束過了頭，讓她難以承受。倘若果真如我估計，她酗酒又吸毒，頓時全部戒斷，包準會精神耗弱。有時，我瞥見他們相互對望。勞瑞的神情滿是溫柔和鼓勵，蘇菲則透露某種哀憐的懇求。格雷生性敦厚，也許本能察覺眼前的狀況，因而向蘇菲提起勞瑞奇蹟般治好他的頭痛一事，接著說自己對勞瑞的依賴和虧欠。

「現在我健康得很。」他繼續說。「只要一找到工作，我就會返回職場。目前有幾個機會，希望不久後就能敲定。我等不及要回家鄉了，感覺一定很棒。」

格雷固然是一片好意，但這番話說得不大圓融；依我判斷，勞瑞應該是用治療格雷的同一套方法，來對付蘇菲嚴重酗酒的毛病。

「格雷，你頭痛沒再發作了嗎？」艾略特問。

「三個月沒發作了。每當我覺得快要頭痛，抓住護身符就沒事了。」他從口袋掏出勞瑞給的那枚古硬幣。「這可是我的無價之寶。」

我們吃完正餐，準備喝咖啡。此時，酒侍來詢問是否要點餐後甜酒，但唯有格雷點了杯白蘭地。酒侍拿酒瓶來時，艾略特堅持要親眼瞧瞧。

「這酒不錯，值得推薦，喝了對你沒害處。」

「先生也要一小杯嗎？」酒侍問道。

「唉，我現在滴酒不沾哪。」

艾略特詳細說起腎臟的毛病，以及醫生不准他喝酒。

「您喝點波蘭伏特加不礙事的，先生。這酒厲害之處就是治療腰痛。我們才剛從波蘭進了一批。」

「真的嗎？這年頭很難喝到耶，把瓶子拿來我看看。」

這名酒侍身材圓胖、氣質莊重，脖子掛著長銀鍊，眼下已離開去取酒。艾略特向我們說明那是波蘭釀製的伏特加，但各方面皆比伏特加來得高級。

「我以前常在拉齊維烏家喝到，那陣子到波蘭打獵都住他們家。你們真該瞧瞧波蘭親王喝這種酒時的模樣，一大杯接著一大杯牛飲，而且面不改色，絕不誇張。當然，他們有優良血統，舉手投足都是貴族氣息。蘇菲，妳一定得嘗嘗，伊莎貝妳也要試試。這可是千載難逢的機會。」

酒侍把酒瓶拿來。我、勞瑞和蘇菲皆予以婉拒，但伊莎貝說願意嘗嘗看。我聽了十分詫異，畢竟她習慣淺嘗即止，但當天已喝兩杯雞尾酒、兩三杯葡萄酒了。酒侍倒了一小杯呈淡綠色的液體，伊莎貝嗅了幾下。

「喔，好香啊！」

「可不是嘛！」艾略特說。「那是泡在裡頭的藥草味，所以才這麼美味。我也陪妳喝一點好了，難得一次死不了的。」

「太好喝了。」伊莎貝說。「簡直跟母奶一樣，我從沒喝過這麼美味的酒。」

艾略特把杯子舉到唇邊。

「唉，這讓人想起過去那段日子。沒在拉齊維烏家住過的話，不會了解什麼才是真正的生活。他們家真是氣派十足，有著封建時期的氛圍，讓人以為置身在中世紀。如果你是在車站等候，會見到六匹馬拉著馬車前來，每匹馬上都有車伕。而用餐的時候，每位客人身後，都站著制服筆挺的傭人。」

他繼續形容那家族宅邸多麼奢華闊綽，以及宴會多麼盛大富麗；我忽然心生懷疑，覺得這整件事是艾略特和酒侍的安排，讓艾略特借機大談特談皇親國戚的豪華排場，以及他在城堡作客所結識的波蘭貴族，是故他一說便停不下來。

「再來一杯如何，伊莎貝？」

「喔，不敢喝了。但這酒太美味了，喝到真是幸運。格雷，我們得買個幾瓶。」

「我叫他們送幾瓶到公寓去。」

「艾略特舅舅，可以嗎？」伊莎貝熱切地大聲說道。「你人真好！格雷，你非得嘗一口不可，聞起來就像剛割下的稻草和春天的花朵，混合著百里香和薰衣草的芳香，味蕾會留下淡淡餘韻，非常舒服，好像在月光下聽著音樂。」

伊莎貝這般哇啦哇啦地說話，實在有些反常，我在想她是否已有醉意。午宴結束後，我向蘇菲握手道別。

「你們什麼時候結婚？」我問她。

「下下個禮拜。希望你能來參加婚禮。」

「我恐怕不在巴黎耶，明天就要去倫敦了。」

我向其他人道別時，伊莎貝把蘇菲拉到一旁，對她說了幾句話，便轉身向格雷說，「噢，格雷。我等等再回家，莫里諾有個時裝展，我要帶蘇菲去看看時下的新款服飾。」

「當然好。」蘇菲說。

大夥各自離去。當晚，我請蘇姍．魯維耶吃頓晚餐，隔天便啟程至英國。

6

兩週後，艾略特下榻克拉利奇飯店；不久後，我順道去探望他。他已替自己訂製幾套衣服，還不厭其煩地說起挑選的布料和理由。我最後好不容易插上話，便問他勞瑞的婚禮辦得如何。

「沒辦成。」他冷冷地說。

「這話是什麼意思？」

「婚禮前三天，蘇菲失蹤了，勞瑞到處都找不到她。」

「真是怪了！他們吵架了嗎？」

「沒有，根本沒吵架。一切都就緒了，我還負責當女方主婚人。他們本來婚禮後立刻就要搭東方快車。要我來看，是勞瑞搞不清楚狀況。」

我猜伊莎貝已把事情全告訴他了。

「到底發生什麼事了？」我問道。

「這個嘛，那天我們在里茲吃完午餐，伊莎貝不是帶蘇菲去莫里諾嗎？你記得她當時的洋裝嗎？實在不像樣。你有沒有注意到肩膀？一件衣服的剪裁好壞，端看肩膀合不合身就曉得了。當然啦，這孩子很可憐，買不起莫里諾的婚紗，但是你也知道伊莎貝很大方，原本打算買件像樣的婚紗送她。她自然開心答應了。總之某一天，伊莎貝跟蘇菲約下午三點在公寓碰面，一起去服飾店再試穿一次。蘇菲依約前來，但是伊莎貝得帶孩子看牙醫，過了四點才到家，蘇菲卻已經走了。伊莎貝以為她等得不耐煩、自行到莫里諾挑選婚紗，所以趕緊過去確認，但是蘇菲根本沒去。最後，伊莎貝只好放棄，自個兒回家。他們晚上本來要一起吃飯。勞瑞在晚餐時間出現，伊莎貝開口就問他蘇菲去哪裡了。

「他一頭霧水，就打電話到她公寓，但是沒有人接。勞瑞就說要去找她。他們原想說晚點開動，但是等了好久兩人都沒出現，他們只好自己吃了。不過你也曉得，你們在拉普街碰見蘇菲前，她過的是什麼樣的生活。你怎麼會把他們帶到那種地方去。反正，勞瑞花了整個晚上，把她以前常混的地方都跑遍了，但是連個人影也找不到。他去了她的公寓好多回，但是管理員說她沒回來過。他接連三天打聽她的下落，但她就這麼失蹤了。到了第四天，他又去了公寓一趟，管理員說蘇菲回來過一趟，打包簡單的行李、叫輛計程車就走了。」

「勞瑞很難過吧？」

「我沒見到他。伊莎貝說他很難過。」

「她沒有寫信或留個字條之類的嗎？」

「什麼都沒有。」

我仔細思考了一下。

「那你有什麼看法？」我說。

「老友，跟你的看法完全一樣。她忍不住又開始酗酒。」

這是最明顯的答案，但一切仍顯得詭異，我不懂她為何選在這時候逃走。

「那伊莎貝還好嗎？」

「她當然也很遺憾，但這孩子腦袋很清楚，說勞瑞娶那種女人不會幸福的。」

「勞瑞呢？」

「伊莎貝一直很體恤他，但難就難在他不肯談這件事。伊莎貝說，他從來就沒愛過蘇菲，只是出於憐香惜玉的心理才娶她，孰不知判斷錯誤。」

我可以想像伊莎貝那副堅強的模樣，畢竟事態發展正如她所願。我保證下回見到伊莎貝，她絕對會說事情正如她所料。

但將近一年後，我才又見到伊莎貝。那時，雖然我大可告訴她蘇菲的事，讓她省思一番，但有鑑於當時狀況，我無意提起此事。我在倫敦待到快耶誕節，後來歸心似箭，便直接回到蔚藍海岸，中途未在巴黎停留。我開始起一部小說，好幾個月深居簡出，偶爾與艾略特碰面。他的健康每況愈下，卻仍堅持出席社交圈的聚會，教人看了真替他擔心。他當時對我十分不滿，只因我不願開車三十哩參加他固定舉辦的宴會，認為我太自命不凡，才會待在家裡寫作。

「老友，今年的社交活動特別盛大。」他說。「你這樣把自己關在屋裡，什麼活動都不參加，太要不得了。而且蔚藍海岸這麼大，你偏偏選個沒落的地段居住，我就算活到百歲都搞不懂你啊。」

艾略特真是可憐又傻氣，他是活不到這個歲數的。

六月，我已完成小說初稿，覺得應當好好度個假，便收拾行李，乘上單桅帆船；以往每逢夏季，我常搭這艘帆船到佛斯灣游泳，並沿著海岸向馬賽駛去。風勢一陣陣襲來，故帆船引擎多半開著，軋嗒軋嗒地前進。我先後在坎城、聖麥克錫和薩納里過夜，最後來到達土倫港。我向來對這座海港情有獨鍾；法國船艦賦予它浪漫又宜人的氣息。我也逛不膩當地的老街，更能在碼頭上逗留數小時，觀看那些上岸休假的水手，成群結伴或陪女友閒逛，居民也來回溜達，好似無所事事，只需享受和煦的陽光。熙熙攘攘的人潮搭著船隻和遊艇，前往這座遼闊海港的各個停泊點，此地儼然像是世界交通的終點站。凡是坐在咖啡館中，望著熠熠的海水天光，不免讓人眼花撩亂，想像自己啟程前往燦爛的海角天涯：比方乘著狹長小船，登上太平洋一座椰子樹環抱的珊瑚島；或者來到仰光碼頭，走下舷梯、坐上人力車；抑或停泊於太子港，站在甲板觀察著喧鬧嘈雜、拚命比劃的黑人。

帆船抵達時已近中午，我於下午兩、三點才上岸，沿著碼頭逛著各式店家，順便觀察身邊的行人，以及咖啡館遮篷底下的客人。忽然間，我看到了蘇菲，她也在同時間發現我。她微笑著打招呼，我也停下來跟她握手。她獨自坐在一張小桌旁，面前擺了只空玻璃杯。

「坐下來喝杯酒吧。」她說。

「那妳也來一杯。」我邊說邊坐了下來。

蘇菲身穿法國水手的藍白條紋運動服，以及亮紅色長褲，腳踩著涼鞋，露出擦著五顏六色的粗大腳趾。她沒戴帽子，短短的鬈髮淡金似銀，臉上濃妝豔抹，回到當時拉普街那副模樣。由桌上碟子看來，她應該已喝了一、兩杯，但人尚稱清醒，好像也頗高興見到我。

「巴黎的大家好嗎？」她問。

「應該都還好。上回在里茲飯店聚餐後，我就沒碰到他們了。」

她從鼻孔呼出煙圈，笑了起來。

「搞半天我還是沒跟勞瑞結婚。」

「對呀。為什麼呢？」

「雖然勞瑞有耶穌基督的情操，我卻當不成抹大拉的瑪利亞，真的沒辦法。」

「妳怎麼到最後關頭才改變心意呢？」

蘇菲嘻皮笑臉地看著我；她傲然抬著頭，扁胸窄腰，搭配這身打扮，活像個愛搗蛋的男孩。然而相較於上回她穿著紅色洋裝，時髦老派但氣質不佳，我得承認她如今迷人得多。她的臉龐和頸部都曬得紅通通，麥色皮膚讓兩頰脂粉和黑色眉毛更顯突兀，但俗氣也有其自身的魄力。

「想不想聽我說呢？」

我點了點頭。侍者送來我的啤酒和她的氣泡水，她拿著餘燼未滅的卡波爾菸，點燃了另一支菸。

「當時，我整整三個月都沒喝酒，也沒呑雲吐霧。」她見我略顯驚訝，不禁大笑。「不是沒抽香菸，是沒抽鴉片，那實在很難受。我一個人的時候，動不動就會大聲尖叫，叫到房子都快塌了，嘴裡念念有詞：我熬不過去、我熬不過去。如果勞瑞陪著我，狀況還不算太糟，但是他只要一離開，就只能用悽慘來形容。」

我邊聽邊看著她，而聽到她說鴉片時，就更加仔細地打量她，才發現她的瞳孔縮得好小，顯見她還在抽鴉片，雙眼綠得嚇人。

「我的婚紗是伊莎貝送的，不曉得後來怎麼處理。那婚紗還真漂亮。本來我們都說好了，我先去接她，再一起到莫里諾；我真的很佩服伊莎貝，她對衣服實在內行。我到了公寓後，管家說她匆匆忙忙地帶瓊恩去看牙醫了，留言給我說馬上會回來。我走進客廳，桌上擺著咖啡壺和杯子，就問說能不能喝杯咖啡；那陣子，咖啡是我唯一的精神食糧。管家說會替我準備，順便拿走咖啡壺和空杯，並在盤子留下一瓶酒。我看了看，發現是你們在里茲飯店說的波蘭酒。」

「波蘭伏特加，我記得艾略特說會送幾瓶給伊莎貝。」

「你們那時一直誇讚那酒有多香，我聽了非常好奇，就打開瓶塞聞了一下。你們說得沒錯，那酒的味道真是他媽的好。我點了根菸，幾分鐘後，管家把咖啡端了進來，咖啡也很好喝。大家老愛說法國的咖啡好，隨便他們怎麼說，我還是喜歡美國咖啡，這是我在法國唯一想念的東西。不過，伊莎貝的咖啡確實不錯，我本來精神很差，喝了咖啡才覺得舒服多了。我盯著桌上那瓶酒，實在是很大的誘惑，但是我心想：『他媽的，我絕對不要喝酒』，然後又點了根菸。我原以為伊莎貝一下就會回來，但是左等右等都不見人影，我開始覺得焦躁不安，畢竟我最討厭等待了，況且屋內又沒什麼書可以翻閱。我只好四處走動、看看牆上的畫，眼神卻始終離不開那瓶該死的酒。我心想，不然倒一杯看看就好，欣賞一下酒的顏色。」

「淡綠色。」

「沒錯，很奇怪吧，那酒的顏色跟味道一樣怪，好像白玫瑰的花心裡會看見的綠色。我非得試試味道不可，喝一點應該無害；我只打算小抿一口，然後聽見外頭有聲音，以為伊莎貝回來了，就一口把酒喝光，以免被她撞見。但是並不是伊莎貝。哇，我戒酒後從來沒這麼爽過，整個人精神都來了。那時候，如果伊莎貝回來，我現在已經和勞瑞結婚了，不曉得會是什麼光景。」

「她沒有回來嗎？」

「沒有。我愈想愈生她的氣，她以為自己是誰啊，竟然讓我這樣枯等。後來，我看見杯子又有酒了，一定是無意間倒好的，但是信不信由你，我完全不記得拿酒起來倒。但是，把酒倒回去未免太蠢了，所以我又喝掉一杯。那酒確實有夠美味。我好像變了個人，很想開口大笑，先前三個月從來沒有這種感覺。那個老娘砲不是說，他在波蘭看見有人用大杯子喝酒卻面不改色嗎？我心想，自己的酒量才不會輸給波蘭兔崽子，索性喝個痛快，就把剩下的咖啡往壁爐倒，把杯子倒滿了酒。什麼跟母奶一樣，根本是屁話。我在這之後的記憶有點模糊，不過等我喝得心滿意足之後，瓶子裡已經沒剩幾滴了。然後，我想到自己得在伊莎貝進門前溜走，結果差點被她撞個正著；我一走出前門就聽見瓊妮的聲音，立刻奔上公寓樓梯，等她們關上門之後再跑下來，並且攔了輛計程車。我叫司機死命地開，他問我要到哪裡，我突然朝他狂笑，感覺要飛上天了。」

「所以妳就回公寓了嗎？」我明知故問。

「你以為我是他媽的白痴啊？我知道勞瑞會來找我，才不敢到以前常去的地方，就跑去哈基姆那裡住，這樣勞瑞就絕對找不到。況且，我還想抽個鴉片。」

「哈基姆？」

「哈基姆是阿爾及利亞人，只要你付得起錢，就能幫你弄來鴉片。他算是很厲害的朋友，要什麼有什麼，男孩、男人、女人或者黑鬼，固定有六、七個阿爾及利亞人隨傳隨到。我在他那裡待了三天，算不清搞了多少男人。」她咯咯笑了起來。「高矮胖瘦、各種膚色的男人都有，把三個月的份一次補了回來。但是，我很害怕，覺得巴黎不安全，又怕勞瑞會找到我，加上手頭的錢早花光了；那些王八蛋，沒拿到錢是不會跟你上床的。所以我就回到本來的公寓，給管理員一百法郎，說如果有人來找我，一律回答我搬走了。我把行李打包好，當晚就坐火車來到土倫，到了這裡後才真正安心。」

「妳沒再去其他地方了嗎？」

「是啊，我不打算走了，這裡鴉片要多少有多少，都是水手從東方帶回來的上等貨，不是巴黎賣的那種劣質品。我在旅館租了房間，就是那家海軍商務旅館。只要晚上進去，走廊上全是濃濃的鴉片味。」她貪婪地吸了吸鼻子。「真是又香又刺鼻，客人就在自己的房間裡抽，很有自家的親切，也不管我帶誰回來睡覺。早上五點鐘，他們就來敲敲門，叫那些水手回船上，我可以放心繼續睡覺。」接著，她忽然說道，「我之前在碼頭上一家店裡，看到你寫的書耶。早知道會碰見你，我就買下來叫你簽名了。」

我經過書店時，曾停下來看看櫥窗展示的新書，發現我某本小說的法譯本最近剛好出版。

「妳應該不會有興趣。」我說。

「你又知道了？我又不是不識字。」

「想必妳也會寫作吧。」

她迅速地瞄了我一眼，大笑起來。

「是啊，我小時候常常寫詩，想來一定寫得很爛，但是以前自以為不錯。八成是勞瑞告訴你的吧。」她遲疑半晌。「人生反正就像活在地獄，但是明明有樂子卻不去享受，那就是天大的傻瓜。」她倔強地揚起頭。「我如果買下那本書，你肯寫上幾個字嗎？」

「我明天就要走了。妳真要的話，我買一本送妳，再幫妳寄放在旅館。」

「那就太好了。」

此時，一艘海軍汽艇來到碼頭，一群水手紛紛上岸。蘇菲瞟了他們一眼。

「我男朋友來了。」她向其中一人揮揮手。「你可以請他喝杯酒，然後最好快點離開。他是科西嘉人，跟耶和華一樣善妒[36]。」一名年輕人走了過來，瞧見我時愣了一下，但在蘇菲的招呼下，站到我們面前。他的身材高大、皮膚黝黑，鬍子刮得乾乾淨淨，有雙深邃的眼眸、鷹勾鼻與波浪的黑髮，看起來不過二十歲。蘇菲開始向他介紹，說我是她兒時的美國朋友。

「天然呆但夠帥吧。」她對我說。

「妳就喜歡硬漢，對吧？」

「愈硬愈好。」

---

36 出自舊約聖經，裡頭多次提及神的jealous（和合本譯為「忌邪」），例如：For thou shalt worship no other god: for the LORD, whose name is Jealous, is a jealous God。

「我看妳遲早會被割喉。」
「那也是意料之內。」她咧嘴而笑。「早死早好。」
「這裡應該講法語不是嗎？」水手厲聲說道。
蘇菲轉身朝他露出笑靨，帶有一絲調侃。她說著一口流利的法語，夾雜許多俚語，又有濃厚的美國腔，使得她平日掛在嘴邊的髒話倍顯滑稽，教人忍俊不禁。
「我跟他說你很帥，但是怕你不好意思，所以用英語講。」她接著對我說，「他超壯的，肌肉結實得跟拳擊手沒兩樣。你摸摸看。」
水手聽了這些恭維便心花怒放，得意地微笑，隨即繃緊胳臂，亮出二頭肌。
「摸摸看。」他說。「來啊，摸摸看。」
我摸了以後即表達欽佩之意。我們聊了幾分鐘後，我便付了酒錢，站起身子。
「我得走了。」
「很開心見到你。別忘了那本書啊。」
「沒問題。」
我向他們握手道別，離開了咖啡館，途中經過書店，便買了那本小說，寫上自己和蘇菲的名字。忽然間，我不知如何下筆，只好以法文寫下腦海中唯一的句子，是收錄於各大文選的洪薩詩作第一句：「寶貝走吧，去看看那朵玫瑰……」
我把書交給蘇菲的旅館。旅館就在碼頭邊，我經常在此下榻，因天一亮，號角聲就會把我吵醒，呼喚夜晚外宿的水手回報；朦朧的陽光灑落於港口平靜的水面上，幻影般的船隻顯得格外優美。隔天，我前往卡西斯鎮，打算買葡萄酒，再去馬賽領取訂製的新帆，一週後才回到家。

7

艾略特的傭人喬瑟夫來信說艾略特臥病在床，很想見我一面。於是，隔天我就驅車前往安堤貝。喬瑟夫帶我上樓前說，艾略特罹患尿毒症，醫生認為相當嚴重。目前他已熬過危險期，病況好轉中，但因腎功能受損，不可能完全康復。喬瑟夫跟了艾略特四十年，忠心耿耿，但儘管表現得十分難過，仍可看出傭人的共通點，亦即只要主人家蒙受災變，心中其實感到竊喜。

「可憐的先生。」他嘆了口氣。「他固然有些缺點，但是本性善良。世事無常，他遲早都會死的。」

他說話的語氣，彷彿艾略特即將斷氣。

「喬瑟夫，我相信他早安排好你的生活費了吧。」我嚴肅地說。

「希望如此。」他哀嘆地說。

他領我走進艾略特的房間，沒想到艾略特活力充沛，雖然臉色蒼白老態，但是精神奕奕，而且鬍子刮好、頭髮梳齊，身穿淡藍絲質睡衣，口袋繡著姓名縮寫字母，上頭則是伯爵冠飾。被單另一面也繡有放大版的相同圖樣。

我探詢他的身體狀況。

「好得不得了。」他開朗地說。「只是暫時微恙，過幾天就能起來活動了。我還約了迪米崔大公爵禮拜六吃午餐，我已經跟醫生說了，無論如何，到時一定得把病給治好。」

我陪他聊了半小時，離開後請喬瑟夫留意，若他病情復發就通知我。一週過後，我參加了鄰居的午宴，艾略特竟也在座；他雖盛裝出席，但宛如槁木死灰。

「你應該在家休養的，艾略特。」我對他說。

「少胡說了，老友。佛里達邀請了瑪法達王妃，而且義大利王室是多年的好友，從露易莎還派駐羅馬開始就認識了。我總不能讓佛里達失望吧。」

我真不知該佩服他的不屈不撓，或該可憐他明明年紀一把且重病在身，卻仍熱中於社交生活，旁人絕對猜不到他是病人。艾略特宛如瀕死的演員，只要上了戲妝、踏上舞台，便頓時拋開所有病痛，他保持一貫的泰然自若，扮演著彬彬有禮的侍臣。他的友善親切更不在話下，懂得體察王公貴族的需要，也擅長運用毒辣的反諷，逗得眾人樂開懷。我從沒見過他如此賣力地展現社交才華。王妃離開後（艾略特鞠躬時的優雅身段，既表現對王妃的崇敬，又顯露長者對秀麗女子的景仰，真值得一看），無怪乎事後女主人說，他是這場宴會的靈魂人物。

幾天後，艾略特又病倒了，醫生禁止他出房門，讓他極為惱怒。

「偏偏這時候生病，真是糟糕，今年夏天特別熱鬧。」

他念出一大串達官顯要的名字，全都要來蔚藍海岸度假。

我每隔三、四天便去探望他，他有時躺在床上，有時穿件晨衣坐在躺椅上。這類浴袍他似有無數件，因為每回皆不一樣。八月初的某次拜訪，我發現他異常沉默。喬瑟夫帶我進屋時說他似乎好些了，豈料他這般無精打采。我把當地的八卦謠言告訴他，想讓他高興一點，但他顯然並不領情，雙眉微蹙、神色鬱悶，實在不尋常。

「你會去參加愛德娜．諾維瑪利的宴會嗎？」他突然問道。

「不會啊，當然不會。」

「她有沒有邀請你？」

「她邀遍了蔚藍海岸所有人吧。」

諾維瑪利王妃是美國巨富，嫁給一位羅馬親王，但並非義大利那些地位低下的一般親王，而是某望族的大家長，也是知名軍方將領的後裔，十六世紀取得了一大片封邑。守寡的諾維瑪利王妃已屆耳順之年，因法西斯政權徵收高額稅賦，教她頗為不滿，便離開義大利，至坎城附近蓋了座佛羅倫斯風格的別墅。她從義大利訂來大理石，鑲滿客廳牆壁，又請外國畫家手繪天花板；她的藏畫與銅器皆精美獨特，就連向來不愛義大利家具的艾略特，也不得不承認這些家具華麗高貴；花園裡一片嬌豔，游泳池更所費不貲。她經常舉行盛大的筵席，每回賓客皆二十人以上。她打算於八月滿月之時，舉辦化裝舞會，儘管仍有三週，卻已是蔚藍海岸上下熱議的話題。當晚不但將施放煙火，還有來自巴黎的交響樂團表演。眾多流亡的王公貴族談起此事皆既羨慕又嫉妒，認為這等於他們一年的生活費。

「真是太豪華了。」有人說。

「簡直太瘋狂了。」有人說。

「實在俗氣到家。」有人說。

「你打算穿什麼出席？」艾略特問我。

「我不是說了嘛，艾略特，我不打算參加。你以為我這年紀還能穿得花花綠綠嗎？」

「她沒邀請我。」他哀聲嘆氣，看著我的眼神十分疲累。

「喔，她會邀請你啦。」我淡然說。「邀請函八成還沒全部發完。」

「她不會邀請我了。」他的聲音沙啞。「這是故意給我難堪。」

「拜託，艾略特，我才不相信。她只是一時疏忽了。」

「我才不可能被忽略。」

「再怎麼說，你的身體這麼差也去不成啊。」

「我當然要去，這可是當季最棒的宴會耶！就算我真的垂死病中，爬也要爬去出席。我穿羅里亞伯爵的衣服過去。」

我不曉得該說什麼，只好沉默不語。

「就在你進門前不久，保羅．巴頓也來看我。」艾略特忽然說道。

讀者想必已忘了這號人物，行文至此，我也得翻到前面看自己取的名字。保羅．巴頓即艾略特引進倫敦社交圈的美國青年，後來認為艾略特已無利用價值，便冷落了他，艾略特自此懷恨在心。保羅．巴頓近來成了半個公眾人物，先是入籍英國，後來又娶了報業大亨的女兒，而這位大亨更已獲授爵位。他有了強硬的後台，加上本身八面玲瓏，前途確實不可限量。對此，艾略特話說得刻薄。

「每當我半夜醒來，聽見老鼠在護牆板裡磨來磨去，我就說，『保羅．巴頓又想往上爬了。』相信我，他肯定會進上議院。幸好我活不到那時候，謝天謝地。」

「他來做什麼呢？」我問道，很清楚這傢伙絕不會無緣無故來探望。

「我告訴你。」艾略特氣呼呼地說。「他竟然要借羅里亞伯爵的禮服。」

「真有臉耶！」

「你曉得他的用意嗎？這明擺著他知道愛德娜還沒邀請我，而且也不打算邀請我，八成是她唆使他來的。這個臭婊子，要不是我，她也不會有今天的地位。我以前替她辦過多少宴會，她認識的朋友全是我介紹的。你也曉得，她還會跟自己的司機上床，真是下流！巴頓告訴我，她打算把整座花園點亮，還要施放煙火，而我特別喜歡煙火。巴頓還說，許多人纏著愛德娜，想要得到邀請函，可她全都拒絕了，以確保這場宴會眾星雲集，說得好像我不可能受邀似的。」

「那你把衣服借他了嗎？」

「借給他？他先下地獄再說。我要拿來當壽衣。」艾略特坐起身子，搖搖晃晃，宛如失心瘋的女子。「唉，真是狠心。」他說。「我恨他們、我恨透所有人了。我宴請他們的時候，所有人都很捧我的場，現在我老了病了，就派不上用場了。自從我病倒以後，探望我的人不到十個，這禮拜更只有寒酸的一束花。我盡心盡力張羅一切，吃飯喝酒是我買單，跑腿差事由我負責，大小宴會給我安排。我犧牲這麼多，好幫他們圖個方便。我有什麼好處？連個屁都沒有。他們沒有人關心我的死活。唉，太狠心了。」他哭了起來。豆大的淚珠從消瘦的面頰滾落。「老天哪，我好後悔離開美國。」

這位一腳踏進棺材的老頭，因沒獲邀參加宴會，竟哭得像小孩一樣，看了實在不勝唏噓；此情此景不僅讓我震撼，也淒涼得教人不忍卒睹。

「沒關係，艾略特。」我說。「那天難保不會下雨，那宴會就泡湯了。」

他宛如快溺斃的人撈到稻草，緊抓著我這句話，淚還沒乾就笑了起來。

「這我還真沒想到。那我要比平時更虔誠禱告，祈求上帝降雨。你說得對，這樣宴會就泡湯了。」

我總算轉移了艾略特的注意力，不再心心念念於瑣事。我離開時，他雖然不算特別高興，至少已平靜許多。但我不願就此罷休，回家後立即致電愛德娜．諾維瑪利，說隔天得去一趟坎城，問她可否共進午餐。她請傭人捎話說十分歡迎，只是沒舉辦筵席。話雖如此，我隔天一到，便看到除了她以外，還有十位客人。她的為人其實不壞，慷慨好客，最大毛病是她的毒舌。即使再熟稔的好友，也免不了被她說長道短，但這全因她太過愚昧，除了講人壞話，再沒別的法子引人注意。她的惡言惡語廣為流傳，遭她中傷的人通常不理她，但她舉辦的宴會熱鬧非凡，多數人過一陣子也就不計前嫌。我若直接要她邀請艾略特出席宴會，勢必會丟艾略特的臉，因此決定先探探口風。她很期待這場盛事，午餐期間說個不停。

「艾略特有機會穿菲利普二世的禮服，想必會很高興。」我說得若無其事。

「我沒有邀請他。」她說。

「為什麼呢？」我問道，佯裝詫異。

「為什麼要請他？他在社交圈早就無足輕重了，既討人厭又勢利得很，老愛說別人的醜事。」

這些批評也可用在她身上，聽在耳裡實在諷刺，這女人果然愚昧。

「況且，我已經叫保羅借艾略特的禮服。他穿起來一定很英俊。」

我沒再說話，但心意已決，即使不擇手段也要替艾略特弄到他念念不忘的邀請函。午餐後，愛德娜帶賓客到花園逛逛，讓我有機可乘。我曾在此做客幾天，故曉得家中配置，猜想邀請函應該有剩，可能放在祕書房裡。我匆匆前去，想把邀請函偷偷塞入口袋，再寫上艾略特的名字寄出。我很清楚他病得厲害，勢必無法赴宴，但若收到邀請函一定會開心不已。可是我打開門便愣住了，因愛德娜的祕書就坐在書桌前，本來以為她仍在吃午餐呢。祕書是位蘇格蘭中年婦女，人稱吉斯小姐，頭髮呈淺棕色，臉上長滿雀斑，戴著夾鼻眼鏡，貌似仍堅守處子之身。我強裝鎮定。

「王妃帶大夥去逛花園了，所以我想說來找妳抽根菸。」

「歡迎。」

吉斯小姐話中有著蘇格蘭的捲舌音，而她在熟人面前更是十足的冷面笑匠，捲舌音會更加誇張，字字句句聽起來百般逗趣。但對方捧腹大笑時，她卻露出不悅的神色，似乎不敢相信有人蠢到覺得她的話好笑。

「這宴會給妳添了不少麻煩吧，吉斯小姐。」我說。

「我還真是忙得昏天暗地。」

由於我信得過她，因此就單刀直入。

「女主人為什麼不邀譚伯頓先生呢？」

吉斯小姐陰沉的臉上露出微笑。

「你也曉得她的脾氣，兩人梁子結大了，她還親自把他的名字劃掉。」

「他快死了，剩下的日子都得躺在床上，如今又沒受邀，心裡可難受了。」

「他要是真想拉攏王妃，當初就不該到處嚷嚷說她跟司機上床，況且對方是人夫，還有三個孩子。」

「那這件事是真的嗎？」

吉斯小姐的目光越過眼鏡盯著我。

「先生，我當了二十一年的祕書，原則向來是相信主人的貞潔。我承認，以前有位夫人發現自己有了三個月的身孕，但是老爺明明在非洲獵獅子長達六個月，當時我的信心真的動搖了，但是她去了巴黎一趟，花了一大筆錢，事情也就解決了。夫人和我都鬆了口氣。」

「吉斯小姐，我其實不是來找妳抽菸的，而是想偷張邀請函寄給譚伯頓先生。」

「這樣未免太過分了。」

「的確如此。吉斯小姐，請妳行行好吧，給我一張邀請函。他不會出席的，但心情會好很多。妳跟他沒有過節吧？」

「沒有。說句公道話，他一直對我客客氣氣，很有紳士風範，而且相較於來這裡騙吃騙喝、吃得飽飽的那些傢伙，他實在正派得多了。」

凡是有頭有臉的人物，身邊皆會有得寵的部屬。這些人趨炎附勢，因而怠慢不得，只要自認未獲應有的尊重，即會對那人產生敵意，開始在主子面前放冷箭、挑撥離間。艾略特深知自己得打好關係，因此對於大人物的部屬、年長的女傭或備受倚重的祕書，總會親切地攀談幾句，或投以禮貌的微笑。我相信他一定常與吉斯小姐有說有笑，每逢耶誕節也不忘送她一盒巧克力、梳妝盒或手提包。

「拜託了，吉斯小姐，發發善心嘛。」

吉斯小姐把夾鼻眼鏡固定得更牢。

「毛姆先生，我相信你無意要我背叛女主人。況且，一旦被她發現，我勢必會丟掉飯碗。邀請函全在桌上，也都裝在信封裡了。我現在想看看窗外，一來因坐太久了，兩腿有點僵硬，想活動活動，二來是想欣賞一下風景，至於身後會發生什麼事，我一概不負責喲。」

吉斯小姐再度坐下來時，邀請函已到了我的口袋。

「吉斯小姐，今天真開心見到妳。」我邊說邊伸出手。「妳打算穿什麼出席化裝舞會呢？」

「先生，我是牧師的女兒。」她回答說。「這種無聊的活動留給上流人士就好。只要等《先驅報》和《郵報》的記者們吃了晚餐、喝了我們準備的二等香檳，我的任務便結束了，到時就可回到房間、關起門來，讀我的偵探小說。」

8

幾天後，我去探望艾略特，發現他臉上堆滿笑容。

「你看。」他說。「我收到邀請函了。今天早上寄來的。」他從枕頭底下拿出邀請函給我看。

「我說得沒錯吧。」我說。「你的姓是T開頭，祕書一定很晚才寫到。」

「我還沒回覆呢，明天再來回。」

聽見這話，我一時害怕了起來。

「要不要我幫你回信？我離開後可以順便去寄。」

「不用，這小事何必勞煩你？回個邀請函有什麼難的。」

我心想，幸好吉斯小姐負責拆信，理應會把回函壓下來。艾略特此時按了鈴。

「我要讓你看看那套禮服。」

「難不成你要去啊，艾略特？」

「當然要去。自從上回博蒙家族的舞會後，我就再也沒穿過了。」

喬瑟夫聽見鈴聲便走了進來，艾略特請他把禮服取來。禮服裝在大型的扁盒裡，外頭有薄絹包覆：整套包括絲質白長襪、滾著白緞的加襯織金褲，搭配合身短上衣、披風、縐領、平頂絲絨便帽，以及掛著金羊毛勳章的金鏈，貌似普拉多美術館裡提香所畫的菲利普二世禮服；艾略特說羅里亞伯爵便是穿著這身行頭，出席西班牙國王和英國女王的婚禮。想像力實在豐富。

隔天早上，我早餐還沒吃完，就接到喬瑟夫的電話，說艾略特昨夜病情加劇，醫生匆匆趕到後，研判他恐怕撐不過今天了。我趕緊請人開車載我到安堤貝。艾略特當時人已昏迷，他先前堅決不請護士，如今卻有位護士在場，原來是醫生從尼斯與博盧之間的英國醫院找來的，我看到她略感安心。我出門拍電報通知伊莎貝，當時她和格雷帶孩子在波勒的便宜海濱度假村避暑，即使趕來也是頗長的路程，恐怕無法及時到安堤貝。伊莎貝如今算是艾略特唯一的親人，她的兩個兄長和艾略特已多年不見。

但不知是艾略特展現強烈的生存意志，抑或醫生的藥物所致，當天他的狀況逐漸好轉。儘管病得不成人形，他仍舊打起精神和護士說笑，問她不少跟性生活有關的私人問題。我整個下午幾乎都陪著他，隔天再去探視時，發現他又開朗起來，但身體非常虛弱，而護士也只讓我待一下子。我前天發出電報後，卻未獲得任何回音，不免焦急起來；我不曉得伊莎貝在波勒的地址，於是便把電報發到巴黎，如今深怕管家有所耽擱。兩天後我才接到回覆，他們說要立刻趕來。但格雷和伊莎貝正開車在布列塔尼旅行，又是剛剛收到電報。我查了查火車時刻表，他們至少要三十六小時才能抵達，壞事真是接二連三。

隔天清早，喬瑟夫又來電，說艾略特一夜難眠，指名要我去看他。

我連忙趕了過去，而才剛抵達，喬瑟夫就把我拉到一旁。

「先生，恕我冒昧說件敏感的事。」他說道。「小的雖然沒有宗教信仰，覺得宗教是神父企圖控制人民的陰謀，但是先生要知道，女人並不這麼認為。內人和女傭都主張，老爺時間不多了，理應進行臨終的聖餐禮。」他慚愧地看著我說，「其實一切都很難說，人之將死，也許跟教會打好關係比較好。」

我完全可以理解。法國人儘管平時嘲弄宗教慣了，臨終之時，多半仍願與自己繼承的信仰和平共處。

「你希望我跟他說嗎？」

「先生如果方便的話。」

雖然我不大喜歡這件事，但艾略特多年來皆是虔誠的天主教徒，履行信徒的職責也無不妥。我上樓走進房間，他躺在床上，既瘦弱又憔悴，但神智清醒，我便請護士先行出去。

「艾略特，你的病情真的很嚴重。我在想……在想你要不要找神父來啊？」

他看了我半晌，沒有答腔。

「你的意思是我快死了吧？」

「喔，但願不會如此，但還是謹慎點好。」

「我了解。」

他默不作聲。這番話我不得不說，說了卻教人難受。我不敢看著他，咬緊牙關，深怕眼淚掉下來。我坐在床邊面向他，一手撐著身體。

他拍拍我的手。

「別難過了，老友。任重道遠嘛，你曉得的。」

我笑得停不下來。

「你太好笑了，艾略特。」

「這才像話嘛。現在打電話給主教，說我要懺悔、受塗油禮。如果能派夏爾神父來就太好了，我會非常感激，我們是舊識了。」

夏爾神父是副主教，我在前文也曾提及。我下樓打了電話，聯絡上主教本人。

「很急嗎？」他問。

「很急。」

「我立刻就來。」

醫生來了，我把剛才的事說了一遍，他和護士便上樓看艾略特，我則在樓下餐廳等著。從尼斯開車到安堤貝只需二十分鐘，故半個多小時後，一輛黑頭轎車便在門口停下。喬瑟夫跑了過來，用法語慌慌張張地說：「先生，是主教本人。」

我出去迎接他。主教並非如往常帶著副手，不知為何，今天他身邊是名年輕的神父；神父攜著一只盒子，裡頭應是聖禮用具。跟在兩人後頭的是司機，拿著破爛的黑公事包。主教跟我握手，介紹了身邊的神父。

「我們那可憐的朋友還好吧？」

「恐怕病入膏肓了，主教大人。」

「麻煩借我們一個房間，好讓我們換衣服。」

「餐廳在這裡，主教大人，客廳在樓上。」

「餐廳就行了。」

我帶他進了餐廳，便與喬瑟夫在外頭等著。沒多久，門打開了，主教走了出來，神父跟在後面，雙手捧著聖餐杯，杯上是只小餐盤，裡頭放著聖餅，全由幾近透明的細麻紗蓋著。我只在晚宴或午宴上見過主教，其餘場合從未與他會面過。主教樂於享受美食和佳釀，也愛說些詼諧甚至粗俗的故事。我對他的印象是結實強壯、身材中等，如今穿著白袍、披上聖帶，看起來高䠷莊嚴；平時笑容可掬的紅潤臉龐，如今顯得嚴肅。

就外表而言，已見不到過去騎兵軍官的影子，只剩教會高層的模樣，實際也是如此，無怪乎喬瑟夫在胸口畫起十字。主教頭向前傾，微微鞠躬。

「帶我到病人那裡去吧。」他說。

我原想讓他先上樓梯，但他請我走在前頭。我們往樓上走去，氣氛肅穆。我走進艾略特的房間。

「主教親自來了，艾略特。」

艾略特勉力坐了起來。

「主教大人，真是萬分榮幸啊。」他說。

「別起來了，朋友。」主教轉身對我和護士說，「請先行離開。」他又對神父說，「我好了就會叫你。」

神父四處張望，我猜想他想找地方放聖餐杯，我便把梳妝台上鑲著玳瑁殼的梳子推到一旁。護士先下樓了，我帶神父進艾略特的書房。窗戶全都開著，面向湛藍天空，神父走了過去，站在窗口。我坐了下來。海灣上進行著帆船賽，船帆映著藍天，熠熠閃著白光。一艘船體烏黑的大型縱帆船，張著紅帆，迎風向港口駛來。我記得這是捕撈龍蝦的帆船，從撒丁尼亞捕來漁獲，供應賭場晚宴的食材。門雖關著，我仍可隱約聽見說話聲，艾略特正在懺悔。我好想抽根菸，但擔心驚動神父。他站著不動，望向窗外；他的身材削瘦，有著濃密的黑鬈髮與清秀的黑眼睛，皮膚呈橄欖色，可見有義大利血統；他的側臉透露南方人的生命力，讓我深感納悶：是何種強烈的信仰、熱切的願望，方能促使他放棄人生的歡樂、青春的美好和感官的滿足，轉而奉獻給上帝。

隔壁房間的聲音忽然停了，我看著那扇門，門隨即打開，主教走了出來。

「來吧。」他用法語向神父說。

書房剩我一人，我又聽見主教的聲音，明白他是按教會指示，替臨終之人祝禱。接著又是一陣沉寂，艾略特應當在吃聖餐。雖然我並非天主教徒，但不曉得是否因流著遠古祖先的血，每回我參與彌撒時，聽見侍從搖鈴告知聖體奉舉，身體不禁微微顫抖；如今我的身體竟也發顫，彷彿一陣冷風吹過，心生恐懼又感好奇。門再度打開。

「你可以進來了。」主教說。

我走進去，神父正拿紗布蓋上杯子和放聖餅的小盤子。

「送主教大人上車。」艾略特說道，雙眼炯炯有神。

我們走下樓。喬瑟夫和女傭們在大廳等候。三名女傭正在啜泣，她們依序上前，跪著親吻主教的戒指，主教把兩指放在她們頭上以表祝福。喬瑟夫妻子輕推喬瑟夫，他隨即上前，也跪下來吻了戒指，主教淺淺一笑。

「你不是沒有宗教信仰嗎，孩子？」

我看出喬瑟夫努力控制情緒。

「是的，主教大人。」

「別放在心上。你向來對主子忠誠，即使誤解了宗教，上帝也會寬恕的。」

我陪主教走到街上，替他打開車門。他向我鞠了躬才上車，接著微笑說道，「那位朋友時間不多了，他固然有外在缺點，但是心地寬厚，而且待人仁慈。」

9

我原以為，經過剛才的儀式後，艾略特可能會想獨處，因此直接走進客廳，準備看書。但我一坐下來，護士就來說艾略特要見我。我便爬上樓，走進他的房間。艾略特顯得自在平靜，眼神也不再渙散，不曉得是醫生打針助他熬過懺悔儀式所產生的效果，還是儀式本身讓他心情振奮，

「我真是太榮幸了啊，老友。」他說道。「我會拿著天主教大人物的推薦函進入天國，想必所有大門都會為我敞開。」

「天國恐怕各種人都有吧。」我微笑說。

「你別聽信謠言。聖經提到，天國和人間一樣有區分階級，像是熾天使和智天使、天使長和一般天使。我過去一直在歐洲的上流社會活動，到了天國一定也會進到那裡的上流社會。主耶穌說過：天父家中有眾多住所。可見，百姓要適得其所，安置在習慣的環境才對。」

我懷疑，艾略特似把天國想成羅斯柴爾男爵的城堡：牆上鋪著十八世紀的壁板，放眼望去盡是布勒的桌子、鑲嵌細工的衣櫃和路易十五風格的家具，上頭覆蓋原始的精工刺繡。

「相信我，老友。」他停頓一下，又接著說，「天國才沒有平等這種鳥事。」

沒多久，艾略特忽然沉沉睡去。我坐在一旁看書，他睡得斷斷續續。到了一點鐘，護士進來告訴我，喬瑟夫已備妥午餐，他變得安靜許多。

「真沒想到主教大人親自蒞臨，對主人來說是莫大的光榮。您有沒有看到我親他的戒指？」

「我看到了。」

「我自己絕不會那麼做的！這都是為了滿足內人。」

我整個下午都待在艾略特的房間，期間伊莎貝拍來電報，說她和格雷搭藍色列車，隔天早上才會抵達。若能及時趕上最好，然而我看希望渺茫。醫生出現了，卻只搖搖頭。日落時分，艾略特醒了過來，還能吃點東西，似乎暫時恢復了氣力。他向我招手，我走到床前。他的聲音十分虛弱。

「我還沒回覆愛德娜的邀請函呢。」

「唉，艾略特，現在就別管這事了。」

「為什麼？我向來懂得人情世故，不能因為快離開人世，就忘了該有的禮數。邀請函在哪裡？」

邀請函擺在壁爐架上，我取來放到他手中，但心想他大概看不到了。

「我的書房裡有本信紙。你去拿過來，我要口述回信。」

我走到隔壁的書房，備妥了紙筆，回到他床邊坐下。

「準備好了嗎？」

「好了。」

他閉著雙眼，但嘴角揚起調皮的微笑。我很好奇他會說些什麼。

「艾略特．譚伯頓先生甚感遺憾，由於事先與天主有約，故無法接受諾維瑪利王妃的盛情邀請。」

他淡淡地冷笑，臉部呈詭異的藍白色，看起來頗為陰森，呼氣有種教人作嘔的惡臭，也是他的疾病所致。真是可憐，艾略特過去身上噴的可是香奈兒和莫里諾的香水。他手中仍抓著我偷來的邀請函，而我心想他拿著不方便，便試圖把它抽出來，豈料他抓得更緊，忽然拉開嗓門，嚇了我一跳。

「老賤貨。」他吼道。

這是他最後一句話，接著便陷入昏迷。護士前晚守了他一夜，看起來極為疲倦，我便請她去休息，答應若有需要會叫她，並說我會看著他。其實也無事可做，我點亮罩著的檯燈，讀書讀到眼睛發痠，便把燈熄了，坐在黑暗之中。當夜頗為溫暖，窗戶皆已敞開。燈塔光束每隔固定時間，便會短暫地射入屋內。月亮也已下沉；愛德娜．諾維瑪利的化裝舞會那晚，滿月將照耀著空洞嘈雜的歡樂場景。

天空是一片深邃的藍，閃爍著無數星斗，亮得驚人。我似乎打了瞌睡，但感官仍舊清醒。忽然間，我的神智瞬間清醒，耳邊傳來一陣倉促又憤怒的聲音，這是死亡的呼嘯，世上沒別的聲音更教人敬畏。我走到床邊，藉燈塔的光束摸著艾略特的脈搏，他已經死了。我打開床頭燈看著他，他的下巴張著、雙眼打開。我幫他闔上前，先凝視了他一會兒，情緒湧上心頭，幾滴眼淚就這麼滑落雙頰。這位老友為人親切和善，一生卻是如此傻氣、無用又微不足道，我想到就悲從中來。他出席過無數宴會，與許多王宮貴族、爵士名流來往，如今皆毫無意義，這些人早把他給忘了。

我想不必叫醒那位累癱的護士了，便坐回原本靠窗的位子。早上七點她進房來，我已沉沉睡去。我讓她去忙該處理的事，吃完早餐便前往車站，準備接格雷和伊莎貝。我告訴他們艾略特去世了。艾略特家中沒客房，我便邀他們到我家住，但他們想下榻旅館。我回到家中洗澡刮鬍，順道換套衣服。

還不到中午，格雷就打電話給我，說喬瑟夫給他們一封指名給我的信件，艾略特生前囑咐他保管。由於艾略特可能只准我過目，因此我表示馬上開車過去。於是，一小時不到，我又重回那棟房子。信封上寫著：「我死後立即寄出」，內容詳載喪禮應如何安排。我曉得他一心想葬在自己蓋的那座教堂裡，也已告訴伊莎貝此事。他希望遺體能防腐處理，也指定了委託的店家，他在遺囑中說：「我四處打聽，得知他們家的防腐技術特別好，相信你不會草草了事。我要穿著祖先羅里亞伯爵的禮服，佩戴他的長劍，金羊毛勳章則掛在胸前。棺木的挑選由你決定，低調不浮誇為主，但得符合我的身分地位。而為了避免添麻煩，我希望委託湯瑪斯．庫克公司承辦遺體運送事宜，並派人護送棺木到埋葬地點。」

我記得艾略特說過想穿那件大禮服下葬，原以為他僅是心血來潮，沒想到他相當認真。喬瑟夫堅持要履行他的遺願，我們也沒有理由不照辦。艾略特的遺體塗好防腐香膏，再由我和喬瑟夫幫忙換上那套荒唐的服裝。這事做起來實在恐怖。我們得先把雙腿套上長統絲襪，再拉起織金短褲；接著，我們費了不少工夫，才把他的胳臂塞進短上衣的袖管；我們還幫他戴上漿好的寬大縐領，再將綢緞披風披在肩上。最後，我們把平頂絲絨帽戴在他頭上、金羊毛勳章圍在他頸上。塗香膏的師傅在他雙頰施上脂粉、嘴唇塗得紅潤。不過，艾略特的遺體消瘦，撐不起這套禮服，貌似威爾第早期歌劇的和音歌手，抑或虛張聲勢的唐吉訶德。入殮人員抬他入棺後，我才把長劍放在他雙腿間，讓他兩手按著劍柄圓頭，模樣仿照我看過的十字軍墳墓雕塑。

之後，格雷和伊莎貝便前往義大利，參加艾略特的葬禮。

第六部

1

在此得提醒讀者，本章即使略過不讀，也無礙理解故事來龍去脈，因主要記述著我和勞瑞的談話。但話說回來，若非有這次談話，我也許不會撰寫本書。

2

那年秋天，艾略特逝世後兩個月，我回英國前在巴黎待了一週。伊莎貝和格雷經過辛苦的義大利之行，回到布列塔尼半島，如今又住在聖吉雍街的公寓。伊莎貝把艾略特遺囑的詳細內容告訴了我。艾略特留了筆錢給他蓋的教堂，部分當作維修費用，部分則用來舉行彌撒祈求他的靈魂安息。他也給了尼斯主教一筆可觀的慈善費用。他則留給我一批真偽難辨的十八世紀色情小說，以及福拉哥納爾一幅美麗繪畫，主題是山羊神薩特和仙女表演閨房之樂；但這張畫實在太猥褻，不適合掛在牆上，而且我也非私下欣賞淫畫之人。艾略特留給傭人不少生活費；他也各留給兩名外甥一萬元，其餘遺產全歸伊莎貝所有。而遺產究竟有多少，伊莎貝未提，我也沒過問；但她一副志得意滿的模樣，想必是筆不小的金額。

格雷自從恢復健康後，一直急著想回美國重新工作。儘管伊莎貝在巴黎住得舒服，格雷的焦慮不安也影響了她。格雷曾與朋友聯絡一陣子，但雖有份理想的工作機會，他卻得先投注大量資本，當時根本拿不出來。如今艾略特已死，伊莎貝接收的財產遠超過格雷所需。因此，他取得伊莎貝的同意後，便再度重新接洽；倘若一切順利，他打算離開巴黎，親自去一趟，但成行前不少事有待處理。他們得就遺產稅的問題，與法國財稅局達成合理協議，還得賣掉安堤貝的房子和聖吉雍街的公寓，並在德魯奧拍賣中心舉行拍賣會，售出艾略特的眾多家具、藏畫和素描；由於每件物品皆很名貴，似乎春天再拍賣較合宜，畢竟屆時會有較多知名收藏家在巴黎。而伊莎貝認為，多度過冬天也無妨，兩個孩子如今法語和英語同樣流利，能夠在法國學校再待幾個月。三年來，她們皆長高了，有著頎長的雙腿和削瘦的身子，平常活潑好動，雖未有母親的美貌，但懂規矩又有禮貌，是十足的好奇寶寶。僅此大略交代。

3

我與勞瑞純屬巧遇。我曾向伊莎貝打聽，但她說從波勒回來後，就很少見到勞瑞。她和格雷已認識不少同輩的朋友，因此經常參加聚會，比以前四人出遊的那段美好日子來得忙碌。有天晚上，我到法蘭西劇院欣賞《貝芮妮絲》。我雖讀過劇本，但未看過舞台演出，而且機會難得，不願就此向隅。這稱不上拉辛最好的作品，題材太過單薄，難以撐起五幕，但劇本寫得十分動人，數個橋段相當膾炙人口。故事是根據史學家塔西佗的短文寫成：泰特斯瘋狂愛上巴勒斯坦女王貝芮妮絲，甚至答應與她結婚，卻為了國家大事，於登基首日辜負了自己和貝芮妮絲，送她離開羅馬，只因元老院和羅馬人民堅決反對皇帝與異國女王聯姻。此劇著重泰特斯面對愛情與責任，內心陷入天人交戰；他猶疑不定時，最終貝芮妮絲確信他愛著她後，決定支持他的前程，便永遠離開了他。

我猜，也許唯有法國人能充分欣賞拉辛作品的文采和音韻，但即使是外國人，一旦習慣官腔矯飾的風格後，也會受他的濃情蜜意和崇高情感所打動。少有人像拉辛如此懂得人聲蘊藏的張力。對我而言，這些圓潤悅耳的亞歷山大詩體足以取代舞台動作，我也發覺長篇獨白是以卓越技巧推向高潮，不亞於電影刺激鏡頭的驚心動魄。

第三幕演完時中場休息，我獨自到大廳抽菸。大廳上方，雕塑家胡東所刻的伏爾泰俯瞰而下，咧著無牙的嘴，露出諷刺的微笑。此時有人拍拍我的肩膀，我正回味著劇中鏗鏘詩句帶來的震撼，因而略微不悅地轉身，沒想到面前竟是勞瑞。一如往常，我高興極了，上回見到他已是一年前的事。我建議看完這齣戲後，一起去喝杯啤酒。勞瑞說沒吃晚餐，正飢腸轆轆，便提議去蒙馬特。我們分頭看完後才碰面，一同走出劇院。法蘭西劇院有著特殊的霉味，混雜著一代代負責帶位女子的體臭；她們往往不洗澡，板了張臉孔，帶好位之後，便臉不紅氣不喘地站在旁邊，等著收客人的小費。因此，出了劇院毋寧是呼吸新鮮空氣。當晚天氣宜人，我們便走路過去。歌劇院大街的弧光燈大肆照耀，天空星斗好似不屑與之爭鋒，皆把鋒芒藏於無邊無盡的黑暗中。我們邊走邊討論剛才的戲劇。勞瑞頗為失望，覺得演技可更自然，詩句應宛如說話，動作則減少誇張。我無法認同他的觀點。這齣戲以華麗辭藻見長，故台詞讀來理應浮誇。我喜歡演員每逢韻腳故意頓一下，搭配優美的身段，承襲著悠久傳統至今，適合這類偏重形式的藝術風格。我不禁揣想，拉辛也會希望這齣戲如此搬演。我向來佩服演員能在重重限制下，盡力演得真實、熱情又有人情味。藝術若能利用傳統遂行目的，即為藝術的勝利。

我們到了克利希大街，走進布格哈夫餐廳。午夜剛過，餐廳擠滿了人，但我們找到一張空桌，點了兩份火腿蛋。我告訴勞瑞，最近已見過伊莎貝。

「格雷應該很高興能回美國。」他說。「他回到那裡才會如魚得水，除非重新開始工作，否則快樂不起來的。他以後肯定會賺很多錢。」

「果真如此，那就是你的功勞，他不但身體康復了，心病也一併治好，你幫他找回了自信。」

「那都是小事，我只是教他怎麼自癒。」

「那你是怎麼學會這種小事的？」

「湊巧囉。我之前在印度失眠得嚴重，剛好跟一個老瑜伽行者提到。他說馬上就能幫我治好。他那套方法你已見過了，我在格雷身上如法炮製。那天晚上，我一夜好眠，好幾個月沒睡得這麼舒服。後來大概過了一年，我跟某個印度朋友去爬喜馬拉雅山，他不小心跌傷腳踝，但臨時找不到醫生，他又痛得不可開交。我就嘗試那個瑜伽行者的方法，沒想到竟然有效。你信也好，不信也罷，反正他完全不痛了。」勞瑞笑起來。「我可以保證，我比誰都還驚訝，真的沒有什麼祕訣，只是把念頭灌輸到病人的腦袋裡而已。」

「說來容易啊。」

「如果你的手臂自己從桌上抬起來，你會很吃驚嗎？」

「當然會啊。」

「等著看吧。我們一回到文明世界，那名印度朋友就四處張揚，還帶領其他人來看我。其實我當時很排斥表演給他們看，畢竟還不大清楚其中原理，但在大家堅持之下，我也只好照辦。不知為何，他們的病痛竟然全緩和了，我更發現這套方法除了止痛，還能驅除恐懼。說也奇怪，許多人都飽受恐懼的煎熬。我不是指害怕身處密閉空間，或者害怕站在高處，而是害怕死亡，更慘的是害怕人生。他們多半看起來非常健康、生活富足且無所牽掛，卻被恐懼折磨。我有時會覺得，這是最讓人困擾的情緒，我一度自問這是否植基於深沉的動物本能，遠古先祖首次感受到生命的顫動後，就代代遺傳了下來。」

我聽著勞瑞分享，內心充滿期待，他很少說這麼多話。我隱約覺得，這回他總算願意談心了。或許方才那齣戲，減輕了某種壓抑；演員嗓音抑揚頓挫、節奏明快，如同音樂般，讓他擺脫天生的拘謹。忽然間，我覺得自己的手不大對勁；勞瑞方才半開玩笑的問題，我壓根沒有多想，如今卻發現手不在桌上，反而已抬離桌面一吋左右。我大吃一驚，盯著自己的手，發現它微微顫抖，胳臂神經有種詭異的刺痛，抽動了一下，整隻手和前臂便自動抬了起來，我既未出力也不抗拒，直到手臂離桌數吋，接著完全高舉過肩。

「這太奇怪了。」我說。
勞瑞笑了笑。我把注意力稍稍集中，手臂立即落回桌面。
「真的不稀奇。」他說。「別把它當一回事。」
「你剛從印度回來的時候，有跟我們提到一位瑜伽行者，是他教的嗎？」
「不是，他很討厭這種事，我不曉得他相不相信自己有部分瑜伽行者所說的能力，但他認為施展這種能力十分幼稚。」
我們的火腿蛋送來了，立刻吃得津津有味，同時喝著啤酒，沒說半句話。我不曉得他在想什麼，我則思考著他說的話。餐後，我點了根菸，勞瑞則燃起菸斗。
「你當初為什麼會想去印度？」我驀然問他。
「湊巧囉，至少那時是這麼想；現在我倒傾向認為，這是在歐洲住了多年的必然結果。凡是對我有深遠影響的人，幾乎都是碰巧遇到，但回想起來，卻好像命中注定，彷彿全在我需要他們時出現。我之所以去印度，是因為想好好休息，因為工作得太累了，想把思緒整理整理。我後來在環遊世界的渡輪上，找了份打雜的工作；渡輪往東方行駛，通過巴拿馬運河，再前往紐約。我當時有五年沒回美國了，所以非常想家，但是相當沮喪。很多年前，我們在芝加哥初次見面，你也曉得那時我有多麼天真無知。我之後到歐洲讀了各式各樣的書，見了不少世面，但是離心中追求的目標還是很遠。」
我想詢問目標為何，但覺得他勢必會一笑置之，聳聳肩說不值得一談。
「不過，你為什麼要去船上打雜呢？你又不是沒錢。」我問。
「我想體驗體驗。我只要覺得精神達到飽足、能學的都學了，這類雜役顯得特別有用。那年冬天，我跟伊莎貝解除婚約後，就在朗斯附近的礦坑打工了六個月。」

就在此時，他向我吐露過的遭遇，前文均已提及。

「伊莎貝甩了你的時候，你很難過嗎？」

他開口前盯著我一會兒，奇異深邃的雙眼似乎不是在看我，是自己的內心。

「對呀，當時我還年輕，打定主意要結婚，也計畫好婚後的生活。我覺得一定會很美滿。」他淡淡一笑。「但是，結婚是兩個人的事，一個巴掌拍不響。我沒想到，自己嚮往的生活讓伊莎貝大失所望。我當時真不懂事，否則絕不會這麼建議。她當時也太年輕、容易衝動。我並不怪她，但是也沒法讓步。」

各位讀者可能有印象，勞瑞和農場主人的守寡媳婦發生了那檔荒唐事，便漏夜逃出農場，前往波昂。我急著想叫他繼續說，但曉得必須避免問得太直接。

「我沒去過波昂。」我說。「小時候，我有段時間在海德堡上學，大概是我這輩子最快樂的時候了。」

「我很喜歡波昂，在那裡待了一年。我跟波昂大學已故教授的遺孀租了房間，她和兩個已屆中年的女兒負責煮飯和家事。還有名房客是法國人，我本來有點失望，因為我只想練習德語；他來自亞爾薩斯而且會說德語，搞不好比法語更流利，而且腔調更加準確。他一身神父的裝扮，幾天後我才意外發現他是本篤會修士，獲得修道院准假到大學圖書館做研究。他的學識淵博，外表和印象中的修士一樣。他的身材高大，有著淺棕色的頭髮、湛藍的雙眼與紅潤的圓臉。他很怕生又內斂，似乎不太想跟我來往，不過禮貌倒很周到，同桌吃飯閒聊始終客客氣氣。我只有那個時間才會見到他，吃完午餐，他就回圖書館忙了。晚餐後，房東女兒有一個會洗碗，我便跟另一個聊天，順便練習德語，而那房客卻窩回自己的房間。

「我在波昂待了一個月後，某天下午，他問我要不要去散個步，這真是出乎我的意料。他說可以帶我去看看附近一些地方，單靠我自己應該不會發現。我自認很能走路，但是他比我更厲害。那回散步，我們絕對足足走了至少十五哩遠。他問我來波昂的目的，我說來學德文，順便熟悉德國文學。他說話很有內涵，表示會盡量幫我的忙。從此以後，我們每個禮拜都會出去散步兩、三次。我發現他教了好多年的哲學。我在巴黎讀了點哲學，像是斯賓諾莎、柏拉圖、笛卡兒之類，但是沒接觸過德國哲學家，所以聽他談論這些哲人，我是求之不得。有一天，我們到萊茵河另一頭遠足，坐在露天座位喝酒，他問我是不是新教徒。我告訴他，『應該算是吧。』

「他迅速瞧了我一眼，眼神好像帶有笑意。他開始談論埃斯庫羅斯[37]。我那時也在學希臘文，他對這些偉大悲劇家熟悉的程度，我實在難以望其項背。聽他一席話，我收穫不少。不曉得他為什麼會問起我的信仰，尼爾森叔叔相信的是不可知論，但他經常去做禮拜，還送我去主日學校，都是為了順著病人的意思。我們有個幫傭瑪莎，她是不知變通的浸信會教徒。我還小的時候，她常說故事嚇我，說罪人要永遠受地獄之火折磨。她舉例的對象都是村子跟她有過節的人，詳細地描述那些人在地獄會遭受哪些酷刑，往往愈說愈開心。

「到了冬天，我跟恩西姆神父很熟了。我覺得他相當了不起，從來沒見過他發脾氣。他生性善良敦厚，開明到超乎我的想像，而且凡事寬以待人。他博學多聞，想必早就看穿我的無知；但是他每次跟我說話，卻好像把我當成跟他一樣有學問，而且耐心十足，似乎全心只想幫我。有天不知道

37 埃斯庫羅斯，古希臘悲劇詩人。

什麼緣故，我腰痛得受不了，房東葛拉保太太堅持要我躺在床上，還拿熱水袋讓我熱敷。恩西姆神父聽說此事，晚餐後就來探望。我除了腰痛得厲害，大致上沒其他症狀。你也曉得那些愛書成痴的人，對任何書都很好奇。我看到他進房就放下手裡的書，他還拿起來瞧了瞧書名；那本書的主題是艾克哈，是在城裡一家書店買到的。他問我怎麼會讀這本書，我說自己曾經涉獵神祕主義的文獻，還提到柯斯迪引起了我對神祕主義的興趣。神父用那雙碧藍的眼睛打量著我，露出某種關愛的眼神。他似乎覺得我很好笑，但是無損對我的溫和態度。反正，我從不在意別人把我當傻瓜。

『你想從書裡獲得什麼？』他問我。

『我要是知道的話，現在至少就會去找了。』

『記得我問過你是不是新教徒嗎？你說應該算是，意思是什麼？』

『我從小到大接觸的都是新教信仰。』我說。

『你相信上帝嗎？』他問。

我很不喜歡這類私人問題，當下差點衝動說出這不關他的事。但他的表情非常和善，實在沒辦法頂撞他。我不曉得該回答什麼，既不想說相信，也不想說不相信。可能是腰痛的緣故，或者他帶來的影響，我說起了自己的事情。」

勞瑞猶豫了半晌，再度開口時，我知道他已忘了我的存在，說話對象是那位本篤會修士。不曉得是否出於某種時空的力量，讓他一反平日的寡言，也毋需我的追問，便娓娓道來埋藏心底的往事。

「鮑伯·尼爾森叔叔的作風民主，送我去念瑪文中學；不過，露易莎·布萊利阿姨嘮叨個沒完，到了我十四歲，叔叔才讓我就讀聖保羅中學。我的學業和體育都差強人意，不過倒還能融入環境。

我當時算是很正常的男生，對於航空特別著迷。那時候還是航空技術發展初期，鮑伯叔叔跟我一樣熱愛飛行。他有幾個飛行員朋友，而聽到我想學開飛機，就說願意幫我想辦法。當時我年紀雖小，個子卻長得高，十六歲看起來就像十八歲。鮑伯叔叔叮嚀我務必要保密，不然大家知道這件事，絕對會把他罵到臭頭。不過，他後來把我送到加拿大，寫了封介紹信要我帶給一位朋友。結果我到了十七歲，就在法國當起飛行員了。

「那時我們開的飛機簡直是破銅爛鐵，每次飛行都等於賭上性命，而且飛行的高度按照今天的標準，根本就高得很離譜，但是我們什麼都不懂，反而以為很了不起。我那個時候好愛飛行，很難形容內心的感受，只覺得又得意又開心。在空中愈飛愈高，我覺得好像跟某種遼闊又美麗的空間合為一體；我也不曉得怎麼回事，只知道飛到兩千呎後，自己不再是孤獨一人，好像找到了歸屬。這聽起來可能很不可思議，但是我真的無法形容。我飛到雲層上面，彷彿俯瞰著一大群綿羊，無邊無際，讓人覺得自由自在。」

勞瑞稍做停頓，凝視著我，眼神深不可測，摸不清是否真的在看我。

「我知道有成千上萬的死亡，但是都沒有親眼目睹，所以對我沒什麼影響；直到我有次看到別人死在我面前，心裡才充滿了羞愧。」

「羞愧？」我不由得提高了音量。

「確實是羞愧，因為他只大我三、四歲，具有活力和膽量，不久前還活蹦亂跳，現在卻是血肉模糊，好像不曾存在過。」

我沉默以對；以前讀醫科時，我就見過死人，戰爭期間更是不計其數。而我深感難過的是，他們看起來無足輕重，不剩半點尊嚴，成了遭戲班丟棄的木偶。

「當晚我失眠了，還哭得好慘，不是因為怕死，而是憤怒難耐，無法忍受這麼醜惡的一面。戰爭結束後，我回到家中。我以前就很喜歡機械，想說如果航空業沒有搞頭，就找間汽車工廠任職。我因為戰時受過傷，得休息一陣子。後來家人要我開始上班，但是我做不來他們期望的工作，感覺很沒意義。我有很多時間都在思索，反覆問自己人生的目的到底是什麼。歸根究柢，我純粹是運氣好才苟活下來。我希望能有番作為，卻不知道該做什麼。以前，我對上帝沒什麼特別的想法，那陣子卻開始想起祂來了。我不懂為什麼世上會有邪惡，明知自己很無知，卻又沒有人可以請教，但是我好想學點什麼，就開始胡亂讀起書來。我把這件事告訴恩西姆神父。

『你已經讀了四年的書吧？找到答案了嗎？』他問我。

『完全沒有。』我說。

他看著我，滿臉和藹可親，讓我一頭霧水，不曉得自己說了什麼讓他有這種反應。他的手指輕輕敲著桌子，好像心中有什麼盤算。

他說，『我們的教會英明，發現如果信教行禮如儀，就會獲得真正的信仰；如果祈禱雖然有疑慮，卻依然誠心誠意，疑慮自然就會消除。根據從古到今累積的經驗，證明了禮拜儀式對精神的影響很大，前提是你能全然投入，享受儀式的美好，上天就會賜給你寧靜。我再過不久就要回修道院了，要不要一起回去，住上幾個禮拜呢？你可以跟其他庶務修士在田裡幹活，晚上就到圖書館看書，這個經驗也很有意思，不輸給在礦坑或農場的工作。』

『你為什麼會這麼建議呢？』我問。

『我已經觀察你三個月了，也許比你自己還更了解你。你與信仰之間，其實只有一線之隔。』

我沒有答腔，彷彿被撥動了心弦，有種奇怪的感覺。我終於開口，說要考慮考慮。神父就不再提此事，他在波昂剩下的日子，我們再也沒聊過宗教的事，但是他離開前留了修道院地址，說如果我決定要去，只要捎個信給他即可，他會替我安排住宿。後來，我發現自己竟然很想他。轉眼間又到了仲夏，波昂的夏天十分宜人。我讀了歌德、席勒、海涅的作品，也讀了賀德林和里爾克，但是仍然沒找到答案。我時常思考恩西姆神父那番話，終於決定接受他的提議。

「我們約在車站碰面。修道院位於亞爾薩斯，恩西姆神父介紹我認識院長，就帶我到指派的小房間。房內有張狹窄鐵床，牆上掛著耶穌殉難十字架，陳設簡陋，只有些生活必需品。晚餐鈴一響，我向食堂走去。食堂有個穹頂，院長站在門口，身旁兩名修士分別拿著一盆水和一條毛巾；院長在客人雙手灑幾滴水清洗，再用修士遞給的毛巾擦乾。除了我之外還有三名客人：其中兩位是路過的神父，順便留下來用餐，另一名是愛發牢騷的法國老人，專程到那裡靜修。

「院長和兩名副院長分別入坐餐廳主位，面前都有張桌子。神父們則沿著牆壁兩側入坐，見習修士、庶務修士與客人坐在餐廳中央。餐前禱告後，大家就開動了。一位見習修士站在餐廳入口，聲音平板地朗誦一本經書；用完餐後，大家又做了一次禱告。院長、恩西姆神父、客人和修士都進小房間喝咖啡、閒話家常。之後，我就回自己的房間了。

「我前後待了三個月，過得開心自在，那裡的生活方式完全適合我。附設的圖書館藏書豐富，我讀了不少書。神父們非但沒有向我傳教，還很高興跟我交談。他們的學養、虔敬以及脫俗的氣質，莫不教我深深欽佩。可別以為他們的生活無所事事，他們其實相當忙碌，耕地、播種樣樣都自己來，因此也很高興我能幫忙。我喜歡禱告儀式的盛大場面，但是最喜歡的還是晨禱：每天清晨四點得坐在教堂裡，四周全是黑夜圍繞，特別打動人心；修士們全穿著制服，風帽遮住頭部，頗為神祕，唱起禮拜儀式的詩歌，聲音渾厚有力。日復一日的活動按著規律，給人踏實安心之感；儘管耗費不少精力、思考從沒停止，卻能獲得充分的休息。」

勞瑞露出微笑，表情略帶遺憾。

「我跟羅拉[38]一樣，太晚來到這個世界。我應該活在中世紀，那時候信仰是天經地義的事。如此一來，我就看得清楚自己的方向，也會努力進入教會任職。當時我雖然想信仰上帝，卻怎麼都辦不到；上帝沒比上流人士更加高尚，讓我無法真誠信仰。神父們說，上帝創造萬物是為了頌揚自己。在我看來，這實在不怎麼高尚。難道貝多芬創作交響樂，也是為了頌揚自己？我不相信。我認為，他之所以創作，是因為靈魂中的樂音需要出口，於是他就努力把音樂表現得淋漓盡致。

「我常常聽修士們餐前反覆禱告，心想他們為什麼可以一再祈禱，卻從不質疑天父賜予糧食這件事。一般來說，小孩會懇求父親給他們食物嗎？他們都視為理所當然，既不會因此感謝，也不需要感謝。如果父親讓孩子來到世界，卻無法或不願意撫養，我們只會加以譴責。我覺得，萬能的造物主創造萬物後，如果不提供物質與精神的食糧，倒不如就不要造物。」

「親愛的勞瑞。」我說。「幸好你不是活在中世紀，否則絕對會被綁上木樁活活燒死。」

他僅面帶微笑。

「你的成就也不少。」他接著說。「你希望別人當面稱讚你嗎？」

「我會很不好意思。」

「我想也是。我不相信上帝會要人讚頌祂。以前在空軍當兵的時候，我們最瞧不起那些巴結長官換來爽差的弟兄。如果極盡奉承之能事，希望獲得上帝的救贖，上帝應該也會不以為然。我寧願

---

[38] 十九世紀法國詩人繆塞（Alfred de Musset）的作品，其中一段敘事者慨嘆生錯時代。

相信，上帝喜歡凡事盡力而為的信眾。

「但這還不是最困擾我的問題。我最不能接受的是對於罪愆的看法，而據我所知，修士們多多少少都掛念著這件事。我在空軍認識許多弟兄，他們一有機會就會喝個大醉，或隨便勾搭女人，而且滿口髒話。我們的部隊裡有一、兩個特別會闖禍：有個傢伙開空頭支票被逮捕，還被判了六個月徒刑，但是這不完全是他的錯，他本來就是個窮小子，碰到那種天文數字，就得意忘形了。我在巴黎碰過不少壞人，而回到芝加哥以後，碰到的壞人更多；但是他們為非作歹不是遺傳就是環境的因素，半點不由人。面對這些罪惡，社會應該負更大的責任。我是上帝的話，絕對不會狠心懲罰他們，即使是十惡不赦的罪犯，也不該永遠在地獄受苦。恩西姆神父的思想比較開明，他認為沒有上帝存在就是地獄，但是如果懲罰難熬到足以稱作地獄，仁慈的上帝難道會忍心嗎？畢竟是祂創造了人類，如果人類因此犯下罪過，那就是上帝的意志使然。如果訓練狗的時候，規定牠見到陌生人進門就攻擊，等到牠真的攻擊人，我卻毒打牠一頓，未免不公平了。

「如果世界真是至善全能的上帝所創造，祂為什麼要創造邪惡呢？修士們說，這是為了看人類是否能克服內心的惡，並且抵抗誘惑，把痛苦和憂患當成洗滌靈魂的試煉，最後才配得上祂的恩典。這就好像派人送信到外地，但是又不想讓他輕鬆達成任務，就在路上造迷宮要他通過、挖壕溝要他游過，最後再築道城牆要他攀過。上帝全知但缺乏常識，我實在信不下去。為什麼不能信仰一個根本沒有造物的上帝呢？這個上帝遠比人類偉大、有智慧，面對世界的亂象就盡力而為，對抗著非祂創造的邪惡，說不定最終還能戰勝邪惡。但話說回來，我也想不出信仰祂的理由。

「對於我的疑惑，神父們既無法說之以理，也不能動之以情。我待在那裡只是白費工夫，便去向恩西姆神父道別，他沒問我這次經驗是否有帶來收穫，只是一臉和氣地看著我。

『我恐怕辜負了你的好意，神父。』我說。

『沒這回事。』他回答。『你雖然不信上帝，但是內心十分虔誠。上帝會把你找回來的，至於回到哪個地方，就只有上帝才曉得囉。』」

4

「後來，我在巴黎待到冬天結束。我對科學一竅不通，覺得該是學點皮毛的時候了。我讀了不少書，也不曉得到底學了多少，只知道自己的渺小無知，但我以前就意識到了。春天來臨後，我就前往鄉下一家河邊旅館投宿，附近有座古色古香的美麗小鎮；法國不乏這類小鎮，彷彿時光停留在兩百年前。」

我猜那裡便是勞瑞和蘇姍那年夏天落腳的地方，但讓他繼續說下去。

「後來，我去了西班牙，想看看維拉斯奎茲和葛雷柯的作品，很好奇如果宗教無法提供解答，那麼藝術能否指出一條道路。我閒晃了一陣子，便來到塞維爾。我很喜歡那座城市，打算待下來過冬。」

我二十三歲時去過塞維爾，同樣深深著迷：條條蜿蜒的白色街道、宏偉的大教堂，以及瓜達基維河廣闊的平原。我也喜愛安達魯西亞女子的韻味和開朗，以及她們深邃閃耀的眼眸、黑髮配戴的康乃馨；相互映襯之下，髮色顯得更黑，花朵也更豔麗。我還欣賞她們嬌嫩的膚色與誘人的豐唇。青春就是美好，勞瑞到塞維爾時，年紀只比以前的我稍長；因此，我不禁開始猜測，面對這些性感尤物，他是否依然無動於衷。他彷彿看穿我的心思，回答了起來。

「我遇到一位在巴黎結識的畫家，他叫奧古斯特．科泰，曾經跟蘇姍．魯維耶同居一陣子。他來到塞維爾寫生繪畫，又跟一名路上勾搭的女子同住。有天晚上，他找我一起去艾雷塔尼亞劇院，聆聽佛朗明哥歌手的演唱。他們還帶了一名那女子的朋友；我從沒見過這麼嬌小玲瓏的女孩，她只有十八歲，不小心懷了孕，只好離開家鄉，小男友則跑去服兵役。她把孩子生出來後，找了個奶媽幫忙，就在菸草工廠找份工作。我把她帶了回家，她的個性活潑可愛；幾天後，我就問她想不想搬來跟我住，她立刻答應了。於是，我們找了個家庭式旅館，租了一間臥室、一間客廳。我叫她把工作辭了，但是她不肯，這樣也好，因為我白天就可以自己運用。廚房是共用空間，所以她上班前就會幫我準備好早餐，中午回來煮午餐，晚上我們則去外面吃、餐後看電影或找地方跳舞。她都笑我是瘋子，因為我有個橡膠浴盆，每天早上堅持要用冷海綿擦身子。她的孩子住的村子離塞維爾只有幾來哩路，我們每個禮拜日都會去探視。她也坦承，跟我同居只是要存以後裝潢的錢，等男友服完兵役，兩人就會一起租個公寓。她是很可愛的女孩，想必會是個好妻子；她的性情開朗、溫和又熱情，把性愛當成身體的本能，無異於吃喝拉撒睡，自己既能享受快感，也樂意給人快感。她就像個小動物，但是非常討喜、漂亮又溫馴。

「有天晚上，她說收到男友帕哥從西屬摩洛哥寄來的信，信中表示即將退伍，兩天內將抵達卡地斯。隔天早上，她把行李打包好、錢塞在褲襪裡，隨後我就送她到車站，她走進車廂前，熱情地親了我一下，但是她滿腦子只想到和情人重逢，我很肯定，火車還沒開出車站，她就會把我忘得一乾二淨了。我在塞維爾繼續住到秋天，接著就動身往東走，最後抵達了印度。」

5

夜深了，人群稀稀落落，店內空桌愈來愈多，無所事事的人皆已回家，看完戲或電影來喝酒吃消夜的人也已離開，偶爾會有散客晃進來。我看到一位貌似英國人的高個子走進來，身旁跟著一名年輕的痞子；他有張英國知識分子常見的憔悴長臉與日益稀疏的鬈髮，表情顯然跟許多人一樣，誤以為人在國外，就不會被同胞給認出來。那名痞子狼吞虎嚥地吃著一大盤三明治，英國人對他投以仁慈的目光。胃口真是驚人！我還看到一名面熟的男子，我們都是尼斯某理髮廳的常客；他的身材粗壯，年紀一大把，有著花白的頭髮和紅通通的圓臉，雙眼下方掛著厚重的眼袋。他是美國中西部的銀行家，經濟大蕭條之後，寧可離開土生土長的城市，也不願意接受當局調查。我不曉得他有無犯罪，即使犯了罪，恐怕法國政府也看不上眼，懶得大費周章地將他引渡。他的舉止狂妄自大，像三流政客般佯裝熱情，但眼神卻透露著害怕和鬱悶。他老是半醉半醒的模樣，身旁常跟著盡可能敲詐他的妓女。如今，他和兩名濃妝豔抹的中年婦女坐在店裡，她們大剌剌地對他語帶嘲諷，他只會似懂非懂地傻笑。生活實在奢靡！我心想，他待在家裡吃藥也許還比較好，難保哪天被女人吃乾抹淨，只能走上跳河自盡或服藥自殺一途。

約莫兩點多，客人又開始增加，想來是夜店紛紛打烊了。一群美國青年踱步進來，爛醉如泥又大聲喧譁，但不久便離開了；附近還有兩位臉色陰沉的胖女人，一身男性化的服裝緊貼在身上，肩併肩坐著，悶不吭聲地喝著威士忌蘇打；後來出現一群穿著禮服的人，亦即法文中的社交名流，應是玩遍夜店，回家前想吃頓消夜，吃完就解散了。餐廳裡有名讀報的男子引發我的好奇：他身材矮小，衣著樸素，蓄著整齊黑鬍、戴著夾鼻眼鏡，已待了一個多鐘頭，面前放了杯啤酒。之後，終於出現一名女子來找他。他冷漠地點了點頭，料想是因久候生起悶氣；女子頗為年輕，穿得十分隨便又滿臉脂粉，看來極為疲憊。不一會兒，女人從手提包拿了包東西給他，裡頭八成裝著錢。他瞄了一眼，臉色一沉，嘴裡念念有詞，內容我聽不清楚，但從女子的舉止看來，理應是難聽的字眼，而她好似在設法解釋。忽然間，男子把身體往前探，甩了她一記響亮的耳光。她大叫一聲，嗚咽地哭了起來。餐廳經理聽見騷動，連忙趕來處理，似乎說他們若不守規矩，就得請他們離開。女子轉身面對經理，語調尖銳地大罵髒話，叫他別多管閒事，要人想不聽到也難。

「他打我耳光又怎樣，是我自找的。」她怒吼。

女人哪！我原本總以為，男人若要靠女人賣身來養他，至少得身材壯碩且魅力十足，隨時準備跟人動刀動槍；而如此矮小猥瑣的傢伙，外表看來頂多只是律師助理，竟有能耐在人滿為患的小白臉圈子，占有一席之地。

6

我們這桌的侍者即將下班，便送來帳單好收小費。我們結完帳，又點了咖啡。

「然後呢？」我說。

我覺得勞瑞想再說下去，我也正有興致繼續聽。

「你不會無聊嗎？」

「不會啊。」

「好吧。後來到了孟買，渡輪要停留三天，讓旅客可以觀光遊玩。第三天下午，我剛好不用值班，就上岸閒晃。我四處逛逛，看著往來的人群，真是大雜燴！中國人、穆罕默德教徒、印度人，皮膚黝黑的泰米爾人，還有長角的公牛拉著牛車！後來，我參觀了象島石窟。先前，有個印度人在亞歷山卓城上了船，打算要到孟買，旅客對他都有些輕視。他長得矮胖，有張棕黃圓臉，身穿黑綠格子花呢套裝，脖子圍著牧師的硬領。有天晚上，我正在甲板上透透氣，他上來找我攀談，不巧那時我懶得說話，只想好好獨處。他問了很多問題，我都愛理不理的，只說自己是學生，沿途打工賺回美國的旅費。

『你應該在印度待一陣子，東方的知識比西方想像得豐富多了。』他說。

『是嗎？』我說。

『反正，一定要去看看象島石窟。你絕對不會後悔。』」

勞瑞忽然問我，「你去過印度嗎？」

「從沒去過。」

「喔，反正我到了石窟，盯著巨大的三頭神像，正納悶著背後的故事，就聽見身後有人說：『你果然來了。』我轉頭一看，一時還認不出對方，原來是那位穿格子花呢套裝、戴牧師衣領的矮個子，但是眼下他卻一身番紅長袍；我後來才曉得，那是羅摩克里希納長老的穿著。先前那個滑稽好笑、語無倫次的矮子，搖身一變成了莊嚴又脫俗的長者。我們凝視著面前壯觀的石像。

『創造神梵天、守護神毗濕奴和破壞神濕婆，代表三位一體的真理。』

『我不太懂你的意思。』我說。

『我想也是。』他答道，微笑眨了眨眼，似乎略帶嘲弄。『神如果是凡人所能理解的話，就不是神了。無限豈能形諸語言呢？』

他雙手合十、微微點頭，接著漫步離去。我望著三個神祕的頭像，也許因為沒預設任何立場，所以內心異常激動。你應該曉得，有時候我們努力要記起某個名字，明明就在嘴邊了，但就是想不起來，當時我就有這種感受。從洞窟出來後，我坐在石階上許久，望著大海。我對婆羅門教的粗淺認識，全來自愛默生的詩作，當時卻怎麼都想不起來，實在教人惱火。回到孟買後，我走進一家書店，想看看有沒有詩集收錄，後來在《牛津英詩選粹》中找到。你記得那首詩嗎？『離棄我者，有欠思慮；即使他們飛離，我即為其羽翼：我既是懷疑者，亦為疑慮本身，更是婆羅門頌揚的聖歌[39]。』

---

39 原文：They reckon ill who leave me out; When me they fly, I am the wings; I am the doubter and the doubt, and I the hymn the Brahmin sings.

「我在當地飯館吃了晚餐；因為十點才要回去報到，我就到海濱散步、眺望大海；我從沒見過天空這麼多星星，而在經歷白天的炎熱之後，晚上顯得格外涼爽。我找到一座公園，在長凳上坐下；公園裡一片黑漆，白色人影來來去去。我還記得白天的美好，有著耀眼斑爛的陽光，五顏六色的嘈雜人群，以及辛辣芳香的東方氣味，在在教人心醉。那三尊梵天、毗濕奴和濕婆的頭像，賦予了該地神祕的意涵，就像畫家憑著一件物體或一抹色彩，就讓構圖顯得完整。我的心跳開始加速，因為忽然萌生強烈的信念，認為印度能帶來的收穫，我絕對不可以錯過，好比機會擺在面前，如果不立即把握，就永遠失之交臂。我很快就決定不回渡輪；渡輪上只留了我的旅行袋，裡頭沒幾樣東西。我慢慢走回鬧區想找旅館，不久就找到一家，馬上租了間房間。我只剩身上那套衣服、少許零錢、護照和信用證明，頓時覺得輕鬆自在，大聲笑了出來。

「十一點鐘開船；為了保險起見，我十一點才走出房間，到碼頭上看著渡輪開了出去，就前往羅摩克里希納教會，拜訪那位在石窟跟我說話的長者。我不曉得他的名字，只說想見見剛從亞歷山卓回來的長老。我告訴他，自己決定要在印度住下，應該去看些什麼。我們談了好久好久，最後他說當晚要去貝納雷斯，問我願不願意同行，我二話不說就答應了。我們坐上三等車廂，裡頭擠滿吃喝喧囂的乘客，悶熱得教人難受。我整夜沒睡，隔天早上非常疲倦，但那位長老卻是精神奕奕。我問他怎麼辦到的，他說：『內觀無形，梵予休憩。』我聽得一頭霧水，卻親眼看到他神清氣爽，好像昨晚躺在舒服的床上，一夜好眠。

「我們一到貝納雷斯，就有位跟我年紀相仿的年輕人來迎接，長老請他安排房間給我。他叫瑪亨德拉，是大學教師，既友善又聰明，我們很欣賞對方。那天傍晚，他帶我坐船遊恆河。我完全大開眼界，看著整座城簇擁著河邊，美到教人驚嘆；隔天早上，他帶我看的景象更是厲害。天還沒亮，他就到旅館接我，再度帶我到河邊。我簡直是目瞪口呆，只見成千上萬的人們在河邊沐浴和禱告。我看見一名高瘦的男子，頭髮凌亂、鬍鬚糾結，只穿了條丁字褲，站在那裡伸出雙手，抬頭大聲向日出祈禱。我無法形容當時的震撼。我在貝納雷斯待了六個月，每天清晨就到恆河邊觀看這個奇觀，一再受到莫名的感動。那些人的信仰堅定無比、全心全意，毫無一絲保留或疑慮。

「大家都對我很好，一發現我不是來獵老虎或做生意，而是單純學習，就想盡方法幫我。他們得知我想學印度斯坦語後，便幫我找老師、借書給我，還不厭其煩地回答問題。你對印度教熟悉嗎？」

「了解得很少。」我答。

「我還以為你有興趣呢。印度教認為，宇宙沒有起點也沒有終點，而是從成長到平衡，從平衡到衰敗，從衰敗到崩解，從崩解到成長，如此永恆循環著。你不覺得這個觀念很了不起嗎？」

「那麼對印度教徒來說，永無止盡地周而復始有什麼目的嗎？」

「我覺得他們會說，這就是梵的本質。這麼說好了，他們相信造物的目的，是用來懲罰或獎勵靈魂前世的作為。」

「這是輪迴轉世的說法。」

「全世界三分之二的人有此信仰。」

「許多人相信並不代表就是真理。」

「當然不是，但至少值得認真看待。基督教吸收了不少新柏拉圖主義，當初說不定也納入了輪迴說。其實，有個早期基督教派就相信輪迴說，但是後來被指為異端。否則，基督徒對於輪迴也會深信不疑，就像相信耶穌復活一樣。」

「所謂輪迴，是不是指靈魂依據前世功過，在肉體之間無止盡流轉？」

「想來是如此。」

「但是，我是靈魂和身體共同組成的啊。誰曉得我之所以成為我，其中有多少恰巧是這個軀體決定的呢？拜倫的右腳如果沒有畸形，還會是拜倫嗎？杜思妥也夫斯基如果沒罹患癲癇，還會是杜思妥也夫斯基嗎？」

「印度人不談巧合。他們會說，是前世的所作所為，讓靈魂轉世到殘缺的身體。」勞瑞輕敲著桌子，陷入沉思、雙眼出神，微笑說道：「你有沒有想過，輪迴足以解釋人世的惡，以及惡為何存在。如果我們的惡報是前世造孽的結果，就可以釋懷地接受，並且在今生努力行善，來世就會少受些苦。但是，自己忍受惡報比較容易，只要硬著頭皮就行，教人不能忍受的是看別人受苦，畢竟看起來通常不是罪有應得。如果你能說服自己這是前世的業，就會心懷憐憫、盡力助人減輕痛苦，也理應如此，但是沒理由覺得忿恨不平。」

「可是，為什麼上帝一開始不創造沒有痛苦和不幸的世界呢？那時候就沒有前世的功過可言了。」

「印度教徒會說，沒有所謂的開始。從古至今，個人靈魂就與天地同存，本質則由前世決定。」

「那如果相信輪迴，對於人生有實際影響嗎？畢竟那才是個考驗。」

「我認為有影響。我認識的一個人，生活就深受輪迴的影響。我在印度的頭兩、三年，多半都住當地旅館，不過偶爾會有人請我到他家住，有一、兩次甚至成了邦主的座上賓，受到盛情的款待。在貝納雷斯某個朋友引介下，我獲邀到北方小邦作客。當地首都美極了：宛如玫瑰紅城，見證千秋歷史[40]。我認識了一位財政部長，他接受歐洲教育出身，曾經就讀過牛津大學。他說起話來，

---

[40] 取自十九世紀英國學者約翰・貝根（John Burgon）描述約旦古城佩特拉（Petra）的詩句。

給人感覺進步又開明，也是公認效率一流的部長和處世精明的政治人物。他一身西式服裝，外表乾淨俐落，長得頗為帥氣，只是有些中年發福，還蓄著整齊的鬍鬚。他時常請我過去作客，家中有座大花園，我們常坐在樹蔭下聊天。家中就是他、妻子與兩個成年的孩子。無論怎麼看，他都像是一般西化的印度人。所以令我十分驚訝的是，他再一年滿五十歲後，就要辭去目前眾人稱羨的職位，把財產交給妻子和孩子，當個托缽僧到處流浪。更讓人詫異的是，他的許多朋友和邦主，都坦然接受他的決定，覺得相當自然，一點都不奇怪。

「有天，我跟他說，『你這麼開明又見過世面，而且遍覽群書，舉凡科學、哲學、文學無所不讀，難道你真心相信靈魂轉世嗎？』他的表情驟然改變，彷彿成了一位先知，然後說，『親愛的朋友，我不相信的話，生命對我就毫無意義。』」

「那你相信嗎？勞瑞？」我問道。

「這很難回答。我認為，西方人不可能像東方人打從心底相信。他們覺得這是血脈相承；對我們來說，這僅僅是一種看法，我不算相信，也沒有不相信。」

他停頓半晌，手托著臉，盯著桌子瞧，隨後身子往後靠。

「我要說個很詭異的經驗。某天晚上，我在靜修院的小屋裡，按照印度朋友的教導來打坐。我點了根蠟燭，注意力集中於火焰。過了一會兒，火焰中清晰出現的一排人物。帶頭的是名老婦，頭戴花邊帽，灰長鬈髮垂至耳際，身穿緊身黑上衣與荷葉裙，散發上世紀七〇年代的風格。她站著面向我，一副客氣羞怯的模樣，雙臂垂在兩側，掌心對著我，布滿皺紋的臉龐和藹可親。老婦身後是瘦高的猶太人，因為站得斜斜的，勉強看得到側臉；他有著鷹勾鼻和兩瓣厚唇，穿著黃卡班大衣，一頂黃便帽蓋住濃密黑髮，貌似用功的學者，嚴肅中帶有素樸的情感。這位學者身後是位面色紅潤的年輕人，直直朝著我瞧，好像我倆中間未隔任何人；他活脫脫是十六世紀英國人，直挺挺地站著，兩腿稍稍分開，表情無畏蠻橫，全身紅色裝扮，像宮廷服飾般華麗，踩著寬頭黑絲絨鞋，頭戴黑絲絨扁帽。這三人後面還有無數的人，宛如電影院外面的隊伍，但是光線黯淡，所有面貌都不大清楚。我只能約略辨認模糊的人形，以及類似夏風吹過麥田的動作起伏。沒多久，不曉得過了一分鐘、五分鐘或十分鐘，他們就慢慢沒入黑夜，只剩下靜靜的燭焰。」

勞瑞淺淺一笑。

「當然，這可能是我打盹做夢，或是太專注於微弱的火焰，就進入催眠狀態，而那三個清晰的人像是潛意識的畫面；也可能是我的許多前世，上輩子是新英格蘭的老太太，上上輩子是黎凡特地區的猶太人，再上輩子則是塞巴斯蒂安．卡波特[41]探索新大陸的時代中，威爾斯親王宮廷的某位時髦紳士。」

「你那位玫瑰紅城的朋友呢？」

「兩年後，我來到南部的馬都萊。有天晚上我待在廟裡，忽然有人碰了碰我的手臂。我轉身一看，瞧見留著鬍鬚和長髮的男子，赤身裸體，只圍了條兜襠布，拿著手杖和化緣缽。我一直到他開口說話，才發現他就是我那位朋友。我驚訝到說不出話來，他問我這兩年都在忙些什麼，我大概交代了一下；他又問我準備去哪裡，我說特拉凡科。他叫我去見一位象神大師，然後說，『你在找的東西，他會給你的。』我請他多介紹一些，但是他只笑了笑，說見面了自然會曉得。那時候，我已經沒原本那麼驚訝了，就問他在馬都萊做什麼。他說自己在進行徒步之旅，要到印度各地朝聖。我

---

41 塞巴斯蒂安．卡波特（Sebastian Cabot），十六世紀義大利航海家，多次率眾探索美洲大陸。

問他食宿怎麼辦，他說如果有人收留就睡在露台上，沒處借宿就睡在樹下或廟裡；飲食的話，有人施捨就吃，沒有就餓肚子；我說他瘦了，他聽了大笑，說瘦了更好，然後就向我道別。聽這位只穿兜襠布的人說『保重囉老友』，還真是好笑；後來他走到廟的另一區，我就不方便跟過去了。

「我在馬都萊待了一段時間。印度大概只剩這間廟宇允許白人隨意走動了，只有廟中最神聖的區域不能進去。天黑後，廟裡擠滿了男女老少。男人赤膊穿著兜襠布，額上、胸口和胳臂都塗上牛糞燒剩的白灰。他們在一個個神龕面前膜拜，有時候全身匍匐在地，臉部朝下，進行五體投地的大禮。他們一邊祈禱，一邊朗誦經文；他們還彼此呼喚、吵嘴、激烈爭辯，四處盡是喧鬧聲，但是不知為什麼，神卻好似近在咫尺。

「穿過許多長廊後，只見屋頂由雕刻精美的梁柱撐著，柱子下方都坐著托缽僧，每人面前放著化緣的碗，或者一塊蓆子，供信徒丟銅板。他們有的穿著衣服、有的幾乎赤身裸體，有的在你經過時瞪大眼睛望著你，有的讀著經，或誦出或默念，好像對川流不息的人群渾然不覺。我想找那位朋友，但是再也沒見到他，想必他繼續展開修行的旅程了。」

「什麼旅程呢？」

「超脫輪迴轉世的枷鎖。根據吠檀多派，所謂真我——他們叫阿特曼，我們稱之靈魂——不同於身體及感官，也不同於心靈及智識。真我並非梵的一部分，因為梵無邊無際，不可能切割。真我也不是創造而來，而是永遠存在；一旦擺脫七層無知的蒙蔽之後，就會回歸無限，好比滄海蒸發的一滴水，雨後墜進水池、流人溪中、進入江河，通過險峻的峽谷和廣袤的平原，一路迂迴曲折，受到岩石和枯樹阻礙，終於抵達最初無邊的大海。

「但是，這滴水真可憐，重新跟大海合而為一，肯定失去了主體性。」

勞瑞咧嘴笑道。

「嘗糖的味道，不必變成糖。主體不就是自我的表現嗎？靈魂不去除自我，就無法跟梵結合。」

「勞瑞，你把梵說得頭頭似道。但這麼宏大的概念，對於你的意義究竟是什麼呢？」

「就是實相。你無法說出個所以然，也無法用言語表達。印度稱之為梵，既不存在又無所不在，萬物都蘊涵著它、仰賴著它。梵非人非物非因，沒有任何屬性，超越永遠與無常、整體與部分、有限與無限；梵就是永恆，無關乎時間，代表著真理和自由。」

「天啊！」我內心如此碎念，但對勞瑞說：「但是這種純屬知識的概念，要怎麼用來安慰受苦的人類呢？大家總希望有個親近世人的神，遇到困難時可以向祂尋求慰藉和鼓勵。」

「或許在遙遠的未來，人類有了更宏觀的視野，就曉得要在自己靈魂中尋求慰藉和鼓勵。我認為，敬奉上帝是古代為了祈求神明息怒，所遺留下來的習俗；我相信神存乎我心，果真如此，那我要拜誰呢？拜自己嗎？人類精神發展分成不同階段，因此對印度人來說，梵就是以梵天、毗濕奴、濕婆等百種名稱呈現。梵既存於自在天之中，也存於烈日底下農民所供奉的不起眼物品之中。印度的神明眾多，只是方便讓人理解，真我與超我其實是一體。」

我若有所思地看著勞瑞。

「我好奇的是，這麼辛苦的信仰怎麼會吸引你。」我說。

「這麼說吧，我一直覺得創立宗教的人有點可悲，必須信仰他們才能獲得救贖，好像得仰賴別人的信仰，才能對自己產生信仰；這讓人想起古代的異教神，如果少了信徒祭拜，就變得日益憔悴。吠檀多派的不二論，不要人單憑信仰照單全收，只要人熱切地去理解何謂實相，而體驗神的方式，無異於體驗快樂或痛苦。就我所知，印度有好幾百人自認達到這個境界。我覺得很滿意的是，可以透過知識來獲得實相。印度許多賢者後來也認知到人類的軟弱，承認也可以運用愛和工作獲得救贖，但是他們從沒否認過，唯有知識才是最崇高又艱難的途徑，因為知識仰賴人類最寶貴的能力，也就是理性。」

7

在此得先說明，我無意詳述吠檀多的哲學。一來我並無足夠的認識，二來本書也不適合闡明其教義。我們談了許久，勞瑞說的不只這些，但本書畢竟是本小說，不可能詳加記載。我單純是為勞瑞著想，希望在描述他之後的行徑前，至少稍微提及他的心路歷路與特殊經歷，以免顯得不合常理，否則我毋需觸及如此複雜的議題。而我備感氣惱的是，難以用文字重現勞瑞說話的樣子：他的聲音悅耳動聽，不經意的話語也有說服力；他的表情不斷變化，時而凝重、時而愉悅、時而沉思、時而戲謔，伴隨著思緒，宛如多架小提琴奏出協奏曲不同主題時，鋼琴所泛起的漣漪。儘管話題嚴肅，他卻說得自然，語氣像閒談一般，或許略為心虛，但毫不費力，彷彿聊著天氣或莊稼。若讀者覺得他在說教，那責任全部在我，他態度的謙虛與誠懇，皆是毋庸置疑。

餐館客人所剩無幾。那群酒醉喧譁的傢伙早已離開，那對把愛情當買賣的可悲男女也回去自己骯髒的家。偶爾仍有零星的散客：有個滿臉倦容的男子進來點了杯啤酒和三明治，還有個剛睡醒的男子則要了杯咖啡；兩人都是白領階級，想必前者剛值完夜班、準備回家睡覺，後者則是被鬧鐘叫醒，心不甘情不願地展開漫長的上班日。對於當下的時空，勞瑞卻彷彿渾然不覺。我這輩子的奇特經驗可多了：我曾多次走過鬼門關；多次牽扯風流韻事；曾騎馬沿著馬可波羅當年的道路穿越中亞抵達中國；曾在聖彼得堡一間客廳中，邊喝著俄羅斯茶，邊聽著一名身穿黑外套條紋褲、說話輕聲細語的小矮子，說他暗殺某公爵的過程；曾坐在西敏寺大廳中，聆聽恬靜溫柔的海頓鋼琴三重奏，外頭則是炸彈轟隆隆的爆炸聲。但是，種種遭遇皆不及眼前的景象：我在一家裝潢華美的餐館中，坐在紅絲絨椅子上，聽著勞瑞談論神和永恆、何謂梵，以及無窮無盡的輪迴。

8

勞瑞沉默了好幾分鐘。我無意催他，便靜靜等待。不久後，他露出親切的微笑，彷彿忽然察覺到我。

「我到特拉凡科的時候才發現，根本不必打聽象神大師的下落，當地人都曉得他是誰。他多年來住在深山洞窟裡，後來經人勸說才搬回平地，由某位施主捐了塊土地，還幫他造了間磚房。那裡距離首都特拉凡得倫很遠，我光交通就花上整整一天；先坐火車再換牛車，最後才到達靜修院。我在入口碰見一名年輕人，就問他能否帶我見行者。我依當地習俗，帶了籃水果當見面禮。幾分鐘後，年輕人回來，領我到一個長廳，四周全是窗子，象神大師就坐在角落的虎皮平台上打坐參禪。『我一直在等你呢。』他說。我大吃一驚，猜想大概是馬都萊那個朋友說我要來訪；但是我提起這位朋友的名字，大師卻搖搖頭。我奉上水果，他請年輕人把水果拿走。這時只剩下我們兩個人，他看了看我，沒有說話。我不曉得兩人沉默了多久，可能至少有半小時。我之前只說了他的外貌，還沒跟你說他身上散發著寧靜、善良、平和又無私的氣息。我長途跋涉一整天，原本又熱又累，卻逐漸平靜下來。他還沒說半句話，但是我已經曉得這就是我要找的人了。」

「他會說英語嗎？」我插了句話。

「不會，但你也知道，我學語言學得很快，當時已經會說不少泰米爾語，可以跟南部的居民溝通。他後來終於開口了：『你來這裡的目的是什麼？』

「我開始交代自己到印度的來龍去脈和過去三年的生活，如何打聽哪些聖人智慧和聖潔兼具，再一一登門拜訪，卻發現沒人能給我滿意的答覆。他打斷我的話。

『這些我都知道，用不著告訴我。你來這裡的目的是什麼？』

『希望你能當我的導師。』我答道。

『只有梵天才是導師。』他說道，眼神古怪地盯著我瞧。忽然間，他的身體變得僵硬，雙眼似乎向內觀看，進入印度人所謂的三昧[42]，這時沒有物我二元之分，擁有絕對的智識。我盤腿坐在地上，面對著他，心跳猛烈。不知過了多久，他嘆了口氣，我才發覺他恢復了意識。他看了我一眼，眼神充滿慈愛。

『住下吧。他們會帶你去你的房間。』他說。

「他們幫我安排的住處，就是象神大師初次來平地的那間磚房。大師現在所住的長廳，是門徒聚集得愈來愈多後，加上眾多訪客慕名而來，才另外興建的。為了不顯突兀，我換上舒適的印度服，因為皮膚曬得很黑，除非你特別觀察，否則會以為我是本地人。我讀了好多好多書，每天打坐冥想，聆聽象神大師的教誨。大師雖然不常說話，但是有問必答，而且句句珠璣，宛如樂音在耳。雖然大師年輕時修行的戒律嚴苛，卻不以同套標準要求門徒，而是幫助他們擺脫私心、情慾和感官的奴役，叮囑他們要靜思、克制、謙虛、退讓、專心致志，並熱切嚮往自由，就可以超脫輪迴。常有人從三、四哩外的城鎮前來，那裡有座著名廟宇，一年一度的節慶吸引大批人潮；更有人從特拉凡得倫或更遠的地方前來，向他訴說苦難、加以請益並聆聽教誨，離開的時候，全都豁然開朗、心定神安。大師的教誨很單純：人往往妄自菲薄，智慧才是解脫之道；救贖不必靠出世苦修，只要捨

42 三昧（Samadhi），禪定的狀態。

棄自我即可；行事不為私利，能常保心地純潔；責任就是契機，讓人學習放下小我、成就大我。但是他最令人欽佩之處，並非種種教誨，而是他的為人，既慈祥、寬宏又聖潔。他的存在就是眾人之福。我非常快樂，覺得終於找到想要的答案。日子過得飛快，先是好幾個禮拜、接著好幾個月，我打算待到大師過世——他說自己在這軀殼待不了多久了——或是等到自己開悟為止，突破無知的藩籬，確信梵我合一。」

「然後呢？」

「然後，如果他們所說屬實，一切就到此結束。靈魂停止輪迴，永不復返。」

「象神大師死了嗎？」我問。

「就我所知還沒有。」

他看出我問題的用意，輕輕笑了一聲，遲疑片刻後又說下去，但態度讓我以為他想迴避我差點脫口而出的問題，亦即他是否真的開悟了。

「我並沒有一直住在靜修院。當時有幸認識當地林務官員，他就住在山腳的村子外，而且是象神大師的信徒。公務之餘，他會來住個兩、三天，待人十分親切，我們常聊到忘了時間，他也喜歡找我練英語。認識一段時間後，他說林務局在山上有間小屋，如果我哪天想獨自上山住住，可以給我鑰匙。我三不五時會過去，徒步得花上兩天：先坐巴士到那個村子，之後就得步行；只要你到了那裡，就能感受到莊嚴幽靜的氛圍。我把簡單行李裝在背包裡，再僱個挑夫幫我扛補給品，一直待到吃完為止。那是棟小木屋，後面有簡單的廚房，家具只有放睡袋的木板床、一張桌子和兩把椅子。山上的氣溫偏低，晚上生火頗為舒服。我只要想到二十哩之內杳無人煙，就感到既興奮又刺激。我常在晚上聽見老虎的呼嘯，或是象群穿越叢林的聲音。我常在森林裡散步許久，有個地方我非常喜歡，坐在那裡可以看到連綿的山巒、眺望下方的湖水；黃昏時分可以看到好多動物，像是鹿啊、豬啊、水牛啊、大象啊、豹啊等，全都會到那裡飲水。

「我在靜修院待滿剛好兩年，又跑到山上那棟小木屋，原因你聽了可能會覺得好笑：我想在那裡過生日。我在生日前一天抵達，隔天早上天沒亮就醒來，準備到剛才那個地方看日出，我閉著眼睛也走得到。我坐在一棵樹下等待，當時還一片漆黑，但是星光黯淡，白天即將來臨。說也奇怪，我既緊張又期待，光線緩緩穿透黑暗，慢到幾乎無法察覺，好像神祕身影溜過樹林。我的心跳加速，彷彿危險逐漸接近。太陽升了起來。」

勞瑞停了一下，露出懊惱的笑容。

「我實在詞窮，沒有描述的天分，說不出那些寫景的字眼，無法讓你身歷其境般看見黎明壯麗的景色，像是群山森林茂密、薄霧籠罩樹頭，還有下方那座深不見底的湖水。太陽從山巒縫隙中透了過來，照得湖水銀閃閃的，我完全陶醉在眼前的美景中，內心湧現一股幸福感，以及超然物外的喜樂，這是前所未有的體驗。這時候，某種奇異的刺痛感從腳底升到頭頂，我的靈魂好像離開了身體，享受著前所未見的美好。我感到胸口充滿超乎人類的智慧，過去的混沌變得清明，一切的困惑全部解開。可是幸福感太過強烈，卻也讓我痛苦不已。我奮力想要擺脫這種狀態，覺得繼續下去一定會死掉；然而，我又寧可就此死去，所以不願放手。我要怎麼形容呢？任何字眼都無法表達那種至高無上的幸福。我恢復神智之後，只覺得精疲力竭、渾身發抖，就沉沉睡著了；醒來的時候已經中午，我走回小木屋，心情輕鬆愉快，彷彿雙腳騰空。我弄了點東西吃，當時簡直餓壞了，然後就點起菸斗。」

勞瑞眼下也點了菸斗。

「我不敢把這當成開悟，別人經年累月苦修都不見得達到的境界，區區來自伊利諾州瑪文鎮的勞倫斯·戴瑞又何德何能呢。」

「你不覺得這可能是種催眠的狀態嗎？畢竟當時的心境，加上孤獨一人、黎明前神祕的氣氛和銀閃閃的湖水可能都有影響。」

「因為真實到讓我不敢呼吸。老實說，那就是千百年來各地神祕主義人士獲得的經驗，像是印度的婆羅門教、波斯的蘇菲派、西班牙的天主教徒和新英格蘭的新教徒。凡是設法形容這種境界，大家的用語都差不多，雖然確確實實發生，卻難以解釋清楚。到底是我短暫與梵合一，還是潛意識中普世靈性的覺醒，我也說不上來。」

勞瑞暫停片刻，疑惑地看了我一眼。

「對了，你的拇指碰得到小指嗎？」他問道。

「當然可以。」我笑著說，當場做給他看。

「你曉得只有人類和靈長類可以嗎？因為拇指與其他指頭相對，所以我們的雙手萬能。會不會這種拇指在原始時代是部分人類祖先和大猩猩特有，經過無數的世代演化才成為共同的特徵呢？同樣地，說不定種種梵我合一的感受，都代表人類第六感的演化方向，很久很久以後將成為人類共通的能力，如同現在的感官經驗那樣稀鬆平常。」

「那你覺得會產生什麼影響呢？」我問。

「很難說，這就好像第一個把拇指碰到小指的原始人，也不知道這個簡單動作會有深遠的影響。我只能說在陶醉的當下，我所感受到的寧靜、歡樂和踏實感，依然留在心中，那目眩神迷的美好景象，依然鮮明生動。」

「不過，勞瑞，憑你對梵的理解，想必覺得這些美好景象只是幻相吧。」

「印度人並不認為世界是幻相喔，而是主張世界不同於梵的實相。幻相只是熱中的思想家所發明的概念，藉此說明無限之神何以創造有限的萬物。其中又以吠檀多學派的商卡拉最有智慧，直指這是解不開的謎團。這麼說好了，困難之處在於解釋為什麼梵天要造萬物，畢竟梵天就是福澤與智慧、永不更迭、永保靜止，什麼都不缺乏、什麼都不需要，既不改變也不衝突，十全十美。凡是問這個問題，得到的解答通常是，梵天造物純屬好玩，不帶任何目的。但是你只要想到洪水、饑荒、地震和颶風，還有各種折磨人的疾病，就不免興起正義感，這些災難竟然只是兒戲。象神大師慈悲為懷，並不採信這種說法，而把世界當作梵的表徵、完美的滿溢。根據他的教誨，神無法不創造，世界是神性的表現。我問他，既然如此，眾生唯一出路卻是擺脫世間枷鎖，豈不可悲嗎？象神大師回答說，塵世的滿足只是暫時的，唯有無限的神可帶來長久的幸福。但是，即使時間永恆，善仍是善、白依然白；中午的玫瑰雖不比清晨來得嬌美，曾經嬌美的事實並不會變。世間萬物都有終點，傻子才會以為一切不變，但是更傻的是不去把握當下、及時享樂。如果事物的本質就是改變，不妨把它當作人生哲學；濯足清流，抽足再入雖非前水，依然沁涼不減。

「雅利安人初次來到印度的時候，把可知的世界當成不可知世界的表徵，但是依然覺得世界既舒適又美麗。但是好幾個世紀過後，長年南征北討的勞累，加上煞人的氣候，消磨他們的活力，成為入侵異族的獵物，因此只看見生命的醜陋，渴望超脫輪迴。但是，為什麼西方國家——美國尤其如此——會害怕腐敗、死亡、飢渴、疾病、衰老、愁恨和虛幻呢？我們其實有旺盛的生命力。我坐在小木屋抽菸斗的時候，覺得精神處於巔峰，精力亟欲找出口。我絕對不要離世而居，而是要在俗世打滾，享受世上萬物，探索其中神性。如果那些狂喜的時刻確實就是梵我合一，並且如同他們所說，只要了結今生業報，就不會再入輪迴，我會大感惶恐，因為我想要一而再、再而三地投胎轉世，也願意接受形形色色的人生，不怕任何憂傷痛苦。唯有一個又一個的人生體驗，才能滿足我的渴望、活力與好奇心。

「隔天早上，我動身下山，一天後到達靜修院。象神大師看到我穿上歐式服裝，感到十分詫異。我在山中小木屋就先換好了，因為山上比較冷，下山時也沒想到要脫掉。

『大師，我是來道別的。』我說。『我打算回家了』。

他沒有開口，一如平常地盤腿坐在虎皮平台上，前面火缽裡點著一炷香，空氣微微帶有香味。如同我們初次見面，他形單影隻地打坐，凝神盯著我瞧，好似看穿我內心深處。我知道他已經了解來龍去脈。

『很好。你離家太久了。』大師說道。我跪了下來，他替我祈福。我起身的時候，雙眼泛著淚。大師的人格崇高聖潔。我實在三生有幸才能認識他。我向院中信徒們告別，有的修行多年，有的比我晚來。我把僅剩的衣物和書籍全都留下，想說也許能派上用場，然後揹起背包，穿著來時那套舊長褲和棕大衣，戴頂破帽子，緩步走回鎮上。一個禮拜後，我在孟買搭船前往馬賽。」

我們兩人雙雙沉默，沉浸在各自的思考中；儘管我已十分疲累，仍急著想問明白某件事，終於還是開口。

「勞瑞啊，小老弟。」我說。「你這段漫長的旅程，始於對邪惡的叩問，才能堅持下去。但說了老半天，你卻沒提到有沒有找到初步的答案。」

「可能原本就沒有答案，也可能是我不夠聰明，因而找不到答案。羅摩克里希納把世界當成神的遊戲。他說，『世界好比一場遊戲，有喜有憂、有道德有罪惡、有知識有愚昧、有善有惡。若創世之初缺乏罪惡和痛苦，遊戲何以繼續？』我不同意這個說法。真要我說的話，世界既然脫胎於梵，善惡自然相伴而生。如果沒有駭人的地殼變動，就見不到喜馬拉雅山的壯麗；中國工匠能把花瓶燒得薄如蛋殼，並賦予優美的造形、點綴美麗的裝飾、著上迷人的色彩、塗上燦然的光澤，但是蛋瓷不改易碎的本質，只要失手掉在地上，就成了滿地碎片。同理可證，我們在世界上所珍視的價值，也只能跟邪惡並存，不是嗎？」

「勞瑞，你這想法確實很新奇，但不太令人滿意。」

「我也不太滿意。」他微笑說。「說穿了，既然曉得有些事情無法避免，也就只能盡力而為。」

「你現在有什麼打算？」

「我得先結束這裡的工作，然後就會回美國。」

「回去做什麼？」

「回去過活啊。」

「怎麼過活？」

他回答得冷靜，但眼裡閃著調皮的目光，早料到我會大感意外。

「平淡處事、凡事隨和、慈悲為懷、戒除私心和節制性慾。」

「真是高標準！」我說。「那為什麼要節制性慾？你還年輕，性慾和吃飯一樣，都是人最強烈的本能，加以壓抑好嗎？」

「幸好對我來說，性愛只是尋歡作樂，不是出於生理需要。根據我的經驗，那些印度哲人最有道理的話，莫過於禁慾可以強化精神力量。」

「我原本以為，重點在於拿捏身心需求的平衡。」

「印度人認為，這就是西方人做不到的地方，我們有許許多多的發明、工廠、機器和產品，往往想在物質中尋找幸福，但是幸福必須透過精神取得。他們覺得，我們選擇的道路是自取滅亡。」

「美國適合實行你說的那些美德嗎？」

「為什麼不適合？你們歐洲人一點都不了解美國，只因為我們累積了巨大的財富，就以為我們只愛錢。我們一點也不愛錢，有錢必花，無論用途好壞，終究都會把錢花掉。錢對我們來說並不重要，只是成功的象徵。我們是一群全世界最偉大的理想家，但是我認為目前的方向錯誤，最偉大的理想應該是自我實現。」

「勞瑞，這個理想確實很崇高哪。」

「這難道不值得努力去實現嗎？」

「但是你想想，你憑一人之力，怎麼影響美國這個停不下來、庸庸碌碌、目無法紀又極端個人主義的國家呢？你乾脆去空手阻止密西西比河的流動好了。」

「我可以試試看。發明輪子是個人的功勞，發現地心引力也是個人的功勞。有因就有果，光是投石入池，宇宙就不一樣了。印度聖人並非過著無用的生活，他們是黑暗裡的盞盞明燈，代表著一種理想，可以啟迪其他人；普通人可能到不了這種境界，但是懂得予以尊重，這就足以影響下半輩子。如果一個人變得純潔完善，風骨就會名聞遐邇，追求真理的人自然會接近。如果我照自己的意思過活，也可能影響別人，就算只是投石入池的漣漪，也會引發另一道漣漪，再引發第三道漣漪。說不定有些人覺得我過得幸福又平靜，到頭來又把所學傳給其他人。」

「我可知道自己得對抗什麼角色嗎？勞瑞，那些市儈的人早就不再用酷刑打壓異己了，現在用的是更惡毒的武器：冷嘲熱諷。」

「我這個人臉皮可厚了。」勞瑞微笑道。

「好吧。你至少還有份收入，真是走運。」

「這的確幫了大忙。要不是靠這些錢，我就沒辦法任性做想做的事了。但是，我要開始面對現實了，這份收入只會成為負擔，我不要了。」

「這是不智之舉吧。你如果真要過理想中的生活，全得靠經濟獨立啊。」

「正好相反，經濟獨立會讓我心目中的生活毫無意義。」

我實在按捺不住，擺出不耐煩的樣子。

「印度雲遊四海的托缽僧也許沒問題，可以在樹下過夜，而信徒為了結緣，也很樂意施捨食物。但是，美國並不適合露宿街頭，我雖然不敢說了解美國，但是我確定有件事美國人都會同意，想吃飯就得工作。可憐的勞瑞，恐怕你還沒有開始，就會被當成流浪漢送到濟貧院了。」

他笑了笑。

「我知道，人總得隨遇而安。我當然會工作。回美國後，我會設法在修車廠找份工作。我對機械相當在行，應該不是什麼難事。」

「這樣的話，你不就把力氣浪費在粗活上了嗎？」

「我喜歡體力勞動啊。每當我書看不下去了，就會做些勞力的工作，這樣可以重新打起精神。我記得有一次在讀斯賓諾莎的傳記，這位哲學家為了餬口，只得從事打磨鏡片的工作，傳記的作者卻很愚蠢，誤以為這是苦差事。我敢說，這對於動腦大有幫助；別的不談，光是暫時不必苦思哲學問題就夠了。我只要在洗車或修理化油器，腦袋就完全放空，等到手邊工作結束，就有種開心的成就感。當然啦，我不會永遠待在修車廠，只是離開美國這麼多年，必須花點時間重新熟悉。之後，我會去找個開卡車的工作，這樣就可以跑遍全美了。」

「你大概忘了，錢最大的用處就是省時間。人生太短但要做的事太多，所以分秒必爭啊。比方說，明明可以坐巴士，卻徒步從甲地走到乙地；或者明明可以搭計程車，卻偏要坐巴士，不是會浪費很多時間嗎？」

勞瑞微笑以對。

「說得沒錯，這我倒沒想到，但是很好解決，我可以買輛自己的計程車。」

「你這話的意思是？」

「我打算在紐約定居，因為那裡圖書館最多。我可以過得很節省，畢竟我不介意住在哪裡，一天吃一餐也就夠了。等我看遍美國各地，應該能省下一筆錢，足夠買輛計程車，自己當起司機。」

「少來了，勞瑞，你真是瘋了。」

「哪裡瘋了，我很明理也很務實啊。我自己的車自己開，每天開車時數只要足以支付食宿和車子折舊就行了，其餘時間可以從事別的工作。如果真有什麼急事，還可以自己開計程車去。」

「但是勞瑞，計程車和政府公債一樣，都是屬於財產耶。」我故意挖苦他。「你開自己的計程車，不就成了資本家嘛。」

勞瑞大笑。

「不對，我的計程車只是勞動的工具，無異於托缽僧的手杖和石缽。」

這番說笑之後，我們隨之結束談話。我發現餐廳客人愈來愈多。一名穿晚禮服的男人在我們附近坐下，點了份豐盛的早餐，神情疲倦又滿足，正得意地回味昨晚的風流；幾位睡得少卻起得早的長者，正經地喝著咖啡牛奶，透過厚厚的鏡片讀著早報；年輕人有的衣裝筆挺、有的外套破舊，匆匆走了進來，兩、三口吞了麵包捲、灌下一杯咖啡，就趕著去商家或辦公室；一名醜老太婆拿了疊早報進來四處兜售，但是似乎一份也沒賣掉。我望向玻璃窗外，早就天亮了。不出兩分鐘，電燈全都關掉，只有餐廳後半部亮著。我看了看表，七點多了。

「要不要吃個早餐啊？」我說。

我們吃了剛出爐的酥脆牛角麵包，還喝了杯咖啡牛奶。我覺得睏意襲來，無精打采，模樣想必很難看，但勞瑞卻依然精神奕奕，雙眼炯炯有神，光滑的臉龐不見半條皺紋，看起來頂多二十五歲。咖啡稍稍提振了精神。

「勞瑞，要不要我給你點忠告啊？我平常不太給忠告的喔。」

「我平常也不太聽從忠告的耶。」勞瑞咧嘴一笑。

「希望你經過慎重考慮，再來處理財產的事情。因為錢一旦脫了手，就再也拿不回來了。說不定哪天自己或別人需要急用，到時後悔也來不及，只會萬般懊悔自己做的蠢事。」

他回答時，眼神帶有嘲弄，但不含絲毫惡意。

「你比我還重視錢耶。」

「確實如此。」我毫不拐彎地回答。「要知道，你向來都不缺錢，但是我可沒那麼好命。錢給了我世上最珍貴的東西——獨立自主。現在只要我願意，就可以叫任何人去死，真是開心到無法想像。」

「但是，我並不想罵人去死啊；真要罵的話，無論銀行有沒有存款都會罵。你覺得錢代表自由，我認為錢**只是枷鎖**。」

「勞瑞，你還真講不通耶。」

「是啊，沒辦法。但是反正時間還很多，我明年春天才要回美國，這期間想改變主意都來得及。我的畫家朋友奧古斯特．科泰說要借我住薩納里的農舍，我會在那裡過冬。」

薩納里是蔚藍海岸一座低調的海濱勝地，位於班多爾和土倫港之間；藝術家和作家如果討厭聖特羅佩的矯揉氣息，皆會經常過去拜訪。

「你應該會喜歡那個地方，但前提是你不怕無聊沉悶。」

「我有事情要忙呀，目前蒐集了很多資料，打算來寫本書。」

「主題是什麼呢？」

「出版後就知道囉。」他微笑說。

「如果你寫完書願意寄給我，也許我可以設法替你出版。」

「不勞你費心了。我有幾個美國朋友在巴黎經營小出版社，他們會幫忙印刷。」

「書如果這樣出版，銷售成績不會好看，也不會有人撰寫書評。」

「我並不在乎書評，也不指望書會大賣，只會印固定的數量，寄給印度的朋友們，以及少數可能會感興趣的法國人。書本身並不重要，我之所以寫出來，是因為想丟掉蒐集來的素材，出版則是因為想看到最終成品。」

「兩點都很有道理。」

此時我們已吃完早餐，我便叫侍者來結帳。帳單一來，我立刻遞給勞瑞。

「你既然打算把錢浪費光，那我就不客氣了，這頓早餐給你請囉。」

他笑了笑，便把錢給付了。我們坐了一整夜，我整個人變得僵硬，走出餐廳的當下，身體兩側還隱隱作痛。秋日早晨的空氣清新，令人備感舒適。天空一片湛藍，夜晚顯得骯髒的克利希大街，如今卻展現些許活潑的氣象，好比滿臉脂粉的削瘦婦人，踩著女孩般的輕快腳步，其實並不惹人厭。我攔了輛路過的計程車。

「順道載你一程吧？」我問勞瑞。

「不用了。我想走到塞納河，找間澡堂泡個澡，然後得去圖書館查點東西。」

我們握手道別。我看著他過了馬路，兩條長腿邁開大步。我沒他那麼耐操，便搭計程車回到飯店，走進客廳時已八點多了。

「年紀一大把了，搞到現在才回家。」我對著玻璃罩中的裸女說道，語氣不以為然；一八一三年以來，她便橫躺在時鐘上方，姿勢看起來極不舒服。

裸女瞧著鍍金銅鏡中自己的鍍金銅臉，時鐘不斷滴答滴答。我洗了個熱水澡，泡到熱水變溫才擦乾身體，接著吞了片安眠藥，順手取走床頭櫃上梵樂希的《海濱墓園》後就躺在床上，讀著讀著便沉沉睡去。

第七部

1

六個月後，四月某日清晨，我在費拉角書房中忙著寫稿，傭人進來說，鄰村聖讓的警察在樓下想要見我。思緒就這麼被打斷，我不禁有些惱怒，又想不出警察為何登門拜訪。我既沒做虧心事，又有定期慈善捐款，還因此獲得一張證明；我把它保管在車內，等哪天因開車超速或車子停錯位置被臨檢，即可在出示駕照時刻意讓警察瞧見，頂多被口頭警告幾句，應可全身而退。當時，我推想可能是某名傭人被匿名檢舉（法國人就愛玩花樣），因她的身分文件尚未辦妥；不過，我和當地警察處得不錯，每回皆請他們喝杯酒才送客，想來不會有太大問題。但是，他們（通常兩人一起行動）這回的任務完全不同。

我們握手寒暄過後，較資深的警察——別人管他叫隊長，蓄著濃密的八字鬍——從口袋掏出本子，用骯髒的拇指翻頁。

「你聽過蘇菲．麥唐納這個名字嗎？」他問道。

「我有個認識的人同名同姓。」我答得謹慎。

「我們剛和土倫警局通電話，局長請你立刻過去一趟。」

「為什麼？」我問道。「我跟麥唐納女士並不熟。」

我立即覺得蘇菲八成出事了，而且可能跟鴉片有關，但不懂為何牽扯到我。

「這不關我的事。反正，你一定跟她有什麼來往。她好像五天都沒回家，有人在港口撈到一具女屍，警方認為可能就是她，所以想請你去認屍。」

我不禁打了寒顫。然而，這件事並非完全出乎意料，畢竟她過的是那樣的生活，可能一陣憂鬱襲來，便結束了自己的生命。

「但是，應該可以從衣服和證件判斷吧。」

「她被撈上岸時全身赤裸，脖子還有被刀割的痕跡。」

「我的天哪！」我感到膽戰心驚，立即思考當前狀況，有鑑於警察可能強制執行，因此還是聽命為上策。「好的。我現在就去搭火車。」

我看了看時刻表，五點至六點間，剛好有列車到土倫。隊長說會打電話通知土倫局長，叫我一抵達就直接前往警察局。我打包了些必要衣物，吃完午餐就開車到火車站。

2

我向土倫警察局報到後，立刻就被帶進局長室。局長坐在桌子後方，長得粗壯黝黑，臉色陰沉，好像來自科西嘉島。也許習慣使然，他先狐疑地瞄我一眼，但一注意到我別在扣孔上的勳章，就露出虛情假意的笑容，不但請我坐下，還連忙道歉，說不是故意打擾我，實在情非得已。我也答得客氣，說效勞深感榮幸。接著我們便談起正事，他的態度又變得粗魯傲慢，看著面前的檔案說：「這案子實在不光彩。這位麥唐納女士的名聲很差，酗酒、吸毒且私生活淫亂，上床對象除了放假的水手，還有地痞流氓。您這般年紀和身分，怎麼會跟這種女人來往？」

我本來想要他少管閒事，但根據我閱讀幾百本推理小說的經驗，對待警察還是客氣點好。

「我和她不太熟。我們是在芝加哥認識的，她當時還只是女孩，後來跟有頭有臉的男子結了婚。一年多前，透過共同的朋友，我才又見到她。」

我正納悶著他為何聯想到我，他就把一本書推到我面前。

「這本書是在她房間裡找到的。請看看上面的題字，這樣不算泛泛之交吧。」

正是我的小說法譯本，她當初要我寫幾個字，我便在簽名下方以法文寫了「寶貝走吧，去看看那朵玫瑰」。由於提筆便想起此句，因此難免顯得太過親暱。

「您如果以為我是她的情人，那你真的搞錯了。」

「這不關我的事。」他回答，眼睛亮了起來。「我無意冒犯，根據我掌握的情報，這個女人想必不會看上您。但是，您應該不會叫陌生人『寶貝』吧。」

「局長先生，這是洪薩[43]膾炙人口的詩作第一行，您這麼有文化素養肯定知道。我之所以寫這一句，是因為相信她想起接下來的句子，說不定她就會發現自己的私生活不大檢點。」

「我以前在學校當然讀過洪薩，但現在工作繁忙，那些詩句早就忘光了。」

我開始背誦詩作第一節，深信他沒聽過洪薩的名字，也不怕他發現最後一節並非勸人向善。

「她看起來多少受過教育，房間內還有不少推理小說、兩三本詩集，包括一本波特萊爾、一本韓波，還有一本英文詩，是艾略特寫的。這人很有名嗎？」

「非常有名。」

「反正我沒時間讀詩，也不懂英語。可惜了，他如果真是好詩人，為什麼不用法文寫詩，受過教育的人就讀得懂了。」

一想到這位局長讀艾略特《荒原》的模樣，我不禁覺得好笑。忽然間，他把一張照片拿到我面前。

「您認識這個人嗎？」

我一眼就認出勞瑞了。照片中他穿著泳褲，我猜約莫是前年夏天所拍，當時勞瑞、伊莎貝和格雷皆在迪納爾避暑。我差點說不認識，不希望勞瑞來蹚這渾水；但是仔細想想，若警局查出他的身分，便會懷疑裡頭有不可告人之處。

「他是美國人，名叫勞倫斯·戴瑞。」

「這是那女人遺物裡唯一的照片。他們兩人是什麼關係？」

---

43 洪薩（Pierre de Raonsard），十九世紀法國詩人。

「他們在芝加哥附近的村子一起長大的。」

「但是這張照片不算太久，應該是法國北部或西部海濱，不難查出確切地點。他是做什麼的？」

「是作家。」我大膽地說。警察局長濃眉微微抬起，八成認為作家沒什麼道德觀念。「但不用靠稿費維生。」我補了一句，打算抬高他的身價。

「他人在哪裡？」

我又想說不知道，但依然認為只會壞事。法國警察固然有許多缺點，但有資料庫很快能查出下落。

「他住在薩納里。」

警察局長抬起頭起來，頗感興趣。

「地址呢？」

我記得勞瑞曾說奧古斯特．科泰把農舍借給他住；我耶誕節回來時，曾寫信邀他到我家來住一段時間，但不出我所料，他婉拒了邀請。

我把地址告訴了局長。

「我這就打電話到薩納里，叫人帶他過來，搞不好能問出什麼名堂。」

局長想必以為他脫不了嫌疑，我實在覺得好笑。我相信，勞瑞要證明自己跟案子無關並非難事。我亟欲了解蘇菲為何慘死，但局長所說細節我大多已曉得；兩名漁夫撈到了屍體，一絲不掛只是誇飾，凶手其實留了內褲和胸罩。若蘇菲打扮得如我上回所見，那凶手只需脫去長褲和運動衫就行了。由於警方無法查出她的姓名，便登報描述被害人特徵。在貧民區經營賓館的一名婦人看見公告，便主動前往警局。她是警方的線民，警方常問她客人的資訊。我上次遇見蘇菲時，她剛被碼頭附近的旅館趕了出來，因行徑太不像話，百般寬容的房東都無法忍受。

之後，蘇菲找到那名婦人，租下一間臥房和小客廳。雖說房間一夜租出個兩、三次賺得才多，但是蘇菲出手闊綽，婦人便答應月租給她。婦人向警方表示，蘇菲好幾天沒回來了，原本也沒多作他想，以為蘇菲跑去馬賽或自由城，因最近開來一架英國軍艦，沿岸女子不分老少皆受吸引。但是，她讀到報上消息，覺得很像她的房客。警方帶她去指認，她僅稍稍遲疑，便斷定是蘇菲·麥唐納。

「如果已經知道屍體身分了，還找我來做什麼？」

「貝勒太太為人正直，品行又高尚。」局長說。「但是我們不清楚她指認的動機為何。總之，我覺得該找個關係密切的人來證實一下。」

「您覺得捉得到兇手嗎？」

局長聳了聳寬闊的肩膀。

「我們目前還在調查，也去了她常光顧的酒吧詢問。兇手可能是某個心生嫉妒的水手，不過船隻已經離港；也可能是當地歹徒劫財殺人，畢竟她身上帶了不少錢，容易引人覬覦。雖然有些人對於兇手身分多有推敲，但是在她那個圈子中，除非為了自身利益，否則誰也不會說出真相。她成天跟這些壞蛋鬼混，落得這般下場也不令人意外。」

我無話可說。局長請我隔天早上九點再來，屆時他會與「照片中的男子」見面，再由警察帶我們去停屍間認屍。

「她的後事如何安排呢？」

「如果確定就是該名女子後，你們願意以死者朋友的身分領屍，並且負擔喪葬費用，就會獲得批准。」

「相信我和戴瑞先生都希望愈快愈好。」

「我完全能理解。這實在太可憐了，最好早點入土為安。我這裡有張葬儀社的名片，收費公道且辦事俐落。我會在上頭留個言，請他多多幫忙。」

我很肯定他有油水可拿，但表面上仍連聲道謝。他畢恭畢敬地送我出門後，我便立即前往名片上的地址。喪葬承辦人既活潑又不失正經，我挑了口價格適中的棺材，並答應讓他幫忙向認識的花店訂購花圈，他說：「免得先生操煩，也是尊敬死者。」靈車則將於隔日兩點到達停屍間。他還要我別擔心墳墓的事，一切都會妥善處理，又說：「這位女士應該是新教徒吧。」因此若我同意，他會找來牧師在墓園候著，葬禮時好替死者祈禱，種種安排讓我由衷佩服他的效率。但有鑑於初次見面，我又是外國人，是故他請我先開張支票。價碼比我預期來得高，想也知道是要讓我殺價，但我二話不說，立即開了張支票，只見他滿臉詫異，甚至還有點失望。

我在旅館入住，隔天一早又到警局，先在接待室稍待片刻，便有人請我進局長辦公室。我看到勞瑞坐在我前一天坐的椅上，神情凝重憂傷。局長熱情地招呼我，彷彿我倆是失散多年的兄弟。

「親愛的先生，你朋友知無不言、態度坦率，我該問的問題他都回答了。我相信他跟這位可憐的女人有一年半沒見了。他也交代了上禮拜的行蹤，以及那張照片的由來，答案都很令人滿意。照片是在迪納爾拍的，他們兩人某次吃午餐的時候，剛好放在他口袋裡。另外，根據薩納里警局給的報告，這位年輕人素行良好，而且不是我想賣弄，但是我看人眼光一向很準，他不可能犯下殺人罪。我還冒昧向他表示同情，一個在健全家庭長大的童年朋友，竟會墮落到這種地步。但是人生就是這樣。兩位先生，我會派弟兄帶你們去停屍間，你們指認死者之後，就沒其他事情了，好好吃頓午餐吧。我這裡有張土倫最棒餐廳的名片，我在上面寫幾行字，老闆絕對會盛情款待。經過這番折騰，不妨喝瓶好酒壓壓驚吧。」

他此時善意十足。我們跟著一名警察走到停屍間，裡頭顯得空蕩蕩，只有一片石板上頭有遺體。我們走了過去，工作人員把頭部的遮布揭開。那模樣實在難看：染成銀灰的鬈髮已被海水泡直，平整地貼在頭顱上。臉部腫得可怕，令人毛骨悚然，但她的確是蘇菲。工作人員再把遮布往下拉，露出喉嚨那道駭人刀痕，足足延伸到雙耳下方，我們實在不忍卒睹。

我們回到警局，局長正忙碌著，我們只好去洽詢助理。助理隨即取來所需的許可文件，我們就帶著文件去找喪葬承辦人。

「去喝杯酒吧。」我說。

勞瑞從離開警局到停屍間皆保持沉默，只有回警局時口頭確認遺體是蘇菲・麥唐納。我帶他前往碼頭那家咖啡館，過去我也曾與蘇菲在此會面。外面吹著北風颯颯，原本波平如鏡的海港，如今點綴著白色浪花。漁船輕輕搖曳，陽光燦然灑落；每回颳起北風，放眼望去的景色皆異常耀眼清晰，好似望遠鏡般精準，一切顯得動人心弦又具生命力。我喝了杯白蘭地蘇打，但勞瑞始終滴酒未沾。他鬱悶地坐著，一聲不吭，我決定不吵他。

不久後，我看了看表。

「我們還是去吃點東西吧。」我說。「我們兩點要到停屍間。」

「我餓了，我沒吃早餐。」

從局長的模樣看來，想必嫻熟各家美食，我便帶勞瑞到他推薦的那家餐廳。勞瑞不太吃肉，因此我點了煎蛋捲和烤龍蝦，並且要來酒單，照局長所說挑了瓶葡萄酒。酒送來後，我幫勞瑞先倒了一杯。

「你他媽的給我喝下這杯。」我說。「搞不好會幫你打開話匣子。」

他乖乖照做了。

「象神大師常說沉默也是種對話。」他咕噥道。

「這話讓我想起劍橋大學教師的聚會，好不歡樂呢。」

「抱歉，你恐怕得獨立負擔這筆喪葬費用。」他說。「我沒錢了。」

「這有什麼問題。」我答道，忽然發現他話中有話。「難道你真的去散財啦？」

他一時沒吭聲，神情略帶淘氣。

「你該不會財產都脫手了吧？」

「全脫手了，只留了少許供我在船抵達前花用。」

「什麼船？」

「我在薩納里的鄰居是一家貨輪公司的馬賽港辦事員，專營往返近東和紐約的航線。他接獲從亞歷山卓拍來的電報，說開往馬賽的船有兩名水手生病，不得不在亞歷山卓上岸休養，要他找兩個人臨時遞補。這鄰居跟我很熟，答應保我上船。我就把雪鐵龍汽車送他。我上船的時候，全身上下就一套衣服和旅行袋裡幾樣東西。」

「嗯，反正是你的錢。現在你自由自在、無拘無束。」

「說得好，就是自由。我這輩子沒這麼快樂自在過。我到了紐約，就會拿到貨輪公司的工錢，應該可以撐到我找到工作。」

「那你的書呢？」

「喔，寫完啦，也印好了。我還列了贈書名單，你一、兩天內就會收到。」

「多謝。」

這番談話僅交代至此。我倆在和諧的氣氛中，默默吃完了午餐，我又點了咖啡。勞瑞點起菸斗，我燃起雪茄，若有所思地望著他。他察覺我的目光，瞄了我一眼，眼神頗為淘氣。

「你要是覺得我笨死了，就儘管罵，我不會介意的。」

「我沒有要罵你，只是在想，要是你有結婚生子，人生會不會回到常軌。」

他露出微笑。前文中，想必已提及他俊揚的笑容不下二十次，每次皆無比溫暖、真摯又迷人，反映出他性格的坦率不做作，獨具魅力。但在此要再提一回，因為他眼下的笑容更多了一絲懊悔和溫柔。

「太遲了。可能跟我結婚的女人，就只有可憐的蘇菲。」

我詫異地看著他。

「發生了這麼多事，你還能這麼說嗎？」

「她有很美的靈魂，熱情、慷慨且志在必得，還有崇高的理想。即使到了人生盡頭，她選擇自我毀滅的方式，也像是偉大的悲劇。」

我默不作聲，不知該如何看待如此不尋常的看法。

「那你為什麼當時不跟她結婚呢？」我問。

「當時她還只是孩子。老實說，當初我常去她祖父家，跟她一起在榆樹下讀詩，我還真想像不到，這個瘦巴巴的小鬼竟然有這麼美麗的靈魂。」

我真正備感驚訝的是，眼下他竟未提到伊莎貝，畢竟他不可能忘了過去的婚約。我揣想，他也許把訂婚當作鬧劇，兩名年輕人未經世事，不曉得自己要什麼；我也深信，他絕對絲毫沒有發現伊莎貝這些年還苦戀著他。

到了該出發的時刻，我們走到勞瑞停車的廣場，開著那輛破舊的汽車前往停屍間。喪葬承辦人信守承諾，一切辦得有條不紊。耀眼的天空下，狂風吹彎了墓園的柏樹，為葬禮平添一絲恐怖氣息。結束後，喪葬承辦人親切地跟我們握手。

「兩位先生，希望你們還滿意，一切都很順利。」

「辦得很好。」我說。

「先生以後如果有任何需要，儘管吩咐，再遠都不成問題。」

我向他答謝。我們走到墓園門口時，勞瑞問我還有哪些事情需要他處理。

「沒有了。」

「我想盡快趕回薩納里。」

「那載我回旅館吧。」

我們在車上沒有交談。到了旅館，我隨即下車，彼此握了握手，他便揚長而去。我付清住宿費用、拿了行李，便搭計程車到火車站，也想盡快離開。

3

幾天後，我動身前往英國，本來打算直接過去，但發生這些事後，我特別想見見伊莎貝，於是決定在巴黎停留一天。我拍了電報給她，詢問能否傍晚過去吃晚餐。我一到旅館便收到她的留言，她和格雷晚上有飯局，但歡迎我五點半左右來，因她得先去試穿衣服。

當天頗有寒意，大雨下下停停，我猜想格雷應沒去摩特楓丹打高爾夫。這下有些麻煩，因我想單獨見伊莎貝。但到公寓時，伊莎貝一見我就說格雷到俱樂部打橋牌了。

「我叫他如果要見你，就別太晚回來，不過我們九點鐘才吃晚餐，所以九點半左右到就好，足夠時間好好聊聊。我有好多事要跟你說呢。」

他們已把公寓轉租出去，艾略特的藏畫也將於兩週內拍賣。屆時他們會出席參加，目前準備搬到里茲飯店；之後，他們就搭船回國。伊莎貝打算把收藏全賣掉，只留艾略特在安堤貝的近代畫；這些畫她雖不大喜歡，但認為以後掛家中有助抬高身價，想來也確實如此。

「可惜啊，艾略特舅舅實在跟不上時代，都是些畢卡索、馬蒂斯、魯奧的作品。當然還是很好的收藏啦，但是恐怕過時了點。」

「要是我的話，就不會介意。再過幾年，新一代畫家又會出頭，畢卡索和馬蒂斯跟那些印象派畫家相比，也就不怎麼過時了。」

格雷未來的工作也差不多談妥；如今有伊莎貝提供的資金，他即將進入一家新興企業擔任副總，由於業務與石油有關，因此他們打算搬到達拉斯。

「我們首先得找到適合的房子。我希望有漂亮的花園，格雷下班回來就有地方閒逛，而且客廳一定要寬敞，才可以招待客人。」

「妳為什麼不把艾略特的家具帶回去呢？」

「我覺得不太適合，我想要全套的現代家具，搭配一些墨西哥風格，這樣才有情調。我一到紐約，就會去打聽哪個裝潢商最有名氣。」

傭人安東端了盤子進來，上頭擺著許多酒瓶。伊莎貝向來圓滑得很，深知十個男人中有九個都自認比女人會調雞尾酒（倒也沒錯），便叫我調個兩杯。我倒了些琴酒和法國干苦艾，再摻上少許的苦艾酒；就靠這點苦艾酒，原本平淡無奇的馬丁尼變得美味香醇，不亞於奧林匹斯山諸神的瓊漿玉液（私以為味道大概像可口可樂）。我把酒杯遞給伊莎貝時，注意到桌上有本書。

「哇，這是勞瑞寫的書耶。」我說。

「是啊，早上寄到的，但我太忙了，一堆事要做，先是到外頭吃午餐，下午又去莫里諾時裝店，不曉得哪時才有空翻翻。」

我感到有些悵然，一般作家花了好幾個月寫書，甚至嘔心瀝血才完成，讀者竟隨意擱在一旁，無事可做才會翻看。

「你應該知道勞瑞冬天都待在薩納里吧。你們碰過面嗎？」

「有啊，我們前幾天都在土倫。」

「是喔？去土倫做什麼？」

「參加蘇菲的葬禮。」

「她難不成死了？」伊莎貝驚呼。

「她要是沒死，我們哪有理由去埋葬她呢？」

「不好笑喔。」她頓了一下。「我也沒必要假裝難過了。八成是酗酒和吸毒的關係吧。」

「不是，她是被人割喉，還被全身脫光丟到海裡。」

跟聖讓的警長一樣，我覺得此時有必要說得誇張點。

「太可怕了！真是可憐。她的生活那麼不檢點，下場一定很悽慘。」

「土倫警察局長也這麼說。」

「他們知道凶手是誰嗎？」

「不知道，但是我知道是妳殺了她。」

她詫異地瞪著我。

「你在說什麼啊？」接著她似笑非笑地說，「再猜猜，我可是有不在場證明。」

「去年夏天，我在土倫遇見她，我們聊了好久。」

「她當時沒喝醉嗎？」

「清醒得很。她也告訴我為什麼在跟勞瑞結婚前幾天，會無緣無故消失。」

我發現伊莎貝的表情變得僵硬，便把蘇菲所說一五一十地轉述。伊莎貝半信半疑地聽著。

「那次之後，我常常思考她的這番話，愈想愈覺得不對勁。我在妳這裡吃過不下二十次的午餐，妳從來都沒準備餐後甜酒。那天妳一個人用餐，為什麼放咖啡的盤子上還會有瓶波蘭伏特加呢？」

「艾略特舅舅那時剛派人把酒送來，我想看看是不是跟我在里茲嘗的一樣好喝。」

「對啊，我記得妳當時一直誇讚。我覺得很意外，因為妳從來就不喝甜酒，畢竟妳很重視身材。那時候我隱約覺得，妳是想刺激蘇菲，根本不懷好心眼。」

「謝謝稱讚啊。」

「妳平時約會都很守時。但是妳明知道試禮服這件事，對蘇菲來說很重要，對妳來說也很有趣，為什麼妳偏偏要出門呢？」

「她自己都說了。我對瓊恩的牙齒不大放心，我們的牙醫又很忙，只能在他指定的時間去看。」

「看牙醫都要事先預約吧。」

「我知道。但是他那天早上打電話來說臨時有事，但是可以改到下午三點，我當然立刻答應啦。」

「難道不能叫保母陪瓊恩去嗎？」

「瓊恩怕得要死，可憐的孩子，我覺得自己去她會比較開心。」

「妳回來的時候，看見那瓶波蘭伏特加喝了四分之三，蘇菲也不見了，妳難道不驚訝嗎？」

「我以為她等到不耐煩，自己先去莫里諾了。但是我到莫里諾問才曉得她沒出現，弄得我莫名其妙。」

「那波蘭伏特加呢？」

「喔，我發現酒被喝了很多，但是以為是安東喝的，本來要找他算帳，但是他的薪水是艾略特舅舅付的，又算是喬瑟夫的朋友，所以我就想說算了。他是很稱職的傭人，偶爾偷喝幾口酒，用不著我來責備他。」

「妳還真會說謊，伊莎貝。」

「你不相信我嗎？」

「一點都不相信。」

伊莎貝站起身，走到壁爐旁，裡頭正燒著柴火，外頭天氣寒冷，因此十分舒適。她把手肘撐在壁爐架上，毋需刻意做作便顯得優雅。她與多數法國貴婦一樣，白天穿著黑衣，格外襯出她美麗的膚色；那天她的洋裝樣式簡單卻不失貴重，充分展現苗條身材。她抽著菸，過了一會才開口。

「我跟你還有什麼好隱瞞的。那天我臨時出門確實不巧，安東也不應該把甜酒和咖啡用具留在房間，應該在我出門後就拿走才對。我回來看見酒瓶幾乎空了，當然心知肚明，後來聽說她失蹤，便猜她大概又喝醉胡鬧去了。我之所以沒說這件事，是因為這只會讓勞瑞更難過，他本來就已經夠心煩了。」

「妳確定沒有刻意叫人把酒擺在那裡？」

「我很確定。」

「我不相信。」

「不相信就算了。」她惡狠狠地把菸扔到爐裡，眼神充滿怒火。「好吧，你要真相的話，我就老實告訴你這王八蛋。我就是故意的，再來一遍我還是會這麼做。我跟你說過，會不擇手段阻止她跟勞瑞結婚。你和格雷什麼都不願意做，只會聳聳肩說結婚太荒唐。你們他媽的不在乎，我在乎啊。」

「妳如果不插手的話，她現在會活得好好的。」

「她跟勞瑞結婚，勞瑞絕對會生不如死。他以為能讓她改過自新，男人真是笨蛋！我早就曉得她遲早會把持不住，想也知道，我們在里茲吃午餐的時候，你也看到她坐立難安。她喝咖啡的時候，你明明也看到她的手抖得厲害，單手拿不穩，只好雙手把杯子扶到嘴邊。侍者幫我們倒酒的時候，她那雙眼緊盯著酒瓶，就像蛇盯著剛長羽毛的小雞拍打翅膀。我知道她就算死都要喝酒。」

伊莎貝面對著我，目光激動、聲音凶狠，迫不及待地說下去。

「那時候，艾略特舅舅簡直把波蘭甜酒給捧上天了，我其實覺得難喝死了，但是偏要說沒嘗過這麼美味的酒。我心想，蘇菲只要有機會，絕對抗拒不了誘惑，所以我就帶她去看時裝展，所以我才會送她結婚禮服。她準備定裝的那天，我跟安東說吃完午餐想喝波蘭伏特加，然後說我約了位女士，要安東準備好咖啡，順便把甜酒留下來，說不定她會想喝一杯。我確實帶了瓊恩去找牙醫，但是沒有預約無法看診，我就帶瓊恩去電影院看新聞短片。我當時打定主意，如果蘇菲沒碰那瓶酒，我就勉強跟她當朋友；真的，我敢發誓。但是我回家看到酒瓶後，就曉得自己料中了。她走了，絕對不會再回來了。」

伊莎貝說完這番話時，整個人喘吁吁的。

「跟我想的差不多。」我說。「看吧，我沒說錯，這跟親手拿刀割斷她喉嚨沒什麼兩樣。」

「她根本就壞透了、壞透了！死了最好。」她猛然坐在椅子上。「拿杯雞尾酒來，渾蛋傢伙。」

我走過去，又調了一杯。

「你實在有夠卑鄙。」她說道，同時接過雞尾酒，然後擠出笑容，就像小孩曉得自己闖了禍，但以為裝得天真無邪，就能哄得你一楞一楞。「你不會告訴勞瑞吧？」

「我怎麼可能會說。」

「你能發誓嗎？男人都靠不住。」

「我保證不會告訴他。就算想說也沒機會了，這輩子恐怕不會再見到他了。」

她立刻坐直身子。

「你說什麼？」

「他正在貨輪上當水手或鍋爐工，前往紐約了。」

「你是說真的嗎？真是個怪人！幾個禮拜前，他還到巴黎來，跑去公共圖書館查資料，但完全沒說要去美國。太好了，這代表我們又能見面了。」

「這可難說。對妳來說，他的美國可能跟戈壁沙漠一樣遠。」

我告訴伊莎貝，勞瑞是怎麼處理掉財產，以及他今後的打算。她聽得瞠目結舌，錯愕全寫在臉上，有時打斷我的話，直喊「他真是瘋了、瘋了」，我說完後，她低垂著頭，兩行眼淚流了下來。

「我真的失去他了。」

她轉過身去，臉抵著椅背啜泣，美貌因悲傷而糾結，她也不在乎。我無能為力，也許我帶來的消息粉碎了她內心某些虛榮又矛盾的妄想。我隱約覺得對她而言，偶爾能見到勞瑞，至少兩人世界仍有交集，維持著某種連結，但勞瑞卻終究切斷了這若有似無的牽絆，她等於永遠失去了他。我想她內心勢必悔恨萬分，痛哭一場也算發洩。我拿起勞瑞的書，看了看目錄；離開蔚藍海岸時，他送我的那本尚未寄來，因此幾天後才會拿到。勞瑞的書內容出乎意料，是本論文集，篇幅相當於利頓．斯特拉奇的《維多利亞名人傳》，評述若干名人。不過他的選擇頗耐人尋味：一篇論羅馬獨裁者蘇拉，他獨攬大權之後退位歸隱；另一篇則論蒙古帝國君王阿克巴；一篇論魯本斯；一篇論歌德；一篇論查斯特菲爾德爵士寫給兒子的《一生的忠告》。每篇文章皆需大量閱讀，無怪乎勞瑞這麼久才寫成。我感到困惑的是，他為何覺得值得為此投注心力，又為何挑這些人研究。但我後來發覺，這些人皆以獨特的方式，獲得卓越的人生成就，勞瑞想必因此深感興趣，欲了解這類成就背後的意義。

我快速讀了一頁，想看看勞瑞的文筆。他的行文富有學術氣息卻流暢淺白，毫無業餘人士常見的賣弄或迂腐。由此可見，他涉獵經典名著的程度，堪比艾略特親近達官貴人那般積極。伊莎貝嘆息一聲，打斷了我的思緒。她坐起身子，哭喪著臉，一口喝光變得微溫的雞尾酒。

「我再哭下去，眼睛就要腫得不像樣了，今晚還得出去吃晚餐呢。」她從包包取出一面鏡子，不放心地照著自己。「對了，眼睛用冰袋敷半小時就好了。」她朝臉上補粉、塗口紅，然後看著我，若有所思地說，「你聽了我的所作所為，會瞧不起我嗎？」

「妳在意嗎？」

「也許你會覺得奇怪，但是我真的在意，希望你別瞧不起我。」

我笑了。

「親愛的，我的道德感非常薄弱。」我說道。「我要是真正欣賞一個人，就算他做了我反對的壞事，我還是照樣欣賞他。妳的本性並不壞，又優雅迷人。我曉得妳的美貌背後，反映著完美的品味與無情的固執，但是不會因此就產生反感。只不過，妳如果要讓人完全著迷，還缺少一樣特質。」

她面帶微笑，等我說出口。

「溫柔。」

她的笑容消失了，毫不客氣地瞪了我一眼，但沒來得及冷靜下來答腔，格雷就蹣跚地走了進來。他在巴黎的這三年發福許多，臉色更加紅潤、髮線快速後退，但身體好得沒話說，老是興致勃勃的模樣。他很高興見到我，不帶半點矯情。他說起話來了無新意，但再怎麼老掉牙的話，他皆說得彷彿是自創的一樣，比諸他睡覺便是「跟周公下棋」，而且「一覺到天亮」；外頭總是下著「傾盆大雨」，巴黎必定是「燈紅酒綠」。但他為人善良無私、正直可靠，又完全沒有架子，因此想討厭他都難，我也打從心底喜歡他。由於即將動身回國，他現在興奮不已。

「天哪，又要回到工作崗位了，太棒了。」他說。「我完全是躍躍欲試呢。」

「是不是都談妥了？」

「我還沒一口答應，但是十拿九穩啦。合夥對象是我大學室友，他是好好先生，想必不會擺我一道。但是一到紐約，我就得飛去德州，把那家公司徹頭徹尾看一遍，任何可疑的蛛絲馬跡都逃不過我的法眼，絕對不讓伊莎貝的錢付諸流水。」

「格雷做生意可精明了。」她說。

「我又不是下里巴人。」格雷面帶微笑。

他繼續提起那家公司的狀況，一說就是老半天，但我依然不太了解，唯一確定的是，他很有機會大賺一筆。他愈說愈起勁，還轉頭向伊莎貝說，「不然，我們乾脆把今晚那沒意思的飯局取消，三個人去銀塔餐廳飽餐一頓如何？」

「唉，親愛的，不行啦。他們是為我們設宴的耶。」

「反正我也去不成。」我插嘴說。「我一聽你們晚上有事，就打電話給蘇姍．魯維耶，約好跟她吃晚餐了。」

「蘇姍．魯維耶是誰啊？」伊莎貝問道。

「勞瑞的某個女性友人囉。」我故意尋她開心。

「我早就懷疑勞瑞偷偷金屋藏嬌了。」格雷笑著說。

「胡扯。」伊莎貝厲聲說道。「勞瑞的私生活我清楚得很，才沒有呢。」

「好啦，最後再喝杯雞尾酒吧。」格雷說。

我們喝完雞尾酒後，我便向他們告辭。兩人陪我走到大廳，我正穿著大衣時，伊莎貝挽著格雷的胳臂，依偎到他懷裡，看著他的眼睛，神情無比溫柔；我才說她缺乏這項特質，眼下就裝得維妙維肖。

「格雷，你說說，不能騙我喔，你覺得我很無情嗎？」

「不會啊，親愛的，完全不會。怎麼了，難道有人說妳無情嗎？」

「沒有。」

她轉過頭來，讓格雷看不見她的表情，然後朝我吐了吐舌頭，艾略特若是地下有知，肯定會覺得有失端莊。

「分明是兩碼子事。」我喃喃自語走出門，順手把門帶上。

4

我再經過巴黎時，馬圖林一家已離開了，艾略特的公寓已搬進別人。我很想念伊莎貝，既長得賞心悅目、說話落落大方，凡事又一點就通，也無害人之心，但之後就沒見到她了。我寫起信來拖拖拉拉，伊莎貝也沒寫信的習慣，若再沒透過電話或電報聯絡，絕對是無消無息。那年耶誕節，我收到她的賀卡，上面有張漂亮房子的照片，有著殖民時期風格的門廊，周圍長著茂密的橡樹，應當是農場的房子；當初他們需要錢時賣不掉，如今大概願意把它留下來。郵戳顯示卡片寄自達拉斯，可見工作細節已談妥，他們已在那裡定居了。

我從沒去過達拉斯，但想必與其他美國城市一樣有住宅區，開車至市中心和郊區俱樂部都很方便；富人皆住在漂亮的大宅裡，外頭就是寬敞的庭園，從客廳眺望窗外，便是壯觀的山丘或溪谷。伊莎貝的新家肯定也是類似的豪宅，從地窖到閣樓皆為最時髦的風格，由紐約當紅設計師精心設計。我只希望相較之下，她那些雷諾瓦的畫作、馬奈的花卉畫、莫內的風景畫、高更的畫作不會顯得老派。她家的餐廳想必大小適中，方便伊莎貝定期舉行午宴，也少不了美酒佳肴。伊莎貝在巴黎長了不少見識，若覺得客廳不足以舉行舞會，勢必不會入住，否則便無法善盡母親的責任，舉行兩位女兒成年後的社交舞會。瓊恩和普麗西拉如今應已屆適婚年齡，相信皆有良好的教養。她們向來就讀貴族學校，伊莎貝也確保她們各方面有傑出表現，好讓青年才俊看得上眼。格雷則臉色更加紅潤，頭髮更加稀疏，可能多了雙下巴，還增胖不少。不過，我相信伊莎貝完全沒變，依然比兩個女兒來得漂亮。馬圖林一家肯定替社區增光不少，人緣自然不在話下。伊莎貝為人風趣、舉止優雅、殷勤周到且處世圓融；至於格雷，當然是標準的凡夫俗子。

5

我三不五時仍會跟蘇姍．魯維耶見面。後來情況發生意外的變化，她因而離開了巴黎，也從我生命中消失。前述事件發生兩年後，某天下午，我在奧德翁劇院的藝廊瀏覽書籍，消磨一小時後，暫時無事可做，便想去探望一下蘇姍。當時，我們已六個月沒見。她開門時，拇指扣著調色盤，嘴裡咬支畫筆，穿了件罩衫，上頭滿是油彩。

「哎呀，您來啦，請進請進。」我沒料到她會如此客氣，畢竟平時我們僅以你我相稱。我走進了充當畫室的客廳，看到畫架上放了幅油畫。

「我現在手忙腳亂的，請坐請坐，但我要繼續忙了，半分鐘都不能浪費。說來你不會相信，但是我在邁爾海姆藝廊辦個人畫展，得準備三十幅畫呢。」

「邁爾海姆？太了不起。妳是怎麼辦到的？」

邁爾海姆並非塞納河沿岸的無良畫商，他們多半開家小店，因付不出店租，故常有關門的可能。邁爾海姆在繁華的塞納河畔經營高級藝廊，名聲享譽國際。凡是他納入收藏的畫家，身價絕對會水漲船高。

「亞希爾先生帶他來看我的作品，他認為我很有天分。」

「*A d'autres, ma vieille.*」我說道，最佳譯法應是：「鬼才相信咧，老女人。」

她瞧了我一眼，咯咯笑了起來。

「我要結婚了。」

「跟邁爾海姆？」

「別傻了。」她放下畫筆和調色盤。「我工作了一整天，該休息休息了。我們去喝杯波特酒，我再告訴你來龍去脈。」

法國的生活有項特點教人不敢恭維：明明不是喝酒的時候，卻要被迫喝杯酸溜溜的波特酒，又不得不乖乖照做。蘇姍取來一瓶酒和兩只杯子，然後把杯子斟滿，坐下來嘆了口氣，如釋重負。

「我站了好幾個鐘頭，因為有靜脈曲張的毛病，腿部又痠又痛。事情是這樣的。亞希爾先生的妻子今年初去世；她為人十分善良，又是虔誠的天主教徒，但是亞希爾先生當初娶她是生意上的考量。雖然他對她敬重有加，但是現在她死了，亞希爾其實並沒有多難過。他兒子的婚事還算門當戶對，工作的表現也很不錯；他女兒的婚事也已經談妥，對方是位伯爵，雖然是比利時人，卻是道道地地的貴族，在那慕爾附近有座漂亮的城堡。亞希爾先生覺得，妻子絕對不會讓自己耽誤年輕人的幸福，所以儘管還在服喪期間，一旦完成財產過戶手續，就會舉行婚禮。亞希爾先生獨自住在里爾的大宅裡，一定會很寂寞，需要個女人照顧他的生活起居、打理大宅內外的大小事。簡單來說就是，他要我代替他的妻子，理由頭頭是道：『我第一段婚姻是為了撫平兩家公司的競爭關係，我並不後悔，但是第二段婚姻沒理由不能順自己的意啊。』」

「真是恭喜妳耶。」我說。

「當然，這代表我會失去自由。我過去的生活無拘無束，但是還是得考慮到未來。不瞞你說，其實我四十好幾了。亞希爾先生也年紀一把，萬一他忽然想追求二十歲的少女，我該怎麼辦呢？我還要替女兒著想，她現在十六歲，應該會長得跟她父親一樣好看，也接受了良好的教育。但是，事實就明擺在眼前，她既沒當演員的才華，也不像她可憐母親有當妓女的條件；那我問你，她還能有什麼指望呢？當祕書或郵局員工嗎？亞希爾先生實在很大方，答應一併收留她，還要給一筆殷實的嫁妝，讓她以後嫁個好人家。老實說，不管別人怎麼說，女人最滿意的職業還是婚姻。我一想到女兒的幸福，二話不說就接受了亞希爾先生的提議，少了些享樂也在所不惜；反正一年年過去，也愈來愈沒有人要我了。我還要聲明，婚後絕對恪遵婦道，因為根據我多年的經驗，夫妻忠於彼此才是幸福婚姻的關鍵。」

「很高尚的情操啊，美人兒。」我說。「亞希爾先生還會每兩個禮拜來巴黎談生意嗎？」

「哎呀，寶貝，你把我當成什麼啦？亞希爾先生向我求婚的時候，我說的第一件事就是：『聽我說，親愛的，你到巴黎來開董事會，我也要同行，就這麼說定囉。我不放心你一個人。』他就說：『我這把年紀了，怎麼可能還會做蠢事咧。』我跟他說：『亞希爾先生，你正值壯年，我比誰都清楚你那熱情的脾性，又風度翩翩、氣宇不凡，最容易招蜂引蝶了。反正，我覺得你遠離誘惑才好。』最後，他答應把董事的位子轉給兒子，代替他來巴黎開會。亞希爾先生表現上覺得我不講理，其實心裡得意得很。」蘇姍滿足地嘆口氣。「女人真可憐，要是男人沒虛榮到這種地步，我們的人生可就更苦了。」

「聽起來都很有道理，但是，這跟妳在邁爾海姆開個人畫展有什麼關係？」

「你今天怎麼呆頭呆腦的呀，小傻瓜。我不是說過亞希爾先生絕頂聰明嗎？他得考慮到自己的身分地位，里爾那裡的人又特別挑剔。亞希爾先生希望我在上流社會占一席之地，畢竟他是有頭有臉的大人物，身為他妻子就有這項權利。你也曉得外地人的德性，最愛管人閒事，他們劈頭就會問：蘇姍．魯維耶是哪號人物？到時就告訴他們，她是知名的畫家，最近在邁爾海姆藝廊的畫展大受好評，成功當之無愧。『蘇姍．魯維耶身為殖民步兵團軍官的遺孀，多年來憑藉一己才華養家餬口，照顧年幼失怙的可愛女兒，展現典型法國女性的堅毅性格。如今多虧了慧眼獨具的邁爾海姆先生，她的作品即將於他旗下畫廊展出，大眾有機會欣賞她細膩的筆觸和熟練的畫風。』」

「哪來的胡言亂語啊？」我說，豎起了耳朵。

「親愛的，這是亞希爾先生要發布的宣傳內容。法國各大報都會刊登這則消息。他實在太厲害了，竟然全盤接受邁爾海姆先生開出的嚴苛條件，眼睛都不眨一下。貴賓招待會上要開香檳慶祝，美術部長欠亞希爾先生的人情，他會發表鏗鏘有力的開幕演說，先讚賞我的人品和繪畫才華，再提到國家的職責是論功行賞，所以已經買下一幅畫當作國家收藏。巴黎各界人士都將出席，邁爾海姆先生會親自招呼那些畫評，確保他們不但寫出正面評價，還得占相當版面。那些毒舌的傢伙真可憐，平時賺不了多少錢，讓他們有些外快也算日行一善。」

「這些妳都當之無愧呀，親愛的。妳本來就心地善良。」

「*Et ta soeur.*[44]」她這句法語無法翻譯。「可是還沒完喲。亞希爾先生又用我的名義，在聖拉菲爾海邊買了一棟別墅，所以我在里爾社交圈的頭銜，不但是知名藝術家，還是有產階級的女士。他再過兩、三年就要退休了，我們到時將像名流士紳一樣，在蔚藍海岸長住。他可以到海上划船捕蝦，我則專心畫畫。我去拿畫來給你看。」

蘇姍作畫多年，仿效眾多舊愛的畫風後，終於找到自己的風格。她依舊不會素描，但對於色彩極為敏銳。她給我看了很多作品，包括她與母親住在安茹省時的風景畫、凡爾賽宮花園和楓丹白露森林數景、巴黎近郊吸引她的街道風光。她的繪畫往往浮光掠影，缺乏現實感，但帶有鮮花的雅

44 字面意思為「那你姊姊／妹妹呢？」但常用來叫人少管閒事，蘇姍應是發現毛姆語帶諷刺，因此要他管好自己就好。

致，甚至有些隨性脱俗。我特別喜歡其中一幅畫，為了討她歡心，便説我有意購買。主題似乎是《林間空地》或《白圍巾》，事後雖再三檢視，至今卻仍無法確定。我詢問了價錢後，覺得頗為合理，便當場成交。

「你人真好。」她開心大喊。「這是我賣出的第一幅畫。當然啦，畫展過後才能給你，但是我會請他們登在報上，説你買了這幅畫，畢竟幫你宣傳也不是壞事。你還真有眼光哪，這可是我的得意之作。」她拿起放大鏡端詳作品。「很有情調。」她邊説邊瞇起眼睛。「我説的準沒錯，各種綠色的色調多麼豐富，卻又多麼細膩啊！還有，中間這點白色，簡直是神來之筆，賦予構圖整體感，非常獨特，這就叫才華，而且是真正的才華。」

看來她已朝職業畫家邁進了。

「好啦，小寶貝，我們閒聊得夠久了，我得開始工作。」

「我也得走了。」我說。

「對了，可憐的勞瑞還跟鄉巴佬混在一起嗎？」

蘇姍凡是提到美國人，便是這副鄙夷的口吻。

「據我所知是這樣。」

「他那麼貼心溫柔，日子一定很難熬。如果電影沒有亂演的話，那種生活根本太可怕了，有一堆流氓、牛仔和墨西哥人之類的。我不是説牛仔沒有吸引力啦，畢竟那身肌肉也很誘人，唉喲喂呀。可是獨自走在紐約街頭，好像根本就在玩命，口袋裡沒有手槍可是很危險的。」

她送我到門口，吻了我的雙頰。

「我們在一起那陣子滿開心的，要記著我的好喲。」

6

故事到此結束。勞瑞從此無消無息，我也無任何懸念。他通常說到做到，回美國後可能就在修車廠工作，之後當起卡車司機，好好認識這個他暌違多年的國家。之後，他想必也真的開起計程車：誠然，這不過是當時我們在咖啡館的玩笑話，但若他真的付諸實行，我也不感意外。每當我在紐約搭計程車，往往會瞄司機一眼，說不定哪次就對上勞瑞深邃的雙眼，朝我露出凝重的微笑，但目前仍無此緣分。後來大戰爆發，他的年紀已不小，應無法再開戰機，但可能在國內外又當起卡車駕駛，抑或到工廠做工。若行有餘力，他應會寫書，記錄人生閱歷，以及欲與同胞分享的想法；果真如此，也得很久以後才會完成。他有的是時間，歲月在他身上未留下痕跡，就各方面來看，他仍是名年輕人。

他沒有抱負且淡泊名利，出名只會讓他倒盡胃口，故可能滿足於過自己選擇的生活，忠於自己。他為人太過謙虛，不願當別人的榜樣。不過他也許認為，終究會有某些人受他吸引前來，宛如飛蛾撲火，共享那曖曖內含光的信念，亦即人生最大的滿足在於精神生活；他也許覺得，只要無我和無求，在自我實現的道路上踽踽獨行，貢獻也不亞於著書立說或教誨世人。

但這些純屬揣測。凡夫俗子如我，只能景仰這些鳳毛麟角之人的光輝，無法設身處地、進其內心世界；若思維較接近一般大眾，我偶爾倒還能理解。勞瑞已如他所願，淹沒於喧囂激盪的人海，其中眾多矛盾的利益糾葛，有人迷失於失序的世界，有人堅信善良，有人外表篤定，有人內心徬徨，有人慈悲為懷，有人不知變通，有人輕信他人，有人防衛心重，有人惡劣也有人慷慨，凡此種種構成了美國眾生相。勞瑞的故事到此為止，固然不盡完美，我也莫可奈何。然而本書收尾之際，我一方面擔心讀者會感到不踏實，一方面在腦中重溫了這段漫長的故事，看是否能寫出更圓滿的結局；而我恍然驚覺，無意之中，我竟恰如其分寫了本以成功為題的小說。書中與我有關的人物無不如願以償：艾略特成為社交名流；伊莎貝憑著巨額財產，活躍於上流文化圈；格雷有了輕鬆賺錢的穩定工作，每日朝九晚六；蘇珊·魯維耶的生活無虞；蘇菲求得一死；勞瑞獲得幸福之道。即使那些目中無人的評論家吹毛求疵，一般人仍愛讀皆大歡喜的故事。因此，結局或許稱得上差強人意吧。

毛姆年表

麥田編輯部整理

一八七四年	生於法國巴黎，父親 Robert Ormond Maugham（1823-1884）是英國大使館派駐巴黎的律師，母親 Edith Mary *née* Snell（1840-1882）自幼便罹患肺結核。
一八八二年	母親死於肺結核。
一八八四年	父親死於癌症，毛姆被送回英國由叔叔 Henry MacDonald Maugham（1828-1897）照顧，入坎特伯里國王學校（The King's School, Canterbury）就讀。
一八九〇年	赴德國海德堡大學（Heidelberg University）研讀文學、哲學及德文，於此邂逅大他十歲的 John Ellingham Brooks（1863-1929），兩人發展同性戀情。
一八九二年	於英國倫敦的聖湯瑪斯醫院（St. Thomas' Hospital）研讀醫學。
一八九七年	獲得外科醫生資格，但從未執業。發表第一本小說作品《蘭貝斯的莉莎》（*Liza of Lambeth*）大獲成功，從此棄醫從文。
一九〇三年	發表首部劇作《體面的男人》（*A Man of Honour*）。

一九〇七年	劇作《弗雷德里克夫人》（*Lady Frederick*）大獲成功，此後毛姆創作了包括《傑克．斯特洛》（*Jack Straw*）、《忠實的妻子》（*The Constant Wife*）等近三十齣劇作，事業如日中天。
一九一四年	結識美國青年Gerald Haxton（1892-1944），兩人成為伴侶，相伴三十年，Gerald Haxton並擔任毛姆的祕書，協助處理工作事務。
一九一五年	出版四大代表作之一的小說《人性枷鎖》（*Of Human Bondage*）。
一九一七年	與Gwendolyn Maude Syrie Barnardo（1879-1955）結為夫妻，兩人婚前即生有一女Elizabeth Mary Maugham（1915-1981）。
一九一九年	出版四大代表作之一的小說《月亮與六便士》（*The Moon and Sixpence*）。
一九二九年	與Gwendolyn Maude Syrie Barnardo離婚。
一九三〇年	出版四大代表作之一的小說《餅與酒》（*Cakes and Ale*，或譯《尋歡作樂》）。
一九三四年	《人性枷鎖》首度改編電影。

一九四二年	《月亮與六便士》改編電影，並獲奧斯卡獎提名。
一九四四年	出版四大代表作之一的小說《剃刀邊緣》（*The Razor's Edge*）。同年，Gerald Haxton死於肺結核，Alan Searle（1905-1985）取而代之成為毛姆的祕書兼情人。
一九四六年	《人性枷鎖》兩度改編電影。《剃刀邊緣》首度改編電影。
一九四七年	成立毛姆文學獎（Somerset Maugham Award），鼓勵英國三十五歲以下的小說創作者。
一九五四年	獲女王名譽勳位（Queen's Companion of Honour）。
一九六一年	獲母校德國海德堡大學授予名譽理事（Honorary Senator of Heidelberg University）。
一九六四年	《人性枷鎖》三度改編電影。
一九六五年	十二月十六日毛姆死於法國。

GREAT! 31 **剃刀邊緣**
THE RAZOR'S EDGE by W. SOMERSET MAUGHAM
This edition arranged with A P Watt at united agents
through BIG APPLE AGENCY, INC., LABUAN, MALAYSIA.

作者	毛姆（W. Sommerset Maugham）
譯者	林步昇
封面設計	白日設計
責任編輯	巫維珍
國際版權	吳玲緯　楊靜
行銷	闕志勳　吳宇軒　余一霞
業務	李再星　李振東　陳美燕
總編輯	巫維珍
編輯總監	劉麗真
事業群總經理	謝至平
發行人	何飛鵬
出版	麥田出版 115台北市南港區昆陽街16號4樓 電話：886-2-25000888　傳真：886-2-2500-1951
發行	英屬蓋曼群島商家庭傳媒股份有限公司城邦分公司 115台北市南港區昆陽街16號8樓 客服專線：02-25007718；25007719 24小時傳真專線：02-25001990；25001991 服務時間：週一至週五上午09:30-12:00；下午13:30-17:00 劃撥帳號：19863813 戶名：書虫股份有限公司 讀者服務信箱：service@readingclub.com.tw 城邦網址：http://www.cite.com.tw
香港發行所	城邦（香港）出版集團有限公司 香港九龍土瓜灣土瓜灣道86號順聯工業大廈6樓A室 電話：852-25086231　傳真：852-25789337 電子信箱：hkcite@biznetvigator.com
馬新發行所	城邦（馬新）出版集團 Cite（M）Sdn. Bhd.（458372U） 41, Jalan Radin Anum, Bandar Baru Seri Petaling, 57000 Kuala Lumpur, Malaysia. 電話：+6(03)-90563833　傳真：+6(03)-90576622 電子信箱：services@cite.my
麥田部落格	http:// ryefield.pixnet.net
排版	極翔企業有限公司
印刷	中原造像股份有限公司
初版	2016年2月
初版七刷	2024年5月
定價	380元
ISBN	978-986-344-308-7

國家圖書館出版品預行編目（CIP）資料

剃刀邊緣 / 毛姆（W. Sommerset Maugham）著；林步昇譯. -- 初版.
-- 臺北市：麥田出版：家庭傳媒城邦分公司發行, 2016.02
面；　公分. --（Great ; 31）
譯自：The razor's edge
ISBN 978-986-344-308-7（平裝）

873.57　　104028346